BVT

Edmond Music, katholischer Priester und Leiter eines katholischen Forschungsinstituts in England, hat ein Geheimnis: Er glaubt nicht an Gott. Und das ist keineswegs alles: Seit vielen Jahren teilt er das Bett mit seiner Haushälterin. Und letztlich ist Edmond Music gar nicht Engländer und Katholik, sondern das in Frankreich geborene Kind ungarischer Eltern – und Jude.
Mit Edmonds Stimme führt Alan Isler den Leser durch eine komische englische Landschaft, die von golfverrückten Bischöfen, frommen Atheisten, zwielichtigen Buchhändlern und wundertätigen Rabbis bevölkert wird. Voll brillanter Wortspiele, komisch und bewegend zugleich, ist dies ein Roman vom Glauben, von der Identität des Menschen – und von der Liebe.

Alan Isler wurde 1934 als Sohn österreichisch-jüdischer Immigranten in London geboren und ging 1952 nach New York, wo er an verschiedenen Universitäten lehrte. Heute lebt er wieder in London. Er ist Autor mehrerer Romane, unter anderem *Der Prinz der West End Avenue* (Berlin Verlag), und eines Erzählbands.

Alan Isler

KLERIKALE IRRTÜMER

Roman

Aus dem Englischen
von Stefanie Schaffer-de Vries

Berliner Taschenbuch Verlag

November 2003
BvT Berliner Taschenbuch Verlags GmbH, Berlin
Die Originalausgabe erschien 2001
unter dem Titel *Clerical Errors*
bei Jonathan Cape, London

Umschlaggestaltung: Nina Rothfos und Patrick Gabler, Hamburg,
unter Verwendung einer Fotografie von © Corbis
Gesetzt aus der Centaur MT durch psb, Berlin
Druck und Bindung: Clausen & Bosse, Leck
Printed in Germany · ISBN 3-8333-0035-3

Für Adam und Ethan Gahtan

Das Ende der Welt

Es kam ganz unerwartet, gerade als
Vasserot, das armlose Wunder, anriss
ein Zündholz mit seinem linken Zeh, in den Hals
von Madame Soßmann Caesar der Löwe biss

(Trommelwirbel), als Teeny mit großem Hurra
seinen Partner am Daumen herumgeschnellt
im Walzertakt, und wollt eben husten, da
flog plötzlich davon das Zirkuszelt

und droben hing, es hing droben, es hing
über geblendeten Augen und Menschengewimmel,
hing im sternlosen Dunkel und schwebte und ging
mit Riesenflügeln nieder überm erloschnen Himmel,
bis in der Finsternis nichts als das schwarze Bahr-
tuch aus nichts und nichts und wieder nichts war.

Archibald MacLeish
(Übersetzung von Hans Magnus Enzensberger)

ERSTER TEIL

Eine Geschichte soll *cum grano salis* genommen werden. Salz verbessert den Geschmack … Und ein bisschen Pfeffer kann auch nicht schaden.

Der Baal Schem von Ludlow, *Tischgespräche*, 1768

Ich saß in der Rue de Malengin, schlürfte einen Calvados und las eine englische Zeitung, die mein Vorgänger auf dem Stuhl hatte liegen lassen, als ich zu meiner Überraschung entdeckte, dass ich gerade gestorben war. Es schien, dass ich mit meinem Wagen, einem bescheidenen, schon etwas betagten Morris Minor, in die berühmte Stuart-Eiche hineingefahren war, die Eiche auf dem Landsitz von Beale, die diesen Namen trägt, weil sie zum Gedenken an den Tod des unglücklichen James II. gepflanzt worden war. Die Stuart-Eiche hatte wenig Schaden erlitten; der Morris Minor allerdings war nur noch ein Knäuel von zerknautschtem, zermartertem Blech, aus dem man einen zu Brei zerquetschten menschlichen Körper gezogen hatte, den man für meinen hielt. Unser Gendarm Timothy »Tubby« Whiting hatte Wagen und Besitzer identifiziert. Tubby hat einen unerreicht feinen Gaumen für Ale und Bitter. Außerdem ist er, wie ich, Katholik, nur ist es bei ihm glaubwürdiger als bei mir. Aber er ist kein Sherlock Holmes oder, sagen wir mal, Pater Brown.

Als Erstes rief ich Maude daheim in Beale Hall an. Einfältige Seele, die sie ist, nahm sie an, oder tat wenigstens, als nähme sie an, ich telefonierte mit ihr aus dem Jenseits.

»Gott sei Lob und Dank! *Deo gratias!* Jesus Christus! O Gott! O Gott! O Gott!«

»Maude, meine Gute, alles in Ordnung, ich bin wohlauf.«

»Wohlauf? Natürlich bist du wohlauf da drüben bei der Heiligen Jungfrau und den Himmlischen Heerscharen. Ist das der Himmlische Chor, was ich da höre?«

Aus der Jukebox in einer Ecke des Lokals ertönte die Stimme der seligen Edith Piaf mit »Milord«.

»Ich meine, ich bin nicht tot.«

»Nicht tot? Natürlich bist du nicht tot! Ewiges Leben, das hat Er uns doch versprochen, dafür hat Er am Kreuz gelitten. Ich muss es gleich Bastien sagen. Ach, Edmond, du fehlst mir so sehr. Hab Geduld, mein Liebster. Ich komme zu dir, sobald es mir gestattet ist.« Und sie legte auf.

Dummes altes Weib! Unglaublich, wie sie bei *jeglicher* Art Aufregung in den irischen Dialekt verfällt, den sie ansonsten mit ihrer Jugend abgelegt hat. Sicher hat sie es bloß im Spaß gemeint. Wahrscheinlich machte sie mit diesem hysterischen Gefasel einfach nur ihrer Erleichterung Luft. Und sicher war auch die Ginflasche mit im Spiel. Ja, sie ist dem Gin schon seit langem zugetan, und zwar in Mengen – aber in der Not schluckt sie, was immer ihr in die Finger kommt. Sie behauptet gerne, *ich* sei derjenige, der ein »kleines Alkoholproblem« habe; *sie* trinkt natürlich nur aus Geselligkeit oder weil sie allein ist oder weil sie gute Laune hat oder weil ihr langweilig ist oder weil sie Sorgen hat oder weil sie keine hat. Wir reden nicht darüber.

Aber ach, wenn ich daran denke, wie sie war, als ich sie kennen lernte, Maude Moriarty, siehe, so viele Jahre nun schon die Hüterin meines Hauses und meines Fleisches! Ach, die Biegsamkeit ihrer Hüften, das Rascheln ihrer Röcke, die Wölbung ihres schlanken Körpers über meinem! Und dann zu sehen und zu hören, was aus ihr geworden ist, während der geflügelte Streitwagen der Zeit hinter uns näher und näher rattert! Dahin – oder doch wenigstens zumeist verborgen – sind jetzt Geist, Witz und scharfe Intelligenz! Sie spielt so lange schon die irische Wäscherin, dass sie zu guter Letzt eine geworden ist. Zu viel Fernsehen vielleicht.

Ach, des wilden Sommers Glanz
ist verschwunden aus ihren Augen ganz.

Als Nächstes rief ich Tubby an und versicherte ihm, dass ich so gut wie auf dem Heimweg sei. Sein Entsetzen beim Klang meiner Stimme legte sich etwas, als er begann, die frohe Botschaft zu begreifen, dass ich noch am Leben war. »Aber wer *war* das dann, den wir aus dem Blechhaufen rausgekratzt haben, Herr Pfarrer«, fragte er fast anklagend. »Er muss mit hundertsechzig die Straße runtergekommen sein.« Die Straße ist kurvig und sehr abschüssig, wo sie auf die Stuart-Eiche zustürzt.

»Könnte es der arme Trevor gewesen sein? Mir fällt gerade ein, dass ich ihn gebeten hatte, den Wagen übers Wochenende zu holen. Die Handbremse hatte ihren Geist aufgegeben, und die Fußbremse war auch schon recht lahm.« Trevor Stuffins war unser »Mann für alles«, mir in Alter und Statur ähnlich.

»Hmm«, sagte Tubby unverbindlich.

»Wir müssen für seine Seele beten.«

»Er war Protestant, Herr Pfarrer.«

»Umso mehr.«

»Wenn es Trevor *war*.« Tubby war fähig, aus Fehlern zu lernen.

»Tun Sie mir einen Gefallen, Tubby, gehen Sie rüber und reden Sie mit Maude. Erklären Sie ihr, dass ich noch am Leben bin – am Leben, meine ich, im diesseitigen Sinn. Aber tun Sie es behutsam.«

Bevor ich die Rue de Malengin verließ, bestellte ich noch einen Calvados und schlürfte ihn langsam. Meine Reise nach Paris war ein Fehlschlag gewesen, aber irgendwie fühlte ich mich wie ein ins Leben Zurückgerufener.

Konnte es sein, dass Castignac Recht hatte? Er hatte mich vor einem Monat angerufen – wie er zu einem Telefon kam, ist mir schleierhaft –, um mich davor zu warnen, dass Mörder aus dem Vatikan hinter mir her seien. »Sei vorsichtig, Edmond, pass auf! Sie wollen dich umbringen!« Der Warnung folgte ein verrücktes meckerndes Lachen. »Sie werden vor nichts zurückschrecken! Vor nichts!« Und dann war die Verbindung unterbrochen.

Aber der arme Castignac ist ein Irrer. Warum hätte ich auf ihn hören sollen?

Na ja, vielleicht wegen der historischen Vorbilder. *Parva,* wie wir sagen, *componere magnis,* um Kleines mit Großem zu vergleichen: Die Päpste selbst sind nie sicher gewesen vor ihren Glaubensgenossen, so wie die Glaubensgenossen nie sicher vor den Päpsten waren. Im zehnten Jahrhundert starb einer von drei Päpsten unter (Sie wissen schon) »verdächtigen Umständen«. Stefan VI. wurde abgesetzt und im Gefängnis erwürgt. Und was mörderische Korruption, giftige Intrigen und hemmungsloses Machtstreben angeht, na ja, da weiß doch jeder, dass die Päpste der Hochrenaissance – die Borgias und ihresgleichen – dazu die Gebrauchsanweisung hätten schreiben können. Aber wir brauchen gar nicht so weit zurückzublicken: Was ist denn mit Johannes Paul I., der 1978, nach nur vierunddreißig Tagen auf dem Heiligen Stuhl, starb? Na? Ich weise nur auf die Tatsache hin, nicht mehr. Du meine Güte, nein. Aber wenn so ein prachtvolles Tier wie der Löwe grausam in seiner Höhle erschlagen werden kann, wie viel Mitleid darf sich dann ein bloßer Floh erhoffen?

Trotzdem: Ein Sinn für Proportionen ist etwas Wunderbares. Ich kann nicht wirklich glauben, dass, wenn ich so sagen darf, die Obere Hierarchie nach meinem Blut lechzt, auch wenn sie mich gerne meiner Stelle ledig sähen. Nein, aber etwas tiefer unten, wer weiß? Fred Twombly zum Beispiel, der Vorstand des Instituts für Englische Sprache und Literatur am Holyrood College, Joliet, Illinois, ohne jeden Zweifel mein Feind, seit wir zusammen in Paris studierten, der Fiesling, der hinter meinem Amt her ist, an dessen Eingeweiden es wie ein Gift nagt, dass ich es habe und er nicht. Er, denke ich, wäre dazu fähig, an den Bremsen meines Wagens herumzumurksen, wenn alles andere fehlschlägt.

Aber noch ist nicht alles andere fehlgeschlagen. Er glaubt, er hat mich beim Schlafittchen, und vielleicht hat er das auch. Ich werde demnächst über seinen letzten Brief an mich berichten müssen, den Grund für meine Reise nach Paris.

Vielleicht sollte ich beten.

Vielleicht nicht.

Wann genau, frage ich mich, habe ich meinen Glauben verloren? Eine Frage, auf die es keine Antwort gibt, ein semantisches Dilemma. »Haben Sie aufgehört, Ihre Frau zu schlagen?« Um etwas zu verlieren – die Jungfräulichkeit, sagen wir, oder eine goldene Uhr –, muss man es erst mal besessen haben. Aber ich habe ihn angenommen, diesen Glauben, weil er mir angeboten wurde, er *passte* mir, ich stülpte ihn mir über wie ein Gewand im buchstäblichen und übertragenen Sinn. Er war ein kirchlicher Ornat, ein äußerliches Zeichen des Glaubens, und zugleich eine Lebensart, in der ich mich häuslich – nun ja, das Wort bedarf vielleicht der Modifikation, aber lassen wir es für den Augenblick stehen – *häuslich* einrichtete.

Apropos Gewand: Da fällt mir der Witz des jungen Castignac ein. Er stieg zum erhabenen Rang eines päpstlichen Nuntius auf, reiste in der Welt herum – nach Guatemala, in den Libanon, nach Hawaii, in jeden Winkel der Welt, in dem der Heilige Stuhl gerade seiner bedurfte –, auf seine Art ein Spion, ja, einer von Gottes Spionen, die in das Geheimnis der

Dinge vordringen. Aber er lernte auch aus erster Hand die verschlungenen Wege der Interna des Vatikan kennen, das, was der Protestant Milton die geheimen Ratsversammlungen nennt. Und wo ist er jetzt? Wie ich schon sagte, total verrückt, ein armer Irrer, dem angeblich nicht mehr zu helfen ist, und in den barmherzigen Händen der Schwestern Von den Fünf Wunden, einem Hospiz in Cambridge, Massachusetts. Nun ja, Amerika hat er ja immer gern gemocht, der gute Castignac.

Aber warum erwähne ich ihn? Ach ja, der Witz. Also: Wir waren damals Seminaristen, und der alte Adam war uns noch nicht ganz ausgetrieben worden. Besonders Castignac nicht. Was war er für ein Halunke! Er hatte die blauschwarzen Locken, die schwarzen Augen und die olivfarbene Haut des echten Korsen, ein junger Napoleon, aber gut ausgestattet, mächtig gut ausgestattet. Im Schlafsaal hieb er auf sich ein: »Runter mit dir, du böser Bursche, runter!«, und machte uns damit, zu unserem heimlichen Neid, auf die mächtige Schwellung seines Körpers aufmerksam. »Schaut«, sagte er eines frühen Morgens und zeigte durch das Fenstergitter in den Hof, wo ein uralter Lieferwagen stand, aus dem eine junge Frau stieg. Sie öffnete die Hecktür des Wagens und nahm einen Korb heraus. »Das ist Véronique«, sagte er. »Sie ist die Wäscherin. Alle vierzehn Tage geht sie den Mönchen an die Wäsche.« Er sah uns verschmitzt an, dann brüllte er vor Lachen. Und da verstanden wir, dass uns ein Witz erzählt worden war.

Aber um auf die Frage des Glaubens zurückzukommen. In jenen frühen Zeiten begeisterte ich mich für die Worte Tertullians. *Certum est quia absurdum est.* Diese Worte hatten etwas Provokantes an sich, das dem Heranwachsenden imponierte, der ich damals war. Ich fand sie, um bei der modernen Jugendsprache Anleihe zu nehmen – *ätzend*! An etwas zu glauben, weil es absurd ist! O ja! Ja, genau! Wie dem auch sei, ich hatte jedenfalls Grund genug, ihnen dankbar zu sein, der Kirche, meine ich. (Man beachte das »ihnen«. Erstaunlich, wie mir das so in die Feder gerutscht ist nach all diesen Jahren!) Ich wurde aufgenommen, bekam ein Dach über dem Kopf, gelegentlich wurde mir Freundlichkeit erwiesen. Es waren schreckliche Zeiten damals, ganz schreckliche. Die hochwürdigen Väter retteten mein Leben und – so glaubten sie – meine unsterbliche Seele.

Ich muss aber auch zugeben, dass ich früh Gefallen daran fand: Der Weihrauch, die Gesänge, der Atemdunst während einer Messe an einem Wintermorgen, der wie Nebel zum Gewölbe der Kathedrale aufstieg. Ich fand Gefallen, nicht an der Frömmigkeit, aber am Schauspiel der Frömmigkeit und an dem visionären Bild des Frommen, das ich mir in meiner blühenden Fantasie von mir selbst ausmalte. Ich sah mich auf Knien über die grausamen Steine rutschen, um meinen gemarterten, blutenden Körper vor dem Kreuz hinzuwerfen. Natürlich habe ich so etwas nie getan. Selbstgeißelung war, außerhalb der visionären Fantasie, nicht mein Stil. Vielleicht empfand ich ein wenig von dem, was Edward Gibbon (der später in seinem Werk *Verfall und Untergang des Römischen Reiches* mit scharfer Ironie den totalen Unsinn und die nachweisliche Grausamkeit des Christentums aufzeigen sollte) dazu bewogen hatte, in seiner für Eindrücke leicht empfänglichen Jugend den römisch-katholischen Glauben anzunehmen:

> Die wunderbaren, von Heiligen wie Basilius, Chrysostomus, Augustinus und Hieronymus so kühn belegten Geschichten überzeugten mich von den unübertroffenen Vorzügen des Zölibats und der Institutionen mönchischen Lebens, und freudig nahm ich das Zeichen des Kreuzes

und das Chrisam des Heiles an, ja ließ sogar Andachtsbilder gelten, bekannte mich zur Anrufung von Heiligen, zur Verehrung von Reliquien sowie dem durch Totengebete geisternden Fegefeuer und glaubte an das gewaltige Mysterium des im Opfertod hingegebenen Leibes und Blutes Christi, das sich unmerklich zum Wunder der Transsubstantiation ausweitete.

So Gibbon in seiner Autobiografie, in der er von den Torheiten seiner Jugendzeit berichtet. Na ja, ich war (und bin) kein Gibbon, aber es ist mir inzwischen vollkommen klar, dass ich als Jugendlicher das innere Auge eines Malers besaß, wenn auch nicht die Fähigkeiten eines Malers. Ich sah gleichsam einen Katholizismus vor mir, wie es ihn in einem platonischen Reich der Ideen geben könnte, und *das* war es, worauf ich ansprach, ein Sieg kühler Sinnlichkeit über hitzige Vernunft.

Aber um auf Tertullian zurückzukommen: mit dem Verstand zu wissen, dass die ganze Salbaderei *absurdum* ist, und deshalb daran zu glauben … also wirklich! Man stelle sich vor, ich hätte mich wie folgt an die Gläubigen gewandt: »Wisset, dass die Welt und alles, was auf ihr wohnt – ihr alle, meine lieben kleinen Brüder und Schwestern, ja sogar ich selbst –, in Wirklichkeit im Geist eines ungeheuer großen Karpfens angesiedelt ist, der träge in den warmen Wassern der Ewigkeit schwimmt. *Certum est quia absurdum est.*« Sie verstehen, was ich meine. Es kommt nicht von ungefähr, dass der Ausdruck »Hokuspokus« von den Worten der Wandlung *Hoc est enim corpus meum* herstammt und seinerseits wiederum das englische Wort »hoax« – Jux – hervorgebracht hat.

Und doch, hier stehe ich im schwarzen Anzug, mit meinem Kollar und, natürlich, meinen farblich abgestimmten schwarzweißen Turnschuhen (mein Halux, Sie verstehen), aus Paris zurückgekehrt, Mission unerfüllt, und erwarte einen Höflichkeitsbesuch des deutschen Gesandten. Die Frommen, zum Glück gering an Zahl in meinem Winkel der Welt, verneigen sich vor mir und machen ihre Kratzfüße – oder täten es vielleicht, wenn ich mehr Zeit unter ihnen verbrächte.

Soeben tauchte Bastien neben mir auf. »Von unserem Côte de Gherlaine ist fast nichts mehr da, Hochwürden, aber wir haben einen noch unangetasteten Cœur de Languedoc, 1963, ein Geschenk von Colonel Fulke-Greville, zum Dank für deine Freundlichkeit anlässlich seines letzten Besuchs. Darf ich dich in Versuchung führen?« – »*Vade retro me, Satana*«, sagte ich streng. Doch dann sah ich sein betrübtes Gesicht. »Aber natürlich, mein lieber Bastien. Was für ein Glück! Ein Cœur de Languedoc! Zu freundlich vom Colonel. Du wirst ihm nicht nur meinen Dank bestellen und ihn wissen lassen, dass nichts, was wir für ihn tun konnten, seiner Großzügigkeit angemessen sein könnte, sondern du wirst dir auch selbst ein Glas einschenken.«

Es ist so leicht, freundlich zu sein.

Bastien, das treue Tier, ist – wie es sich für ein treues Tier gehört – schon seit Ewigkeiten bei mir. Er ist alt geworden in meinem Dienst, mein Faktotum. Wie käme ich ohne ihn zurecht? In seinen Pantoffeln, die er drinnen und draußen trägt, steht er da in seiner fleckigen Soutane, gekrümmt wie ein Fragezeichen, o-beinig, von seinem fast kahlen Schädel stehen da und dort weiße Haarbüschel ab, und wippt leise auf und ab wie eine ausgeleierte Sprungfeder. Er ist auch so einer, zu dem die Zeit nicht nett war. Merkwürdig ist er schon seit langem, aus Gründen, auf die ich gewiss noch zu sprechen komme, aber er besitzt auch eine Art Bauernschläue und einen scharfen Verstand, die sich beide immer dann zeigen, wenn man es am wenigsten erwartet. Dass ich ihn in einer so privilegierten Position behalte, anstatt ihn in Pension zu schicken, wird als überwältigendes Zeichen meiner durch nichts zu erschütternden Nächstenliebe und Barmherzigkeit betrachtet. Aber ich kenne ihn schon seit unserer Schulzeit. Wir waren beide Waisen. Er wäre, in aller Bescheidenheit gesagt, verloren ohne mich – und ich vermutlich ohne ihn.

Seine Freude über meine kürzlich stattgehabte Wiederauferstehung war ganz echt. Er vergoss keine Träne um den armen Trevor – ja, es war Trevor, der an meiner Stelle gestorben war – und auch keine aus Mitleid mit Trevors verzweifelter Schwägerin aus Wigan, die sich jetzt mit ihren Anwälten beriet, denn es war der Verdacht aufgekommen, dass jemand sich, wie Tubby mir im kummervollen, einer frustrierten alten Jungfrau geziemenden Tonfall mitteilte, an den Bremsen, Hand- und Fuß-, zu schaffen gemacht hatte. Ich, versicherte er mir freudestrahlend, sei jedenfalls aus dem Schneider. Aber irgendjemand habe es wohl auf Trevor abgesehen gehabt. Ich sagte Tubby nicht, dass ich selbst ein wahrscheinlicheres Ziel war.

Bastien stellte zwei Gläser auf den Tisch neben mir. Ich saß in meinem Polsterstuhl im Musikzimmer, meinem Arbeitszimmer, die armen Füße auf einen weichen Hocker gelagert. Er zog sich sofort zurück, kam aber bald mit der Flasche Cœur de Languedoc wieder. Um seinen Hals, wo das Kreuz hängen sollte, baumelte ein Korkenzieher an einer Schnur. Leise auf und ab wippend hielt er mir die Flasche unter die Augen, Etikett nach oben; und wie in den Händen eines betrunkenen Sommeliers wippte die Flasche mit ihm auf und nieder. Ich hätte das Etikett nicht lesen können, selbst wenn ich gewollt hätte.

»Wunderbar«, sagte ich, »genau das Richtige. Spar dir das

Schnüffeln am Kork, Bastien, keine Präliminarien. Knöpfen wir ihn uns vor.«

Ich hielt das gefüllte Glas gegen das Licht.

»Geh ein bisschen zur Seite«, sagte ich und gab ihm einen Wink mit der freien Hand. Er hat seit einigen Jahren einen unangenehmen Geruch an sich, der gute Bastien, nicht stark, nein, nein, nicht ungesund, eher wie der Geruch nach umgegrabenem Kompost, der einem an feuchten Tagen manchmal aus der Ferne in die Nase steigt. »Ich möchte das berühmte Cœur de Languedoc-Rubinrot sehen.« Was ich sah, waren aber nur seine schmierigen Fingerabdrücke auf dem Glas. Egal. Bastien war jetzt in sicherer Entfernung, wie gewohnt auf und ab wippend, und der Wein in seinem Glas war gefährlich nahe daran, über den Rand zu schwappen. Aber guter Kerl, der er war, würde er nie vor seinem Herrn und Meister trinken. Ich nahm einen kleinen Schluck. »Aah!« Ich schmatzte genüsslich. Ich machte noch einen Schluck. Das war das Signal für ihn. Jetzt durfte er auch trinken.

Warum, fragen Sie sich vielleicht, behalte ich ihn hier? Zum Teil, wie schon gesagt, weil seine ständige Anwesenheit hier ein sichtbarer *Beweis* für meinen Hang zur Nächstenliebe ist. Und das kann ja nicht schaden. Außerdem gibt es keinen diskreteren Menschen als ihn. Und nähme man seine Zunge in die Kneifzange, man könnte ihm meine Geheimnisse nicht entlocken. Und, ach Gott, ein paar Geheimnisse habe ich schon. Und in dem einen oder anderen Fall ist er sogar mein Komplize.

»Ich denke, ich mach noch ein Nickerchen, bevor der deutsche Gesandte kommt. Wir werden ihm einen von unseren Sherrys anbieten, guter Bastien.« Ich zwinkerte ihm zu. »Er braucht nicht zu wissen, dass wir einen Cœur de Languedoc, 1963 haben.«

»*Sale boche!*«, grummelte er.

Ich wies ihn sanft zurecht, wie es meine Art war. »Liebe heißt die Lektion, die der Herr uns gelehrt hat.«

Wie um alle Welt habe ich mich in eine solche Patsche gebracht? Sind die Agenten des Vatikans jetzt, buchstäblich am Ende des Millenniums, hier in England hinter mir her, bloß weil vor fast sechs Jahrzehnten die Wehrmacht triumphierend in Paris einmarschiert ist? – Sie erinnern sich, damals, als Hitler seinen kleinen Freudentanz aufführte. Schwer zu glauben. Geschichte, sogar die persönliche Geschichte, ist keine unproblematische Angelegenheit. Leopold von Ranke rät uns munter, die Geschichte so zu schreiben, »*wie es eigentlich gewesen ist*«. Aber wie *ist* es eigentlich gewesen? Wie sehr ich mich auch bemühe, die Vergangenheit zu rekonstruieren, ich sehe sie notgedrungen durch das unzuverlässige Auge der Gegenwart. Nein, Croce hat es richtig gesagt: »Geschichte ist Zeitgeschichte.« Und auch Hobbes hat nicht weit danebengetroffen: »Fantasie und Erinnerung sind ein und dasselbe.« Und um alles noch komplizierter zu machen, habe ich immer ein wenig zu einer im Grunde marxistischen Einstellung gegenüber der Rolle des Zufalls in der Geschichte tendiert – im Vergleich zur Rolle tiefer liegender, unausweichlicher sozialer Muster, meine ich. Ich halte es zum Beispiel für unwahrscheinlich, dass die europäische Geschichte in den Dreißigern und Vierzigern einen anderen Verlauf genommen hätte, wäre Hitler 1928 gestorben. Trotzdem komme ich mehr und mehr zu der Ansicht, dass der unvorhersehbar und nach Belieben waltende Zufall im Leben des Einzelnen eine entscheidende Rolle spielt, besonders in meinem.

Ich sollte aber wirklich erklären, was wir zwei Franzosen, Bastien und ich, überhaupt hier in England treiben. Und bevor ich das tue, sollte ich zu erkennen geben, dass ich eigentlich Jude bin – oder sagen wir, dass ich als Jude auf die Welt kam. Meine Eltern waren nicht in Frankreich geboren, sondern in Ungarn, in Dunaharaszti, um genau zu sein, einem Städtchen südlich von Budapest, und gingen 1923, jungverheiratet, nach Paris, bloße fünf Jahre vor meiner Geburt.

Merkwürdiger-(und zufälliger-)weise war Dunaharaszti auch der Geburtsort des Solomon Reuben Hayyim Falsch, (1720?–1796) – Kabbalist, Zauberer, Schlitzohr und Gelegenheitsabenteurer –, der später als Geläuterter (oder vielleicht als einer, der wie Shakespeares Prinz Heinz selbst den Augenblick wählte, in dem er der Welt sein wahres Ich enthüllte) unter seinen Jüngern als פי״ש, der Pish, bekannt wurde, ein aus den ihm zugeschriebenen Attributen: פוסק יועץ שנ״א (roh übersetzt: Erhabener und Weiser Ratgeber und Richter) gebildetes Akronym. Im Laufe der Zeit erblühte Falsch zum Baal Schem von Ludlow. Der Mann gefällt mir aus vielerlei Gründen. Ich werde alsbald etwas mehr von ihm erzählen müssen.

Mein Vater, Konrad Musič, war in gewisser Weise ein *Schlimasl*, ein geborener Verlierer, was ihm vielleicht das Leben gerettet hat. Er war ein blasser Mann, neigte zum *embonpoint* und trug gewöhnlich, abgesehen von einem dicken Serge-Anzug und einem Hemd mit Zelluloidkragen, ein finsteres Gesicht, das aber nichts zu bedeuten hatte. Er eröffnete ein kleines Geschäft im Marais, düster und feucht, in dem er Knöpfe verschiedener Art, Zwirn, Nadeln und – gelegentlich – jüdischen Krimskrams wie Gebetsmäntel, dekorative Gebetskäppchen, den ein oder anderen *Chanukka-Dreidel* und solches Zeug verkaufte. Ich kann mich nicht erinnern, dass der Laden je von Kunden überfüllt gewesen wäre. Trotzdem kratzte er sich mit diesem komischen Gewerbe einen Lebensunterhalt zusammen. Ansonsten, oder vielleicht bedingt dadurch, war mein Vater ein Zappelphilipp, er konnte keinen Augenblick still halten. Selbst wenn er in einem Lehnstuhl saß, zuckte er mit einem Bein und knetete ein kleines Kissen zwischen den Händen. Man könnte meinen, so viel nervöse Aktivität hätte eigentlich an seiner Substanz zehren müssen. Aber keineswegs. Wir hausten in einer kleinen Wohnung direkt über dem Laden.

Ich sehe ihm überhaupt nicht ähnlich, meinem Vater, sollte ich vielleicht noch sagen, und habe oft an seiner Vaterschaft gezweifelt. Andererseits muss ich ehrlicherweise zugeben, dass ich jetzt, wo ich alt bin, ziemlich ungewöhnlich wirke in meiner priesterlichen Tracht. Die Wahrheit ist, ich sehe aus wie ein alter Jude mitteleuropäischer Herkunft, der ich natürlich bin, und zwar unverkennbar für die, die ein Auge dafür haben. Nicht wie das von den Nazis und ihren Gesinnungsgenossen verbreitete Klischee, nicht ganz, aber trotzdem zweifellos jüdisch. (Ich frage mich allerdings, was dies »Jüdische« ausmacht. Die typische Rundung des Rückens, die man bei jüdischen Frauen mittleren Alters »Hadassahbuckel« nennt? Die kühne Ausgeprägtheit der Nase? Könnte es das sein? Die länger werdenden Ohren? Das völlig unerwartete, aber auffällig allgegenwärtige Achselzucken? In all diesen Hinsichten zumindest gleiche ich meinem Vater in seinen letzten Jahren.) Verdammt noch mal, ich klinge ja wirklich schon wie einer dieser Antisemiten! Aber wenn ich mich heute so im Spiegel betrachte und mein wohlgerundetes priesterliches Ich sehe, kommt es mir vor, als sähe ich eine Art Scharlatan vor mir, oder zumindest einen Schauspieler im Jiddischen Theater, einen Juden im Kostüm des Feindes.

Aber wo war ich? Ach ja, meine Eltern. Meine Mutter war eine Schönheit, das muss gesagt werden. Ich habe Fotos von ihr, die die Erinnerung untermauern. Wie soll ich sie beschreiben? Sie war größer als mein Vater und schlank, eine wunderbare Figur, biegsam und schmal wie ein Strohhalm, genau das, was in den Dreißigern so bewundert wurde. Sie besaß die ewig reine Schönheit des amerikanischen Filmstars Claudette Colbert, jedoch vermischt mit der leidenschaftlichen Sinnlichkeit einer Schauspielerin neueren Datums, der Französin Jeanne Moreau, aber der Moreau in ihrer Blütezeit. Wie sonderbar, dass sie meinen Vater geheiratet hat! Vermutlich war von allen ihren Verehrern in Dunaharaszti er der Einzige, der versprach, mit ihr nach Paris zu gehen. Paris war die Stadt, in die sie gehörte. Ihr französischer Name war Hélène, geborene Shayna Blum. Wenn mein Vater sie »la belle Hélène« nannte, was er gerne tat, belohnte sie ihn mit einem gelangweilten, müden Lächeln. Ich betete sie an. Leider bin ich nicht sicher, ob sie sich viel aus mir machte. Ich weiß es wirklich nicht.

Andererseits teilte ich bis zu meinem zehnten Lebensjahr das Bett mit ihr. Mein glückloser Vater hatte sich inzwischen längst mit dem Gedanken abgefunden, dass er seine tierischen Leidenschaften wohl anderswo befriedigen musste. (*Ob* er sie anderswo befriedigte, darüber könnte ich nur zwecklose und geschmacklose Vermutungen anstellen. Er schlief auf einem Lager, das er sich abends auf dem Ladentisch zurechtmachte. Als ich noch klein war, stellte ich mir vor, dass er da unten tapfer wachte, um uns vor Ganoven zu beschützen.) Dass meine Mutter mich listig in ihr Bett holte, sollte nicht dahingehend missverstanden werden, dass sie selbst keine leidenschaftliche Natur gewesen wäre. Das war sie, und sie empfing ihre Geliebten am Nachmittag. Ihre Hauptbeschäftigung war die kosmetische Erhaltung ihres Teints, und ein langer, durch nichts unterbrochener Schönheitsschlaf war ihr so wichtig, dass sie den ganzen Vormittag absolut reglos im Bett lag. In meinen frühesten Erinnerungen liege ich neben ihr und weiß genau, dass ich kein Wort sagen darf.

Es war eine ihrer Geliebten, die sie am Ende verriet, die schwule Schlampe Madeleine Dormeuil, das Mannweib, deren Bruder ein *flic* bei der Gendarmerie war. Wir waren, die ganze Familie, zu Beginn des Krieges nach Orléans geflohen. »Warum Orléans?«, werden Sie fragen. Ich habe keine Ahnung. Vielleicht hatten meine Eltern Freunde dort; vielleicht hatte mein Vater etwas von Arbeit gehört. Es war ein Schritt, der für mich die ernstesten Folgen hatte. Paris jedenfalls war in Panik. Und meinen Eltern schien es wohl das Wichtigste, *l'enfant* vor der Bombardierung zu retten, die mit Sicherheit über Paris hereinbrechen würde, vor den einstürzenden Gebäuden, dem Giftgas und so weiter. Mein Vater war natürlich eingezogen worden – ich erinnere mich an ihn in Uniform –, aber es war der französischen Armee nicht bestimmt, seine Dienste lange in Anspruch zu nehmen. 1941 unternahm er seinen ersten heimlichen Vorstoß in die ZNO, die nicht okkupierte Zone.

Orléans war um nichts sicherer für uns als Paris. Juden zum Beispiel mussten sich als Juden bei der Polizei registrieren lassen, eine schreckliche Bestimmung, über die meine Eltern sich hinwegsetzten, indem sie einander versicherten, dass sie ja von Rechts wegen nicht in Orléans, sondern in Paris gemeldet sein müssten. Es war geplant, dass Papa sich irgendwo südlich des Massiv Central Arbeit suchen und Maman und mich dann nachkommen lassen sollte. Immer wenn Papa sich in den Süden absetzte, setzte Maman sich in den Norden ab – nach Paris, um angeblich ein Auge auf den Laden und die Wohnung darüber zu haben, in Wirklichkeit aber, um in den Armen ihrer angebeteten Madeleine zu liegen. Während sie weg war, hatte ich »Tante« Louise zu gehorchen, unserer älteren, streng katholischen Vermieterin, die sich für ein paar zusätzliche Francs bereit erklärt hatte, ein mütterliches Auge auf ein Flüchtlingskind zu haben.

Am 16. Juli 1942 wurde Tante Louise, die wieder einmal *in loco matris* fungierte, eine schnell hingekritzelte Botschaft meines Vaters überbracht: Er war in St. Pons, nicht weit von Béziers, im Departement Hérault, und wir sollten ihm mit aller Vorsicht und so schnell wie möglich dorthin folgen. Aber einem ungeschriebenen Gesetz der Symmetrie gehorchend, das einen fast an eine lenkende Gottheit glauben lässt, wurde meine Mutter ausgerechnet am 16. Juli 1942 verraten, verhaftet und mit Tausenden von Gleichgläubigen, die von der Pariser Polizei und ihren eifrigen Helfern zusammengetrieben worden waren, im Vel d'Hiv abgeladen, wo sie eine Woche unter Bedingungen zubrachte, vor deren Beschreibung selbst Dante sich gescheut hätte. Diese Meldung erreichte Tante Louise in einer anderen rasch hingekritzelten Botschaft. Diesmal fungierte meine *tante de convenance in loco patris.* Vom Vel d'Hiv wurde meine Mutter nach Drancy geschickt, wo sie fünf Monate lang elend dahinvegetierte, es aber zu Wege brachte, einen Polizisten zu bestechen – man wagt anständigerweise nicht zu fragen, wie ihr das gelang, meiner schönen Mutter, denn Geld hatte sie keines –, der (via Tante Louise) ihre Briefe an uns weiterleitete. Von Drancy wurde sie nach Auschwitz befördert und von dort ins Jenseits. Was Madeleine Dormeuil anlangt, möge sie für immer im letzten Kreis der Hölle brennen – gäbe es nur eine solche! *Du calme, du calme.* Ich eile mir selbst voraus.

Beale Hall ist auf einem langen, sanft ansteigenden Hügel in den Corve Dales gelegen und bietet einen herrlichen Blick über den eigenen Park und die umliegenden Wälder. Auf der Nordseite des Besitzes schlängelt sich ein Nebenarm der Corve die Grenze des Grundstücks entlang; im fernen Süden kann man im Winter, wenn ein kleiner Buchenbestand alle Blätter abgeworfen hat, ein Stück von der Turmruine der Burg Ludlow sehen. Das Haus wurde 1693 von Sir John Vanbrugh für Sir Peregrine Beale gebaut, ein *jeu d'esprit,* in dessen Pracht man *in piccolo* bereits die charakteristischen Linien der Burg Howard erkennen kann, eines Bauwerks, wie man es sich damals noch nicht einmal hätte träumen lassen. Was diesen erfolgreichen Stückeschreiber dazu veranlasste, sich der Architektur zuzuwenden – über seine unerwartete Genialität als Architekt sei im Augenblick nichts gesagt –, werden wir nie wissen. Was wir jedoch wissen, ist, dass Sir Peregrine und er miteinander gesoffen und gehurt haben und dass beide Fechtstunden bei Gaston Lefeu in seiner *Academy* in der Piddle Lane nahmen. Vielleicht genügt das als Erklärung. Das Erstaunen von Vanbrughs Zeitgenossen über dessen neues Unterfangen ist uns in einem scheußlichen Couplet überliefert, das keinem anderen als Jonathan Swift zugeschrieben wird:

> 's heißt in der Stadt, dass ein gewisser Van, einst Schreiberling,
> Der Bühne untreu worden ist und mit dem Bau'n anfing.

Sollte Sie manches von dem, was Sie hier gelesen haben, an die Ergießungen eines Reiseführers erinnern, fassen Sie Mut: Sie haben ein Ohr für Stil. Das meiste davon stammt aus *Beale Hall, ein historischer Führer,* einer illustrierten Broschüre für Besucher, die in der ersten Ausgabe von 1955 für vier alte Pence verkauft wurde und jetzt, in der Neuauflage, für neunzig neue Pence zu haben ist, inhaltlich unverändert, aber äußerlich gewandelt – wir drucken jetzt auf Glanzpapier. Ich habe meine Zitate nicht in Anführungszeichen gesetzt, weil ich selbst – ja, lachen Sie nur, wenn Sie müssen – der Verfasser von *Beale Hall, ein historischer Führer* bin und daher kein Plagiat begehen kann. Aber wenn Sie, wie ich zu Beginn dieses Absatzes postulierte, ein Ohr für Stil haben, haben Sie gewiss auch erkannt, dass mein Englisch bereits im Jahr 1955 fließend genug war, um auf »fremdenführerisch« zu machen, wenn ich es so nennen darf. Inzwischen benutze ich die Sprache natürlich wie meine Muttersprache, sie ist zum Instrument all meiner Gedanken, ja sogar meiner Träume geworden. Ich fühle mich in ihr jetzt viel wohler als im Französischen, dessen grammatikalische und lexikalische Feinheiten mir nach und nach entgleiten. Bei meinem letzten Besuch in Paris hat mir ein Taxifahrer doch tatsächlich auf Englisch geantwortet, ein sicheres Zeichen dafür, dass er mich für einen Ausländer hielt, wahrscheinlich für einen von jenseits des Kanals!

Natürlich hat mein gesprochenes Englisch immer noch einen leichten französischen Akzent, einen Akzent, der vor fünfzig Jahren dem Ohr (und anderen Teilen) der anglophonen Weiblichkeit zu gefallen schien. Die junge Kiki zum Beispiel nannte ihn »sexy«; die junge Maude sagte, sie wäre von Anfang an »feucht geworden zwischen den Beinen«, sobald ich zu reden anfing. Nun ja, nun ja, ich will mich nicht brüsten. Auf jeden Fall werden diese Seiten hier meine Beherrschung oder Nichtbeherrschung der Sprache erweisen. Was die Broschüre anlangt, so werde ich sicher noch einmal daraus zitieren, aber Sie sollen auch wissen, warum. Beale Hall ist das herrschaftliche Haus, in dem Bastien und ich leben, und das, dank Kiki, schon fast ein halbes Jahrhundert lang.

Es gibt so viel zu erzählen und vielleicht nur noch wenig Zeit dazu. Wo soll ich anfangen? Ich habe heute früh zwei Gartenzwerge befreit. Ist das von Bedeutung? Ich habe die Idee von den Franzosen – ausgerechnet. Die Jugend da drüben ist heutzutage um so vieles *besser* als zu meiner Zeit. Jedenfalls, eine Gruppe von ihnen entfernt heimlich das Zwergenvolk aus bürgerlichen Gärten und setzt es im Wald, »seinem natürlichen Lebensraum«, frei. Sie lassen sich mit bunten Kapuzenmützen fotografieren, so dass man nur ihre blitzenden Augen, die perfekten Zähne und die Gartenzwerge unter ihren schützenden Armen sieht. Heute früh, kurz vor Sonnenaufgang, habe ich zwei von der Sorte aus dem Vorgarten von »Benghazi«, Major Catchpoles Cottage, befreit – einen liegenden Zwerg, der lässig eine Angelrute hält, und einen, der auf einem Pseudofliegenpilz sitzt und den Finger an die Nase hält – und sie im Tetley-Wald ausgesetzt.

Der an Beale angrenzende Tetley-Wald hat früher einmal zum Besitz gehört. Der letzte von Sir Peregrines Nachkommen, Sir Ferdinando Beale, Staffelkommandeur der Air Force, verkaufte die Wälder, damit er die Steuer zahlen konnte, mit der die siegreiche Labour-Regierung der Nachkriegszeit sein Erbe belegte. Er erhängte sich 1951 an den unteren Zweigen der Stuart-Eiche, ein homosexuelles Opfer von Erpressern, und starb ohne Nachkommenschaft. Seine Erbin war Lady Violet Devlin, meine höchsteigene Kiki, und sie, schon mitten im New Age, noch bevor es den Begriff überhaupt gab – wenn auch in dieser längst vergangenen Zeit katholisch gefärbt –, hatte kein Interesse an dem Besitz. Sie schenkte ihn der Kirche, und zwar ausdrücklich dem Vatikan, aber unter gewissen Bedingungen: Beale Hall mit all seinem Komfort, seiner unvergleichlichen Bibliothek und den herrlichen Parkanlagen sollte ein Refugium für katholische Gelehrte und von dem eigens zu diesem Zweck zu schaffenden Devlin-Trust verwaltet werden. Der erste Rektor sollte Hochwürden Edmond Musič, meine Wenigkeit, werden, und zwar auf Lebenszeit, es sei denn, er entschließe sich dazu, in den Ruhestand zu treten – wovon er den Trust rechtzeitig in Kenntnis zu setzen hätte –, oder der Trust bekäme durch unwiderlegbare medizinische Befunde untermauerte Kenntnis davon, dass sein Gesundheitszustand ihn ernsthaft an der Ausübung seiner Pflichten hindere. Der Rektor konnte ganz nach Gutdünken über Beale Hall und alles, was dazugehörte, verfügen, nur verkaufen durfte er den Besitz nicht. Nicht übel, was?

Das war Kiki, meine heiß geliebte Kiki, und ihre herrliche Antwort auf meine 1952 geführte Klage, dass ich eingehen würde, müsste ich noch eine Pfarre über mich ergehen lassen, dass ich es nicht länger ertragen könnte, künstliche Perlen vor echte Schweine zu werfen. Sie war damals in Big Sur in Kalifornien. Nachdem ein aufmerksamer Surfer die Heilige Jungfrau Maria venusgleich einer großen Muschel hatte entsteigen sehen, hatten sich Tausende Gläubige pflichtschuldigst an diesem Wunderstrand versammelt, Kiki unter ihnen. Aber sie zwackte sich die Zeit von ihrer BVM-Wache ab, um meine Zukunft zu planen. (Um 1960 war Kiki, angeregt durch Aldous Huxley, schon beim »Heiligen Pilz« und anderen natürlichen psychedelischen Wegen zu mystischen Wahrheiten gelandet! 1975, sie lebte damals bereits seit einigen Jahren in Sausalito, schluckte sie eine Überdosis eines reichhaltigen Cocktails von Psychodrogen. Ich las eine spezielle Messe für sie in Beale Hall. Für mich war sie *fidelitas ipsa,* die Treue groß geschrieben. Seit ihrem Tod versucht die Kirche, mich von hier zu vertreiben.)

Der Weg über das Anwesen beginnt bei dem jetzt stets geöffneten massiven Eingangstor in der hohen Mauer, die es im Süden begrenzt. Er führt vorbei am Haus des Torwächters – aus spätviktorianischer Zeit, mit Reet gedeckt und aus heimischem Stein gebaut –, das heutzutage von niemandem mehr benutzt wird außer von den Burschen und Mädchen aus dem Ort, die dort ihren amourösen Vergnügungen nachgehen, und windet sich sogleich um einen See, über dessen wie eigens dafür gemachte Verengung in der Mitte eine kleine Brücke mit Geländer führt. Enten und Teichhühner plantschen im Schilf. Nun beginnt der Weg anzusteigen, und zwar ziemlich scharf, führt vorbei an der Stuart-Eiche, wo einst Sir Ferdinando und in jüngster Vergangenheit der arme alte Trevor den Tod fanden, und zieht sich weiter unter überhängenden Bäumen – uralten Eichen und Kastanien, durch die man gelegentlich einen Blick auf die von Sir Humphrey Beale zur Feier von Nelsons berühmtem Sieg bei Trafalgar errichtete Säule in der Ferne erhascht. Dann gabelt er sich, ein Arm zweigt nach rechts zum Stallgebäude mit dem Torbogen und dem Glockenturm in der Mitte ab, das vor mehr als dreißig Jahren unter meiner Anleitung umfunktioniert wurde und in dem sich nun eine Kanzlei, eine Küche, das Refektorium, ein Allzweckraum und kleine möblierte Zimmer für unsere Gastgelehrten befinden. Ich hatte es lästig gefunden, in Beale Hall selbst zu jeder Tages- und Nachtzeit so vielen Schwarzröcken, hauptsächlich Jesuiten, zu begegnen. Der Umbau des Stallgebäudes war die auf der Hand liegende Antwort. Natürlich kann ich sie der Bibliothek und der Kapelle nicht fern halten, aber ich kann Bibliothekszeiten festsetzen und tue es auch, und Bastien sorgt dafür, dass die Gottesdienste nach einer Art Turnus abgehalten werden. Um die Wahrheit zu sagen, Bastien in seinen Schlappen begrüßt sie, wenn sie ankommen, Bastien in seinen Schlappen bewirtet sie, solange sie da sind, und Bastien in seinen Schlappen verlebwohlt sie, wenn sie wieder abreisen. Ich sehe kaum noch einen von ihnen. (Die Nichtgeistlichen sind eine andere Sache. Ich nehme mir die Liste der Bewerber höchstpersönlich unter die Lupe und lasse nur die kommen, die mir interessant scheinen.)

Der zweite Arm des Weges wird dann breiter, und bald kommt Beale Hall selbst in Sicht, dieser prachtvolle barocke Herrensitz. Was einem zuerst auffällt – aber ich kann nicht weiter so daherschwafeln! Wenn Sie an solchen Dingen interessiert sind, empfehle ich Ihnen dringend, *Beale Hall, ein historischer Führer* zu lesen. Dort erfahren Sie zum Beispiel Näheres über den Großen Saal mit seinem ungewöhnlichen Kamin und der noch ungewöhnlicheren Malerei von Giovanni Malocchio in der Kuppel: Aphrodite, Britomartis und Ellen Scrim-Pitt vom Drury Lane, alle mehr oder minder splitternackt, alle zum Empyreum aufsteigend, während pausbäckige, geflügelte Amoretten die Trompeten blasen, und alle ihre wohlgerundete Schönheit aus höchst unerwarteten Blickwinkeln dem Betrachter darbietend – ein Meisterwerk erotischer Perspektive. In meinem *historischen Führer,* der das *Nihil Obstat* trägt, identifiziere ich die Damen diskret als Glaube, Hoffnung und Liebe und deute an, dass sie vom Himmel herab-, nicht in den Himmel hinaufsteigen. Ob die großartigste dieser Damen die Liebe (das heißt Ellen Scrim-Pitt) ist, ist eine Frage des Geschmacks. Zweifellos hat sie den größten Hintern und ist diejenige von den dreien, auf der mein Blick immer schon länger verweilte. Jedenfalls werde ich von der Bibliothek, dem Gobelinsaal, den langen Galerien, der herrlichen Sammlung von Bildern und Möbelstücken, den Gemälden von Rubens, Domenico Feti, Holbein, van Dyck, Lely, Kneller, Hogarth, Stubbes, Turner und so weiter nur dann sprechen, wenn es im Zusammenhang erforderlich ist. Dasselbe gilt für die Kapelle, die 1875 von Charles Ogilvie Beale umgestaltet wurde, der

Rom zu Gunsten Canterburys abtrünnig wurde (bis er auf dem Totenbett lag), und die sich eines Basreliefs von Mantovani und farbiger Glasfenster von Morris und Burne-Jones rühmen darf. Der *Musič-Room,* das ehemalige Musikzimmer, ist eine andere Sache. Ich habe diesen Raum zu meinem Zimmer gemacht, meiner Privatdomäne, dem Raum, in dem ich fünfzig Jahre lang die meisten meiner wachen Stunden zugebracht habe (und gar nicht so wenige in süßem Schlummer). Er hat mich von Anfang an betört mit seiner Schönheit, seinen eleganten Proportionen und – natürlich – seinem Namen. *Music-Room* war er, *Musič-Room* ist er.

Major William Clive (»Sagen Sie W. C. zu mir, alter Knabe!«) Catchpole, O. B. E., war eine so genannte Wüstenratte gewesen und hatte ehrenvoll unter Montgomery in Nordafrika gedient. Was er dort an menschlichem Leid, Wahnsinn, Gemeinheit und – ja – Heldentum gesehen hatte, hatte ihn seinen Glauben verlieren lassen. Als Katholik war er in den Krieg gezogen, »ein frommer Trottel, altes Haus«; als überzeugter Atheist war er daraus hervorgegangen. Kein Priester, nicht einmal Seine Heiligkeit – »*dein* Herr und Meister, nicht meiner, alter Freund« –, konnte ihn mit frömmlerischen Rechtfertigungen für die Allgegenwart und Sinnlosigkeit des Bösen abspeisen. Vor seinen Augen waren Kameraden von Granaten zerfetzt worden, ihr Blut und ihre Hirnmasse hatten ihn bespritzt, ihre Knochensplitter sich ihm ins Fleisch gebohrt; er hatte die Schreie von Männern gehört, die bei lebendigem Leib in ihren Panzern verbrannten, den Gestank herausquellender Eingeweide gerochen, die die Besitzer in ihrem Schock vergeblich in die gurgelnden Höhlen zurückzustopfen versuchten. Und er wusste, was immer die Deutschen jungen Engländern an brutaler Grausamkeit antaten, die jungen Engländer versuchten es ihnen mit ebenso brutaler Grausamkeit heimzuzahlen. »Wo war denn Euer Gott, als das alles geschah, dieser winzige Teil weit größerer Abscheulichkeiten, die sich bis in die Zeit vor der Kreuzigung ziehen – obwohl die Kreuzigung im Prinzip vielleicht weit genug zurückliegt – und von der Kreuzigung wieder herauf bis zum heutigen Tag? Wo, geschätzter Herr Pfarrer, war Euer gütiger Jesus da?«

Kein Widerspruch.

Aber für Catchpole fiel, nachdem diese eine Karte entfernt worden war, das ganze Kartenhaus in sich zusammen. Sein früherer Glaube lag in Scherben. Er führte, wenn ich es so nennen kann, einen atheistischen Kreuzzug. Er legte die glänzende Rüstung der Wahrheit an und griff zu den rasiermesserscharfen Waffen der Vernunft. Weniger fantasievoll ausgedrückt, gegen den Katholizismus ins Feld zu ziehen, war sein Steckenpferd geworden. Und da wir Nachbarn sind – seit fast einem halben Jahrhundert jetzt schon – und er mich bequem zur Hand hat, bin ich schon seit langem der Empfänger dieser antikatholischen Attacken.

Ich möchte aber gleich sagen, dass ich den Major mag, ich mag ihn sogar sehr gern, und er mich auch, glaube ich. Wir sind schon seit langem Freunde. Auch meinen Diebstahl seiner Gartenzwerge muss man in diesem Licht sehen. Er ist ein Schachzug in einem langjährigen Kampf. Normalerweise findet der Kampf verbal statt, und er hat immer den besseren Text. Der Diebstahl wird, so hoffe ich, unsere laufenden freundschaftlichen Auseinandersetzungen auf ein weniger vertrautes Terrain verlagern.

Wir spielen ein Mal die Woche Schach, abwechselnd im Musikzimmer in Beale Hall und im Salon von »Benghazi«, dem Haus des Majors am Rand des Tetley-Waldes, das früher einmal – auf dem ursprünglichen Anwesen – das Haus des Wildhüters war. Wir sind keine sehr guten Schachspieler, aber wir sind wenigstens gleich schlecht. Natürlich ist das Schachspielen nur ein Vorwand für unsere regelmäßigen Zusammenkünfte. In Beale Hall bringt Maude den Schachspielern schon seit Jahrzehnten Erfrischungen: Sandwiches, Gewürzkuchen oder Zitronencremetorte, eine Kanne Tee. Ich bin sicher, der Major weiß schon lange, dass Maude und ich das Bett teilen, aber er spielt den Ahnungslosen. Niemals würde er dieses Wissen für seine Attacken auf die katholische Scheinheiligkeit benutzen. Er ist und war immer ein Gentleman.

Natürlich habe ich nie mit ihm über seinen Strom von Cousinen, Nichten und Haushälterinnen gesprochen, ein Strom, der in letzter Zeit zu versiegen scheint. Aber wie hätte ich auch können? Er hatte kurz nach dem Krieg eine Frau geheiratet, deren postnatale Depression offenbar auf ihre eigene Geburt zurückging. Imogen hatte immer einen Anflug von Trostlosigkeit an sich, sie war in eine graue Wolke mit schmutziggelben und schwarzen Flecken gehüllt. »Sie bedrückt mich, altes Haus. Kann natürlich nichts dafür, die Ärmste, aber sie bedrückt mich.« Sie wirkte immer, als wäre sie den Tränen nahe, und ihre Nasenspitze war dauerhaft gerötet, als litte sie ständig unter einer hartnäckigen Erkältung. Er war ein Denkmal der Geduld und sie das verkörperte Leid; aber lächeln konnte er nicht.

Sie lebten zwölf elende Jahre miteinander. »Und dann war mir das Glück ein bisschen hold. Ihr Onkel Doktor, der wahrscheinlich die Nase voll hatte von ihrem ewigen Gejammer, schlug ein oder zwei Monate Brighton vor, die belebende Seeluft würde ihr unwahrscheinlich gut tun, sie geradezu verwandeln und so weiter und so fort. Tja, und in Brighton lernte sie einen spanischen Tänzer kennen, Blasco Mendoza, je von ihm gehört? Na egal. Eigentlich kein Spanier. Er kam aus Brooklyn, New York. Sie verliebten sich ineinander, perfekte Harmonie der Temperamente, soweit ich weiß. Sie lief mit ihm davon, keine Ahnung wohin – ist mir auch egal, um ehrlich zu sein. Vielleicht nach Brooklyn.«

Ich habe diese Geschichte oft gehört. Der Major, Gott segne ihn, hat längst vergessen, dass ich Zeuge dieser Ereignisse war.

An diesem Abend kam der Major nach Beale Hall – die Reihe des Gastgebers beim Schach war an mir – und gratulierte mir zum »Wunder« – er liebte solche Worte – meiner »Wiederauferstehung«. W. C. ist jetzt achtzig und ein bisschen schwach. Seine derzeitige Donja ist – er versucht das gar nicht mehr zu kaschieren – eine Hauskrankenpflegerin. Aber er sprudelte über vor Aufregung. Ich stöhnte innerlich. Er hatte eine neue These. Ich würde wieder einmal, Gott helfe mir, nicht nur die Existenz, sondern auch die Unantastbarkeit des dreieinigen Gottes verteidigen müssen. Ich versuchte eine eifrige, erwartungsvolle Miene aufzusetzen.

Wie zufällig, um den Augenblick des Triumphs hinauszuschieben und dadurch seinen Genuss zu steigern, griff er nach einem in Leder gebundenen Buch, das auf meinem Schreibtisch lag. »Was haben wir denn da?«, sagte er und öffnete das Buch bei der Titelseite.

»Wie du siehst, eine Coleridge-Erstausgabe, 1816. *Christabel, Kubla Khan, The Pains of Sleep*. Das besonders Bemerkenswerte daran ist allerdings die Tatsache, dass die Ausgabe auch Scotts *Field of Waterloo* enthält. Hier am Ende, warte, ich zeig's dir.«

»Ja, ja, sehr interessant.«

Aber natürlich interessierte es ihn überhaupt nicht. Es ist

ein schönes kleines Buch, und es gehörte zu dem, wenn ich so sagen darf, Privatbestand von Büchern, den ich mir hier angelegt hatte. Und er interessierte sich auch nicht für den Totenschädel, das *memento mori,* der daneben auf meinem Schreibtisch stand. Er hatte vermutlich einmal dem Pish gehört, dem Baal Schem von Ludlow, obwohl ich in seinen Aufzeichnungen keinen Hinweis darauf finden kann. Aber auf dem Schädeldach findet sich die hebräische Inschrift יוריק, Yorick, ein – wie ich später vielleicht noch erklären werde – verlässlicher Hinweis auf den Pish.

W. C. konnte sich nicht länger bezähmen. Er setzte sich auf seine Seite des Schachtischs, zog die Hosenbeine sorgfältig über den Knien hoch – eine seit Aufkommen der Blue Jeans reizend altmodische Geste – und zupfte an seinem linken Ohrläppchen. Es sei, sagte er, möglich, die Existenz des willkürlich und daher gottleugnend Bösen in der Welt durch eine mathematische Formel, das Theorem von Bayes, zu beweisen. »Sieh dir das an«, sagte er und zog ein zusammengefaltetes Stück Papier aus der Brusttasche. Ich öffnete es:

$$P(H/e\&k) = \frac{P(H/k) \text{ x } P(e/H\&k)}{P(e/k)}$$

Genau in diesem Augenblick klopfte Maude an die Tür. Kann man einen Menschen am Klopfen erkennen? Ich schwöre, ich könnte Maudes Klopfen von noch so vielen anderen unterscheiden. (Aber natürlich, wer sonst als Maude hätte in diesem Augenblick klopfen können? Ich will da schon fair sein. Ist nicht die Wahrheit die Wahrheit? fragt Falstaff.)

»Komm«, sagte ich und bediente mich damit eines Wortes, das für Maude und mich eine anzügliche Bedeutung hatte, die auf die frühesten Tage unserer sexuellen Ekstasen zurückging.

Kein Wunder, dass sie rot wurde, als sie mit ihrem Tablett eintrat, auf dem sie uns kleine Sandwiches (mit geräuchertem Lachs, Schinken, Käse, Tomaten und Gurken) brachte sowie Schokoladenkuchen, Teller und Besteck, eine Kanne Tee, einen Krug Milch, Tassen und Untertassen.

»Ein wahrer Festschmaus, Maude! Wunderbar! Sie sind viel zu freundlich«, sagte Catchpole. »Was sagen Sie dazu, dass unser Freund hier von den Toten auferstanden ist? *Non nobis,* was? Aber trotzdem sind wir dankbar, nicht wahr?«

Maude ist ziemlich füllig geworden, jetzt, wo sie allmählich auf die siebzig zusteuert – zuhinkt, sollte ich sagen, denn sie leidet unter schlimmen Schmerzen in der linken Hüfte. Ihr Gesicht ist von unzähligen kleinen Knitterfältchen durchzogen, aber wenn sie lächelt – und sie schenkte Catchpole ein Lächeln –, ist ihre Schönheit immer noch so strahlend, dass einem das Herz stehen bleiben könnte. Ihre grünen Augen blitzen immer noch. Wenn sie lächelt, ach …

Der Schönheit, die in einem Herbstgesicht ich sah,
Kommt keine Frühlings-, keine Sommerschönheit nah.

Ihr Haar ist immer noch rot, vielleicht sogar röter als in ihrer Jugend, aber für dieses kleine Wunder ist wohl Angie Mackletwist zu danken, der stolzen Inhaberin von »Snippety-Snip«, dem Frisiersalon von Ludlow, die sie jeden zweiten Donnerstagabend als Freundin und »Expertin« aufsucht und mit der sie ein oder zwei Stunden verbringt.

Wie ich, hat Maude eine kleine Schwäche für W. C. Mit erfahrenem Geschick arrangierte sie ihre Gaben vor uns. »Ich gebe zu, es tut gut, den Gauner wieder da zu haben«, sagte sie. »Aber um ehrlich zu sein, ich wähnte ihn an einem besseren Ort.«

»Wenn du dir je wieder ein Auto anschaffst«, sagte W. C. mit einem boshaften Glitzern in den Augen, »hoffe ich, dass du vernünftig genug bist, es erst mal nach Copacabana in Bolivien zu bringen.«

Es wäre grausam gewesen, die Frage nicht zu stellen. Außerdem war ich wirklich neugierig, worauf er hinauswollte. »Warum sollte ich das tun?«

»Um es segnen zu lassen, natürlich. Die Leute kommen aus allen Teilen Südamerikas dorthin, den ganzen weiten Weg bis zum Titicacasee. Sie verstopfen die ganze *plaza,* vor allem an den so genannten Tagen des Herrn und sonstigen Feiertagen. Deine Kirche, altes Haus, hat da sechs Franziskanermönche – *sechs Mann, wohlgemerkt!* –, denen es ein Vergnügen ist, die Wagen mit Weihwasser zu besprengen und den nötigen Hokuspokus dazu aufzusagen.«

»Jetzt hör aber auf, Major.«

»Es ist wahr, ich gebe dir mein Wort. Um vieles besser als eine gewöhnliche Autoversicherung. Die Priester schützen dich und dein Auto vor Erdbeben, Betrunkenen am Steuer, Achsenbrüchen, in die Irre führenden Wegweisern, schlecht funktionierenden Bremsen, Benzinknappheit, was du willst. Hör mal, die gesamte Wirtschaft der Stadt baut darauf auf. Sogar die Banken bleiben am Sonntag offen für die Pilger. Eine geheime Absprache unter Kirchen und Banken, verstehst du. Obwohl dein Erlöser, wie du dich erinnern wirst, die Geldwechsler aus dem Tempel vertrieben hat. Und von den Indianerfrauen kannst du das ganze Brimborium kaufen, das du brauchst, um das Auto für die Segnung zu schmücken.«

»Ein Wunder«, sagte Maude.

»Ein Skandal!«, sagte W. C.

»Franziskanerpater, sagen Sie?«, fragte Maude.

»Ja, sechs.«

»Na dann ist ja nichts dagegen einzuwenden.«

»Gemeinsam sind wir stark, was?«, sagte W. C. und zwinkerte mir zu. »Dein Papst lernt schnell, das will ich ihm lassen. Er hat jetzt Gottes Schutz für eine Tiefgarage erbeten, die neue im Vatikan. Das Gebäude, die Autos und alle Menschen, die dort parken, werden von jetzt an ganz sicher sein. Was für ein Segen. Die Kirche ist damit offiziell ins Kfz-Zeitalter eingetreten, mit besonderem Augenmerk auf Parkgaragen. Wie ärgerlich für die Amis, dass seine Heiligkeit diese neue Arena für sein segensreiches Wirken nicht rechtzeitig erkannt hat, um das World Trade Center in New York zu retten.«

Maudes Sinn für Humor neigt dazu, sie in Glaubensangelegenheiten zu verlassen. Der Sarkasmus des Majors bekümmerte sie, sosehr sie den Major auch mochte. »Wer kann schon sagen, was eine päpstliche Segnung zu bewirken vermocht hätte?«, bemerkte sie scharf. Doch dann fuhr sie in sanfterem Ton fort: »Ich wollte immer gerne nach New York, aber es hat sich nie ergeben. Ich hab dort einen Cousin mütterlicherseits, aus der Linie der Dowds. Sie haben ein Pub in einer Gegend, die Queens heißt.« Sie wandte sich an mich. »Haben Sie gewusst, Hochwürden, dass der Major sofort herbeigeeilt ist, um mich zu trösten, als sich die Nachricht von Ihrem schrecklichen Tod verbreitete? Dabei hat er mehr Trost gebraucht als ich, der arme, zur ewigen Verdammnis verurteilte Heide, wie er da geseufzt und geflennt und sich mit der Faust auf sein armes Herz geklopft hat.«

Sie ging und hinterließ ein Vakuum, das Männer, die sich ihrer Gefühle schämen, verabscheuen. Um die Stille zu füllen, legte ich das Stück Papier zusammen, das er mir gegeben hatte, faltete es dann mit raschelnder Entschlossenheit wieder auseinander, starrte auf die Formel, schob nachdenklich die Lippen vor und sagte: »Hmm.«

»Diesmal hab ich dich, was?«, sagte der Major eifrig. Er hat so eine Art, mit den Mundwinkeln zu zucken, wie um auszudrücken, dass ihn die Dummheit seines Gesprächspartners sehr belustigt, ja dass er sich ein Lachen kaum verbeißen kann, sich aber tapfer und höflich um Zurückhaltung bemüht. »Wir fangen, wie immer, mit Gott an, der *per definitionem* allmächtig, allwissend und, natürlich, gut ist.« Die Mundwinkel des Majors zuckten heftig, und er legte sich einen Augenblick die Hand über den Mund. »Das Leiden ist aber mit Sicherheit *nicht* gut. Kannst du mir so weit folgen?«

Ich schüttelte den Kopf und lächelte, wie um zu sagen: ›Ach, alter Halunke, fängst du schon wieder damit an!‹ Laut sagte ich: »Wie wär's mit einem Sandwich, sie verschrumpeln noch, wenn wir sie nicht bald essen. Und sollen wir uns nicht eine Tasse von Maudes hervorragendem Tee einschenken?«

Die Zuckungen um die Mundwinkel des Majors wurden schneller. »Schenk nur ein, von einem hochwürdigen Vater lass ich mich gerne bemuttern.« Das ist einer seiner Lieblingsscherze, und ich gebe ihm regelmäßig Gelegenheit dazu.

Ich schenkte ein. »Ein Stück Zucker oder zwei?«

»Zwei für mich und drei für dich«, trällerte er und deklamierte dann:

»Drei Stück Zucker in den Tee
Als Dreifaltigkeitssymbol
Tut den Arianern weh
Und der Teufel grinst frivol.

Vernünftiger Mann, dieser Browning. Der hat die Scheinheiligkeit durchschaut.« Auch das war einer seiner Lieblingsscherze, der bei unseren Sitzungen selten fehlte. Er biss in ein Sandwich. »Irgendwer hat meine Gartenzwerge geklaut.«

»Kaum zu glauben«, sagte ich. »Deine Gartenzwerge? Was für ein degeneriertes Subjekt würde so etwas tun? Da muss der Teufel selbst im Spiel sein.«

»Der Teufel, ach ja? Wenn dem so ist, bin ich ihm dankbar. Konnte die verdammten Dinger noch nie leiden. Imogen hat sie aufgestellt. Und hat damit mehr über ihre Herkunft verraten als mit sonst irgendwas, würde ich sagen. Ich wollte sie schon seit einer halben Ewigkeit loswerden. Verdammte Trägheit.«

Ich seufzte.

W. C. nahm noch ein Sandwich und schwenkte es in Richtung des Zettels in meiner Hand. »Siehst du, worauf ich hinauswill?«, sagte er schließlich. »Sinnloses Leid ist böse. Das liegt auf der Hand. Wenn Gott es erlaubt, ist er nicht gut; wenn er nicht gut ist, ist er nicht Gott. Und da kommt das Theorem ins Spiel.«

Ich warf seinen Zettel auf den Tisch. »Ach komm, Major. Du bist schon besser gewesen.«

»Du kennst es also?« Kein Zucken um die Mundwinkel diesmal.

»Ich versuche auf dem Laufenden zu bleiben, so gut ich kann, weißt du. Ich kann zwar nicht mehr von mir behaupten, dass ich ein großer Philosoph wäre, aber ich will es trotzdem mal versuchen. Es handelt sich hier um die Wahrscheinlichkeitstheorie, richtig? Eine Methode zur Prüfung einer Hypothese?«

»So ist es. Wenn du zugibst, dass es sich bei deinem so genannten Neuen Testament um Unwahrscheinlichkeitstheorie handelt. Aber kannst du die Gleichung lösen?«

»Ich denke schon. Obwohl ich vielleicht die einzelnen Faktoren der Gleichung vergessen habe. Du wirst mir helfen müssen. H ist natürlich die Hypothese; e ist … Evidenz; k, lass mich nachdenken, ja, k ist Hintergrundwissen und berechtigte Annahme. Nicht schlecht, nicht schlecht. Und was jetzt, W. C.?«

Er hatte, um seine Enttäuschung zu kaschieren, konzentriert auf die zwischen uns aufgestellten Schachfiguren gestarrt. Nun schlürfte er geräuschvoll seinen Tee. »Nehmen wir an, H, meine Hypothese, ist die, dass Leid in gewissen Fällen und Formen keinen Sinn und Zweck hat; e ist die Behauptung, dass wir selbst nach sorgfältiger Überlegung keinen Zweck in diesem Leid sehen können, und k steht für alle gerechtfertigten Hintergrundüberzeugungen, die wir haben.«

»Aber wir können deine Hypothese nur überprüfen, wenn wir sie ihrem Gegenteil gegenüberstellen, der Überzeugung des Theisten: es *gibt* einen Grund für dieses Leid, aber der Grund entzieht sich unserer Kenntnis. Nennen wir *meine* Hypothese T.« Und ich kritzelte unter seine Gleichung meine eigene:

$$P(T/e\&k) = \frac{P(T/k) \times P(e/T\&k)}{P(e/k)}$$

Jetzt war ich an der Reihe, geräuschvoll meinen Tee zu schlürfen. »Ist es vernünftiger, H oder T in Bezug auf e&k anzunehmen? Die Antwort darauf heißt: Welche der rechten Seiten der beiden Gleichungen hat mehr Gewicht, stimmst du dem zu? P(e/T&k) ist sicher gewichtiger als P(e/H&k). Wenn es einen Grund für das Leid *gibt,* sich dieser aber unserer Kenntnis entzieht, dann können wir den Grund natürlich nicht wissen, auch nicht nach sorgfältigstem Überlegen.«

»Du sagst es«, antwortete er mürrisch.

»Ich gehe noch einen Schritt weiter. Selbst wenn wir einen Grund fänden, könnte es ein falscher Grund sein, eine bloße

Illusion, da meine Hypothese besagt, dass der Grund sich unserer Kenntnis entzieht.«

W. C. konzentrierte sich auf die Schachfiguren.

»Jede Religion, die etwas taugt, sollte ihre Anhänger zu einem harten Kampf um den Glauben herausfordern. Nun komm schon, alter Freund. Ich habe *dich* nicht überzeugt und du hast *mich* nicht überzeugt. Es hätte kaum Bayes' Theorem bedurft, um dort zu enden, wo wir angefangen haben.«

»Wie wahr, wie wahr.«

Und damit wandten wir uns dem Spiel zu.

Wenn man noch an Freud glauben könnte, einen anderen gescheiterten Gott, würde ich sagen, dass W. C. sich nichts mehr wünscht, als wieder zu glauben, nichts sehnlicher möchte, als sich wieder vor dem Kreuz zu Boden werfen zu können.

Wie kann irgendein vernunftbegabtes Wesen die Absurditäten des Christentums glauben? Wie ist es möglich, in der Christusgeschichte nicht das Grundmuster zahlloser heidnischer Mythen zu erkennen, das universelle Märchen vom Opfergott, seiner Apotheose und seiner Wiedergeburt? Wie kann der heutige Mensch einer solchen Ansammlung von Aberglauben aus der Frühzeit, dem Mittelalter und danach nur Glauben schenken? Ein Rätsel. Es ist nicht Bescheidenheit, sondern schlichte, einfache Ehrlichkeit, wenn ich zugebe, dass es in der katholischen Vergangenheit und Gegenwart gläubige Männer und Frauen gab und gibt, mit deren Intelligenz und Scharfsinn ich es bei weitem nicht aufnehmen kann. Der Bischof von Hippo oder Thomas von Aquin oder Thomas More oder – vielleicht noch besser geeignet für meine Argumentation – eine Heilige unserer Zeit, das Holocaustopfer Edith Stein, könnten meine armseligen Einwände mit Leichtigkeit vom

Tisch wischen. Aber was den Major betrifft, seine schwachen Triumphe kann sogar *ich* zunichte machen.

Könnte es sein, dass Glaube und Zweifel genetisch vorbestimmt sind? Gibt es einen Schalter, der bei der Empfängnis oder im sich entwickelnden Fötus ein- oder ausgeschaltet werden kann? Wie soll ich das wissen. Beweise *für* die religiöse Wahrheit sind voller Löcher; Beweise *dagegen* sind nutzlos. Manche Menschen scheinen für den Glauben prädisponiert zu sein, andere nicht. Ich weiß nur, dass Dinge, die für mich schlichter Unsinn sind, für andere einen unbestreitbaren Glaubensartikel darstellen.

Der Pish, wie schon erwähnt, wurde als der Baal Schem von Ludlow bekannt. »Baal Schem« bedeutet ungefähr »Herr des Göttlichen Namens«, ein Titel, der einst an jene verliehen wurde, die das geheime Wissen über das Tetragrammaton und die anderen »Heiligen Namen« Gottes besaßen und durch die Kraft dieser Worte Wunder wirken konnten. Ich spüre schon lange eine geistige Verwandtschaft mit diesem Falsch und habe mich in vielen müßigen Stunden damit beschäftigt, über ihn herauszufinden, was ich konnte. (Nun ja, das Wort »müßig« trifft nicht ganz zu. Meine Nachforschungen machten mich mit dem Hebräischen wieder vertraut und vertieften und erweiterten meine Kenntnisse. Ich versenkte mich in den Talmud, in kabbalistische Texte, in rabbinische und magische Schriften. Ich wurde, wenn auch nur in bescheidenem Ausmaß, so etwas wie ein Hebraist.) Zum Glück für mein Interesse an dem Pish gibt es reichlich Material über ihn in Beale Hall. Er und Sir Percival, der Beale seiner Zeit, waren dicke Freunde, sehr dicke.

Ich dachte sogar einmal daran, Falschs Biografie zu schreiben, und im Laufe der Jahre habe ich auch wirklich eine Menge zu Papier gebracht, mehr als 350 Seiten, aber ich bezweifle jetzt, dass ich sie je fertig stellen werde. Das ist schade, denn alles, was die Welt heute über den Pish weiß, findet sich in Lester Bradleys Vorwort zu Horace Winstanleys Sammlung *Geschichten über den Baal Schem von Ludlow* (1936). Bradley, ein frommes Mitglied einer chassidischen Sekte, ging arglos davon aus, dass die biografischen Einzelheiten in den Geschichten authentisch seien. Winstanley seinerseits scheint sich der Tatsache nicht bewusst zu sein, dass die Geschichten selbst bloße Adaptionen und Variationen der frühesten Legenden über den Rabbi Ben Eliezer (1700–1760), den Baal Schem Tow, Begründer des Chassidismus, waren. Es ist ganz klar, dass diese Geschichten über den Pish die Versuche späterer Generationen von Frommen sind, das Leben ihres ersten Lehrers, des Baal Schem von Ludlow, an einem Musterbeispiel für rabbinisches Heldentum auszurichten und sich die Wundertätigkeit eines hebräischen Weisen ersten Ranges zum Vorbild nehmen. Aber während Ereignisse in Zorniszia oder Tschetschelnik oder Polonnoje oder irgendwo innerhalb der im achtzehnten Jahrhundert für russische Juden festgelegten Siedlungsgrenzen in gewisser Weise glaubwürdig erscheinen, wenn auch nur wegen der fremden Musik, die aus den Namen dieser fernen Orte klingt, haftet ihnen etwas fast schon Groteskes an, wenn die »Heilige Gemeinde« Wigan heißt oder Chepstow oder Harrogate oder Tunbridge Wells, eine Tatsache, deren Winstanley sich nicht im Geringsten bewusst zu sein scheint.

Hier zum Beispiel ist ein Auszug aus einem Brief, der in voller Länge im Anhang zu den *Geschichten* zu finden ist. Er nennt sich ein bisschen großspurig »Die Verkündigung« und soll von Jaime Pardo verfasst sein, einem Mitglied des Kreises mystisch geneigter Studenten, die sich zu dem Rabbi Falsch hingezogen fühlten. Adressiert war er an Daniel Ruback, einen reichen Geschäftsmann in Amsterdam, der selbst ein gelehrter Mann war und die Gelehrsamkeit förderte. Warum Pardo sich Ruback dafür aussuchte, sein Wissen um die Kommunikation zwischen Falsch und einem göttlichen Geist an die Juden auf dem europäischen Festland heranzutragen, ist unklar.

> Aus seiner großen Schatzkammer hat uns der Heilige, gelobt sei Er, mit einem Seiner kostbarsten Juwelen, einem Seiner leuchtendsten Edelsteine beschenkt. Ich meine jene heilige Lampe, diesen Mann G-ttes, meinen edlen Meister, meinen unvergleichlichen Lehrer, den hochwürdigen Rabbi Solomon Reuben Hayyim Falsch. Ein großer und mächtiger Engel, ein *Magid,* hat sich diesem heiligen Mann geoffenbart und entdeckt ihm seit nun mehr als zwei Jahren überirdische Geheimnisse.
>
> Lasst mich von Wundern sagen. Der Engel spricht durch den Mund von Rabbi Falsch, aber wir, seine Jünger, hören nichts! Und dennoch enthüllt der Engel dem Rabbi heilige Geheimnisse! Der Mund des Rabbi bewegt sich; er scheint zu uns, seinen Jüngern, zu sprechen, aber lautlos. Dabei dehnt sich sein gebenedeiter Körper aus, als fülle er sich mit Luft, wird rund wie die aufgeblähte Blase des unreinen Tieres, die wilde Christenjungen (und auch Männer!) an Wintertagen mit dem Fuß durch die Stadt stoßen. Zuerst fürchteten wir, unser Rabbi würde platzen, aber als wir uns ihm näherten, stieg er langsam in die Luft und prallte, ein wenig vorgeneigt, als verbeuge er sich vor der Bundeslade, sanft federnd gegen die Decke. Und während der

ganzen Zeit sprach er lautlos zu uns. Zu unserer Freude sind wir inzwischen gewöhnt an diese heiligen Erscheinungen, und sie beunruhigen uns nicht länger.

Der Engel hat unserem Lehrer viele Geheimnisse der Tora enthüllt. Auch jetzt erkennt mein Meister die Inkarnation des göttlichen Funkens in jedem einzelnen Menschen und weiß um die ihm zugewiesenen Heilsaufgaben, die *Tikkunim*. Er weiß um die verborgenen Heilkräfte aller Pflanzen und kennt die Sprache der Tiere. Die Wissenschaft, aus den Linien in den Gesichtern und Händen von Menschen zu lesen, ist ihm so wenig ein Geheimnis wie das *Aleph-Bet*. Er kann bei Nacht oder bei Tag den Himmel betrachten und findet dort geschrieben, was uns, den Juden, widerfahren wird, ob Gutes, so Gott will, oder Böses, Gott behüte. Er weiß um alle Ereignisse der Vergangenheit und um die Ursachen und Wurzeln aller Dinge. Kurz, der *Magid* hat ihm alles enthüllt.

Aber was müsst Ihr von mir denken, Euer Ehren! Ich habe unseren Rabbi an der Zimmerdecke schweben lassen, Gott behüte! Ich will Euch jetzt sagen, was nach dem Besuch des *Magid* geschieht. Zuerst ertönt ein lautes Geräusch – *barr-aakk! barr-aakk!* – wie ein kräftiger Furz. Und während der himmlische Afflatus entweicht, kehrt mein Meister langsam wieder zu seiner eigentlichen Größe und auf seinen Stuhl zurück. In der Luft hängt eine Weile der köstliche Duft nach karamellisiertem Zucker.

Also, ich muss schon sagen, diese *Geschichten* haben einen gewissen Charme. Um ehrlich zu sein, ich mag sie. Ein paar davon sind sogar nützlich, wie die Gleichnisse in den Evangelien. Trotzdem war das wirkliche Leben des Mannes, der zum Pish wurde, viel interessanter als die Travestie seines Lebens, die wir von Lester und Winstanley haben. Aber das ist mein Steckenpferd, und ich sollte vielleicht wieder heruntersteigen.

Als im Frühjahr 1942 die Zeit des Pessach näher rückte, wurde mein Vater unruhig. Unsere Familie hatte sich in Paris nicht sehr um jüdische Gebote und Sitten gekümmert. Natürlich hatten wir unter Juden gelebt, die Tätigkeit meines Vaters brachte uns täglich in Kontakt mit Juden, und wir hatten, wenn auch recht halbherzig, die Fest- und Fastenzeiten eingehalten und die vorgeschriebenen Daten beachtet, die das jüdische Jahr interpunktieren. Aber wir waren nicht fromm, keineswegs. Mich hatte man ab dem sechsten Lebensjahr in eine nahe gelegene *Chejder* geschickt, wo ich biblisches Hebräisch und Aramäisch lesen, schreiben und mit der Zeit auch sprechen lernte und auf die *Bar-Mizwa* vorbereitet wurde. Es erübrigt sich, zu sagen, dass diese Studien neben dem normalen Schulbesuch an einer öffentlichen Schule stattfanden. Irgendein atavistischer Zwang hatte meinen Vater dazu getrieben, dass er auf meinem Besuch der *Chejder* beharrte, meiner Mutter war es mehr oder weniger egal. Ich erinnere mich, dass er mich seinen *Kaddischl* nannte, den Sohn, der für ihn in der Stunde seines Todes den *Kadesch*, das Totengebet, sagen würde. Meine Mutter fand ihn barbarisch.

Aber jetzt waren wir in Orléans, im besetzten Frankreich, und auch wenn wir unserer Vermieterin gegenüber kein Geheimnis aus unserer jüdischen Abstammung machten, lebten wir unter Christen und in der ständigen Gefahr, entdeckt zu werden, und konnten, vor allem angesichts einer so starken Präsenz von Deutschen in der Stadt, nicht als Juden leben.

Das Judentum meines Vaters war wie eine Art Virus, das die meiste Zeit geschlummert hatte, seit er verheiratet war, in Orléans aber mangels lindernder Mittel wieder zum Leben erwachte, sobald eine Gelegenheit im jüdischen Kalender herannahte. »Es wird keine *Matze* geben«, sagte er, »kein *Charoset*. Wir haben nicht einmal eine *Haggada*. Edmond wird die vier Fragen vergessen.«

»Nein, Papa. Ich weiß sie noch.«

»Aber ich werde die vier Antworten vergessen.«

»Um Himmels willen hör mit dem Unsinn auf, Konrad«, sagte meine Mutter angewidert. »Ist das alles, worüber du dir Sorgen machen kannst, die vier Fragen? Sentimentaler Quatsch! Ich hab eine ganz andere Frage für dich. Hör gut zu. Wirst du heute Arbeit finden? Und eine noch viel bessere. Wie lange, glaubst du, werden wir mit unseren paar Francs noch auskommen? Du willst Fragen? Ich habe Fragen. Fragen, so viel du nur willst.«

Mein früher stämmiger Vater war ganz hager geworden. Der Bartschatten auf seinem Gesicht schimmerte dunkel, wo die Wangen einfielen. Die von Hosenträgern gehaltene Hose schlotterte um seine Mitte wie ein Clownskostüm. Er fand sich nicht gut ab mit dieser Krise in unserem Leben. Es stimmt zwar, dass er jeden Morgen aus dem Haus ging, angeblich, um nach Arbeit Ausschau zu halten, und damit wenigstens den Anschein von Verantwortlichkeit wahrte. Womit er seine Tage füllte, weiß ich nicht. Einmal, als ich zu irgendeiner Besorgung unterwegs war, sah ich ihn am Rand des Springbrunnens auf der Place de la Victoire sitzen und mit den Beinen schlenkern, weil seine Füße nicht bis zum Boden reichten. Der Brunnen war abgestellt, aber es gelang ihm trotzdem, durch und durch nass zu werden: es regnete in Strömen. Bestürzt wandte ich mich ab und lief die Rue des Capucines hinunter. Nein, er kam nicht gut zurecht. Er hatte gewisse Eigenheiten entwickelt, durch die er, wenn schon nicht ganz verrückt, so doch auch nicht ganz bei Sinnen wirkte. So senkte er beispielsweise, wenn ihm jemand widersprach, egal wie heftig, sein stoppeliges Kinn auf die Brust, schielte mit ausgehungerten Augen nach oben und verkündete bedächtig: »Tihihi.« Das tat er auch jetzt, von der Antwort meiner Mutter schwer getroffen. »Tihihi.«

Meine Mutter wandte sich abrupt ab. Verzweifelt über unsere Misere und sicher von dem sehnsüchtigen Wunsch erfüllt, bei ihrer geliebten Madeleine zu sein, ließ sie ihren Frust an mir aus. »Edmond, was sitzt du da und glotzt? Mach deine Aufgaben.«

»Ich bin schon fertig damit, Maman.«

»Dann lern eben noch ein bisschen. Es gibt immer was zu lernen. Lern deine lateinischen Deklinationen, deine griechischen Verben. Willst du werden wie er, wenn du erwachsen bist?« Sie richtete den Daumen auf und wies hinter sich auf ihren glücklosen Mann.

»Aber es ist Sonntag, Maman.«

»Dein Ruhetag?«, sagte sie sarkastisch. Aber dann besann sie sich eines Besseren und wandte sich wieder an meinen Vater. »Edmond muss Christ werden.«

Meine Konversion, vorübergehend natürlich nur, wurde zu einem immer häufigeren Gesprächsthema zwischen ihnen. Sie glaubten, dass die Nazis schlimmstenfalls keinen Grund haben würden, einen christlichen Jungen zu belästigen, dessen jüdische Abstammung ihnen verborgen blieb, und dass sie bestenfalls auch die jüdischen Eltern eines christlichen Jungen verschonen würden, sollte seine Abstammung ans Licht kommen. Ich kann nicht sagen, ob meine Eltern zu diesem Zeitpunkt wussten, was die Nazis mit ihnen, mit uns allen, vorhatten und im Fall meiner schönen Mutter auch plangemäß durchführten. Jedenfalls wussten sie, dass die Deutschen in Frankreich und anderswo in Europa eine neue Schreckensherrschaft errichtet hatten und dass viele französische Nachkommen der alten Schreckensherrschaft nur zu bereit waren, sie bei deren Vollzug zu unterstützen.

»Ich habe gesagt, wir müssen ihn konvertieren, Konrad.«

»Jaja, müssen wir, keine Frage.«

»Ich meine jetzt. Wir können es nicht länger hinausschieben. Wir müssen mit Mme. Goupil reden.« Mme. Goupil war unsere Vermieterin, meine so genannte Tante Louise. »Sie wird mit ihrem Pfarrer sprechen, einen Termin für uns vereinbaren.«

Wir lebten in einem schäbigen Arbeiterviertel am Stadtrand von Orléans, einem durch Arbeitslosigkeit heruntergekommenen Bezirk – alles Grau in Grau, schmieriges Kopfsteinpflaster, von Glasscherben, rostigem Blech und anderen Abfällen, dem Treibgut der Armen, verunziert, in den Straßen verzweifelte Männer, die in betrunkenen Raufereien um ihre Ehre kämpften, und wenn sie verloren war, gingen sie heim, um ihre Frauen und Freundinnen zu verprügeln. Mme. Goupil war hier eine Ausnahmeerscheinung. Sie war die Witwe eines Bahnwärters, der 1917 *pour la patrie* gefallen war; sie lebte von einer kleinen Pension und den Einkünften aus der Vermietung des größeren der beiden Schlafzimmer in ihrem sauber geführten Haus. Arm war sie sicher; ihre Reinlichkeit war eine Geisteshaltung, Begleiterscheinung ihrer Gottesfürchtigkeit, und in ihren Augen auch eine Voraussetzung dafür, die Reihe von Priestern mit Tee und Kuchen zu bewirten, die das Pfarramt in der vernachlässigten, stets feuchten und immer kalten Kirche innehatten, bloße fünf Gehminuten von ihrem Haus entfernt.

»Aber Edmond ist fast vierzehn«, sagte mein Vater. »Es ist Zeit für seine *Bar-Mizwa.*

»Na und? Wir reden vom Überleben, nicht vom Leben, wie es sein sollte.«

»Na ja, gut, aber trotzdem, meinst du nicht, er sollte seine *Bar-Mizwa* feiern, bevor er konvertiert? Das ist eine Frage der Reihenfolge. Eine Protokollfrage, könnte man sagen.«

»Du meinst, er sollte sein Pensum aus der Tora in einer Synagoge lesen, bevor sie ihn mit Weihwasser bespritzen?«

»Ganz recht, ganz recht, genau das mein ich. Genau.«

»Hier in Orléans, wo wir uns nicht einmal die Mühe genommen haben, uns registrieren zu lassen, wo wir Geächtete sind?«

»Na ja, für eine *Bar-Mizwa,* für eine *Simcha* dieser Art, könnten wir ja nach Paris zurück.«

»Bist du verrückt?«

Mein Vater presste sein stoppeliges Kinn an die Brust. Mit blutunterlaufenen Augen blickte er zu meiner Mutter auf. »Tihihi«, sagte er.

Als W. C. gestern Abend so beiläufig nach der Coleridge-Erstausgabe auf meinem Schreibtisch griff, fiel mir mein Feind Twombly wieder ein und der Brief, den er mir kürzlich geschrieben hat. Ich muss da etwas unternehmen, und zwar schnell. In zwei Monaten wird er hier in Beale Hall aufkreuzen, um seine jährliche Schicht von sechs Wochen in der Bibliothek anzutreten. Und diesmal hat er etwas gegen mich in der Hand, denkt er. Ich fürchte, er hat Recht. Meine Reise nach Paris hatte sich als nutzlos erwiesen. Aristide Popescu war, nach Aussage seines jämmerlichen Sohnes, in Budapest.

Nein, man wisse nicht, wann er zurückkäme. *War* Aristide in Budapest? Ich bezweifle es. Ich glaube, er geht mir aus dem Weg.

Ich lernte Twombly, wie schon gesagt, in Paris kennen, wohin wir beide geschickt worden waren, um dort englische Literatur zu studieren. Warum man uns zu diesem Zweck ausgerechnet nach Paris geschickt hatte – ihn aus einer Pfarre in einem Arbeiterviertel von Philadelphia und mich aus South Kensington, wo sich meine Pfarrgemeinde hauptsächlich aus Mitgliedern des französischen diplomatischen Corps und ihren Familien zusammensetzte –, ist eine Frage, die nur die Kirche in ihrer unendlichen Weisheit beantworten kann. Vielleicht hatte irgendein niedriger kirchlicher Beamter (aus Unfähigkeit, Langeweile oder Gehässigkeit oder einer Mischung aus allen dreien) eine verkehrte Order ausgegeben – um den offensichtlichen Mist, den er da gebaut hatte, jetzt mal militärisch zu umschreiben. Hat doch einen hübschen kirchenobrigkeitlichen Klang, das Wort (nicht »Mist«, meine ich, sondern »Order«). Jedenfalls waren wir froh wegzukommen; wir sehnten uns nach dem Elfenbeinturm des akademischen Lebens mit seinen Meerschaumpfeifen, den geistreichen Gesprächen mit Professoren und Dozenten und seinen mannigfaltigen männlichen Freuden. Vielleicht hat uns mein imaginärer Beamter beneidet.

Wir Geistlichen bildeten eine eigene Clique unter den Studenten, denn durch unsere Berufung war es uns natürlich verwehrt, uns in die Schar der »Zivilisten« mit ihrer heterosexuellen Ausgelassenheit zu integrieren. Die Intellektuellen unter ihnen waren alle Kommunisten und spotteten ganz offen über uns. Wir trafen uns immer in einem Studentenbeisel, La Grenouille Farcie, wo wir wie ein Haufen Krähen an unserem Tisch saßen, Bier oder billigen Wein vor uns. Castignac, mein alter Freund aus dem Priesterseminar, gehörte zu uns, obwohl er nicht Englisch studierte, sondern Politphilosophie; auch Bastien, den ich in dem Waisenhaus in Orléans kennen gelernt hatte, wohin mich die Kirche nach Tante Louises Konsultation mit ihrem Pfarrer geschickt hatte, da mein Vater nie von St-Pons zurückgekehrt war (Bastien war eigentlich kein Student. Er führte die Suppenküche für die Bedürftigen in einer Kaluppe in einer verdreckten Gasse, keine fünf Gehminuten von unserem Treffpunkt entfernt); Twombly natürlich und ich. Wir bildeten den harten Kern, die Stammrunde. Von Zeit zu Zeit stießen andere dazu, nur um wieder zu verschwinden.

Wir bemühten uns nach Kräften, mit der vergnügten Laune, dem Gelächter und Draufgängertum der anderen Tische, der »Zivilistentische«, mitzuhalten. Castignac war besonders gut im Erzählen von antiklerikalen Witzen, *Insider*-Witzen – er hatte einen unerschöpflichen Fundus davon –, »erlaubte Witze« sozusagen, weil ein Geistlicher sie Geistlichen erzählte. Er löste die wenigen echten Lachsalven aus, die von unserem Tisch aufstiegen. Twombly allerdings brachte nie mehr als ein schmallippiges, widerstrebendes Lächeln zu Stande, und nicht, weil er die Witze nicht verstand, zumindest nicht im linguistischen Sinn: er sprach fließend Französisch, auch wenn er einen schrecklichen Akzent hatte. Nein, er wollte intellektuelle Belustigung demonstrieren, aber es wirkte eher so, als mache er sich im Geist Notizen, sammle Beweise.

Es geschah bei einem solchen Anlass in La Grenouille Farcie, dass er mein Feind wurde, obwohl ich bis heute nicht verstehe, warum. Bastien und ich unterhielten die Gesellschaft mit Geschichten aus unserer Zeit im Waisenhaus, über die Grausamkeit, die wir von den Nonnen erdulden mussten. Es ist wahr, Grausamkeit ist das richtige Wort, oder Sadismus. Es waren verbitterte alte Frauen, die hilflose Kinder voller Gehässigkeit für die Öde und Unfruchtbarkeit ihres eigenen verlorenen Lebens bestraften. Sie verprügelten uns gnadenlos, demütigten uns vor unseren Mitschülern, ließen uns halb verdursten, damit wir nicht in die Betten nässten, und halb nackt herumlaufen, damit wir die Leiden unseres Erlösers nicht vergaßen. Jedenfalls ergingen Bastien und ich uns in diesbezüglichen Schilderungen, nicht eigentlich, um uns zu beklagen, eher wie Konkurrenten in einem Fernsehspiel der Art »Einer wird gewinnen«, oder wie ehemalige Soldaten der Fremdenlegion, die sich in rückblickender Heiterkeit daran erinnern, was sie unter einem besonders brutalen Feldwebel mitgemacht haben.

»Sie kamen in der Nacht in den Schlafsaal«, sagte Bastien. »Wenn sie dich schlafend vorfanden und du die Hände nicht auf der Brust gekreuzt, sondern irgendwo anders hattest, dann prügelten sie dich wach. Und dann droschen sie auf deine Hände ein. Besonders Schwester Angélique mit dem Kropf und den Hängelidern; sie benutzte einen Bambusstab, der einen Meter lang war. Und sie hörte nicht auf, bis deine Hände bluteten.«

Twombly, schmal und blass, noch nicht kahl, aber schon mit einer natürlichen Tonsur ausgestattet, warf die Lippen auf und zeigte uns einen Augenblick lang seine perfekten amerikanischen Zähne. »Wenigstens«, sagte er, »habt ihr früh genug gelernt, die Finger von euren Genitalien zu lassen.«

»Vielleicht«, sagte ich. »Aber das hat uns nicht davor verschont, dass Pater Damien seine Finger an unseren Genitalien hatte.«

Das war alles, was ich sagte, und es wurde von der Tischrunde mit allgemeinem, wissendem Lachen begrüßt. Aber auf Twomblys Gesicht trat ein Ausdruck von mörderischem Hass. Er erhob sich, seine Kiefer spannten sich, und auf den Schläfen traten dick und klopfend die Adern hervor. Er sagte kein Wort, sondern wandte sich ab und ging mit schnellen Schritten davon.

Jetzt erklären Sie mir bitte, warum ich mir mit dem, was ich da gesagt hatte, seine lebenslange Feindschaft eingehandelt habe?

ZWEITER TEIL

So schwingt in unsrer äußersten Sinnenlust ein Seufzen und Klagen mit. Könnte man nicht sagen, sie ende in den Fängen der Angst?

Montaigne, *Essays,* 1580–1588
(Übersetzung von Hanns Stilett)

Das Christentum hat viel für die Liebe getan, indem es sie zur Sünde machte.

Anatole France, *Der Garten des Epikur,* 1894

Lady Violet Devlin, meine höchsteigene Kiki, stammte aus altem Yorkshire-Geldadel. Ihr Großvater war Gruben- und Fabrikbesitzer und wer weiß was noch gewesen, ihr Vater, ein Philanthrop, der Krankenhäuser gegründet, Museen gefördert, die Restaurierung von Kirchen betrieben hatte und so weiter, war von der dankbaren Parlamentsfraktion seiner Partei in den niedrigsten Adelsstand und von seinem Papst in den Ritterstand erhoben worden. Kikis Mutter, Lady Diana, war selbst mit dem goldenen Löffel im Mund und einem noch viel älteren Namen geboren. Sie war die Schwester des unglücklichen Sir Ferdinando Beale, der sich – Sie erinnern sich vielleicht – an der Stuart-Eiche erhängte und damit die Serie von Umständen auslöste, die mich hierher gebracht haben.

Kiki und ich verliebten uns auf den ersten Blick ineinander, in unseren Herzen brach ein Sturm von Leidenschaft und Verlangen los, es wallte und wühlte in unseren noch unschuldigen Eingeweiden, die Hormone siedeten, wir schmolzen dahin in einem Maß, zu dem nur die Jugend fähig ist. Nicht dass dieser köstliche Aufruhr für die Außenwelt, genauer gesagt für die anderen Besucher des Louvre an diesem schicksalhaften Tag, sichtbar gewesen wäre, denn es war im Louvre, wo wir uns begegneten. Ich erblickte sie über Gustave Tourniers Skulptur des verwundeten Adonis gebeugt, bemüht, zu erkunden, was sich, wenn überhaupt etwas, unter seiner Tunika verbarg.

»Dort ist nichts, Mademoiselle«, sagte ich.

Sie drehte sich zu mir um, betrachtete mich zuerst mit kurzsichtigen Augen und gerunzelter Stirn, dann lächelte sie. Wir wussten bereits und für immer, was wir wussten.

»Mal sehen«, sagte sie, zwinkerte schelmisch und fuhr mit der Hand unter die Tunika. Ein Wächter auf der anderen Seite des Raumes hustete und deutete auf eine Tafel an der Wand. *Ne touchez pas les œuvres.* »Sie haben Recht«, sagte sie. »Nichts, überhaupt nichts. O weh, armer Kerl, der Eber muss es gefressen haben.«

Sie war mit ihrer Klasse und Schwester Marie-Joséphine, der die Verantwortung für das kulturelle Wohlergehen der Schülerinnen oblag, im Louvre. Schwester Marie-Joséphines Vorstellung von Kunst beschränkte sich auf Gemälde, die Menschen in stummer Anbetung vor Jesus an den verschiedenen Stationen seines Lebens, vor allem seiner Geburt und seines Todes, zeigten, des Weiteren Heilige und Märtyrer, vor allem im Stadium ihres Martyriums, sowie Päpste. Langweilig war nicht das richtige Wort dafür. Kiki hatte es einfach nicht mehr ausgehalten und sich unter dem Vorwand, dem Ruf der Natur folgen zu müssen, entschuldigt. Aber inzwischen versammelte sich ihre Klasse bestimmt schon draußen auf dem Gehsteig, und wahrscheinlich fuhr sogar schon der Bus vor. Sie musste schnellstens zu ihnen zurück, oder sie würde Schwierigkeiten bekommen, ernste Schwierigkeiten. Sie musste gehen.

Was mich betraf, so wurde angenommen, dass ich den Nachmittag meditierend in einer schattigen Ecke des Seminargeländes verbrachte, irgendeinem dieser Winkel, wo hinter den Büschen unweigerlich irgendeine fade, unkünstlerisch gestaltete christliche Statue hervorguckt, das steinerne Gesicht von Frömmigkeit oder heftigen Bauchkrämpfen verzerrt, ein schwacher Ersatz für einen Satyr oder eine Dryade oder, wenn Sie wollen, für einen Gartenzwerg. Ein paar Francs in die Hand des Portiers, ein Zwinkern und ein an die Lippen gelegter Finger, und schon war ich auf dem Weg zur Haltestelle und nach Paris. Und so begegnete ich Kiki, und so bin ich seit vielen Jahren nun schon in Beale Hall. Aber was wäre gewesen, wenn ich an jenem Nachmittag auf dem Seminargelände geblieben wäre, wie ich es eigentlich hätte tun sollen? Was wäre gewesen, wenn Kiki sich nicht von ihrer Klasse und Schwester Marie-Joséphine entfernt hätte? Oder wenn ich zwar nach Paris gefahren, aber nicht in den Louvre gegangen wäre? Wenn wir einander in diesem riesigen Gebäude nicht begegnet wären? Wie schon angedeutet, bestimmt der unvorhersehbare und nach Belieben waltende Zufall das Leben des Einzelnen. Aber auch ich musste jetzt gehen, und zwar schnell, wenn ich meinen Zug erreichen und zurückkehren wollte, bevor meine Abwesenheit bemerkt wurde.

Hastig riss Kiki eine Seite aus ihrem Schulheft. »Wir müssen uns schreiben«, sagte sie. »Wir müssen uns wieder sehen. Gib mir deine Adresse, ich geb dir meine. Am besten, du behauptest, du bist mein Bruder. Ich glaube, sie öffnen unsere Post unter Dampf, also sei vorsichtig, mein Schatz.«

Fast ein ganzes Jahr trafen wir uns wann immer möglich und schwelgten mit Unterstützung der ahnungslosen Nonnen in Glückseligkeit. Kiki, die bisher als etwas eigenwillig gegolten hatte, wegen des großen Reichtums ihrer Familie aber geduldet worden war, bekam nun öfter Sondererlaubnis für die Abwesenheit von der Schule und den Andachten. Ihre schwesterliche Bewunderung für einen Bruder, der über kurz oder lang Priester werden sollte, konnte nur von Vorteil sein für die Läuterung ihrer Seele. Einmal im Sommer, nach einem Picknick zwischen Heuhaufen, wo Kiki und ich den köstlichen Zustand der Trägheit erreicht hatten, der ausgiebigen erotischen Gymnastikübungen folgt, brachte ich meinen Schatz am späten Nachmittag ins Kloster zurück, widerstrebend wie immer, aber machtlos, etwas daran zu ändern.

An der *Porte-de-Pudicité* wurde mir gesagt, dass die Mutter Oberin mich zu sprechen wünsche. Natürlich nahm ich an, dass das Spiel jetzt aus war, und ließ mich zitternd, wie Sie sich denken können, zur Ehrwürdigen Mutter bringen. Aber nein, sie wollte mich nur zum Tee einladen und mir sagen, wie vorteilhaft meine segensreiche Gegenwart sich auf meine liebe kleine Schwester auswirke. Lady Violets Benehmen hätte sich seit meiner Ankunft gewaltig gebessert, ihre – Verzeihung – *Aufsässigkeit* sei eine Sache der Vergangenheit, ihre angeborene Demut gewinne eindeutig den Kampf über ihren angeborenen Stolz, ein *psychomachia*, der sogar Prudentius erfreut hätte.

Rotwangig, mollig, mit Augen, aus denen die Aufrichtigkeit blitzte, saß sie da und schenkte mir Tee ein. »Ein Stück oder zwei?«

»Keinen Zucker, danke.« Ich machte mir damals noch nichts aus Süßem. Dazu musste erst Maude kommen, die mich mit einem Lachen über die Vorstellung, dass ein Franzose auch nur eine Ahnung davon haben könnte, wie richtiger Tee schmecken muss, eines Besseren belehrte.

»Ach.« Die Mutter Oberin nickte, als verstehe sie. Auf den Zucker im Tee zu verzichten war ihrer Meinung nach wohl das fromme Äquivalent eines härenen Hemdes. »Dann werde ich in Ihrer Gegenwart auch darauf verzichten.«

»*Je vous en prie, Mère,* tun Sie sich meinetwegen keinen Zwang an.«

»*Pouf!*«, machte sie, zwinkerte mir kokett zu und ließ mit ihrer Silberzange drei Stück Zucker in ihre Tasse fallen. »Ihr Französisch ist nahezu untadelig für einen Engländer«, sagte sie mir. »Sie haben wirklich nur einen Hauch von Akzent.«

»Sie schmeicheln mir natürlich. Ich fürchte, es ist schrecklich.«

»Wenn wir in der Kirche sind, kniet Lady Violet sich jetzt voll Feuereifer hin und schaut mit tränenvoller Sehnsucht zum Bild unseres blutenden Herrn auf. Es ist uns nicht entgangen. Worin wir versagt haben – ihr die spirituelle Dimension zu vermitteln –, Ihnen, ihrem Bruder, ist es gelungen, wer könnte daran zweifeln?«

Ich senkte in gebührender Bescheidenheit den Kopf.

Wie Kiki lachte, als ich ihr in der folgenden Woche in unserem sonnigen Zimmer im Bahnhofshotel von Mantes-la-Jolie davon erzählte. Voll Feuereifer fiel sie zwischen meinen Beinen auf die Knie, nahm meine geschwollene Männlichkeit zwischen die Lippen und schaute mir, wenn nicht tränenvoll, so doch frivol in die Augen.

In dieser Zeit, ein ganzes Jahr fast, sahen wir uns an Nachmittagen, verbrachten manchmal den ganzen Tag oder sogar ein Wochenende miteinander. Einmal, in den Osterferien, als ihre Familie in Indien war, waren wir volle siebzehn unbeschreiblich herrliche Tage zusammen. Wir liebten uns auf Wiesen, in Wäldern, neben murmelnden Bächen, in Landgasthäusern und Kleinstadthotels, draußen oder drinnen, je nach Wetter und Jahreszeit, wo immer wir konnten oder wollten, in Oise und Eure und Seine-et-Marne und Somme. Wir erforschten gegenseitig unsere Körper, wie sie schmeckten, wie sie rochen. Wir liebten uns in allen nur erdenklichen Positionen, wobei sie viel erfindungsreicher war als ich. Ich lutschte eine schmelzende Schokoladentrüffel aus ihr heraus; sie leckte dick aufgetragene Schlagsahne und Himbeercoulis von mir herunter.

Natürlich konnte solches Glück nicht dauern. Sie kehrte schließlich nach England zurück, und ich, zum Priester geweiht, wurde in die Pfarre in South Kensington geschickt, die ich bereits erwähnt habe. Dort schmachtete ich vor mich hin. Paradoxerweise war es in England schwieriger für uns, einander zu sehen, als es in Frankreich gewesen war. Natürlich liebten wir uns jedes Mal, wenn wir uns trafen, aber das Feuer war dahin, zumindest was sie betraf, vielleicht nicht ganz erloschen, aber es gloste nur noch. England machte seinen Anspruch auf sie geltend, der Reichtum schloss sie wieder in seine Arme. Und dann ging sie nach Amerika.

Unsere Liebe ist nie gestorben, aber sie war, wie der Dichter John Donne es ausdrückt, »wie Gold, hauchdünn gehämmertes«, geworden. Amerika forderte sie zu Neuem heraus. Wir korrespondierten. Sie brachte mich in Beale Hall unter. Aber einst waren wir, obschon unbemerkt von der großen Welt, Héloïse und Abélard vergleichbar gewesen – bis auf die Tatsache natürlich, dass ich wenigstens körperlich unversehrt aus der Affäre hervorgegangen bin.

Ich begegnete Aristide Popescu zum ersten Mal während unserer Studienzeit in Paris. Wie Twombly und ich studierte auch Popescu englische Literatur; aber er war kein Priester. Er handelte sogar bereits mit antiquarischen Büchern und hatte seinen eigenen Stand an einem der Quais der Seine. Sein Spezialgebiet waren damals viktorianische Erotika, die er mit schönem Gewinn an eine ständig wachsende Klientel von in Paris zu Besuch weilenden Nachkriegsengländern verkaufen konnte. Seine Kataloge hämmerte er auf einer alten Underwood-Schreibmaschine herunter, die unscharfe, verschmierte und verwackelte Buchstaben produzierte, und schickte sie ungebeten nicht nur an die Bibliothekare aller Gentleman-Clubs in Pall Mall und der St. James's Street, sondern auch an etwa jeden zehnten Geistlichen, der im Verzeichnis der Anglikanischen Kirche aufschien. »Rosige Popos und Bambusruten, das ist für den wohlgeborenen Engländer Literatur«, pflegte er zu sagen und schüttelte verwundert den Kopf.

Manchmal gesellte er sich in jenen Tagen zu uns Krähen in La Grenouille Farcie, ein fröhlicher Bonvivant, ein Schlitzohr, aber von kränklichem Aussehen. Sein langes, hageres, bartloses Gesicht war blass und wächsern. Die rot geränderten, vorstehenden Augen hatten einen glasigen Blick. Er räusperte sich ununterbrochen. Meistens erschien er mit seiner Geliebten Yvette im Schlepptau, einem gutmütigen dicken Mädchen mit pickeligem Gesicht und dicken runden Brillengläsern, das, soweit ich das beurteilen konnte, ein einziges Kleid besaß. »Sie ist gut«, sagte er und stupste sie in die Magengrube. »Auf der Unterlage kann ein Mann die ganze Nacht rumturnen. Wollt ihr sie nicht ausprobieren?« Er räusperte sich und zwinkerte. »*Quel salaud!*«, sagte sie liebevoll und kniff ihn in die blasse Wange. »Die sind Priester, *alors!*« Twomblys Lippen wurden vor Ekel ganz schmal. Castignac beäugte sie prüfend.

Mit der Zeit gelangte Aristide zu Wohlstand. Er eröffnete ein Antiquariat in der Rue du Faubourg St.-Honoré und legte sich eine schlanke, hochnäsige Frau von untadeliger Abstammung zu, die viele Kleider besaß und ihm einen Erben schenkte, Gabriel. Aristide verbrachte seine Winter nun in Gstaad und Santa Monica, die Sommer in Cetona und Amagansett. Aber wie gesagt, er war nicht in Paris, als ich ihn aufsuchen wollte. Laut Gabriel war er nach Budapest gereist. Vielleicht. Budapest, um Himmels willen! Wie romantisch! Wenn der junge Aristide den Eindruck eines Schlitzohrs gemacht hatte, so wirkte Gabriel, wie er da hinter dem Schreibtisch seines Vaters in der Rue du Faubourg St.-Honoré saß, verlegen und verschlagen zugleich.

Aristide hatte mich, vielleicht ohne es zu wollen – ich *hoffe*, ohne es zu wollen –, an Twombly ausgeliefert. Jedenfalls verdarben mir die beiden den Brei.

Das Haus Popescu gab seine Kataloge immer noch auf gewöhnlichem, mit Heftklammern zusammengehaltenem Kanzleipapier heraus, eine Gepflogenheit, die nicht nur auf die bescheidenen Anfänge des Unternehmens, sondern wohl auch auf die biedere Ehrlichkeit des Besitzers hinweisen sollte. Die Schrift war eigens so gewählt, dass sie Erinnerungen an die Unzulänglichkeiten und Gebrechen der ursprünglichen Underwood mit ihren verschmierten, verwackelten, verpatzten Buchstaben weckte. Was spielten der längst nicht mehr neue *modus vivendi* der Familie Popescu, die eleganten Räumlichkeiten von Aristide Popescu & Fils in der vornehmsten Einkaufsstraße von Paris schon für eine Rolle: der Katalog hätte, wenigstens nach seinem Äußeren, auch in einer Zeit gedruckt sein können, als mein alter Bekannter noch in braunes Packpapier gewickelte Bücher an errötende, schnaubende Engländer verkaufte.

Twombly war bei der Internationalen New Yorker Buchmesse in Popescu hineingelaufen. Sie hatten nie etwas miteinander anfangen können, aber der Sog der Vergangenheit war stark, und Aristide lud ihn zum Essen ins Mon Truc in der Madison Avenue nahe der Ecke 63. Straße ein. Einen Tisch im Mon Truc zu bekommen war schwieriger, als sich Zutritt zum Oval Office zu verschaffen. Twombly gab zu, dass er beeindruckt war; Aristide räusperte sich. Im Sondierungsgespräch bei einem überirdisch lieblichen Pomerol erzählte Twombly seinem Gastgeber, dass er an einer Biografie von Shakespeare arbeite. Zwischen der Vorspeise, *Topinambour aux crevettes rouges émincées,* und der Suppe, *potage à la tortue Valencienne,* zog Aristide seinen so genannten »Privatkatalog« aus der Brusttasche, der nur für diskrete Nabobs bestimmt war.

Es war die Xerox-Kopie eines aus diesem Katalog gerissenen Blattes, die Twombly mir mit seinem letzten Brief geschickt hatte. Folgendes war mit leuchtend rotem Markierstift eingekreist:

> S(hakespeare?), W(illiam?). **Dyuers and sondry Sonettes / Written by W. S. / Neuer before imprinted. / AT LONDON / By G. Fynes for E. E. and are / to be solde by Wm. Askey. / 1600.**
> Kl.4°, Stockflecken in der unteren Hälfte der Buchmitte, die die Lesbarkeit nicht beeinträchtigen, untere Ecke des vorletzten Blattes restauriert, Loch im unbeschrifteten Außenrand des letzten Blattes ausgebessert. Schwarzes Maroquin, 19. Jh., etwas abgewetzt. Titelblatt mit dem Stempel »Bibliothek. Beale Hall«.

»Bibliothek. Beale Hall« war mit demselben leuchtend roten Markierstift unterstrichen. Auf dem Rand daneben waren zwei leuchtend rote Ausrufungs- und drei Fragezeichen.

Nun, nach allem, was ich bisher erzählt habe, glauben Sie sicher, verstanden oder erraten zu haben, worin mein Verbrechen bestand. Nehmen wir an, Sie haben Recht. Wie sollte ich nun vorgehen? Ich weiß sehr gut, dass man von mir in meiner Eigenschaft als Priester erwarten würde, einem Gläubigen in einer derartigen Lage den richtigen Rat zu geben. »Gib Gott, was Gottes ist, und dem Kaiser, was des Kaisers ist. Geh zur Polizei; liefere dich auf Gnade oder Ungnade dem Gericht aus; und wenn der Kaiser es so beschließt, schmachte eine Weile im Gefängnis. Geh in die Kirche; beichte; bereue; bessere dein Leben – und sei gewiss, dass dir die Gnade im Himmel weit sicherer ist als die Gerechtigkeit vor den Gerichten der Menschen.«

Wenn das stimmt, was man so hört, haben in Amerika Verbrecher schwersten Kalibers in den staatlichen Gefängnissen ihren Jesus gefunden, sich mit dem Blut des Lammes reingewaschen, ja sogar Bücher geschrieben, in dem frommen Bestreben, die Unbesonnenen zu warnen. »Ich habe auf Teufel komm raus gelebt, und das Himmlische Königreich war mir fast schon verschlossen.« Wie Shakespeare selbst es in einem seiner weniger bedeutenden Sonette sagt: »Sei innen reich, doch arm an äußrem Schein.« Zugegeben, ihre Wiedergeburt fand in den meisten Fällen in den obskureren Gefilden des Protestantismus statt. Aber was soll's? Die Katholiken sind – wie die Protestanten in den Freudschen Regionen ihres tiefsten Inneren wissen müssen – die *Original*christen, die *echten* Christen (abgesehen natürlich von den jüdischen »New Agers« des ersten Jahrhunderts). Das Urheberrecht lag schließlich eineinhalb Jahrtausende lang bei den Katholiken, Herrgott noch mal. Und daher haben die Protestanten die Katholiken immer mit einer verräterischen Nervosität umgebracht. Die Katholiken bringen die Protestanten im Vertrauen auf ihren Herrn um.

Zum Glück bin ich nicht dumm.

Aus den Bemühungen des Christentums, mit der Zeit Schritt zu halten, in der die meisten von uns leben und atmen, ist innerhalb der Kirche eine Schule hervorgegangen, deren Stimme zwar immer noch leise ist, sich aber mehr und mehr Gehör verschafft, man könnte sie die Schule des »Proportionalismus« nennen. Diese Schule vertritt die Ansicht, dass es nur einige wenige Handlungsweisen gibt, die an sich unerlaubt oder unmoralisch sind – und außerdem hängt viel von den Umständen ab. Ich persönlich bin kein Proportionalist. Außerdem braucht man keinen Papst, um zu wissen, dass man Unrecht getan hat – und übrigens auch keinen Rabbi oder Mulla. Eines aber glaube ich allerdings: dass viel von den Umständen abhängt.

Was nun diese seltene Ausgabe betrifft – *wie* selten, werde ich alsbald erklären –, mag es scheinen, dass ich Unrecht getan habe, großes Unrecht sogar. Aber wenn es auch keine annehmbare Entschuldigung gibt für die Tat, so gibt es doch eine Erklärung. Und die möchte ich Ihnen liefern.

»Es war einmal«, bin ich versucht zu schreiben, »eine schöne junge Frau aus Donegal namens Maude Moriarty. Sie hatte üppiges rotes Haar, das ihr herrlich um die Schultern fiel und bis zur Taille reichte, wenn es nicht von Nadeln und bunten Bändern hochgehalten wurde. Ihre Augen waren grün mit pfauenblauen Flecken, und sie waren groß und blickten keck. Ihre wohlgeformte Figur hätte die Träume eines Praxiteles beflügelt …«

Fangen wir noch einmal an, prosaisch. Maude und ich trafen am selben Tag in Beale Hall ein, sie am Vormittag, ich am Nachmittag. Die häufigen Schauer eines englischen Spätsommers waren den häufigen Regengüssen eines englischen Frühherbstes gewichen. Bastien, mein Lastesel, sollte mir am nächsten Tag folgen, zusammen mit unserem Gepäck, einer Kiste mit unseren religiösen Utensilien und zwei Schrankkoffern mit meinen Büchern, Papieren und Drucken, viel Obszönes dabei, das mein Freund Aristide mir aufgedrängt hatte, nicht, weil er mich für einen Lüstling hielt, sondern um meine finanzielle Zukunft zu sichern, davon bin ich inzwischen überzeugt.

Die Kirche, in Erkenntnis der angeborenen, schlichten Güte Bastiens und im Bewusstsein, dass er vielleicht das Zeug zum Heiligen hatte, vertraute ihm Aufgaben an, die ihm den himmlischen Lohn garantieren würden. Er arbeitete unter erbärmlichen Verhältnissen unter den Elenden und wurde auch noch von den armen Schluckern, deren trauriges Los er zu erleichtern versuchte, geschmäht und missachtet. Eines Tages, als er einem Ganoven die Letzte Ölung verabreichen wollte, der in einer finsteren Gasse von einem Angehörigen der rivalisierenden Bande angeschossen worden war und zwischen Mülleimern auf dem dreckigen Pflaster lag, wurde er selbst von dieser Bande, deren Mitglieder bis zum letzten Mann an die Wirksamkeit der Beichte in letzter Minute glaubten und ihrem sterbenden Feind die Möglichkeit der Seelenrettung verwehren wollten, zusammengeschlagen. Danach war Bastien nie wieder derselbe. Natürlich erholte er sich mit der Zeit – körperlich wenigstens –, aber er hatte jetzt etwas Merkwürdiges an sich. Trotzdem schickte ihn die Kirche in ihrer mitfühlenden Weisheit zurück in seine Suppenküche und zu den damit einhergehenden Pflichten.

Aber Bastien und ich waren in der Kriegszeit Schulkameraden gewesen, wir hatten gemeinsam die Bösartigkeit der Nonnen über uns ergehen lassen müssen, die aus ihrer verdrängten Sexualität resultierende Grausamkeit; wir hatten beide das aufgeregte, schleimig rasselnde Atmen Pater Damiens gehört und waren Opfer seiner gierigen Finger gewesen. Ich sagte, ich würde die Stelle nur annehmen, wenn Bastien mich als mein Majordomus begleiten dürfte. Der Vorstand der Stiftung war einverstanden: die Kirche, die den Besitz haben wollte, stimmte zu. Und so rettete ich Bastien davor, ein Heiliger zu werden.

Maude kam aus ihrem Geburtsort Ballymagh in Donegal nach Beale Hall. Eines unserer Vorstandsmitglieder, das jenseits des Finn Besitzungen hatte und ihr Patenonkel war, und Pfarrer Timothy Tierney, Verfasser der Broschüre *Gott allein weiß*, der Priester ihrer Pfarre, hatten sie für die Stellung der Haushälterin empfohlen. Beide fanden, dass sie aufgeweckt und tüchtig war und davon profitieren würde, ein bisschen mehr von der Welt zu sehen als Ballymagh. Sie hatte in der Schule viele Auszeichnungen eingeheimst, vor allem den begehrten, von der Grafschaft vergebenen Preis für Latein, das erste Mädchen, dem das gelang. Sie hätte an die Universität gehen können, wären da nicht, wie Pfarrer Tierney dunkel andeutete, gewisse unüberwindbare familiäre Probleme gewesen. (»Quatsch!«, erklärte mir Maude eines Tages fröhlich, »mein Paps hätte es unziemlich gefunden, wenn ich meine ungebildeten Brüder in den Schatten gestellt hätte, von ihm selber gar nicht zu reden. Und meine Ma hat ihm aus alter Gewohnheit nicht widersprochen. Aber als er dann nach einem Besäufnis bei Jamieson stockhagelvoll von der Tyrone Brücke in den Finn fiel und sich an einem Felsbrocken den Schädel einschlug, hatte ich die Lust dazu schon verloren. Ich hoffe«, fügte sie hinzu, »dass er es gerade noch ins Fegefeuer geschafft hat und nicht am schlimmeren Ort gelandet ist, aber nicht einmal Pfarrer Tierny war sich da sicher.«) Beale Hall, weitab von allen schädlichen städtischen Einflüssen, im sicheren Umkreis der Kirche, würde einer jungen Frau, die zwar keine religiöse Berufung hatte, sonst aber zum Glück sehr fromm war, mit den Worten von Pfarrer Tierny genügend Möglichkeiten bieten, zu zeigen, was sie konnte.

Ist es nicht erstaunlich, wie attraktiv ein Priester, ein Mann, der sich fürs Zölibat entschieden hat, auf gewisse Frauen wirkt? Könnte es sein, dass er sozusagen eine Art verbotene Frucht für sie darstellt? Sieht sie eine Herausforderung in ihm? Jedenfalls, gleich am ersten Tag zeigte mir Maude – auf der spätgeorgianischen, mit Moiréseide tapezierten Chaiselongue – unter vielen scheinheiligen Tränen und vielen glücklichen Seufzern, »was sie konnte«.

Wir waren nach meiner Ankunft etwa eine Stunde durchs Haus gewandert, um uns einen ersten Eindruck von unserem künftigen Heim zu verschaffen. Maude sollte so bald wie möglich Haushaltspersonal finden. Mr und Mrs Parfitt, die seit 1902 bei den Beales gedient hatten – sie waren fast noch Kinder gewesen, als man ihn als Stiefelknecht einstellte und sie als drittes Dienstmädchen –, konnten es kaum erwarten, sich in ihr Häuschen in Combpyne, auf halber Strecke zwischen Seaton und Lyme Regis, zurückzuziehen. Sie hatten Maude die Schlüssel übergeben, ihr die Küche gezeigt, wo sie ihrer Meinung nach hingehörte, dann waren sie in ihrem uralten Triumph davongezockelt. Ich sollte mich in der kommenden Woche in London mit den Mitgliedern des Vorstands treffen, wo man mir *inter alia* eine überschlägige Inventarliste aushändigen würde. Und so wanderten Maude und ich durch die Räume und taten so, als wäre eine Umgebung wie diese etwas ganz Alltägliches in unserem Leben. Als wir schließlich im Musikzimmer ankamen, überstieg das Spiel unsere Kräfte. Wir schauten uns an und brachen in Gelächter aus.

»Was wir jetzt brauchen, Hochwürden, ist was zu trinken«, sagte sie.

»Versuchen Sie es doch mal mit dem lackierten Kabinettschrank da drüben. Sieht vielversprechend aus.«

Er erfüllte seine Versprechungen.

Wir tranken auf eine glückliche Zukunft. Wir tranken noch ein Glas. Und noch ein Glas.

Sie schaute mich an und zog das Band aus ihrem Haar; sie musterte mich von Kopf bis Fuß.

Ich zog eine Braue hoch.

»Mir ist ganz seltsam«, sagte sie. »Das muss vom Trinken kommen.« Sie sank auf die Chaiselongue und legte sich den linken Handrücken an die Stirn.

Ich wusste sofort, wo ich war. Ich war in der Verführungsszene eines Romans aus dem 18. Jahrhundert. Also eilte ich an ihre Seite. »Kann ich Ihnen irgendwie behilflich sein?«, sagte ich.

»Was?«, sagte sie. »Was?« Zerstreut streckte sie die Hand aus. Zerstreut umfasste sie die Schwellung in meiner Hose. »Was?«, sagte sie noch einmal.

Und so erkannte ich sie, wie es in der Heiligsten Schrift heißt.

In dieser Nacht teilten wir das Himmelbett, das wir von da an immer miteinander teilten.

»Wir haben gesündigt«, sagte sie. »Wir werden für immer in der Hölle braten.« Sie begann zu heulen.

»Nicht die Spur. Du brauchst nur zu beichten, und da bin ich – bereit, dir die Beichte abzunehmen.«

»Ja, aber du«, sagte sie. »Du bist ein Priester, du hast ein Gelübde abgelegt.«

»Morgen wird Bastien da sein. Er wird mir die Beichte abnehmen.«

»Trotzdem, du bist Priester.« Sie nahm mich sanft in die Hand und drückte sanft meinen Sack.

»Wir halten uns nur an eine Tradition.« Ich kitzelte ihre Brustwarzen mit der Zungenspitze. »Denk doch nur an den Abbé Sade d'Ebreuil, meinen Liebling, er war römisch-katholischer Priester, Onkel des Marquis de Sade, Schriftsteller, ein Freund Voltaires. Da hast du einen Priester, der gleich mit *zwei* Frauen gelebt hat, Mutter und Tochter, und der noch dazu in aller Öffentlichkeit zu Prostituierten ging.«

»Meine Mutter willst du also auch, du Ferkel?«

»Natürlich nicht. Nur dich. Noch ein Beispiel: 1456 lief ein Karmeliter, Kaplan in einem Kloster in Prato, Italien, ein Mann, von dem du sicher gehört hast, Fra Filippo Lippi, mit einer Nonne davon, die halb so alt war wie er, der wunderschönen Lucrezia Buti. Sie waren beide begierig darauf, verbotene Freuden auszukosten, wie wir. Und sie liefen davon, wohlgemerkt, während fast die ganze Stadt unterwegs war, um das Fest des Heiligen Gürtels zu feiern.«

»O nein!«

»O ja! Und nicht nur das, ihre skandalöse Vereinigung trug sogar Früchte, einen Jungen, den sie Filippino nannten. Aber das ist etwas, ›wozu uns beiden, leider, fehlt der Mut‹, wie der Dichter Donne sagt. Und was glaubst du, hat die Kirche in der Sache getan? Nichts. Null. Sie hat über ihr sündiges Leben hinweggesehen. Sie blieben beisammen und haben miteinander ihren Sohn großgezogen. Vielleicht hat es ein bisschen geholfen, dass Fra Filippo Lippi schon ein berühmter Maler war, ein großer Mann. Die Kirche hat ihm sogar Aufträge gegeben und Zahlungen an Vater und Sohn geleistet.«

»Das ist also nichts Neues, meinst du? Dass Priester fummeln und schummeln.«

»Genau. Denn es ist kein Mensch so gerecht auf Erden, dass er nur Gutes tue und nicht sündige.«

»Der Prediger Salomo?«

»Kapitel sieben.«

»Na ja dann.« Sie kitzelte meine Hoden.

»Ich will euch gern gehorchen, gnäd'ge Frau.«

»Ist das Shakespeare?«

»Ist es.«

»Ich hab immer schon eine Schwäche für Männer mit Sinn für Poesie gehabt.«

Sie drehte mich auf den Rücken und setzte sich rittlings

auf mich. Majestätisch richtete sie sich auf, und ich betrachtete sie, ergriffen von ihrer zerzausten Schönheit und dem herrlichen Aufruhr ihrer flammenden Leidenschaft.

In jenen lustvollen Tagen wünschte ich mir oft, die Kraft des männlichen Marienkäfers, eines Mitglieds der Familie der Coccinellidae, zu besitzen, der, wenn man den Entomologen glauben darf, dazu fähig ist, mehrfache Orgasmen zu genießen, drei hintereinander, von denen jeder eineinhalb Stunden dauert. Sie war Miltons Eva, aber nach dem Fall, und ich war, wenn nicht Adam, dann Satan, schon im Begriff, schuldbewusst davonzuschleichen.

Aber nicht gleich. Wir waren schließlich »in der Blüte unserer Jahre« und begierig darauf, dass – wie es der alte Dichter so hübsch ausdrückt – ›harmloser Torheit Glück uns widerfahre‹. Dann jedoch zeitigte das Unrecht Folgen. Nach sechs Wochen der Verzückung kam Maude mit roten Augen zu Bett. Das Datum für ihre Periode sei schon eine ganze Weile überschritten, sagte sie – und das bei ihr, ergänzte sie, bei der die Blutungen immer so pünktlich gekommen seien, dass man danach in einer bewölkten Nacht die Mondphasen hätte bestimmen können.

Ich gebe zu, ich bin ein bisschen zimperlich, was die körperlichen Aspekte des weiblichen Menstruationszyklus anlangt, ich empfinde einen gewissen Ekel, der vielleicht in judaischem und biblischem Boden wurzelt, mit noch größerer Wahrscheinlichkeit aber auf den Augenblick zurückgeht, als ich den Blutfleck hinten auf dem Rock meiner Mutter sah. Wir waren in Orléans; ich war damals dreizehn, auch ohne Nazis ein Alter, in dem einen Ängste und Pickel plagen.

Mme. Goupil hatte Maman in unserem Zimmer besucht. Die beiden hatten Mineralwasser getrunken und Kekse geknabbert und geziert über die schlechten Zeiten geplaudert. Ich saß allein in einer Ecke und las. Schließlich störte meine Mutter mich aus meiner Versunkenheit auf.

»Edmond, wo sind deine Manieren? Mme. Goupil möchte gehen.«

»Lassen Sie doch das Kind, Mme. Musič.«

»Er ist in die Heiligenlegenden vertieft, Madame«, sagte meine Mutter diplomatisch. »Trotzdem wäre er untröstlich, zu hören, dass er unhöflich gewesen ist, vor allem Ihnen gegenüber.«

»Ach, die Heiligenlegenden. Das kann ihm nur gut tun.«

»Er liest sie, weil *Sie* dazu geraten haben, Madame.«

Mme. Goupil zog die Nase kraus und zeigte ihre großen Zähne wie ein erfreutes Kaninchen.

»Edmond, bedank dich schön bei Mme. Goupil! Ach, diese Kinder, Madame, manierlos wie die heutige Zeit.«

Ich verbeugte mich. »Danke, Madame; *au revoir*, Madame.« In Wirklichkeit hatte ich zum x-ten Mal Jules Vernes *Voyage au centre de la terre* gelesen, eines der wenigen Bücher, das ich von Paris hatte mitnehmen dürfen. Ich hasste die untertänige Art, mit der meine Eltern mit Mme. Goupil umgingen, obwohl ich es verstand. Unsere Sicherheit hing von ihrer Diskretion ab, was natürlich hieß, von ihrem Wohlwollen. Aber zu sagen, sie wären vor ihr auf dem Boden gekrochen, trägt mir womöglich eine Sammelklage durch die Rechtsvertretung aller Kriechtiere der Welt ein.

Jedenfalls, als meine Mutter Mme. Goupil zur Tür begleitete, sah ich den glänzenden, leuchtendroten Fleck hinten auf ihrem Rock. Woher ich wusste, was es war, kann ich nicht sagen. Ich war mit Sicherheit nicht aufgeklärt worden über das

Thema. Aber dieses sichtbare Zeichen für das biologische *esse* meiner Mutter stieß mich ab, ja, selbst bei *dieser* Mutter, die ich anbetete und deren Andenken mir immer noch heilig ist. Ich wandte den Blick ab, hin zu dem Stuhl, auf dem sie gesessen hatte, und sah dort das Gegenstück des Flecks. So rasch ich konnte, ohne dass es irgendwie verdächtig war, sagte ich, ich wolle gerne hinaus, um ein bisschen frische Luft zu schnappen. Natürlich wollte ich ihr Gelegenheit geben, ihren Zustand zu bemerken, das Blut von sich selbst, ihrem Rock, ihrem Stuhl herunterzuwaschen. Und als ich zurückkehrte, war glücklicherweise alles wieder gut.

Wie weit ich vom Thema abgeschweift bin! Das hängt sicherlich mit meinem fortgeschrittenen Alter zusammen. Machen Sie sich auf weitere Beispiele für die Schwächen eines alten Mannes gefasst.

Wenn man bedenkt, dass Maude in ihrer ländlichen Umgebung in Irland doch recht behütet aufgewachsen war, und wenn man weiter bedenkt, dass wir zum Zeitpunkt ihrer Offenbarung im Larkinschen Sinn ja noch in der Prae-Beatles-Ära lebten, mag es verwunderlich erscheinen, dass sie die Dinge so unverblümt beim Namen nannte. Im Grunde ist sie ihr Leben lang ein bisschen prüde gewesen, ein bisschen zurückhaltend, wenn es darum ging, Geschlechtliches in Worte zu fassen. Außer mir gegenüber. Da ich sie, wie *sie* es ausdrückte, *gehabt* hatte, sprach sie mir gegenüber von Anfang an auf eine Art und Weise, wie sie es gegenüber ihrer engsten Freundin kaum getan hätte. Und so beschwor sie unter Schluchzen jenes verhasste Bild meiner Mutter herauf, wenn auch nur, weil *ihre* Blutung *ausgeblieben* war, eine Art *absence-présence.*

Aber stellen Sie sich den Skandal in einer Zeit vor den Beatles vor! LIEBESNEST EINES RÖMISCH-KATHOLISCHEN PRIESTERS AUFGEFLOGEN! Edmond Musič,

Rektor von Beale Hall, sieht Vaterfreuden entgegen. (Lesen Sie dazu auf Seite 7 »Mach es mit Musič« von Pieter de Pawl, und unseren Leitartikel »Verratenes Vertrauen« auf Seite 13.) Aber derlei stand nicht zu befürchten. Es sollte noch mehr als ein Vierteljahrhundert dauern, bis dieser Damm brach, bis es zur Alltäglichkeit wurde, dass ehemalige Priester und Nonnen ganz öffentlich eine Ehe eingingen, bis selbst die schlimmsten Geschichten darüber, was »geistliche Herren« mit Kindern, Jungen und Mädchen für Sachen machten, keinen Hund mehr hinter dem Ofen hervorlockten und nur noch ganz hinten in der Zeitung, gleich vor den Sportberichten, landeten, bis die Kirche, weil sie keinen Schlupfwinkel mehr fand, aufhörte, die Verbrechen und Verfehlungen ihrer Offiziere und Frontkader zu vertuschen und sich zu dem einen oder anderen verfaulten Apfel im Fass bekannte, gleichzeitig aber die allgemeine Schande abzuwenden versuchte, indem sie den natürlichen menschlichen Abscheu vor offensichtlicher Heuchelei in – man glaubt es kaum! – ein weiteres Beispiel für die niederträchtige »Katholikenschelte« umdeutete. Katholikenschelte, von wegen! Wie können wir erklären, dass die Laienschaft sich in einer Weise zum Selbstschutz vor den Geistlichen gezwungen sah, dass sie einen Bund von Opfern des Missbrauchs durch Priester gründete, eine Organisation namens S. N. A. P., *Survivors Network of Those Abused by Priests*? Die Pädophilen unter uns haben dem Satz »Lasset die Kinder zu mir kommen« eine ganz neue Bedeutung gegeben.

Es könnte aussehen, als hätte ich der armen Maude in alldem nicht viel Platz und Besorgnis eingeräumt. Stimmt, aber ich möchte ehrlich sein. Ich dachte zu der Zeit nur an mich. Ich kannte Maude kaum. Die Kirche hätte meine kleine Sünde vertuscht, dessen war ich sicher. Zweifellos hätte ich eine ernste Standpauke meines Bischofs hinnehmen müssen. Das kümmerte mich nicht. Beichte, Reue, Besserung geloben, das übliche Gedöns. Aber ich hätte mit Sicherheit Beale Hall verloren. Sie hätten mich versetzt, irgendwohin, wo es von Moskitos wimmelt wahrscheinlich, nach Kolumbien, Guyana oder in sonst eines dieser unmöglichen Länder.

Maudes *grossesse* war Maudes Schuld. Jaja, ich weiß, wie dieser Kommentar heutzutage klingt. Schrecklich! Ich finde ihn selbst schrecklich, vor allem in Anbetracht der Jahre, die sie und ich miteinander verlebt haben. Aber das habe ich damals gedacht. Und ich bin nicht sicher, ob sie das nicht auch gedacht hat. Ich wusste, was vor ihr lag, und es schien mir nicht allzu schlimm, auf eine kalte, katholische Art sogar von einem gewissen Mitgefühl getragen. Kurz vor Sichtbarwerden ihrer Schwangerschaft würde man sie nach Irland zurückschicken, und dort würde sie zu einer Magdalena werden, mit liebevoller Missbilligung von den Nonnen umsorgt, bis das Kind geboren wäre und man es ihr wegnehmen und zur Adoption freigeben würde; und dann würde man von ihr verlangen, dass sie arbeitete wie eine Sklavin, in einer Wäscherei oder dergleichen, bis ihr dämmern würde, dass sie schlicht und einfach davonlaufen konnte, ohne Kind natürlich, aber frei.

Andererseits war das *mein* Kind, das da unterwegs war. Mit gespieltem Ärger drohte ich meiner Apparatur mit dem Zeigefinger und frohlockte zugleich über das, was sie zu Stande gebracht hatte. *Mein* Kind würde nicht auf Schleichwegen zu einer dieser Familien kommen, die die Kirche aus ihren eigenen geheimnisvollen Gründen guthieß. Mein Kind würde von seiner Mutter großgezogen werden, und zwar in einer angenehmen Umgebung, für die sein Vater garantieren würde – im Geheimen natürlich, denn kein katholisch erzogenes Kind könnte stolz darauf sein, einen Priester zum Vater zu haben.

Aber wie sollte ich das bewerkstelligen? Ich besaß persönlich keinen Heller, so komfortabel ich auch in Beale Hall leben mochte. Es war mir schleierhaft.

Maude hatte mittlerweile beschlossen, dass wir nicht mehr in einem Bett schlafen und uns schon gar nicht jenen Aktivitäten hingeben sollten, die die gegenwärtige Krise heraufbeschworen hatten. »Aber Maude«, sagte ich, ganz unglücklich darüber, sie missen zu müssen, »das Pferd ist auf und davon. Es ist zu spät, die Stalltür zu verschließen.«

Mein Apophthegma war schlecht gewählt. Wie sie aufheulte! »So also denkst du von mir? So einfach war das also für dich. Hab ich dir nicht mehr zu bieten gehabt als eine offene Stalltür? Oder bin ich vielleicht eine Stute, die nur zur Fortpflanzung taugt?«

»Beruhige dich, liebe Maude. Das ist nur eine Redewendung. Schlecht gewählt vielleicht. Vielleicht ist mein Englisch doch nicht so gut, wie ich dachte.« Ich nahm sie in die Arme, streichelte sie und küsste ihr die Tränen von den Augen. »Das Kind ist schließlich schon unterwegs. Du kannst weder mehr noch weniger *enceinte* werden, wenn du mit mir das Bett teilst.«

»Wir dürfen diesem Laster nicht mehr frönen«, sagte sie und strich sich mit der wohlgeformten Hand über den flachen Bauch. »*Ecce signum.*«

»Schau her«, sagte ich und wies auf die Wölbung in meiner Hose. »*Ecce signum.*«

Sie lächelte wider Willen, wandte sich aber mit einem Schniefen von mir ab.

»Habe ich dir nicht die Absolution erteilt?«

»Was kann die schon wert sein, *deine* Absolution, wo du doch selbst ein Sünder bist, nicht besser als ich, vielleicht sogar schlimmer? Ich glaube, ich sollte mich Bastien anvertrauen.« Sie zog einen Flunsch und wandte sich empört ab.

»Sünder sind wir alle, nicht nur du und ich; das ist die *conditio humana.* Wir sind als Sünder geboren. Aber meine liebe Maude, auch wenn ich vielleicht schlecht bin, die Macht und die Herrlichkeit sind mir trotzdem erhalten geblieben. Meine Absolution ist genauso gut wie die des Papstes höchstpersönlich. Und was die Sünden des Fleisches anlangt, darf ich dich auf den heiligen Augustinus verweisen, der zu Christus betete, er möge ihn aus seiner sexuellen Verworfenheit erlösen – aber nicht gleich.«

»Wenn es ums Mundwerk geht, könntest du ein Ire sein und kein Franzose.«

»Lass dir von Bastien die Beichte abnehmen, wenn du das möchtest. Tu, was das Beste für dich ist.«

»Wir werden sehen.« Sie zuckte die Achseln und ging. Aber sie machte sich ihr Bett im Ostflügel.

Es schien mir ratsam, ihr zuvorzukommen und selbst mit Bastien zu reden. Wer weiß, was Maude ihm erzählen würde.

Bastien, so merkwürdig er auch ist, überraschte mich. Zunächst einmal begrüßte er die Ankunft eines neuen kleinen Musič in der Welt und meinte, das sei ein Stamm, der durch Maudes Beitrag nur noch besser werden könnte. Danach widmete er sich der Frage, wie für meinen Sprössling gesorgt werden könnte. Er schlug vor, ich sollte zunächst einmal die Grenzen meiner Macht in Beale Hall erkunden; danach sollte ich mich mit Popescu in Verbindung setzen, dem einzigen Menschen mit ein bisschen Geschäftssinn, den wir kannten. »Wir sind schließlich fürs Geistige zuständig, Edmond, und nicht fürs Praktische«, sagte er und klopfte mir kameradschaftlich auf den Rücken. »Ich hab mir übrigens den Keller noch einmal angesehen. Nicht schlecht, gar nicht schlecht. Ich hab ein paar Flaschen Puligny-Montrachet, 1937 heraufgeholt. Wir werden sehen.«

»Maude wird vielleicht zu dir beichten kommen.«

»Soll sie doch. Sie hat nichts zu befürchten von mir.«

»Natürlich nicht, das hab ich auch nicht gemeint. Ich wollte nur nicht, dass du schockiert bist.«

»Edmond!«

»Na ja, *mon vieux*, du weißt schon, was ich meine.«

»Ich weiß.«

Popescu kam in einem gemieteten Sportwagen von Heathrow, einem flotten kleinen Modell in Dottergelb, das mit kreischenden Bremsen vor dem großen Tor hielt. Er blieb sitzen und hupte gebieterisch, bis aus verschiedenen Richtungen Maude, Bastien, zwei Gärtner (einer mit einer Mistgabel), die Putzfrau und ich angerannt kamen und, je nachdem, Beunruhigung, Neugier, Verärgerung und Verwunderung bekundeten. Aristide sprang triumphierend aus dem Wagen. »Da bin ich!« Er legte die Hand aufs Herz. »Es ist Wahnsinn, in diesem Land zu fahren, der reine Selbstmord! Ein Wunder, dass ich noch lebe. Ihr solltet eine spezielle Dankmesse lesen.« Er umarmte Bastien und mich. »Meine Freunde, meine lieben Freunde.« Vor Maude schlug er die Hacken zusammen, lächelte ironisch, machte eine zackige Verbeugung und beäugte sie von unten herauf mit Stielaugen. »Ein Filmstar zu Besuch vielleicht? Oder nur die *dea loci*?« Maude kicherte entzückt. »Zweiteres eher«, sagte sie, »die *dea loci*.« Mit einem aristokratischen Wink entließ Aristide die Gärtner und die Putzfrau.

Er hatte sich ziemlich verändert in den paar Jahren, seit ich ihn das letzte Mal gesehen hatte. Er war nicht mehr hager, sein Körper hatte jetzt die Geschmeidigkeit eines Panthers. Er sprach mit dem gehobenen Akzent eines Charles de Gaulle. Sein dunkler Anzug war elegant geschnitten, das Hemd leuchtete weiß, die seidene Krawatte war sorgfältig geknüpft. Er war sauber rasiert und gekämmt; eine gepflegte Erscheinung, hätte man sagen können. Nur seine Augen waren unverändert, ein bisschen vorstehend, filouhaft wie immer.

Er bot Maude den Arm und geleitete sie zum Haus. »Wie heißt du, wunderbare Erscheinung? An welchem Altar darf ich dich verehren?« Er blickte über die Schulter zurück zu Bastien und mir. »Kommt, kommt, trödelt doch nicht so. Wir haben nicht viel Zeit. Wir haben eine Menge zu bereden.«

Aristide war beeindruckt von Beale Hall, das gab er bereitwillig zu, aber trotzdem brach er den Rundgang bald ab. »Du bist weich gelandet«, sagte er zu mir. »Gut für dich.« Die Bibliothek hingegen wollte er ausdrücklich sehen. »Was den Wert von Büchern angeht, bin ich eine Autorität.«

Ich ließ ihn in den Regalen und den versperrten Schränken, zu denen ich ihm die Schlüssel gab, nach Belieben stöbern. Ich saß in einem gemütlichen Sessel neben dem Kamin und las wieder einmal Byrons *Don Juan*, Cantos I und II, in der Ausgabe von 1819, der allerersten, herausgegeben von Thomas Davison, Whitefriars, die aus diesem wunderbaren Jahr hier in Beale Hall war. Von Zeit zu Zeit hörte ich ihn pfeifen oder »*Merde alors!*« oder »Unglaublich« oder »Wunderbar!« sagen. Die Zeit verging. Maude brachte uns Tee und *crumpets* und eine Biskuitroulade, aber Aristide wollte seine Tätigkeit nicht unterbrechen. Bastien schaute herein, sah die Stöße von Büchern auf dem langen Bibliothekstisch, sah Aristide in Hemdsärmeln, mit zerzaustem Haar und aufgewirbeltem Staub im Gesicht, schüttelte mit einem Blick zu mir den Kopf und ging wieder. Es wurde dunkel; ich schaltete die Lampen ein.

»Ich werde über Nacht hier bleiben müssen«, sagte er. »Da gibt es mehr, viel mehr, als ich mir hätte träumen lassen.«

Ich erhob mich. »Aber gerne«, sagte ich. »Maude wird dir ein Bett herrichten und ein Gedeck mehr auf den Tisch stellen.«

»Etwas Einfaches«, sagte er. »Die Engländer sind grauenhafte Köche. Eine Suppe, Brot, ein Glas Wein. Aber sie soll es hierher bringen. Ich muss weitermachen.«

Am folgenden Morgen fand ich ihn tief schlafend über dem Bibliothekstisch zusammengesunken, den Kopf auf den Armen, um ihn herum verstreut Zettel voller Notizen. Die Weinflasche war leer; die Suppe und das Brot unangetastet. Ich rüttelte ihn wach. Er sah furchtbar aus, die vorstehenden Augen waren rot gerändert und blutunterlaufen, aber so war er mir auf seltsame Weise vertrauter, seinem alten Ich ähnlicher.

»Kaffee, um des barmherzigen Himmels willen«, krächzte er. »Aber zuerst, wo kann ich pinkeln? Mir platzt die Blase.«

Als er in die Bibliothek zurückkehrte, sah er wieder mehr nach dem gepflegten Aristide vom Tag zuvor aus. Er hatte gebadet, sich rasiert und allgemein wieder in Ordnung gebracht. Bastien und ich begrüßten ihn. Er setzte sich und schenkte sich Kaffee ein. Er nahm einen gierigen Schluck. »Huch. Was ist das? Tee?« Er brach ein Brötchen auseinander und bestrich es mit Butter. »Na, Bastien«, sagte er und schaute auf die Uhr, »*Ça va, mon gars?*« Er wandte sich an mich. »Vielleicht ist es dir lieber, wenn wir unter vier Augen reden, *hein?*«

»Ich habe keine Geheimnisse vor Bastien. Er ist mein ältester Freund. Außerdem war er es, der mir geraten hat, mich an dich zu wenden.«

Was ich Bastiens Merkwürdigkeit genannt habe und was

meistens nicht besonders auffiel, zeigte sich in diesem Augenblick: Er schlug das Kreuz über der Kaffeekanne.

»Wunderbar, ja, wir sind alle Freunde, hoffe ich«, sagte Aristide aalglatt. »Also gut, wenn ich es richtig verstehe, Edmond, möchtest du einen Fonds zu Gunsten deines Kindes und seiner Mutter einrichten?«

»Genau.«

»Und du besitzt im Augenblick nichts, ist das richtig?«

»Ein paar Pfund konnte ich zur Seite legen. Für die meisten meiner Bedürfnisse wird hier gesorgt. Aber nein, nichts, womit ich einen Fonds einrichten könnte.«

»Aber du hast hier in Beale Hall die Befugnis zu kaufen und zu verkaufen, vor allem was die Bibliothek betrifft?«

»Na ja, ja. Ich habe es mir, auf Bastiens Rat hin, angesehen. Ich glaube allerdings nicht, dass der Stiftungsvorstand mit größeren Verkäufen rechnet, höchstens Duplikate vielleicht, und dann nur zur Beschaffung von Mitteln für weitere Erwerbungen.«

»Aber die Befugnis zu verkaufen und zu kaufen hast du?«

»Ja, die habe ich.«

Aristide schloss die Augen und seufzte. »Was du als Erstes tun musst, ist Folgendes: Du musst alle diese Bücher und Drucke, die du von mir hast, an Beale Hall verkaufen. Ich werde dir einen Preis empfehlen, der großzügig ist, aber nicht unverschämt. Diese Summe wirst du dann in der Schweiz auf ein Konto zu Gunsten deines Begünstigten legen, aus den Zinsen, oder einem Teil davon, wird eine Lebensversicherung, ebenfalls zu Gunsten deines Begünstigten, bezahlt.« Aristide schenkte sich Kaffee nach. »Aber das ist nur ein Anfang. Diese Bibliothek hier ist außerordentlich, soweit ich das beurteilen kann, die großartigste Bibliothek, die noch in privaten Händen ist. Sie besitzt viele, viele Raritäten, unter anderem die Caxton-Ausgabe des *Morte d'Arthur* und die zehn Erstausgaben von *Paradise Lost*. Und dann gibt es noch allerhand Unsortiertes in Schachteln, eine potenzielle Schatzgrube. Die Katalogisierung ist primitiv, unvollständig und ein fürchterliches Durcheinander. Aber, meine Freunde, ich habe hier zwei Bücher gefunden, von denen die Bibliothekswissenschaftler nichts ahnen, das eine ein mittelalterlicher Psalter und das andere vermutlich ein Werk Shakespeares, das, wie ich zufällig weiß, in etwas anderer Form im *Stationer's Register* erscheint.« Aristide brach noch ein Stück von seinem Brötchen ab und bestrich es mit Butter. »Ich werde das natürlich noch genau überprüfen müssen, aber ich bin bereit, jetzt gleich, eines von beiden, oder beide, zu kaufen.«

»Sag mir mehr über den Psalter.«

»Ja also«, sagte Aristide gleichgültig und konsultierte seine Notizen, »er wurde für Bodo de l'Ile Amoureuse geschrieben, den Großprior des Hospitaliter-Ordens von Sant'Iago, der 1291 die Verteidigung von Akkon befehligte und dann auf Zypern starb, ihr wisst schon. Der Psalter ist die Arbeit des Villefranche-Meisters, eines Hofmalers in Paris. Bodo nahm ihn mit ins Heilige Land. Schau ihn dir einmal an, *mon cher*, wenn du einen Moment Zeit hast. Es ist bestimmt die schönste Arbeit des Meisters, eine Illumination schöner als die andere, das glänzt nur so von Gold und Farben. Ein Wunderwerk.«

»Und das andere?«

»Auch etwas gänzlich Unbekanntes. Es könnte sich um eine bisher nicht erfasste Shakespeare-Ausgabe handeln. Jedenfalls würde ich dir für das eine wie das andere einen fairen Preis zahlen. Du brauchst das Geld jetzt, aber ich muss dich darauf hinweisen, dass der Wert der Bücher von Jahr zu Jahr steigen wird. Du bist mir ausgeliefert.«

»Wie viel?«

Aristide nannte für jedes einen Preis, der Bastien und mir den Atem verschlug.

»Aber das Geld wird Beale Hall gehören. Was hilft mir das?«

Aristide schaute mich an, als wäre ich schwachsinnig; sogar Bastien kicherte in seinen Ärmel hinein und wandte den Blick ab. Aristide goss affektiert noch ein wenig Kaffee in seine Tasse und hob uns die Kanne mit einer fragenden Geste entgegen, bevor er sie wieder hinstellte.

»Natürlich wirst du mir eine authentische Verkaufsurkunde ausstellen, unterschrieben von dir, dem Rektor von Beale Hall. Alles, wie es sich gehört. Ich für meinen Teil werde bar zahlen. Was mit dem Geld passiert, ist nicht meine Angelegenheit. Vielleicht endet es, oder ein Teil davon, in der Schweiz, auf dem Konto eines gewissen Begünstigten.«

Bastien nickte heftig auf seine wippende Art. »Verkauf ihm den Shakespeare, nicht den Psalter«, sagte er zu mir. »Schließlich sind wir eine katholische Institution.«

»Eine herzerquickend fromme Wahl«, sagte Aristide und zwinkerte.

»Mit Frömmigkeit hat das nichts zu tun«, sagte Bastien scharf. »Diese Bibliothek wird seit Jahren von geistlichen Gelehrten benutzt. Der Bodo-Psalter ist ihnen mit größerer Wahrscheinlichkeit aufgefallen als der Shakespeare, auch wenn sie seinen Wert nicht erkannt haben.«

Es ist stets überraschend, wenn Bastiens Intelligenz durch seine Merkwürdigkeit bricht. Immerhin wippte sein Kopf immer noch auf und ab, und er machte wiederum das Kreuzzeichen über der Kaffeekanne.

»Aber wenn du ihn auf den Markt bringst, Aristide«, sagte ich, »ist das Spiel aus.«

»Er wird ihn nicht auf den Markt bringen, bevor du tot bist. Inzwischen wird sein Wert steigen, eine nette Kleinigkeit fürs hohe Alter oder für seine Erben.«

»Ich kann so viel Geld nicht so lange stilllegen. Um die Wahrheit zu sagen, ich weiß noch gar nicht, woher ich die genannte Summe nehmen soll.«

»Du wirst sie schon finden, du wirst sie schon finden. Und um dir die Suche zu erleichtern, wird Edmond um fünfzigtausend runtergehen.« Wipp, wipp, wipp, machte Bastiens Kopf.

Aristide lachte. »Abgemacht!«, sagte er. »Wenn du je einen Job im Buchhandel willst, Bastien, komm zu mir.«

Ich beobachtete die beiden, und mein Kopf ging hin und her wie bei einem Tennismatch.

Aristide streckte die Hand über den Tisch, um Bastiens Hand zu schütteln, aber Bastien wich schockiert zurück. »Zuerst musst du Edmond die Hand schütteln«, sagte er. »Schließlich ist er der Rektor. Er ist der Boss.«

»Also schön«, sagte ich, »ihr habt euren Spaß gehabt. Und jetzt werden wir wieder ernst. Du kannst nicht im Ernst meinen, dass ich ein gewöhnlicher Verbrecher werden soll.«

»Nicht so ganz gewöhnlich«, sagte Aristide und zwinkerte Bastien zu. »Was ist es schon für ein Verbrechen, von einer überreichlich ausgestatteten Institution, die es noch dazu nicht bemerken wird, ein abstraktes, blutloses *Ding* zu nehmen, um den Bedürftigen und Unschuldigen zu helfen? Betrachte dich als Gentlemandieb, als Robin Hood oder Raffles. Das ist eine großartige Gelegenheit, mein Freund. Sie könnte sich nie wieder bieten.«

»Das kann ich nicht tun.«

»Aber Edmond!«, sagte Bastien. »Aristide ist von so weit hergekommen.«

»Lass mich vernünftig mit ihm reden, Bastien.« Aristide wandte sich mir zu. »Ich will nur, dass du darüber nachdenkst. Ich biete dir ein Vermögen an. Denk an die Mutter deines ungeborenen Kindes, denk an das Kind selbst.«

»Was ich tun *werde*, ist, meine Bücher und Drucke zu dem von dir empfohlenen Preis an die Bibliothek von Beale Hall zu verkaufen. Und ich werde den Erlös so investieren, wie du es mir geraten hast. Aber das ist alles.«

Bastien seufzte. Aristide zuckte die Achseln.

In diesem Augenblick klopfte Maude und steckte den hübschen Kopf herein. Sie wollte wissen, ob der Herr zum Lunch bleibe.

Aristides Augen blitzten auf, als er sie sah. Wenn es für ihre Schwangerschaft überhaupt ein Anzeichen gab, dann war es ein ganz neues Strahlen, das von ihr ausging wie ein Heiligenschein. »Lunch? Aber ja, natürlich, mit Vergnügen. Und nach dem Lunch wird mich diese Göttin vielleicht nach Ludlow begleiten und mir alles zeigen, was für den Besucher sehenswert ist. Es gibt doch eine Burg hier?«

»Ja. Eine herrliche Ruine, aber ich bin nicht sicher, ob …«

»Ach, spaßen Sie nicht mit mir, Mam'selle. Sie machen mich untröstlich.«

Maude lachte, und im Zimmer ging die Sonne auf. Der Gedanke, neben diesem eleganten Ausländer in seinem kleinen gelben Sportwagen zu sitzen, schien ihr nicht übel zu gefallen. »Also gut, eine Stunde kann ich mir für Sie freinehmen, wenn Ihnen das nützt«, sagte sie. »Dann muss ich zurück.«

Sie blieb den ganzen Nachmittag weg.

Vierzehn Tage nach der Eröffnung meines Schweizer Kontos mit den Erträgen aus dem Verkauf meiner Bücher und Drucke an die Bibliothek kam Maude in mein Zimmer. Sie trug eines dieser altmodischen Flanellnachthemden, die so unschuldig aussehen, aber erotische Freuden ahnen lassen. Ihr herrliches rotes Haar umwallte ihre Schultern. Sie kroch mit ernstem Gesicht zu mir ins Bett. Ich legte mein Buch auf das Nachtkästchen.

»Herzlich willkommen«, sagte ich, »aber was hat diesen Sinneswandel bewirkt?«

»›Der Fluch ist über mich gekommen‹, schrie die Lady of Shalott.« Ich hatte zwar nicht gewusst, dass englische Frauen »Fluch« dazu sagen, aber ich wusste sofort, was sie meinte. Es war ihr noch nie vorher passiert, dass ihre Periode sich verspätete. Was hätte sie denn denken sollen? Sie hoffte, sie hätte mir keine allzu großen Sorgen gemacht. Sie hatte sich selbst schreckliche Sorgen gemacht. »Von Fluch kann hier natürlich keine Rede sein«, sagte sie. »Es ist ein Segen.« Sie legte meine Hand auf ihre Brust. »Ich habe wochenlang zur Heiligen Jungfrau gebetet.«

Natürlich war ich sehr erleichtert über die Neuigkeit. »Na wunderbar«, sagte ich, »das ist ihre Antwort. Obwohl ihre eigene Erfahrung ein bisschen anders aussah.«

»Ketzer! Du bist wirklich ein durch und durch liederliches Subjekt!« Sie nahm meine Hand von ihrer Brust und küsste meine Handfläche.

»Hast du gewusst, dass die Kirche von den Frauen einmal verlangt hat, aus Anstandsgründen die Ohren zu bedecken?«

»Das hast du erfunden.«

»Ganz und gar nicht, ich schwör es dir. Sie hatten sich überlegt, dass Gott die Heilige Jungfrau auf dem Weg übers

Ohr befruchtet haben muss, ihr sozusagen das Ohr voll geblasen hat. Am Anfang war das Wort, du weißt ja. Die Verkündigung. Jedenfalls war es nur vernünftig, das weibliche Ohr als einen Körperteil zu betrachten, dem Schamgefühl wohl anstand. Selbst Satan hat als phallische Schlange Eva seinen giftigen Samen ins Ohr gespritzt.«

»Und ist der hochwürdige Vater auch einer von diesen Frauenhassern? Ein Gesinnungsgenosse?«

»Ich doch nicht«, sagte ich. »Ich bin nicht wie diese niederträchtigen Kerle von einst. Für mich ist jeder Tag Damentag.«

»Du bist der niederträchtigste Kerl von allen.«

»Und ist es, wenn ich so sagen darf, noch akut?«

»Ich weiß, dass du in diesen Dingen komisch bist«, sagte sie. »Nein, ich habe gewartet, bis es vorbei ist. Du hast nichts zu befürchten, du zimperlicher dummer Kerl du.«

Ich fiel über sie her. »*Da mi basia mille, deinde centum!*«

Sie schob mich weg. »Das Zählen der Küsse kannst du dir schenken. Aber von jetzt an wirst du das da nehmen. Ich möchte nicht noch mal so was Schreckliches durchmachen.« Und sie zog eine Schachtel Kondome aus einer Tasche in ihrem Nachthemd. Durex, das weiß ich noch genau.

»Sünde über Sünde«, sagte ich. »Willst du uns zum tiefsten Schlund der Hölle verdammen?«

»Dahin sind wir schon unterwegs«, sagte sie ernst. »Wie Paolo und Francesca. Ich brauch dir doch nicht zu sagen, was du ohnehin weißt.«

Ich griff nach der Schachtel. »Aber wo hast du sie besorgt? War es dir nicht entsetzlich peinlich?«

»In einer Apotheke in Ludlow, Bellamy's, Bridgewater Close. ›Vertraue deinem Apotheker‹. Und ja, es *war* mir peinlich. Aber *du* konntest wohl kaum hingehen und sie besorgen.

Ich hab dem Apotheker gesagt, dass mein Vater sie braucht, was ja eigentlich kaum gelogen war, *hochwürdiger Vater,* nicht wahr?«

Später in dieser Nacht erklärte sie mir flüsternd, dass sie etwas zu beichten hätte.

»*Te absolvo*«, sagte ich.

Sie gab mir einen scharfen Stoß in die Rippen. »Ich will keine förmliche Beichte machen. Es geht um was anderes. Ich muss es jemandem sagen, jemandem, der es gut mit mir meint. Jemandem, der mir ohne Verweis auf sein Kollar vergeben wird. Und das bist du.« Sie umklammerte meine Hand, wandte dabei aber den Kopf ab. »Ich habe ein altes Shakespeare-Buch aus der Bibliothek an deinen Freund Aristide verkauft.«

Ich setzte mich auf. »Du hast *was?*«

Und dann kam die Geschichte heraus, stockend, unter Seufzern und Tränen und völlig vergeblichen Versuchen, mein Interesse wieder libidinösen Dingen zuzuwenden. Sie waren durch den Burggarten der Ruine Ludlow spaziert, und da geschah es, dass diese spezielle Verkörperung von Satan sein Gift ins Ohr meiner Maude spritzte. Er hätte von ihrem »glückvollen Unglück« gehört, sagte er, und übrigens sehe sie strahlend aus, ein wandelndes Zeugnis dafür, dass Gott in seiner Herrlichkeit die richtigen Wege findet, um sein Gebot »Wachset und vermehret euch« zu erfüllen. Aber um einmal ganz praktisch zu denken, sie würde doch sicher das Beste auf der Welt für ihr Kind wollen. Und dazu würde sie Geld brauchen, viel Geld. Woher sollte sie es nehmen? Ganz offensichtlich nicht vom Vater des Kindes, der relativ mittellos war und noch dazu seine Vaterschaft nicht einmal anerkennen konnte. Sie befände sich in (wie sollte er es ausdrücken?) *delikaten* Umständen. Ein Priester immerhin. Er hätte Edmond einen Vorschlag zur Lösung des finanziellen Problems unterbreitet, aber Edmond wäre – als alter Freund dürfe er das wohl sagen – zu *bourgeois*, um den nahe liegenden Vorschlag anzunehmen, zu schnell damit bei der Hand, die Unantastbarkeit von Eigentum über die berechtigten Forderungen des Mitgefühls zu stellen. Aber *sie* könnte die Zügel selbst in die Hand nehmen. Sie könnte ihre eigene Zukunft und die Zukunft des ungeborenen Kindes sichern und am Ende vielleicht sogar Edmond helfen. Ob sie genügend geistige Großzügigkeit besäße? Er zweifle nicht daran. Sie brauche ihm nur ein bestimmtes Buch aus der Bibliothek von Beale Hall zu verkaufen. Er würde ihr sagen welches und wo es genau zu finden sei. Sobald sie ihm das Buch aushändige, zusammen mit einer Verkaufsurkunde natürlich (unter die sie Edmonds Unterschrift setzen würde), würde er ihr die enorme Summe, die vorher vereinbart worden sei, in bar aushändigen oder auf ein beliebiges, von ihr anzugebendes Konto, egal wo, überweisen. (Um Aristide gegenüber fair zu sein, muss gesagt werden, dass er ihr genau die Summe zu genau den Bedingungen anbot, die er mir angeboten hatte.) Na ja, sie zögerte und zauderte. Das dürfe sie nicht, das könne sie nicht, das solle sie nicht, das werde sie nicht tun. Aber am Ende, bei Tee und Kuchen in einem Lokal in der Nähe von Butter Cross, siegte der Teufel.

»Aber du bist nicht einmal schwanger«, sagte ich. »Nicht dass das eine Entschuldigung wäre. Du musst ihm das Geld zurückgeben und schauen, dass du das Buch wiederkriegst.«

»Das hab ich versucht«, jammerte sie. »Ich hab ihn heute früh angerufen. Er hat nur gelacht. ›Ach was‹, hat er gesagt. ›Geld ist zum Genießen da.‹ Ach, Edmond, was soll ich denn nur tun? Wie hab ich so etwas nur tun können?«

»Ich werde ihn anrufen«, sagte ich. Und das tat ich auch.

»Verklag mich«, sagte er. »Bring mich vor Gericht.«

»Du weißt, dass ich das nicht kann. Ich könnte Maude in Gefahr bringen.«

Aristide seufzte. »Warum nicht das Leben ein bisschen genießen, Edmond? Gib ein bisschen Geld aus. Dank meiner habt ihr ja beide genug. Und versuch es noch mal mit dem Kindermachen. Du weißt ja offensichtlich, wie's geht.« Und er legte auf.

Ich versuchte ihn noch einmal zu erreichen, aber er ging nicht ans Telefon.

Das alles ist Jahrzehnte her. Ich glaubte nicht wirklich, dass er das Buch lange behalten würde. Wahrscheinlich hatte er schon irgendeinen Privatkunden im Kopf, in dessen Sammlung es stillschweigend gehen würde. Aber ich irrte mich. Bis jetzt hatte er sein Versprechen an Maude gehalten. Was kann ihn dazu veranlasst haben, es zu brechen? Warum nach all dieser Zeit? Und jetzt stellt dieser elende Twombly gefährliche Fragen. Nun ja, wie der Barde irgendwo sagt: Etwas muss geschehen.

Seltsamerweise berührt eine der *Geschichten über den Baal Schem von Ludlow*, »Der Pish und der ungerechte Philanthrop«, ganz beiläufig dieses unbequeme Thema. Die Geschichte wird vom Rabbi Ivor Connick von der heiligen Gemeinde von Roehampton erzählt, der sie vom Rabbi Aubrey Lubert von der heiligen Gemeinde von Manchester gehört haben will. Der Pish war offenbar einmal Gast im Haus des reichsten Mitglieds der Gemeinde von Manchester, eines großen Philanthropen. Natürlich wurde er seinem Ansehen entsprechend behandelt, das heißt wie ein hochrangiges Mitglied eines Königshauses. Der Tisch bog sich unter Schalen aus Silber und Gold, Pokalen und Krügen aus Kristall; die Fülle der Speisen und Getränke war dazu angetan, auch den verwöhntesten Gaumen zu reizen.

In dieser Nacht hatte der Pish einen Traum. In seinem Traum betrat er einen herrlichen Palast im Paradies, wo gerade ein Gericht tagte. Satan trat in Gestalt einer Kröte ein und erstattete Anzeige gegen ein Mitglied der Gemeinde von Manchester: ›Es ist wahr, dass seine Wohltaten sonder Zahl sind, dass er den Bedürftigen, den Krummen und den Lahmen hilft, den Witwen und den Waisen beisteht, die Mitgift für die mittellose Braut beschafft und den verarmten Studenten unterstützt. Es ist auch wahr, dass er viele Stunden am Tag seinem eigenen Studium der Tora widmet. Aber er ist seit vielen, vielen Jahren Geschäftsmann in Manchester und hat in allen diesen Jahren die Nichtjuden beraubt. Hier ist die Rechnung, die Endsumme seines Diebstahls.‹ Und Satan nannte dem Gericht die Summe.

Das Gericht tat grummelnd sein Missfallen kund und machte Anstalten, den Kläger von den Gerichtsdienern hinauswerfen zu lassen. Aber Satan wich nicht von der Stelle. ›Hohes Gericht‹, sagte er, ›ich habe eine ernste Anklage vorgebracht. Meinen Worten muss Beachtung geschenkt werden, oder die Gerechtigkeit stirbt.‹

Da ertönte ein Donnerschlag aus der Höhe: ›Sprecht ein Urteil!‹

Das Gericht schrieb sein Urteil nieder, und es lautete wie folgt: Der Beschuldigte hat die Wahl, entweder seinen ganzen Reichtum jenen Nichtjuden zurückzugeben, die er Jahre hindurch beraubt hat, oder der Konversion seiner

Söhne und Töchter zum Christentum zuzustimmen. *Es soll ein und dasselbe Recht unter euch sein, für den Fremdling wie für den Einheimischen* (3. Mose 24,22). Wenn du aber nicht gehorchen wirst der Stimme des Herrn, deines Gottes, *so werden deine Söhne und Töchter einem anderen Volk gegeben werden, dass deine Augen zusehen müssen und täglich vor Verlangen nach ihnen vergehen* (5. Mose 28,32). Satan nahm das schriftliche Urteil ins Maul und hüpfte davon.

Es erübrigt sich zu sagen, dass der Philanthrop sich die Kleider zerriss und ›Weh mir!‹ schrie. Aber er beschloss, den Nichtjuden, von dem, was er ihnen geraubt hatte, so viel zurückzugeben, wie er konnte, und begab sich dann mit Frau und Kindern in den Schuldturm. Besser in grausamer Not zu leben, sagte er sich, als zusehen zu müssen, dass auch nur eines seiner Kinder seine Religion aufgibt. Der Kommentar des Rabbi Connick zu der Geschichte ist ein Zitat aus dem fünften Buch Mose (25,16): »*Denn es ist dem Herrn, deinem Gott, ein Gräuel ein jeder der übeltut.*«

Was soll ich davon halten? Wie soll ich darauf reagieren?

Ja, wenn Sie es wissen müssen, ich glaube, ich liebe Maude noch immer, in Gedanken nenne ich sie liebevoll meine Alte, aber wie ich eine Verbindung herstellen soll zwischen dieser dicken alten Frau mit dem dünner werdenden Haar und dem ewigen Ach und Weh, vor allem wegen der Schmerzen in ihrer armen Hüfte, und der klugen, sinnlichen Schönheit, der ich meine lebenslange Ergebenheit zu Füßen legte, kann ich wirklich nicht sagen. (Ist es möglich, dass sie wirklich geglaubt hat, ich rufe sie aus dem Himmel an? Natürlich nicht. Da muss der Gin aus ihr gesprochen haben.) Im Übrigen, zu mir ist die Zeit auch nicht besonders nett gewesen.

Wir benutzten diese schrecklichen Dinger, die Kondome, eine Weile, aber mit der Zeit ließen wir es bleiben. Keiner von uns mochte sie. Und sie ist auch nie schwanger geworden. Sehen Sie darin die Hand Gottes?

Und die ganze Zeit, während ich dasitze und schreibe, hängt an der Wand vor mir im Musikzimmer der wunderschön verzierte Fluch, verfasst und geschrieben 1760 von Solomon Falsch, dem Pish, auf Geheiß Sir Percival Beales, des Altertumskenners und Sammlers:

> Ihm, der da stiehlet eyn Buch aus dieser Bibliothek, möge es werden eyn Feuerzeychen in seyner Hannd, auf dasz sie bedecket sey mit Blattern und Blasen. Geschlagen sey er mit schwitzender Schwaere unnd verdorren moege seyn Gemaecht. Lasz ihn darben in unbeschreiblichem Schmerz, vergeblich rufe er umb Gnaden und von Elend fliesze über seyn Kelch. Kein Ende sey seyner Qual bis zur letzten Stunde der Verwesung. Diweylen aber moegen Buecherwuermer seyn zuckend Gedärm benagen mit scharfen Zähnden ohn Unterlasz, eyn Zeychen des Gewürmbes, des uns verdarb Eden und das unstersterblich herrschet über die Suendiger. Und gehet der Dieb endtlich zu seyner letzten Statt, zu empfangen die Straffe im Thale Scheol, so moegen ihn heymsuchen ohn Gnad die Flammen von Gehenna und ihn verzehren auf immer und ewiglich.

Ich erinnerte Maude an diesen schrecklichen Fluch, diesen Fluch, der stets vor meinen Augen hängt, eine Mahnung und finstere Drohung, die einzige dissonante Note in der Harmonie meines geliebten Musikzimmers. »Hast du nicht schreckliche Angst?«, fragte ich sie.

»Das sind doch nur Worte«, sagte sie, aber sie wurde blass.

»Worte ja, aber verfasst von einem heiligen Mann.«

»Hör doch auf, er war nur ein alter Jude.«

Ich muss sagen, *das* gab mir zu denken.

Ich habe oft daran gedacht, den Fluch zu entfernen, denn er beunruhigt mich, er flößt mir Unbehagen ein. Aber ich bin nicht abergläubisch, wirklich nicht, und ich möchte nicht so erscheinen, nicht einmal vor mir selbst. Besucher fragen oft, warum der Fluch nicht in der Bibliothek hängt, für die er sicher gemacht war. Ich habe keine andere Antwort als die, dass er an seinem jetzigen Platz hing, als ich in Beale Hall eintraf. Ich *könnte* ihn natürlich in die Bibliothek hängen, wenn ich wollte. Aber ich bin neurotisch (oder meine ich katholisch? oder meine ich vielleicht jüdisch?) genug, um zu glauben, dass mir das schlechte Gewissen gut tut, das er mir einflößt.

Einige Monate später fragte mich Maude, ob ich denke, dass der Fluch nur als Ganzes wirksam sei oder ob jeder einzelne Teil, unabhängig vom Rest, die Macht besäße, Schaden anzurichten, und zwar bei Frauen genauso wie bei Männern. Offenkundig hatte sie angefangen, sich um ihr weibliches Pendant zu dem im Fluch erwähnten »Gemächt« zu sorgen.

DRITTER TEIL

Memento, homo, quia pulvis es, et in pulverem reverteris.

Priesterliche Ermahnung der Gläubigen vor Beginn der Messe am Aschermittwoch, dem *dies cinerum* des lateinischen Missale.

Die Religion ist eine Beleidigung der Menschenwürde. Mit oder ohne sie gäbe es gute Menschen, die Gutes tun, und böse Menschen, die Böses tun. Aber damit gute Menschen Böses tun, bedarf es der Religion.

Dr. Steven Weinberg, Physiker, Nobelpreisträger, bei einem Treffen der American Association for the Advancement of Science, April 1999

Twomblys Brief war wie immer an »Hochwürden Edmond Music, SJ« adressiert. Nein, ich bin kein Jesuit, und Twombly hält mich auch nicht dafür. Zum ersten Mal benutzte er das »SJ« auf einer Ansichtskarte, die er mir, als wir beide noch Studenten in Paris waren, im Sommer einmal aus Rom schrieb. Als wir uns im Herbst wieder an unserem Tisch in La Grenouille Farcie trafen, erklärte er, was er gemeint hatte.

»Das ist ein Witz, verstehst du denn nicht?«, sagte er. Die dunkelroten Lippen in seinem hageren, bleichen Gesicht versuchten sich an einem Grinsen. »SJ bedeutet Stiller Jude!« Sein Lachen, eine Seltenheit bei ihm, war ein hohes, mädchenhaftes Kichern.

»Das soll ein Witz sein?«, fragte Bastien.

»Schaut euch das Bild an«, erwiderte Twombly.

Es war ein Ausschnitt aus Versaces Gemälde *Christus vertreibt die Geldwechsler aus dem Tempel,* der einzige überzeugende Grund für einen Besuch in S. Simpliciano Maggiore in der Via degli Specchi in Rom, wo es im immerwährenden Halbdunkel hängt. Einer der Geldwechsler hat einen Affen auf der Schulter, einen höhnisch grinsenden, hässlichen Affen, der – einigermaßen schockierend – in einem glitzernden Bogen auf die auf dem Boden verstreuten Münzen uriniert. Auf dem Kopf trägt die Kreatur einen paillettenbesetzten Turban, in dessen Mitte ein Davidstern prangt. Das Gemälde würde einen besonderen Platz in jeder Ausstellung zum Thema antisemitische Kunst verdienen. Der Ausschnitt auf der Ansichtskarte zeigte natürlich den Affen.

»Sieh dir seine Augen an«, sagte Twombly nervös kichernd. »Sie haben mich an dich erinnert, Edmond.«

»Eine bemerkenswerte Ähnlichkeit«, sagte ich trocken.

Seit damals verwendet Twombly das »SJ« in seiner gesamten Korrespondenz mit mir, als wäre es eine liebenswerte Reminiszenz an unsere fröhlichen Studententage. Natürlich weiß er, dass es eine Beleidigung ist, die wie eine ständig eiternde Wunde schwärt. Und er weiß auch, dass ich mich nicht wehren kann, wenn ich ihn nicht provozieren will, in aller Demut anzudeuten, dass eine so übertriebene Reaktion auf seinen kleinen Scherz wohl ein Zeichen dafür sei, dass ich zur Arroganz neigte und die hebräische Disposition teilte, jeden christlichen Verbrüderungsversuch als Beleidigung zu betrachten. Und damit würde ich ihm, auf Umwegen, nur bestätigen, dass er mit seinem »SJ« nicht danebenliegt.

Twombly hatte sich im Lauf seines Studiums sehr bald von dem, was damals das Wesentliche am literarischen Studium ausmachte – klassische und andere Einflüsse, thematische Spurensuche, Ursprünge, Wiederholungen und Gesetzmäßigkeiten in der poetischen Bildsprache und Metaphorik, christlicher Symbolismus und sexuelle Bedeutung an unerwarteter Stelle, das genaue Lesen der Texte – abgekehrt und der literarischen Biografie zugewandt. Er war bereits Verfasser schmaler, kaum gelesener Viten von Hilaire Belloc, G. K. Chesterton und Graham Greene. Seit vielen Jahren arbeitete er nun schon an einer Shakespeare-Biografie – ein seltsam ehrgeiziges Projekt für ein so prosaisches Gemüt –, in der er Shakespeares katholische Ursprünge und sein Rekusantentum nachweisen wollte. Na dann viel britisches Glück, wie wir hier drüben sagen.

Dieses »neue« Interesse hatte ihn dazu bewogen, Aristide Popescu gegenüber Shakespeare zu erwähnen, als sie in dem schicken New Yorker Restaurant luxuriös miteinander dinierten und der leuchtende Pomerol reichlich floss. Aber das habe ich Ihnen alles schon erzählt. Was ich noch nicht erwähnt habe – oder wenigstens noch nicht in allen Einzelheiten –, ist die kaum verhüllte Drohung, die sein Brief enthielt.

Twombly hatte seine Hausaufgaben gemacht. Der Eintrag im *Stationers' Register*, der am nächsten an den »geheimnisvollen« Band herankam, war der vom 3. Januar 1599, Annunciationsstil, das heißt 1600 nach dem jetzt gebräuchlichen Stil. Er lautete wie folgt: »Beim Ambte eyngereycht von Eleazar Edgar zur Erteylung des Rechts zu drucken und an den Tag zu geben / Ein Buch des Tittels Amours von J. D. mit / ettlychen anderen Sonetten von W. S.« In seinem Brief versicherte mir Twombly, dass kein Exemplar dieses Buches vorhanden sei. »Aber stell dir vor, es gäbe eins«, fuhr er träumerisch fort.

»Was, wenn J. D. John Donne wäre. Was, wenn W. S. wirklich William Shakespeare wäre. Was für ein Gespann, Edmond! Da kämen die zwei größten Liebesdichter der Jahrhundertwende Seite an Seite zu liegen. Mann! Da bleibt einem das Hirn stehen!«

(Twomblys Schreiben ist ein hervorragendes Beispiel für den Briefstil des amerikanischen Akademikers, für den das Wort »platt« immer noch zu viel Kraft und Biss hätte. Die Zweideutigkeit ist vor allem deshalb so zum Schreien komisch, weil er sich ihrer nicht bewusst ist. Soso, da kommen also die zwei größten Verfasser von Liebesgedichten »Seite an Seite zu liegen«! Ach du liebe Zeit! Da bleibt einem wirklich das Hirn stehen.)

Das Buch aus Popescus Katalog ist in Gelehrtenkreisen völlig unbekannt. Ich erwähne es in Zusammenhang mit dem Eintrag im *Stationers' Register* nur, weil es sich um dasselbe Jahr handelt, 1600, und weil Letzteres von einem Eleazar Edgar vorgelegt wurde. Ist Eleazar Edgar der »E. E.« auf Popescus Titelblatt? Ich verwette meinen letzten Dollar dafür, dass er es ist. Und ich glaube auch, dass Popescus Buch eine Art Prequel oder, wenn du willst, Sequel zu dem Buch im *Stationers' Register* ist, dem Buch, das J. D. und W. S. zusammenbringt.

(»Prequel!« – »Sequel!« Gott steh uns bei! Er lässt sich doch nie ein neumodisches Wort entgehen. Nun sagen Sie mir bitte, »wenn Sie wollen«, wie es kommt, dass solche Kerle der Peitsche entgehen?)

Nur eins versteh ich nicht, Edmond. Wie kommt es, dass das Titelblatt, dem Katalog zufolge, den Stempel »Bibliothek Beale Hall« trägt? Jetzt hör mal, ich kenn dich doch, um Himmels willen! Mensch Meier, du hättest niemals einen solchen Schatz aus einer Sammlung verkauft, deren Besitzer letztlich die Kirche, soll heißen Christus ist. Nein, du doch nicht. Nie und nimmer. Du hättest die Kerle aus dem Tempel verjagt, die versucht hätten, sich mit ihrem Geld bei dir einzuschleimen. Aber ist es nicht erstaunlich, dass Popescu, der Vertreiber pornografischer Schriften, der unappetitlichste deiner vielen unappetitlichen Freunde, die in unseren blauäugigen Jugendtagen La Grenouille Farcie frequentierten, auf seinem Regal ein Buch stehen haben soll, dessen rechtmäßiger Platz ausgerechnet in der Bibliothek ist, die zu verwalten du *inter alia* die Ehre hast!
Nun, wir werden diesen Sommer alle Hände voll zu tun haben, SJ, um der Reise dieses einzigartigen Buches von Beale Hall in den Katalog dieses unmoralischen Händlers nachzuspüren – eines Mannes, möchte ich hinzufügen, der

vom Erdboden verschwunden zu sein scheint. Er ist, wie man mir am Telefon wiederholt unter gemurmelten Anweisungen aus dem Hintergrund gesagt hat, ›im Augenblick nicht erreichbar‹, ›außer Landes‹. Na klar. Da kannst du Gift drauf nehmen.

Wie ich schon sagte, hat Aristides »Nichterreichbarkeit« auch mir ein gewisses Problem beschert. Ich habe ihn vergeblich in Paris gesucht. Denn Twombly hatte mir ganz gegen seine Absicht einen Ausweg aufgezeigt. Wie er mit schlecht verhohlenem Sarkasmus sagte, war es einfach undenkbar, dass ich ein so seltenes Buch an Aristide verkauft hätte, *ab*-so-*lut* undenkbar. Na gut. Dann musste es eben verkauft worden sein, bevor ich meine Stellung antrat, vielleicht von dem Pleite gegangenen Ferdinando Beale, dem Selbstmörder. Was ich Aristide hatte vorschlagen wollen, war, dass er die ihm von Maude so töricht ausgestellte Verkaufsurkunde verschwinden lasse und die Herkunft des Buches mit einer durch Kriegsmachenschaften und Todesfälle komplizierten Geschichte belege, einer verworrenen Vergangenheit, die irgendwie erklären könnte, wie ihm das Buch vor Jahren in die Hände geraten sei, als er noch jung und neu im Geschäft war und sich seines Wertes nicht bewusst.

Die wirkliche Drohung in Twomblys Brief war eine ganz beiläufige Bemerkung. Er habe in einem höflichen Schreiben an Bischof McGonagle »ganz zufällig« diesen bemerkenswerten Eintrag in Aristides Katalog erwähnt, und der Bischof, die »gute alte Seele«, habe Interesse an Twomblys Forschungsarbeit bekundet und versprochen, Beale Hall einen Besuch abzustatten, wenn er, der Gelehrte aus Amerika, sich das nächste Mal dort aufhalte. »Die Jagd kann losgehen«, hatte der gute Mann geruht, Twombly mitzuteilen, zweifellos weil er die Begeisterung des Letzteren für Holmessche Induktionsschlüsse kannte.

Aber Bischof McGonagle gehörte, wie der Schleimer Twombly mit Sicherheit wusste, nicht nur zu den Honoratioren des Ortes, sondern saß kraft seines Amtes auch im Vorstand der Beale-Hall-Stiftung.

Auf der Suche nach Rat, auf der Suche nach einem vernünftigen Ohr, in das ich mein gegenwärtiges Problem flüstern könnte, bot sich, wie mir schien, eigentlich nur der Major an; der gute alte W. C. konnte etwas Nützliches dazu zu sagen haben. Und so versuchte ich im Gedanken an eine solche Unterredung Maudes Diebstahl in Worte zu kleiden, die bei einem Helden des Nordafrikafeldzugs auf Sympathie stoßen könnten.

Ich machte den vertrauten, angenehmen Spaziergang durch das Anwesen zum Tetley-Wald und nach »Benghazi«, Major Catchpoles Haus. Er war als Gastgeber für unseren Schachabend an der Reihe. In der Ferne fingen sich die Strahlen der untergehenden Sonne in Sir Humphrey Beales Siegessäule auf der Kuppe des Trafalgar-Hügels, eine goldene Lanze, die wie die Lanze des Don Quichotte der einfallenden Nacht trotzte. Vögel zwitscherten ungesehen ihr melodisches Diapason. Entzückt blieb ich einen Augenblick vor der düsteren grünen Wand des Waldes stehen und lauschte. Daheim in Beale Hall verübte derweil Angie Mackletwist mit roter Farbe ihr Hexenwerk an Maudes dünner werdendem Haar. Bald würden die Damen sich dem gemütlichen Teil des Abends zuwenden und zuerst bei ein paar Tassen Tee und Kuchen, später dann bei einer kräftigenden Flasche Gin, mit Genuss den neuesten

Klatsch durchhecheln, der in dieser Woche über die Schwellen von Snippety Snip gekommen war und sich wie ein Wirbelwind zwischen den Kuppeln der High-Tech-Trockenhauben verbreitet hatte.

Ich kleide mich, wann immer es möglich ist, bequem, also Hose, offenes Hemd, Wollweste und, natürlich, meine schwarzweißen Turnschuhe. In meiner Rolle als Rektor – das heißt, wenn ich gezwungen bin, mich unter den geistlichen Haufen zu mischen oder Würdenträger zu empfangen – trete ich, abgesehen von den unverzichtbaren Turnschuhen, in der erwarteten Aufmachung auf: schwarzer Anzug, schwarze Hemdbrust und leuchtendes, wenn auch leicht vergilbtes Kollar. An Schachabenden aber erscheine ich in voller Gala (wiederum mit Ausnahme meiner Turnschuhe), um dem Geist des Majors noch mehr Biss zu geben. Und so stand ich in meiner Soutane, die mir bis zu den Knöcheln reicht, um den Hals eine Kette aus schwarzen Perlen mit einem riesigen Kreuz aus Ebenholz, auf dem ein gekrümmter Jesus aus Elfenbein prangt, und mit einem Birett auf dem Kopf vor seiner Tür und klopfte an.

Das Birett hatte ich vor vielen Jahren zum Spaß gekauft. Ich hatte es in einer kopfsteingepflasterten, stinkigen Gasse nicht weit von St. Peter in einem Laden entdeckt, der neben kirchlichen Bedarfsartikeln den ganzen schauderhaften Andenkenramsch führte, den fromme Touristen gerne kaufen, um ihn an ihre Lieben daheim zu verteilen. Ich war damals vom Chefbibliothekar der vatikanischen Bibliothek nach Rom gerufen worden, angeblich, weil man mir, nun ja, nicht gerade die Stelle eines Kustos, aber immerhin die Stelle eines der drei Assistenzkustoden für die unübertroffene Hebraica-Sammlung anbieten wollte, die der Vatikan im Lauf der Jahrhunderte ohne jede Scham aus jüdischen Händen »befreit« hatte.

(Lag ein zarter Hinweis auf meine Herkunft in diesem Angebot? Eine Erinnerung daran, dass ich allen Grund zur Dankbarkeit hatte, vielleicht? Edmond Musič, SJ? Oder war diese Besorgnis ein Beweis für den hebräischen Komplex, der mich so stark niederdrückte, dass ich schon ganz krumm ging.) Ich wurde durch die Bibliothek geführt; ich wurde in jugendlicher, geistreicher geistlicher Gesellschaft festlich bewirtet. Nach drei Tagen wurde ich ins Büro von Monsignore Rocco Marinaccio, dem Ersten Sekretär des Zweiten Assistenten des Chefbibliothekars, gerufen. Marinaccio hinter seinem imposanten Schreibtisch, von Stößen uralter Bücher umgeben, von goldenen Staubkörnchen umtanzt, die in den durchs Fenster strömenden Sonnenstreifen flirrten, lehnte sich auf den Ellbogen nach vorn und legte die Handflächen unter dem Kinn zusammen, so dass er aussah wie Christopher Robin beim Gebet. »Überlegen Sie gut«, sagte er und schniefte. »Für einen jungen Mann am Beginn seiner Karriere bietet sich Ihnen hier eine Gelegenheit, mit einem Satz mehrere Sprossen der Erfolgsleiter mit einem Sprung zu überwinden.« Er deutete an, dass der Ehrentitel »Monsignore« bald nach meiner Ernennung folgen würde.

Es hatte meines alten Freundes Castignac nicht bedurft, um mich zu warnen. Es war von Anfang an klar gewesen, dass die Kirche nichts anderes wollte, als mich von Beale Hall loszueisen. Aber es hatte mir gut getan, einen alten Freund in diesem Labyrinth von Politik und Machenschaften zu treffen. Er war damals Privatsekretär des Bischofs von Nîmes, der seine Reise in die Dolomiten, wo er in einer von den Zisterziensern geführten Klinik trocken gelegt werden sollte, zum Anlass für einen Abstecher nach Rom genommen hatte. »In Nîmes«, sagte Castignac mit einem Zwinkern, »können wir kaum noch genug Cognac für ihn auftreiben.« Wir standen im düsteren Gewölbe von S. Simpliciano Maggiore und schauten zu Versaces Gemälde hinauf. Plötzlich wandte Castignac sich abrupt ab. »Wie kann ein so überragender Künstler sich nur mit einem so abscheulichen Gemälde bei der Kirche lieb Kind machen. Wir haben eine Menge auf dem Gewissen«, sagte er. »Gib acht, Edmond. Sobald du erst einmal freiwillig Beale Hall geräumt hast, was glaubst du, wie lange sie dich in Rom behalten? Du wirst schneller als du blinzeln kannst in irgendeinem Dorf in Zentralafrika gelandet sein, verschimmelten Reis austeilen und dich vor Kugeln ducken.« Er schüttelte den Kopf und lachte bedauernd. »Ich habe selbst allerhand auf dem Gewissen, mein Freund. Die Welt lockt mit der unwiderstehlichen Anziehungskraft eines Magneten. Was würde unser Herr zu mir sagen? ›Geh in ein zentralafrikanisches Dorf, Castignac.‹ Oh, Dante hätte bestimmt ein ausgesuchtes Plätzchen für mich, vielleicht bei den lauen Seelen.«

Also, ich bedankte mich bei Monsignore Marinaccio für das unerwartet ehrenvolle Angebot, dessen ich sicher nicht würdig sei. Ich erbat die Erlaubnis, nach England zurückkehren zu dürfen, wo ich im stillen Heiligtum von Beale Halls Privatkapelle den nötigen Frieden finden würde, über unverdiente Bevorzugung nachzudenken und demütig um göttlichen Rat zu bitten. Marinaccio betrachtete mich mit schlecht verhohlenem Abscheu. Er zündete sich eine Zigarre an, obwohl in dem gestopft vollen Aschenbecher vor ihm noch eine rauchte. Einer seiner gereizten Gedanken hing unausgesprochen mit dem Rauch in der Luft: Hatte er nicht selbst soeben kostbare Zeit verschwendet, indem er mir *seinen* Rat angeboten hatte? Was brauchte ich mehr? Er schniefte, gab mir mit der Zigarre einen Wink, dass ich entlassen war, und wandte seine Aufmerksamkeit den Dokumenten auf seinem Schreibtisch zu. Innerlich jubelnd, schlich ich mich hinaus.

Zwei Nächte später war ich wieder in meinem Schlafzimmer. Als Maude hereinkam, trug sie ein Baumwollnachthemd im Empirestil, ein in der Mitte des tiefen Ausschnitts zu einer kleinen Rosette gebundenes rosa Samtband umrahmte ihren herrlichen Busen. Was mich betraf, ich saß auf dem Bett, splitternackt bis auf mein neues Birett, das in verwegenem Winkel auf meinem Kopf thronte. Zuerst schnappte sie nach Luft, doch dann legte sie sich beide Hände über den Mund, um das Lachen zu ersticken. Aber ins Bett wollte sie nicht kommen, bevor ich es abgenommen hatte. Ihr Glaube spielte sich auf einem Spielfeld ab, auf dem die Tore nie an ein und derselben Stelle standen.

Aber das ist ewig her. Es ist schwierig, heute begreiflich zu machen, in welche Gefahr wir uns damals begaben. Und so wandern meine Gedanken auch heute noch immer wieder zurück. Außerdem wiederholen alte Männer sich eben. Ich wiederhole also: worauf wir uns da eingelassen hatten, das war schlimmer als eine Sünde; würde es publik werden, wäre es ein großer Skandal, der die Gläubigen ebenso verwirren wie die Protestanten entzücken würde. Aber wahrscheinlich würde man einen offenen Skandal vermeiden. Die Sache würde vertuscht werden. Mich würden sie, wie ich schon sagte, in irgendeinen fernen Winkel der Welt schicken, damit ich dort bereute und wieder auf den rechten Weg fände. Maude würden sie sich kaufen; sie würden ihr Geld geben, damit sie den Mund hielt, oder ihr Angst machen, oder beides.

Ironischerweise waren es die jüdischen Emigranten in Hollywood, die Zelluloidgrößen, die in dieser längst vergangenen Zeit das Bild geprägt haben, das sich der Westen von der katholischen Kirche macht, und zwar in den eigenen Kreisen genauso wie außerhalb – was, wie irgendein Gelehrter kürzlich behauptet hat, auch für das Selbstverständnis, das

Geschichtsbild und die Wertvorstellungen des Amerikaners von heute gilt. Ein »Mann der Kirche« dieser Zeit war fast immer ein katholischer Priester. Spielte der Film in Amerika, war er entweder Ire oder Mexikaner. Der irische Priester war meistens eine Art Kobold, schlau, komisch, der Schalk blitzte ihm aus den Augen, er verbreitete Frohsinn, löste Probleme und fand selbst in Sündern das grundlegend Gute. War er ein männlicher Bursche, war er vielleicht ein guter Boxer, erwarb sich die Bewunderung junger Krimineller und lockte sie von der Straße weg in seinen Turnsaal. Der mexikanische Priester hingegen war von der Sorge um die Elenden dieser Welt beseelt und warf sich zwischen den geduckten Peon und den Zorn des Tyrannen. Er war dazu geschaffen, den Märtyrertod zu sterben.

Was der katholische Priester in diesen glücklichen Zeiten aber mit Sicherheit nicht besaß, war ein Schwanz.

Heutzutage natürlich ist er damit eher zu gut bestückt. Es ist so alltäglich geworden, von Priestern zu lesen, die mit einer Frau aus ihrer Pfarre, ledig oder verheiratet, durchgegangen sind, von Priestern, die vor Gericht gestellt, für schuldig befunden und ins Gefängnis geschickt wurden, weil sie sich an Kindern, zumeist Knaben, manchmal aber auch Mädchen, vergangen haben, dass es verzeihlich ist, wenn der Laie sich zu fragen beginnt, ob die antiklerikale Pornografie des revolutionären Frankreich nicht vielleicht begründet war.

Was damals ein erheblicher Skandal gewesen wäre, als Maude und ich, beide noch jung, so vernarrt ineinander waren, würde heute kaum eine Augenbraue nach oben wandern lassen. Nur mein Freund, der Major, wie viele Atheisten ein wahrhaft Gläubiger, verleibt sich immer noch mit gesundem Appetit die Berichte über die Verfehlungen der Kirche ein.

Du meine Güte, der Major! Wie ich vom Thema abgekommen bin!

Angetan, wie gesagt, mit Soutane und Birett, klopfte ich an die Tür von »Benghazi«. Ich klopfte noch einmal und noch einmal. Niemand kam, um mich einzulassen. Ich versuchte die Tür zu öffnen, sie war versperrt. Ich legte mein Ohr an das polierte Holz. Stille. Wo war die Dame des romantischen Namens Belinda Scudamour, die Hauspflegerin des Majors, die nette handliche junge Frau, die jetzt alles für ihn »machte«. Hatte sie ihren freien Abend? Vielleicht konnte ich durch die Spülküche ins Haus gelangen. Als ich an den Wohnzimmerfenstern vorbeikam, spähte ich hinein. Da saß der gute alte W. C., schmaler denn je, in seinem Lieblingsstuhl, zum leeren Kamin vorgebeugt, und rieb sich die Hände. Zwischen seinem Stuhl und dem, auf dem ich bald sitzen würde, stand der Schachtisch, die Figuren schon aufgestellt. (Wir hatten es uns zur Regel gemacht, dass der Besucher mit Weiß anfing.)

Ich klopfte scharf gegen die Scheibe. W. C., ganz versunken, lehnte sich in seinem Stuhl zurück und wackelte mit einem Finger. Und da sah ich auch seine Kopfhörer. Natürlich. Er hörte Opernmusik. Erst letzte Woche hatte er mir erzählt, er habe den Eindruck, dass Belinda nicht viel für die Oper übrig habe. »Was ist das für ein Gekreische?«, habe sie einmal gefragt, als sie sein Gabelfrühstück vor ihn hinstellte. »›Dieses Gekreische‹, alter Freund, war die göttliche Regina Resnik mit der Habañera aus Carmen. Aber sonst ist sie ja brav und willig, die Belinda. Man muss ihr ihre kulturelle Ignoranz lassen.« Und so trug der Gute also Kopfhörer, um der jungen Dame die Qual des Operngekreisches zu ersparen.

Ich ging ums Haus herum und trat durch die unversperrte Küchentür. Drinnen blieb ich einen Augenblick stehen, um meine Augen an das Halbdunkel zu gewöhnen. Die Dämmerung wich rasch der Nacht. Draußen über der Wiese zog eine Fledermaus piepsend und pfeifend ihre irren Kreise. Die Spülküche war winzig, nur ein Vorraum zu der kleinen Küche, aus der, wie mir jetzt bewusst wurde, seltsame Laute drangen, ein Stöhnen und Seufzen und kurze schrille Schreie, als winde sich jemand in den schrecklichsten Bauchkrämpfen.

Ich ging rasch zur Küchentür, die nur angelehnt war, und spähte hinein. Alles, was ich in dem Halbdunkel sehen konnte, waren zwei Gestalten, die in der Nähe des Küchentisches miteinander kämpften, und eine der Gestalten war – ich spürte es mehr, als dass ich es sah – eine Frau. Da ging jemand auf Belinda los! Aber wie konnte ein durchs Alter und seine geschwollenen Füße praktisch gelähmter Mann ihr schon helfen? Ich würde das Licht anmachen, den Angreifer überraschen, im Glanz meines priesterlichen Gewandes vor ihm stehen, ihm vielleicht mein schweres Kreuz mit dem gekrümmten Jesus entgegenhalten, ein paar lateinische Wörter rezitieren.

Ich streckte die Hand nach dem Schalter neben der Tür aus und knipste ihn an. »*Lux et veritas*«, sagte ich streng. Was ich sah, ließ mich jedoch das Licht so schnell wieder abdrehen, wie ich es angedreht hatte. »Verzeihung«, sagte ich, »tut mir schrecklich Leid. Entschuldigen Sie mich. Ich will nur hier durch.« Und ich floh geradezu aus der Küche zum Wohnzimmer, auf meinen armen geschwollenen Füßen humpelnd, und schloss energisch die Tür hinter mir.

Was ich in diesem kurz aufblitzenden Licht gesehen hatte, war ein außerordentliches *tableau vivant*, das sich mir ins Hirn geprägt hat wie ein fixiertes Foto, unauslöschlich. Es war Belinda Scudamour, die sich, mit dem Steißbein gewagt auf der Tischkante balancierend, die wohlgeformten Beine erhoben und auf den Schultern von Tubby Whiting ruhend, die Arme um den Hals des Polizisten geschlungen, die Röcke um die Mitte gewickelt, meinen Blicken darbot. Tubby stand zwischen ihren Beinen, seine Hände umfassten ihre Brüste. Seine Uniformhose umgürtete seine Knöchel; sein *membrum virile* war, sozusagen, invaginiert. Kurz und gut, ich hatte sie dabei erwischt. Auf Tubbys Gesicht lag ein komischer Ausdruck des Entsetzens. Auf Belindas Stirn standen Schweißperlen. Ihre blauen Augen starrten mich wild an. Ihre oberen Schneidezähne hatten die Unterlippe eingefangen, vielleicht, um einen Schrei zu ersticken, vielleicht, um ein Lachen zu unterdrücken. Auf der anderen Ecke des Tisches stand, etwas verloren, Tubbys Helm.

Na so was! Das sind ja saubere Geschichten! Da sehen wir wieder, wie der Barde es so einfühlsam ausdrückt, wie die Welt wedelt.

Der Major war mittlerweile eingeschlafen. Ich saß ein paar Minuten ganz still in dem für mich bereitgestellten Stuhl, um mich zu sammeln. Auch wenn ich alt bin, muss ich zugeben, dass die Szene, deren Zeuge ich soeben geworden war, mich aufwühlte, aber nicht aus reiner Wollust, Sie verstehen, sondern weil sie eine warme, traurig kraftlose Erinnerung geweckt hatte – und daher vielleicht ein bisschen aus Neid. Arme Maude, die dringend eine neue Hüfte braucht, wenn die Krankenkasse willens ist! Armer Ich, der nicht mehr stehen kann, zumindest nicht wie Tubby vor dem Küchentisch! *Lacrimae rerum* und so weiter und so fort. *Où sont les neiges d'antan*, hmm? Na ja, schon gut, schon gut.

Ich saß da und starrte den Major an. Er hatte noch immer die Kopfhörer auf. Wie verletzlich er aussah, wie das Alter ihn in den letzten Wochen hatte schrumpfen lassen! Dank Angie Mackletwist, die alle vierzehn Tage vorbeikam, waren sein weißes Haar und der militärische Schnurrbart ordentlich gestutzt. Aber sein Gesicht war bemitleidenswert schmal und lang geworden, die Haut voller Runzeln und ganz ausgetrocknet.

Der Kopf war an die Lehne gesunken, als wäre der dünne Stängel des dürren Halses nicht stark genug, ihn zu stützen. Das Gebiss war oben ein bisschen verrutscht, und es sah aus, als grinse einen ein Totenschädel an. Aus dem Mundwinkel sickerten schwache, blasige Schnarchgeräusche. Er war gekleidet wie ein Heeresoffizier, der sich in Zivil geschmissen hat: ein geknotetes Seidenhalstuch, das ordentlich im offenen Kragen eines kleinkarierten cremefarbenen Hemdes steckte, eine alte Tweedjacke mit Lederflicken an den Ellbogen und lederner Einfassung an den Manschetten, abgetragene Kordsamthosen, braune lederne Wüstenstiefel. Aber ach, seine Kleider waren ihm inzwischen viel zu groß.

»Major«, sagte ich, und dann lauter, »Major!« Ich streckte die Hand aus und berührte sein Knie.

Er öffnete die Augen ganz plötzlich, seine knotigen, fleckigen Finger krochen die Armstützen des Stuhls entlang und legten sich dann wie Krallen um die Enden. »Wo waren wir?«, sagte er. »Ich bin dran, was?« Er beugte sich zum Schachbrett vor und sah, dass die Figuren immer noch in ihrer ursprünglichen Aufstellung standen. »Muss wohl eingenickt sein. Tut mir schrecklich Leid. Wie lang bist du schon da?«

»Nicht lange. Fünf Minuten vielleicht.«

Er schaute mich entgeistert an. »Ich hör kein Wort. Ich sehe, dass deine Lippen sich bewegen, aber ich hör keinen Ton. Du musst lauter reden, alter Freund. Mit dem Hören wird's offenbar auch immer schlechter, genau wie mit allem anderen.«

Ich mimte das Abnehmen der Kopfhörer.

»Aha!« Mit einem fast jungenhaften Grinsen nahm er sie

ab. »Gut gemacht, Edmond. Kriegst eine Eins in Aufmerksamkeit.« Er deutete auf meinen Kopf. »Es gibt zwei Sorten Männer auf der Welt, nur zwei. Solche, die komische Hüte tragen, und solche, die's nicht tun.«

Ich hatte mein Birett ganz vergessen. »Es gibt zwei Sorten Männer auf der Welt. Solche, die alles in zwei Gruppen einteilen, und solche, die's nicht tun.« Ich stand auf und drückte mein Birett auf den Kopf einer Büste von Voltaire, die auf einem kleinen Tisch neben dem Fenster stand. »Geschieht dem alten Atheisten recht.« Ich setzte mich wieder.

»Was hältst du von einem Drink, Hochwürden?« W. C. griff nach einer kleinen Silberglocke auf dem Boden neben seinem Stuhl und klingelte energisch. »Ein Hochzeitsgeschenk, glaube ich. Imogen hat sie hier gelassen, als sie mir durchging. Albernes Ding, genau genommen. Aber gegenwärtig recht nützlich, was?«

Belinda trat so prompt ein, als hätte sie geduldig vor der Tür auf seinen Ruf gewartet. Nichts an ihrer Erscheinung und ihrem Verhalten wies auf das hin, was sie vor kurzem getan hatte. Sie trug ein kleines Tablett, auf dem die Whiskykaraffe mit zwei Gläsern und einem Wasserkrug standen. »Guten Abend, Herr Pfarrer. Ich habe Sie nicht kommen hören.«

Ich wies auf meine Füße. »Turnschuhe.«

Sie stellte das Tablett auf einen kleinen Tisch in bequemer Reichweite. »Ich schenke Ihnen das erste Glas ein. Danach müssen Sie sich selbst bedienen. Nur damit Sie es wissen, Herr Pfarrer, für Major Catchpole ein Teil Whisky, drei Teile Wasser. Ärztliche Anordnung.« Sie schenkte uns beiden mäßig ein und hob das Glas des Majors auf Augenhöhe, als sie den Whisky verdünnte. »Wie geht es Bastien?«

Ich nickte.

»Und Maude?«

»Gut. Es geht beiden gut.«

»Bestellen Sie ihnen meine Grüße.« Sie stand jetzt hinter W. C.s Stuhl, außerhalb seines Blickfeldes, zwinkerte mir zu, grinste und legte einen wunderbar schlanken Finger an die Lippen. »Ich werde an die zwei Stunden nicht da sein. Wenn ihr genug habt von diesem schrecklichen Gift, ihr bösen Männer, und eine schöne Tasse Tee und Kekse haben möchtet, es steht alles in der Küche bereit. Sie brauchen nur das Wasser aufzusetzen.« An der Tür blieb sie einen Augenblick stehen. »Und möge der Bessere gewinnen.«

»Nicht übel, was?«, sagte W. C. und meinte Belindas appetitliche Erscheinung, nicht ihre Beherrschung des Konjunktivs. »Als ich jung war, ist mir nichts dergleichen über den Weg gelaufen, wie schade. Ich beneide den Kerl, der sie bumst.« Er goss seinen verdünnten Whisky auf einen Zug hinunter und hielt mir sein leeres Glas hin. »Verdammte Plörre«, sagte er. »Da, Edmond, du sitzt näher. Sei so nett und gieß mir einen ordentlichen Schluck ein.«

»Aber der Arzt …«

»Scheiß auf den Arzt!« Für den Bruchteil einer Sekunde zeigte sich in seinem Grinsen der junge Mann, der immer noch in diesem verschrumpelten Körper steckte. »Nichts für ungut, Herr Pfarrer.«

Ich schenkte ihm einen kräftigen Schluck ein.

»Wohl bekomm's«, sagte er.

»Prost.«

In geselligem Schweigen schlürften wir eine Weile unseren Whisky.

»Dein Bischof ist ein noch größeres Arschloch, als ich gedacht habe.« W. C.s Mundwinkel zuckten mit unterdrückter Belustigung.

»Bischof McGonagle ist ein frommer Christ und ein fähiger Administrator, wenn auch noch nicht gerade ein Anwärter auf die Heiligsprechung. Es ehrt dich nicht, W. C., so schlecht von ihm zu sprechen.«

»Darauf scheiß ich auch«, sagte er.

»Womit hat denn der arme Mann dich beleidigt?«

»Einen Dreck hat er«, sagte er und grinste verschmitzt. Der Esel kann mich gar nicht beleidigen, der kann mich höchstens am Arsch lecken. Ist natürlich in keiner Weise anzüglich gemeint. Er selber ist mir furzegal. Aber er macht den Glauben zu einer Groteske. Du solltest beleidigt sein. Heute Nachmittag hab ich im Rundfunk von seiner neuesten Leistung gehört. Hält sich wohl für unverletzlich, der Lahmarsch. Superman ist nichts dagegen. Immun gegen jede Gefahr. Bildet sich ein, der Herr hätte eine besondere, vorläufig noch geheime Mission für ihn. Bis er sie erfüllt hat, kann ihm keiner ein Haar krümmen. Und diese Wahrheit hat sich ihm, wohlgemerkt, auf dem Golfplatz geoffenbart!«

»Sicher hat er von der Vorsehung gesprochen. Der freie Wille ist kein Widerspruch zur Vorsehung. Der Herr hat für jeden von uns einen Plan. Wie der alte Lear sagt: ›Reif sein ist alles.‹«

»Spar dir den Schmonzes, Edmond. Es hat nichts zu tun mit diesem verschimmelten alten Paradoxon.« Er hielt mir wieder sein leeres Glas hin und warf einen Blick auf meines. »Komm, schenk uns nach.«

Ich tat wie geheißen.

Er hatte natürlich Recht. McGonagle ist ein Esel – und für mich, dank der Einmischung Twomblys, möglicherweise ein gefährlicher.

»Ich nehme an, du weißt, dass dein Bischof ein leidenschaftlicher Golfspieler ist. Mitglied des KVGE? Der Kirchlichen Vereinigung von Golfenthusiasten? Also, das jährliche Turnier fing heute früh auf einem Platz in der Nähe von Culloden, zirka anderthalb Kilometer vom Moray Firth, an. Fing an und ging zu Ende, sollte ich sagen.« W. C. nahm einen Schluck Whisky, ließ ihn genießerisch im Mund hin und her schwappen und schluckte. »Kaum war McGonagle beim fünften Grün, öffnete der Himmel seine Schleusen, eine zweite Sintflut, Wasser, Wasser überall. Man kann verstehen, warum das Barometer da oben auf Sturm stand. Dieser Haufen von Schwarzröcken, von denen jeder einen direkten Draht zum Allmächtigen hat und um seinen persönlichen Sieg betete! Verwirrung auf höchster Ebene. *Sturm und Drang*, du verstehst, was ich meine.«

»Ich versteh nicht ganz, warum der Bischof deshalb ein Esel, ein Lahmarsch oder ein Arschloch sein soll.« Ich ließ die Worte auf der Zunge zergehen. Die Gelegenheit, sie mit scheinbarer Missbilligung zitierend auf den Bischof anzuwenden, bereitete mir diebisches Vergnügen.

»Wart nur. Die Veranstalter bliesen zum Rückzug. Es war so finster, dass man kaum seinen Niblick von seinem Mashie unterscheiden konnte. Alle außer McGonagle liefen zum Clubhaus. Er spielte das Loch zu Ende und spannte seinen Regenschirm auf. Ein Blitz traf die Schirmspitze, und der Schlag beutelte seinen Arm so heftig, dass er den Schirm fallen ließ und zu einem Baum rannte, um sich unterzustellen. Innerhalb weniger Minuten traf ein zweiter Blitz den Baum, spaltete ihn, und McGonagle lag auf den Knien im Dreck. Man hätte meinen können, jetzt hat er es endlich kapiert. Aber denkste. Rappelte sich hoch und stapfte weiter bis zum 18. Loch – ›ein kühner Gentleman‹, wie der Blödmann von Rundfunkreporter verkündete. Noch nie habe er ein so gutes Ergebnis gehabt, behauptete McGonagle, 72 Schläge, und das, obwohl es Bindfäden regnete, man kaum die Hand vor den Augen sah, trotz Donner und Blitz, aber natürlich hatte er keinen Zeugen, und außerdem war das Turnier abgesagt worden. Dann fragte ihn der Typ vom Rundfunk, ob er vielleicht sagen möchte, was das Erlebnis für ihn bedeutet hatte. ›Mein Glaube ist sehr gestärkt worden‹, sagte er. ›Es liegt auf der Hand, dass Gottes Blick auf mir ruht. Ich glaube, er muss noch etwas Besonderes mit mir vorhaben in diesem Leben.‹ Und jetzt sag mir mal, Edmond, ist dieser Mann ein Arschloch oder ist er vielleicht ein Arschloch?«

»Ich kann nur über das Wunder seiner Errettung staunen«, sagte ich friedfertig – ganz in der Rolle, die der Major von mir erwartete. »Und ich sehe mich dazu veranlasst, dafür Dank zu sagen.«

Er beäugte mich kurz und scharf, bis er in meinen Worten das entdeckte, was er offenbar darin entdecken wollte. »Du bist ein gerissener alter Hund, Pfarrer Musič, ein gerissener alter Hund. Manchmal schäme ich mich, dich meinen Freund zu nennen.« Er kicherte und deutete auf die Karaffe. »Komm, trinken wir auf die Freundschaft.«

Wir kamen an diesem Abend nicht zum Schach. Der Major trank sich langsam, aber sicher einen an. Ich machte nicht den Versuch, mit ihm Glas um Glas mitzuhalten, denn ich legte keinen Wert darauf, die Gewalt über meine Zunge zu verlieren. Aber ich sah bald, dass es keinen Sinn hatte, dem Major von meinen Problemen zu erzählen. Wie konnte ich diesen integren Mann um Rat in einer Sache bitten, bei der es um die Vertuschung eines Verbrechens ging? Außerdem würde ich bloß Maude in seinen Augen herabsetzen, und vielleicht auch mich selbst, und dergleichen wollte ich gar nicht erst in Erwägung ziehen. Vom hellen Mond geführt, spazierte ich langsam zurück nach Beale Hall und fand Maude noch wach vor. Sie hatte auf mich gewartet. Ich stand in der offenen Tür des Musikzimmers und betrachtete die rundliche ältere Frau mit ihrem dünnen flammendroten Haar, den geschminkten Wangen und den blutroten, frisch manikürten Fingernägeln. Sie wandte den Kopf zur einen und zur anderen Seite, auf rührend komische Weise um Natürlichkeit bemüht, aber es war klar, sie wollte, dass ich das Wunder bemerkte, das Angie Mackletwist vollbracht hatte, und mich dazu äußerte. Ich konnte sie nicht enttäuschen.

»Du bist schön, Maude, wirklich schön – genauso schön wie damals, als ich mich in dich verliebte. Und dein Haar – wunderbar! ›Schimmernd und verführerisch‹, wie sie im Fernsehen sagen. Ist die Frisur neu? Irgendetwas ist anders. Aber was?«

Sie lächelte bescheiden. »Der Pony.«

»Natürlich, der Pony. Genau.«

Mit geröteten, tränenden Augen betrachtete sie mich kritisch. »Habt ihr getrunken, du und W. C.?«

»Ein bisschen.«

»Du stehst ganz krumm da, Edmond. Und du hast einmal eine so schöne gerade Haltung gehabt.«

Ich versuchte mich aufzurichten, stolperte aber nur ein paar Schritte nach hinten. »Hoppla!«, sagte ich, kicherte ihr zuliebe albern und beendete das Ganze mit einem gut gespielten Schluckauf.

Und so spielten wir unser Spiel. Maude mag es nicht, wenn ich trinke, sie denkt dann immer an den groben Saufbold, der ihr Vater war, und was aus ihm wurde. Sie weiß, dass Männer anfällig dafür sind. Ihr selbst macht ein gelegentlicher

Schluck, sei es aus Höflichkeit, wenn Besuch da ist, oder als kleine Stärkung am Ende eines anstrengenden Tages, nichts aus. Jetzt belohnte sie mich mit einem missbilligenden Schniefen und einem bitteren Lachen. »Diese Soutane und dieses Birett! Der reinste Witz an dir, ein Hohn für bessere Männer, die sie stolz getragen haben, heilige Männer sogar. Du verbringst zu viel Zeit mit dem Major. Er meint es nicht böse, aber er hat einen schlechten Einfluss auf dich. Zieh das bitte nicht mehr an. Ich finde, es steht dir nicht mehr.«

Sie hat Recht. Ich finde auch nicht, dass es mir steht. Aber ich erkannte, dass der Alkohol aus ihr sprach, denn nach einer halben Flasche oder so wird Maude reizbar. Ich fragte mich, wie viel sie an dem Abend wohl gesüffelt hatte, mit Angie und hinterher.

Wie dem auch sei, irgendetwas ist zwischen Maude und mir geschehen, irgendetwas hat einen Keil zwischen uns getrieben. Aber was? Und wann ist es passiert? Wir leben zusammen wie ein Ehepaar, das sich lange schon darauf geeinigt hat, dass jeder sein eigenes Leben führt, und das nur noch für die Öffentlichkeit unbeschwerte Eintracht inszeniert. (Und selbst in dieser Formulierung zeigt sich, wie kompliziert unser Leben zu zweit ist. Schließlich haben wir der Öffentlichkeit immer nur das aseptische Bild eines Priesters und seiner Haushälterin vor Augen geführt, und wenn eine gewisse Distanz da ist, ist es leicht, nett und liebenswürdig zu sein. Nur in den privaten Inszenierungen, wenn ich es so nennen darf, zeigt sich der Verlust dieser Eintracht.) Und dennoch lieben wir einander noch. Zumindest glaube ich das.

Sie hat nichts verloren von der Intelligenz und dem Esprit, die mich, von ihrer Schönheit einmal ganz abgesehen, von allem Anfang an zu ihr hinzogen, mich, ich gebe es gerne zu, mit stählernen Reifen an sie banden. Aber irgendwann (wann genau, und was noch wichtiger ist, warum?) ist sie in die Rolle der ungebildeten, abergläubischen, plebejischen Irin geschlüpft und zu einem Zerrbild geworden, wie wir es aus den Punch-Karikaturen des 19. Jahrhunderts oder von Volksstücken auf Provinzbühnen kennen. Ich habe den Verdacht, sie spielt die Rolle nur für mich.

An Geistesschwund kann sie nicht leiden. Sie managt immer noch Beale Hall, keine Kleinigkeit mit den unzähligen damit verbundenen Aufgaben: das große Haus, der Park, das umgebaute Stallgebäude, die irdischen Bedürfnisse der Gastgelehrten, die kleine Armee von Bediensteten, zum Teil fest angestellte, zum Teil solche, die nur kommen, wenn Not am Mann ist. Ihr Büro ist hinter der alten Küche, ein geräumiges Zimmer, das früher einmal der Anrichteraum des Butlers war. Dort findet man sie an den meisten Wochentagen zwischen 8 Uhr früh und 13 Uhr mittags; manchmal schiebt sie einen ganzen Tag ein, um wie eine Richterin Unstimmigkeiten oder Streitereien unter den Angestellten zu entscheiden, sich um die Geschäftsbücher zu kümmern oder um Bastien und mir bei der Vorbereitung der vierteljährlichen und jährlichen Berichte an den Vorstand zu helfen. Alle diese Aufgaben erledigt sie effizient und prompt, mit Intelligenz und Geschick.

Nur in ihrem Umgang mit mir – wenn sie sozusagen »sie selbst« ist – spielt sie die dumme alte Frau, die Rolle, die sie gewählt hat. Ich kann es fast nicht mehr ertragen. Manchmal glaube ich, ich werde verrückt. Vielleicht tut sie es deshalb.

Seit einiger Zeit schreibt sie ihre Memoiren, Kapitel für Kapitel, aber sie gewährt mir nicht einen einzigen Blick darauf. Sie erzählte mir davon eines Abends in etwas angeheitertem Zustand; sie hatte ihren Ginvorrat bereits erschöpft und war zum Cognac übergegangen. Aber sie wehrte entrüstet ab, als ich sie fragte, ob ich ein oder zwei Passagen daraus sehen dürfte. »Das geht dich nichts an«, sagte sie und schniefte verächtlich. »Du kommst nicht mal drin vor.« Was den Diebstahl betrifft, den sie beging, um ihre Zukunft zu sichern, so hat er sich als unnötig erwiesen. Maude hat in den letzten paar Jahren eine erkleckliche Summe Geld angehäuft – Einkünfte aus einer Serie von Romanen, lauter Liebesschnulzen, alle noch lieferbar. Sie schreibt unter dem Namen Penelope Traherne für Melmoth Press und unter Lorna Devereux für Ardour Books. Sie ist extrem bescheiden, was diese Arbeit angeht, und will nicht darüber sprechen, jedenfalls nicht mit mir. Hinter der verschlossenen Tür ihres Büros tippt sie fleißig drauflos auf ihrer alten tragbaren Olympia. Keiner ihrer Romane ist in Beale zu finden, offiziell wenigstens nicht. Aber ich habe sie mir alle heimlich gekauft und gelesen. Ihr Erfolg jedenfalls lässt sich von ihrem Bankkonto und ihrer dicken Mappe von Geldanlagen ablesen.

Ich würde sagen, die Veränderung kam mit der Menopause, nicht mit dem Anfang, den grässlichen Stimmungsschwankungen, den Kälte- und Hitzewellen, die ihr durch die Adern fuhren, den körperlichen und seelischen Schmerzen, dem Gefühl, dass sie als Frau nichts mehr wert war, weder dazu fähig, die Aufmerksamkeit eines Mannes zu erregen, noch dazu fähig, ein Kind zu gebären, sondern mit der endgültigen Besiegelung, dem völligen Ausbleiben des Monatsflusses. Manche Frauen kämpfen an gegen den unabwendbaren Vormarsch der Zeit, widmen ihre restlichen Jahre, ihre Energie und ihr Geld dem Ziel (oder dem Versuch), die Spuren rückgängig zu machen, und laufen der fliehenden Jugend bis in den Kosmetiksalon oder auf den Chirurgentisch hinterher. Maude war eine von denen, die aufgeben, die sich »gehen lassen«. Ihr Haar, dieses wunderbare Haar, das sie als Mädchen und als junge Frau gehabt und das so sehr ihr Bild von sich selbst bestimmt hatte, war die einzige Eitelkeit, die ihr noch blieb. Daher Angie Mackletwist. Aber dass sie aufgab, dick wurde und was sonst dazugehört, brachte ihr keine Erleichterung. Im Gegenteil. Ich glaube, Maude war so weit gekommen, sich als unfruchtbare Frau, und zwar als eine, deren Unfruchtbarkeit kein Fluch der Natur, sondern ein Fluch Gottes war, zu verachten. Und ich war der Grund ihrer Bestrafung, ich, ein so genannter Priester, der um seiner eigenen schmutzigen Befriedigung willen eine gottgegebene Libido, dazu bestimmt, in aller Keuschheit und gesegnet mit dem Sakrament der Ehe Kinder hervorzubringen, pervertiert hatte. Und so gab sie auf, indem sie Rache an mir nahm. Sie ließ ihren Körper schlaff und unansehnlich werden, weil es der Körper war, bei dem *ich* liegen musste. Geist und Witz, die mich so bezaubert hatten, mussten verschwinden, wenigstens in meiner Gegenwart; sie spielte das Dummchen, um mich zu verspotten.

Aber trotz alledem glaube ich nicht, dass Maude mich hasst. Wir sind eine alt gewordene Francesca da Rimini und ein alt gewordener Paolo; wir müssen bestraft werden für unsere Sünden. Das Feuer unserer früheren Leidenschaft ist lange schon erloschen. Sie hält es für richtig, dass wir die kalte Asche schlucken müssen.

Ich muss aus dieser Stimmung raus. Reden wir über Sex. Das priesterliche Gewand, das Maude nicht mehr an mir sehen will, erwies sich zu Beginn meiner Laufbahn als recht nützlich, muss ich sagen, ein Feigenblatt zur Verhüllung einer beschämenden Regung, die sehr häufig war. Das war damals in meiner Pfarre in South Kensington, in der Eglise des Heureuses Martyres Sanglantes in der Belvoir Street, einer Nebenstraße der Old Brompton Road. In »meiner Pfarre« sage ich, dabei war ich im Grunde nur der Adlatus des damaligen Amtsinhabers, eines gewissen Zbigniew Kalabiński, eines korpulenten Polen mit einer lüsternen Lücke zwischen den Zähnen, einem unersättlichen Appetit auf Borschtsch und Kiełbasa und einem Ekel erregenden Atem, der mir so unangenehme Aufgaben überließ wie die Frühmesse, Krankenhausbesuche bei den verarmten Mitgliedern seiner Pfarre und die kreative Führung seiner Bücher zur Vertuschung des erstaunlichen Bedarfs an Messwein. Wie dem auch sei, stellen Sie sich vor, wie das auf einen jungen Priester wirkt, der die Hostie verabreichen soll und vor sich eine begehrenswerte Frau knien sieht, mit geschlossenen Augen, empfangsbereit geöffnetem Mund und leicht nach hinten geneigtem Kopf, all das in ungefährer Höhe seines unweigerlich anschwellenden Schlingels, seines glühend unabhängigen kleinen Mannes. Stellen Sie sich den um ein Vielfaches vermehrten Effekt vor, wenn die weiblichen Zöglinge der Oberstufe von St. Bridget, alle im heiratsfähigen Alter, sich anstellten, um auf diese einladende Weise vor unserem jungen Priester auf die Knie zu fallen. Ich kann Ihnen versichern, dass er da sehr dankbar war für seinen alles verhüllenden Kittel.

Ich lese, was ich soeben geschrieben habe, und überlege, ob ich es streichen soll, nicht weil es falsch wäre oder weil es mich beschämt, diese allzu menschliche Seite von mir gezeigt zu haben, sondern weil der beabsichtigte Zweck, einen leichteren Ton anzuschlagen, fehlgeschlagen ist. Was daraus hervorgeht, ist lediglich, dass ich mich, genau wie Maude, »gehen lasse«. Finden Sie es ruhig widerlich, sagt der Absatz, ich verdiene es. Zum Teufel damit! Gleich Othello, dessen Stellung als der *andere* in Venedig und Zypern sich gut mit meiner eigenen in der Kirche vergleichen lässt – nur dass ich kein Held bin wie er –, verlange ich weiter nichts, als »sprecht von mir, wie ich bin, verkleinert nichts, noch setzt in Bosheit zu«. Ich weiß, dass ich keine Ausnahme war unter denen, die die Hostie auf eine verlockende Zunge legen, vor allem nicht unter den Jungen. Lassen wir den Absatz stehen.

Hier ist eine Geschichte über den Pish, erzählt vom Rabbi Alisdair Klatzkin aus West Hampshire, der als junger Mann in der Bet Hamidrasch in Ludlow zugegen war. Es war der Abend des Jom Kippur, wenige Augenblicke vor dem Kol Nidre, und die Gemeinde wartete darauf, dass der Pish mit dem Gebet beginne. Er erhob sich, aber er hob nicht an zu beten. Was war los? Bekümmertes Gemurmel ging durch die Reihen der versammelten Gemeinde.

Doch dann blickte der Pish aus dem Fenster und sah einen älteren Priester an der Bet Hamidrasch vorübergehen, einen von denen, die die Nichtjuden einen »Mann Gottes« nennen. Der Pish ging hinaus zu ihm, und sie begannen miteinander zu sprechen. Der Priester begriff sofort, dass er mit keinem gewöhnlichen Mann sprach. Sie waren so vertieft in ihr Gespräch, dass sie sich auf einmal wie durch Zauberei vor einem großen Gasthaus wiederfanden, welches das Ziel des Priesters gewesen war. Natürlich konnte der Pish nicht hineingehen, schon gar nicht am Jom Kippur. Die beiden Männer blieben draußen stehen und setzten ihr Gespräch fort. Der Pish fragte den Priester, warum er sich keine Frau nehme. *Der Herr,* sagte er, *hat die Erde nicht geschaffen, dass sie leer sein soll, sondern sie bereitet, dass man auf ihr wohnen solle* (Jesaja 45,18). Der Priester erklärte, dass es ihm nicht erlaubt sei zu heiraten. »Dann trenne dich vom Priestertum«, sagte der Pish. »Du bist schon alt. Erfülle die *Mizwa* der Vermehrung, bevor du stirbst. *Seid fruchtbar und mehret euch und reget euch auf Erden, dass euer viel darauf werden* (1. Mose 9,7, vgl. 1,28). Der Priester sagte, er stamme aus einer angesehenen Familie. Selbst wenn er wollte, könnte er nicht unter seinem Stand heiraten. Und welche Frau seines Standes würde einen alten Mann heiraten, der ein so eindeutiges Gelübde auf sich genommen hat? »Die Lady Una«, sagte der Pish, »die Tochter des Sir Thomas Cuny. Kennt Ihr sie?« Der Priester sagte nein, er sei nur ein Besucher, erst vor kurzem in der Gegend angekommen, und müsse die Bewohner von Rang und Namen erst kennen lernen. Also beschrieb ihm der Pish die Frau namens Una sehr ausführlich, wobei seine Stimme mit besonderer Zärtlichkeit auf die Teile der weiblichen Gestalt einging, die vor allem dazu angetan sind, den Studenten von seinem Studium wegzulocken. So lebhaft war das Bild der Schönheit, das der Pish aus Worten in die Luft zeichnete, dass der Priester einen unwillkürlichen Samenerguss hatte. Sogleich kehrte der Pish in die Bet Hamidrasch zurück und begann das Kol Nidre zu beten.

Danach kamen seine Anhänger zu ihm, und er erklärte, was geschehen war. Er sagte, eine Blockade im Himmel habe verhindert, dass die Gebete zum Allmächtigen, gelobt sei Er, aufsteigen. Der Grund für diese Blockade sei der Priester gewesen, der noch nie seinen Samen vergossen habe, nicht einmal unwissentlich im Schlaf. Mit Hilfe des Allgütigen, gelobt sei Er, sei es ihm gelungen, durch die Herbeiführung des unwillkürlichen Samenergusses diese

Blockade aufzuheben. Die Himmel erbebten unter dem Widerhall von Freudenrufen.

»Aber Rabbi, woher haben Sie gewusst, dass er einen unwillkürlichen Samenerguss hatte?«

»Ich wusste es in dem Augenblick, als es mir unmöglich wurde, länger neben ihm zu stehen.«

Und Rabbi Klatzkin sagte, voll des Staunens: »*Dann soll Aaron seine beiden Hände auf den Kopf des Bockes legen und über ihm bekennen alle Missetat der Kinder Israel und alle ihre Übertretungen, mit denen sie sich versündigt haben; und soll sie dem Bock auf den Kopf legen und ihn durch einen Mann, der bereit steht, in die Wüste bringen lassen*« (3. Mose 16,21).

In mittlerweile Jahrzehnte dauernder relativer Behaglichkeit bin ich ein wenig zu lax, ein wenig zu weich und empfindlich geworden. Es stünde mir wohl an, meine Lenden zu gürten, die Zinnen zu bemannen und so weiter, denn ich erblicke eine kleine Wolke am Horizont, vorläufig noch nicht größer als Manneshand. Wachsamkeit, Wachsamkeit. Es kommt die Zeit und ist schon jetzt. Auch Bastien muss an die Kandare genommen werden. Letzte Nacht spielte W. C. mit einem vergnügten Zucken um die Mundwinkel auf *Pax Tecum!* an, eine versteckte Warnung davor, dass Angriffe von allen möglichen Seiten drohten.

Lassen Sie mich erklären. *Pax Tecum!* fing ganz unschuldig an. Ein Pfarrkind sozusagen – eine Zigeunerin mittleren Alters, ein liederliches Frauenzimmer, deren leidenschaftliche Gunst Bastien zwei oder drei Mal genossen hatte – war aus dem Distrikt weggezogen und in ihren Geburtsort Ballymena in der Grafschaft Antrim zurückgekehrt, nicht ohne vorher ihrem Bedauern Ausdruck zu verleihen, dass Bastien jetzt nicht mehr in der Lage sein würde, ihr die Beichte abzunehmen. (Wahrscheinlich hat ihr weniger der stumpfsinnige körperliche Akt Lust verschafft als das Beichten ihrer sexuellen Fantasien.) Natürlich hatte Bastien mir seinerseits seine lässliche Sünde gebeichtet. Und was mich anlangt, ich genoss die Erzählungen im Beichtstuhl vermutlich fast genauso wie das Landvolk seine kopulativen Abenteuer. So gaukelt die gewalt'ge Einbildung, wie der Dichter sagt.

»Na ja«, sagte ich scherzend zu ihm, »wenn sie dich so sehr vermissen wird, solltest du ihr raten, telefonisch bei dir zu beichten.« Ob Sie es glauben oder nicht, sie tat es. Und binnen kurzem folgten ein paar Freundinnen ihrem Beispiel. Es sprach sich herum. Bastien erhielt Anrufe von beiden Seiten des Irischen Meeres. Der gute alte Bastien. Vermutlich gilt für ihn, was für Chaucers Ordensbruder galt: »Die auferlegte Buße war gering«, und dem Beispiel des freundlichen Bruders folgend, von dem es bei Chaucer weiter heißt: »... sofern er reichlich Spenden nur empfing«, hatte wohl auch Bastien entdeckt, dass da Geld drinsteckte. Seine Bauernschläue hat Bastien nämlich nie verloren. Und so wurde *Pax Tecum!* geboren, seine Telefonseelsorge zum Vorzugstarif.

In den folgenden Jahren machte *Pax Tecum!* Geld, nicht viel für die heutigen Begriffe, aber immerhin genug, um Bastien mit Gauloises zu versorgen, genug, um die Armenbüchse zu füllen und Votivkerzen zu kaufen, genug für eine bescheidene Mitgift für seine Nichte in Artois, die Tochter seiner Schwester.

Aber inzwischen hat es sich nicht nur in der Umgebung von Beale und im benachbarten Ludlow, sondern laut W. C. schon bis ins ferne Shrewsbury und Kidderminster herumgesprochen, dass es da einen Priester gibt, der behauptet, er hätte einen direkten Draht zu Gott und mit seinem »Anruf genügt – Sünden vergeben« den Gläubigen das Geld aus der Tasche zieht. Im Augenblick kursieren diese Gerüchte nur unter den Protestanten, wenn kursieren nicht schon zu viel gesagt ist, und sie machen sich angeblich lustig über diesen neuen Beweis für katholische Ignoranz und katholischen Aberglauben. Aber der Vikar von St. Botolph im nahe gelegenen Dimthorpe Abbas hat in seiner letzten Sonntagspredigt höhnisch auf eine »katholische Travestie des Glaubens« angespielt und von einer »leichtfertigen und gewissenlosen«, kommerziell orientierten Nutzung der Technik gesprochen, die »unsere guten Freunde in Beale Hall« da praktizierten. Zum Glück predigte der Vikar an diesem Tag nur vor drei Kirchgängern, seiner Frau, seiner Geliebten und deren Gatten, dem Küster. Andererseits arbeitet der Küster für den *Kidderminster Guardian.* Allerdings bekleidet er dort nur den Posten eines Anzeigensammlers. Aber die Gefahr, dass die Geschichte in die Zeitungen kommen könnte, ist zu groß. Eine ironische Bemerkung beim Tee genügt, und schon haben wir die Bescherung.

Ich dachte nur kurz an eine Gegenoffensive. Schließlich ist unser »guter Freund« von St. Botolph mit seiner schamlosen Geliebten selbst nicht gerade das beste Beispiel für moralische Rechtschaffenheit. Gar nicht zu reden von seinem skandalösen Vorgänger, der ein eifriger Besucher des *Tassel and Feather*-Clubs in der *Dean Street* in Soho war, wo er sich mit Bella Cosabella traf, einer Künstlerin oder besser gesagt *sui ipsius nudator,* auch bekannt unter dem Namen Joanie Dixon. Es hatte keine fünf Jahre gedauert, und er hatte seine Frau und seine drei Kinder verlassen, sein Amt und seine Kirche aufgegeben und war in Luton gelandet, wo er mit Bella einen Frisiersalon für Pudel aufmachte.

Aber ach, ich bin zu alt und zu müde, um die Arena zu betreten. Außerdem würde ich mich damit nur noch zusätzlich in die Schusslinie Bischof McGonagles und seines elenden Speichelleckers Twombly begeben.

Pech und Schwefel komme über sie!

Manchmal denke ich, dass ich als Katholik in England besser dran bin als in meinem Geburtsland Frankreich, und zwar genau deshalb, weil ich weiß, was es heißt, Jude zu sein. Ich will damit sagen, dass England, ein ehemals protestantisches, aber zunehmend areligiöses Land, Juden und Katholiken mit demselben Misstrauen betrachtet. Beide sind Außenseiter, unfähig, mit der Mehrheit zu verschmelzen. Beide sind irgendwie ein Rätsel, führen offenbar nichts Gutes im Schild und sind vielleicht in erster Linie anderswo zur Treue verpflichtet. In Frankreich wird der Jude schlicht und einfach verachtet; die Affäre um den armen, diffamierten Dreyfus liegt bis heute wie ein dunkler Schatten über dem Land. Für England wäre das Wort »verachtet« ein zu starker Ausdruck; was die meisten Engländer empfinden, ist ein leichter Widerwille, ein Widerwille, der Juden und Katholiken gleichermaßen gilt. Für einen Juden aus Frankreich ist diese englische Unparteilichkeit eine erfrischende Abwechslung. Für einen Juden im Gewand des Katholiken ist sie eine gesegnete Erleichterung.

Wenn, wie es in dem alten (jüdischen) Witz heißt, ein Antisemit einer ist, dessen Abneigung gegen die Juden größer als unbedingt nötig ist, dann könnte man vom Engländer sagen, dass er innerhalb der angemessenen Grenzen bleibt.

Aber was wird aus einem katholischen Juden in Israel?

Ich wurde, wie schon berichtet, im Frühjahr 1942 Waise. Meine Mutter war ihrem Herzen nach Paris und in den Verrat gefolgt; mein Vater war in die ZNO verschwunden, von wo uns nur eine kurze Nachricht ereilte, in der meine Mutter und ich dazu gedrängt wurden, ihm in den Süden, nach St.-Pons, zu folgen. Aber ob er je wieder versucht hat, uns in Orléans zu erreichen, ob er vom Schicksal seiner Frau erfahren und sich um das Schicksal seines Sohnes gesorgt hat, darüber gaben die noch nicht geschriebenen Seiten meiner persönlichen Geschichte keinen Aufschluss. »*Pauvre enfant*«, sagte Madame Goupil, meine Tante Louise, und tätschelte mir den Kopf, »*pauvre p'tit gars.*« Binnen eines Monats führte sie mich dem Abbé Dindan vor, und da stand ich, meine wenigen Habseligkeiten, in braunes Packpapier gewickelt, unterm Arm, mit sauber geschrubbten Knien und ordentlich gestutztem, an den Kopf geklatschtem Haar. Zwei Tage später war ich im Waisenhaus.

Am Ende machte ich mich auf die Suche nach ihm, meinem Vater, ich ein unwahrscheinlicher Telemach auf der Suche nach einem noch unwahrscheinlicheren Odysseus. In der Zeit zwischen meinem Abschied von Pfarrer Kalabiński in South Kensington und dem Beginn meiner Studien in Paris reiste ich mit dem Zug und dem Bus nach Béziers und St.-Pons. Von meinem Vater keine Spur. Ich erkundigte mich, wo ich konnte: Bei der Gendarmerie, bei der Post, beim Kellner im Bistro, beim Besitzer der schummrigen Bar auf der winzigen Place de la Victoire. Niemand erinnerte sich an Konrad Musič, niemand hatte je von ihm gehört. Sie erwärmten sich nicht sehr für Fremde in dem staubigen, in der Sonne brütenden St.-Pons; sie betrachteten Fremde mit ziemlichem Misstrauen. Mein Vater konnte keine sehr glückliche Zeit hier verbracht haben. Nur die Bordellwirtin hörte sich meine Geschichte mit

Interesse und Mitgefühl an. Sie legte den Camus zur Seite, in dem sie gelesen hatte – *L'Etranger* war es, glaube ich –, und servierte mir Tee und köstliches, mit Creme gefülltes Blätterteiggebäck, das *pet de nonne* hieß. Leider konnte sie mir auch nicht helfen, aber sie bot mir aus lauter Mitgefühl eines ihrer beiden Mädchen zum halben Preis an, oder beide der dienstfertigen Schönheiten zum Preis von einer, wenn ich so kühn sei, wie ich aussähe.

Ich fand meinen Vater, lange nachdem ich aufgehört hatte, ihn zu suchen, ganz zufällig, und ausgerechnet in Tel Aviv. Das kam so: Die Bibliothek von Beale Hall besitzt drei frühe Ausgaben des kompletten Talmud, eine 1534 in Ancona erschienen, eine 1538 in Venedig und die dritte 1541 in Avignon. Sir Percival Beale, ein Sammler von Raritäten und Kuriositäten, hatte sie 1778 erworben, und sie waren zusammen mit einem winzigen mumifizierten Meerbaby, der riesigen Zehe einer antiken Statue, einer verstöpselten Glasphiole mit den echten Tränen der Gesegnteten Jungfrau Maria und – natürlich – dem berüchtigten »Walzipfel«, der heute noch vom Lüster in Sir Percivals ehemaligem Schlafzimmer hängt, eingetroffen. 1963 planten die Kustoden des Tabakman-Museums in Tel Aviv eine Ausstellung von hebräischen Inkunabeln und luden mich, »gegen Erstattung aller Spesen«, zu einer Besprechung nach Israel ein, in der Hoffnung, die Beale Hall-Talmude als Leihgabe zu bekommen. Natürlich nahm ich an. Warum nicht? Ich war noch nie in Israel gewesen.

Ich wurde im Hotel Paradiso (sic) in der Zamenhoff Street untergebracht, die nach dem Erfinder des Esperanto benannt ist. Die Zamenhoff Street fing am Dizengoff Square, dem Etoile von Tel Aviv, recht nett an, aber wie Esperanto führte sie nirgendwohin. Und was das Hotel betrifft, der Name »Inferno« hätte besser zu ihm gepasst. Ein schmales, zwischen zwei gesichtslose Wohnblöcke gezwängtes Gebäude, das am Tag die glühende Augusthitze Tel Avivs schluckte und sie nachts gnadenlos wieder verströmte. Ich lag schlaflos, nackt und elend zwischen schweißgetränkten Laken. Am ersten Vormittag kaufte ich mir die damalige Einheimischentracht, Khaki-Shorts, kurzärmliges weißes Hemd, Sandalen und einen idiotischen Khakihut, *Kova Tembel* genannt, der aussah wie der von Pinocchio in dem Disney-Film. Ich trank literweise Orangensaft, Eiskaffee und Eistee.

Es ist klar, dass ich den Bericht über die Begegnung mit meinem Vater hinauszögere. Der Gedanke daran fällt mir nach all diesen Jahren immer noch schwer. Wie dumm von mir! Ich bin inzwischen älter, als er damals war. »Das Kind ist Vater des Mannes« in einem etwas anderen Sinn, als der Dichter Wordsworth es gemeint hat. Was habe ich zu fürchten? Also gut. Schießen wir los.

Ich hatte die Verhandlungen mit meinen Gastgebern vom Tabakman-Museum fast abgeschlossen, nette Kerle alle drei, kultivierte Europäer, komplett mit Ziffern auf dem Handgelenk, und bis zu meiner Rückkehr nach England lagen noch drei Tage vor mir. Ich dachte daran, einen Sprung hinüber nach Jerusalem zu machen, ein paar christliche Stätten zu besuchen, die Via Dolorosa entlangzugehen, mir das Galiläische Meer anzusehen, mir die Sichtweise des Pilgers zu verschaffen, wie mein Bischof und andere meiner Glaubensgenossen es wohl von mir erwarteten. »Du hast gewonnen, bleicher Galiläer; vor deinem Odem ist die Welt ergraut.« Nun ja, vielleicht. Es gibt nicht wirklich viel Grau in den Ländern des Mittelmeers.

Jedenfalls überlegte ich mir diese Dinge an einem Freitagnachmittag an einem Tisch im Café »Vered« in der Dizengoff Street, die die amerikanischen Juden dort »*the main drag*« nennen. So kurz vor dem Sabbat war die Straße ziemlich belebt. Pärchen schlenderten Arm in Arm, alte und junge; ganze Familien promenierten auf und ab, um zu sehen und gesehen zu werden; Leute begrüßten einander, riefen Freunden und Bekannten zu. Die vielen Cafés in der Straße waren überfüllt, an den Tischen drängten sich lachende, gestikulierende, angeregt plaudernde Menschen. Die Stimmung in der ganzen Straße war fröhlich und lebhaft, obwohl es für meine Begriffe immer noch drückend heiß war.

Zwei Tische von mir entfernt saß ein übergewichtiger Mann in einem schwarzen Anzug und mit schwarzem Hut, und allein an der Art, wie er dasaß, konnte man darauf schließen, dass er in düsterer Stimmung war. Er hatte die Ellbogen auf den Tisch gelegt und das bleiche Gesicht auf die Fäuste gestützt. Aus seinem Mund hing ein Strohhalm, mit dem er trübsinnig Kreise auf dem Grund eines leeren Glases zog. Es war etwas an ihm, das mir bekannt vorkam, etwas Vertrautes um die Augen und in dem müden, resignierten Blick. Er sieht aus wie mein Vater, dachte ich – ohne auch nur einen Augenblick anzunehmen, dass er es sei. Aber die Ähnlichkeit war so stark, dass ich überlegte, es könnte vielleicht ein Verwandter sein, ein Cousin. Wer nichts wagt, gewinnt nichts. Ich ging hinüber zu seinem Tisch. Langsam hob er aus rot geränderten Augen den Blick; langsam hob er die Wangen von den Fäusten, der Strohhalm hing ihm von den Lippen und baumelte jetzt in der Luft. Er hätte eine Rasur dringend nötig gehabt.

Ich sprach ihn auf Französisch an. »Entschuldigen Sie die Störung«, sagte ich, »aber sind Sie vielleicht verwandt mit einem Konrad Musič aus Dunaharaszti?«

Er kniff misstrauisch die Augen zusammen; der Strohhalm fiel ihm aus dem Mund und landete genau im Glas. »Wer will das wissen?«

»Ich dachte, wir sind vielleicht Verwandte. Mein Name ist Edmond Musič, das heißt, jetzt heiße ich Musič. Ich selbst bin in Frankreich geboren, aber meine Eltern kamen aus Ungarn, aus einer Stadt namens Dunaharaszti.«

Ein Ausdruck puren Schreckens trat auf sein Gesicht. Er erhob sich halb von seinem Stuhl und ließ sich dann schwer wieder fallen. »Edmond? O mein Gott, o mein Gott! Ich hab es gewusst! Ich hab es ja immer gesagt! Ich hab es gewusst!« Er legte den Kopf auf die Arme; seine Schultern zuckten; er schluchzte.

Ich hatte ihn also gefunden! Peinlich berührt, blickte ich um mich, aber niemand beachtete uns. Bestimmt waren Szenen dieser Art in Israel nicht ungewöhnlich. Ich setzte mich ihm gegenüber. »Schon gut, Vater. Schon gut.« Aber war es gut? Immerhin war es eine große Szene des Wiedererkennens, der Stoff, aus dem Romane gemacht sind. Aber was hatte ich mit dieser heulenden Gestalt vor mir zu tun? Es schmerzt mich, das zu sagen, es beschämt mich, aber wenn mein Vater in diesem Augenblick überhaupt ein Gefühl in mir erregte, dann einen gewissen Widerwillen.

Er hob den Kopf von den Armen. »Ich konnte dich nicht holen kommen. Es waren überall Spione. Es war nicht meine Schuld.« Seine Stimme hatte zuerst gezittert, aber jetzt wurde sie anklagend. »Was hast du von mir erwartet? Was? Hätte ich der Gestapo in die Arme laufen sollen? Es war zu gefährlich. Was hätte ich denn tun können?«

»Ich verstehe. Natürlich verstehe ich. Du brauchst dich nicht zu entschuldigen. Das ist nicht nötig. Das ist wirklich nicht nötig.« Ich legte meine Hand tröstend auf seinen Arm.

»Entschuldigen? Wer entschuldigt sich denn?« Er zog den Arm weg. »Es war alles *ihre* Schuld. Wäre sie nicht nach Paris gegangen, um dort die Hure zu spielen und Sauereien zu treiben, die ich mir nicht einmal vorstellen kann, wären wir alle zusammen geblieben, in Sicherheit, eine Familie. Aber nein, sie ist auf und davon, hat ihr Kind im Stich gelassen, ihren Mann, ihre heilige Pflicht. Na ja, sie hat gekriegt, was sie verdient hat!« Sein Kopf sank wieder auf die Arme, und seine Schultern bebten. Ich sah ihn an und sah, was man sich krümmen sieht, wenn man einen Stein hebt.

Er hob den Kopf, seine Augen waren trocken. »Ich habe ihren Tod in Yad Vashem gemeldet«, sagte er sachlich. »Ich habe das Formular ausgefüllt. Es war das Wenigste, was ich tun konnte für die Hure.«

»Sie war meine Mutter.«

»Du hast jetzt eine bessere Mutter.«

Bei meiner Seele, ich dachte, er meinte unsere heilige Mutter, die Kirche! »Das kann sein«, sagte ich, »aber warum hast du *nach* dem Krieg nicht nach mir gesucht?«

»Du hast keine Ahnung, wie es war. Alles drunter und drüber, Chaos, Tumult. Jeder hat jeden gesucht. Es war unmöglich.« Er schaute auf die Uhr. »Du hast jetzt einen Bruder, und auch eine Schwester.«

Und da verstand ich. Er hatte noch einmal geheiratet.

»Ich muss jetzt gehen«, sagte er. »Es ist Freitagabend. Komm zum Essen, lern deine neue Familie kennen.« Er nahm ein Stück Papier aus einer mit Zetteln voll gestopften Brieftasche und kritzelte eine Adresse darauf. »Nimm den Bus Nummer 5, gleich da drüben.« Er zeigte zu einer Haltestelle. »Frag den Fahrer, wo du aussteigen musst. Wir haben viel miteinander zu reden.« Er stand auf. »Für mich«, sagte er trocken, »ist das ein sehr glücklicher Tag, ein Tag, den man nie vergisst, wie Reb Nachman sagt. Ich hoffe, für dich auch. Um halb neun.« Er musterte meine Shorts und meinen *Kova Tembl.* »Und zieh dir was Anständiges an. Es ist *Schabes.*« Damit latschte er davon, ein jüdischer Oliver Hardy, ein Clown, und verschwand bald in der Menge.

Was hat mir eingeflüstert hinzugehen? Irgendein perverser Kobold sicherlich. Jetzt, wo ich meinen Vater wieder gefunden hatte, wollte ich nichts anderes als ihn wieder verlieren. Besser der Vater meiner Erinnerung, geglättet, poliert, vom warmen Glanz der Sehnsucht nach Vergangenem umstrahlt, als der Vater, der soeben vor mir gesessen hatte, erbärmlich, voll Selbstmitleid, unversöhnlich, herzlos und nur allzu wirklich. Und doch ging ich hin.

Die Adresse, die er mir gegeben hatte, erwies sich als vierstöckiger Betonblock, der auf vier Betonsäulen hockte, ein hässliches, zweckdienliches Gebäude inmitten anderer genau solcher Gebäude. Ich hatte mir ein Taxi genommen, nicht den Bus Nummer 5, und das war gut so, denn sonst hätte ich es nie gefunden. Ich schaute mich um. Nichts in der einbrechenden Dunkelheit deutete darauf hin, dass nicht weit von hier das Mittelmeer rauschte, nichts, was meinem Auge, meinem Ohr verraten hätte, wo ich war, bis auf den allgegenwärtigen Sand, der in die Ritzen im Pflaster sickerte und sich am Straßenrand sammelte.

Das schwache Licht, das mir bis in den dritten Stock geleuchtet hatte, ging aus, als ich vor der Tür meines Vaters stand. Drinnen wurde gestritten. Ich hörte das Kreischen einer Frauenstimme, das kehlige Brummen eines Mannes. Ich klopfte an. Sofort war alles still. Ich klopfte ein zweites Mal. Die Tür ging auf, und das Licht von drinnen überflutete mich. Vor mir stand ein kleines Mädchen, sechs oder sieben vielleicht, das Gesicht zu Ehren des Sabbat sauber geschrubbt, auf einem Auge schielend und mit einer Zahnlücke im Grinsen. Sie hatte offenkundig geprobt, was sie sagen wollte, setzte mit Begeisterung zu ihrem Sprüchlein an und beendete es in tiefer Bestürzung. »*Schabat Schalom,* Edmond.« Während sie es sagte, hatte sie Zeit, mein Bild in sich aufzunehmen. Und was sie sah, ließ sie auf dem Absatz kehrtmachen und mit dem Schrei: »Abba, Abba, komm schnell!« in ein anderes Zimmer laufen.

Mein Vater hatte mich geheißen, mich fürs Sabbat-Mahl zu kleiden. Die einzige »offizielle« Kleidung, die ich mithatte, war mein Priestergewand, der schwarze Anzug und das Kollar. Sicher hätte ich mir ein weißes Hemd kaufen und es mit offenem Kragen tragen können; ja, das hätte ich tun sollen. Aber ich hatte das Kollar mit einer gewissen boshaften Befriedigung angelegt und gehofft, es würde ihn zumindest irritieren. Nach all diesen Jahren wollte ich immer noch meine Rache. Und wofür? Natürlich begriff ich inzwischen, dass dieser schwache, unbedarfte Mann nicht anders hätte handeln können, als er es getan hatte. Die Vergangenheit ist wie eine in Bernstein eingeschlossene Fliege; wir können sie betrachten, aber nichts daran ändern. Vielleicht wünschte er sich schon lange, er hätte sich anders verhalten, was weiß ich. Wie sonst wäre es zu erklären, dass er so ohne jeden Grund auf mich losgegangen ist?

Ich hatte allerdings nicht daran gedacht, dass mein Kollar auch andere aus der Fassung bringen könnte. Eine etwa vierzigjährige Frau spähte aus der Tür, durch die das Mädchen geflüchtet war. Sie war tief gebräunt; dicht gelocktes Haar, das ihr bis zu den Schultern hing, umrahmte ihr Gesicht. Auch sie schielte auf einem Auge; und als sie den Mund zum Sprechen öffnete, sah man die Goldkronen auf ihren Eckzähnen. »Einen Augenblick bitte. Bleiben Sie, wo Sie sind.« Sie griff um die Türkante herum und hängte eine Filigrankette, von der ein großes, flaches, rundes Auge baumelte, auf einen Haken neben der Tür.

Bei dem Spiel konnte ich mithalten. Ich zog ein schlichtes Silberkreuz aus der Tasche und hängte es mir um den Hals. Die Frau kreischte auf. Dann hörte ich die Stimme meines Vaters. »Hör auf, Nurit! Es passiert euch nichts, dir und den Kindern wird er nichts tun, ich geb euch mein Wort. Er hat es einzig und allein auf mich abgesehen. Geh mit Benni und Daphna in die Küche. Zünd die Schabes-Kerzen an, tu was Nützliches.«

Ich war inzwischen in dem kleinen Vorzimmer und hatte die Eingangstür hinter mir geschlossen. Mein Vater kam hereingestürzt, die Adern an seinen Schläfen pochten, mit dem Finger wies er anklagend auf mich. »*Apikojres!* Wie kannst du es wagen, ein jüdisches Heim mit diesem Kreuz zu entweihen. Hinaus, ich kann deinen Anblick nicht ertragen! Ich kann die Schande nicht ertragen! Hast du schon vergessen, wer den Nazis beigebracht hat, Juden zu verbrennen? Und wie gut haben sie ihre Lektion gelernt; auch deine eigene Mutter haben sie in den Ofen gesteckt. Egal, was sie war, sie war auch ein Mensch.« Er hob den Blick zur Zimmerdecke. »O Gott, was hab ich getan, was hab ich getan, dass du mich so bestrafst?« Er markierte die Rolle eines Propheten aus dem Alten Testament. Aber er war zu dick, zu wabbelig dafür; und wie bei vielen schwachen Männern wurde aus dem wütenden Knurren, das er beabsichtigte, nur ein Gejammer.

»Keine Angst, ich bleibe nicht. Ich bin schon wieder im Gehen. Aber vergiss eines nicht: Du warst es, der mich eingeladen hat. ›Lern deine neue Familie kennen‹, hast du gesagt. O ja. Und noch etwas solltest du nicht vergessen: Du warst dir mit Maman darin einig, dass ich getauft werden sollte.«

»Doch nur um dein Leben zu retten!«, brüllte er. »*Pikuach-Nefesch!* Zur Lebensrettung. Es sollte nur vorübergehend sein, nicht für immer.«

Aus dem Nebenzimmer hörte man einen Schlag und dann das Heulen eines Kindes. Mein Vater wurde knallrot: auf seiner Stirn standen Schweißperlen. Er klopfte sich mit der rechten Faust aufs Herz.

»Beruhige dich«, sagte ich erschrocken. »Ich geh schon.«

Er rang nach Atem. »Eine Gottlosigkeit! Eine Gottlosigkeit!« Er schlug sich aufs Herz.

Ich tappte nach dem Türknauf hinter mir. »Schau, ich geh ja schon.«

»Kein Mensch hat gesagt, dass du Priester werden sollst. Wer hat dich das geheißen? Habe ich dich das geheißen?« Er ließ sich auf einen Stuhl fallen, der an der Wand stand, dieser fette Mann, dieser Clown, mein Vater, so dass der Boden unter seinem Gewicht zitterte und ein schwerer Spiegel verrutschte. »Ein Kreuz! Ein Kreuz trägt er! In meinem Haus trägt mein Sohn ein Kreuz!« Er lachte rau und bitter. »Du bist nicht mehr mein Sohn! Geh zurück zu deinen *Gojim, Apikojres!* Wälz dich in deinem Verrat wie ein *Chaser*, wie ein Schwein. Weißt du nicht, dass Hitler seit zwanzig Jahren tot ist? Dank sei Gott dafür, Dank dem Allmächtigen, *Baruch Hu*. Und was heißt das für dich, zwanzig Jahre? Ich werd's dir sagen. Es heißt, dass du Zeit genug gehabt hast, die Dinge wieder in Ordnung zu bringen und dieser Gottlosigkeit, dieser Abtrünnigkeit den Rücken zu kehren. ›Vergesse ich dich, Jerusalem …‹ Schau auf deine rechte Hand, *Apikojres*« – er zeigte darauf und würgte heraus: »Verwelken wird sie; verdorren.« Von seinem Platz aus griff er nach dem Amulett, das seine Frau dort an der Kette hatte hängen lassen. Mit gesenktem Kopf, als studiere er seine Knie, hielt er es mir baumelnd hin, und seine Schultern zuckten, während er nach Atem rang.

Die flache Scheibe drehte sich, auf die eine Seite, auf die andere; und von beiden Seiten durchbohrte mich der Blick des gleichen Auges. Ich lief aus dem Haus meines Vaters. Ich floh hinein in die Dunkelheit. Aber dem Auge konnte ich nicht entrinnen.

Das Auge verfolgt mich noch immer, wenn auch nach so vielen, vielen Jahren nicht mehr mit ganz so durchdringendem Blick. Hitler ist schon seit einem halben Jahrhundert tot, so lange schon, dass er für die meisten Lebenden, die wenigstens von ihm gehört haben, in diese amorphe Vergangenheit gehört, in der sich Dschingis Khan, Napoleon, Caligula, Richter Jeffreys und Grendels Mutter auf einem Haufen tummeln. Die Juden haben ihn natürlich nicht vergessen, und sie bemühen sich – wir bemühen uns? –, seine Verbrechen in den Köpfen der Nichtjuden lebendig zu halten, ein mühsamer Kampf gegen die Armeen von Holocaust-Leugnern und die schwere Artillerie der Zeit. Heutzutage kann ein junger Jude für einen Kurzbesuch von London nach Auschwitz fliegen, koscheres Lunchpaket inbegriffen. Aber manchmal denke ich, dass selbst für den jungen Juden Hitler bereits seinen Platz im mythischen Land Pharaos und Titus', Ferdinands und Isabellas, einem Konklave von Päpsten und einer Horde von Zaren eingenommen hat. Ich erinnere mich natürlich an Hitler. Und trotzdem quält mich die Frage meines Vaters noch immer. Warum habe ich zu Ende des Krieges den Unsinn nicht abgeschüttelt? Mein Erzfeind war tot, warum hatte ich die Verkleidung nicht abgelegt, in die ich nur geschlüpft war, um zu überleben? Und was noch schlimmer ist, warum um alles in der Welt bin ich in ein weiteres Kostüm geschlüpft, das Priesterkleid, als eine Verkleidung nicht mehr vonnöten war?

Ich habe keine Antworten darauf. Manchmal denke ich,

dass ich wie der durch seinen Strom von Blut watende Macbeth schon zu weit hineingewatet war in das römisch-katholische Gewässer und dass eine »Rückkehr so lästig wär wie durchzugehn«. Ein gutes Wort: »lästig«, genau das richtige Wort. Es klingt so richtig bleiern, deutet ein Gähnen an. Es ist wohl, für Macbeth und mich, weniger die Angst, sich die Füße nass zu machen, als die Angst vor der gähnenden Langeweile.

Mich der Heuchelei zu bezichtigen wäre zu einfach. Das würde alles erklären und nichts. Die Heuchelei ist eine konstante Größe im Menschenleben, unvermeidlich, ebenso nötig für unser Wohlergehen wie Essen und Trinken. Priester zu sein war für mich ein Job wie jeder andere. Was heißt, dass es meistens nichts anderes war als … »lästig«. Am Anfang fesselten mich hin und wieder Einzelheiten oder ich verspürte eine geistige Herausforderung. Manchmal sogar eine Art Erregung. Aber das war selten. Was es erträglich machte, war (und ist), glaube ich, die Kunst und die Musik, aber um die zu genießen, braucht man kein Priester zu sein. Darum habe ich mich, meiner geliebten Kiki sei Dank, auch so schnell wie möglich aus der ganzen Sache zurückgezogen, das Amt des Verwalters hier in Beale Hall übernommen, und überlasse alle geistlichen Amtshandlungen, wann immer möglich, Bastien und unseren zu Besuch weilenden Brüdern. Im Großen und Ganzen erwies sich, was zu Beginn meiner Laufbahn wenigstens interessant ausgesehen hatte, als genau das Gegenteil. Wie lange sollte ich wie Sokrates' Sophisten Befriedigung darin finden, das Schlimmere als das Bessere hinzustellen? Ich war bald ausgebrannt, unfähig, noch Verständnis für die Naivität jener zu empfinden, die den Unsinn *glaubten,* den sie glauben zu machen meine Pflicht war. Vor allem die Kinder taten mir Leid, die unschuldigen Kinder, auf deren Rücken ich den Unfug von Jahrhunderten abladen sollte.

Es ist nicht leicht, am Ende des zweiten Millenniums an die wirkende Kraft eines gütigen Gottes zu glauben. Im Westen, zumindest in Westeuropa, sind wir der Ansicht, dass die, die diesen Glauben zu besitzen behaupten, Irregeführte sind oder nicht alle Tassen im Schrank haben. Es herrscht Ebbe im Meer des Glaubens; heutzutage können wir mit Matthew Arnold sagen:

Jetzt aber höre ich nur noch
Sein tristes Rauschen und das langgedehnte Rieseln
Mit dem es zu des Nachtwinds leisem Atem
Zurückweicht von den nackten, kahlen Kieseln
Der trostlos weiten Ränder dieser Welt.

Paradoxerweise deutet gerade das Wiederaufflammen des Fundamentalismus in den Hauptreligionen der Welt auf eine Verminderung des Glaubens hin, denn der Fundamentalist ist in den Augen der aufgeklärten Mehrheit ein Spinner und eine Bedrohung, weil er dazu bereit ist, uns allen mit moderner Waffengewalt seine Vision von einem gottgefälligen Leben aufzuzwingen. (In Amerika, habe ich mir sagen lassen, soll es umgekehrt sein.)

Die meisten von uns, denen an solchen Dingen liegt, haben seit langem eine Trennung zwischen Gott und dem Glauben vollzogen, wage ich zu behaupten. Gott ist zu etwas Peinlichem geworden, einem Papiertiger, einem Popanz, mit dem man kleine Kinder schreckt. Woran wir heute glauben, das ist das universell Böse, ein harter Glaube, der zu Erwachsenen passt. Wir schauen uns um und sehen eine vom Bösen geschüttelte Welt, eine Welt, in der alle Macht korrupt ist und jegliche Menschlichkeit entwürdigt. Und wir wissen noch dazu, dass wir nichts daran ändern können. Der Glaube an das universell Böse rettet uns aus der Verzweiflung. Wir können wieder einen Horizont der tieferen Bedeutung erkennen. Die tiefere Bedeutung ist schließlich das, wonach wir als Spezies uns sehnen. Mit dem Glauben an das universelle, unausweichlich Böse gewinnen wir ein wenig von dem zurück, was der Menschheit mit dem Verschwinden Gottes aus unserem täglichen Leben verloren ging. Erwachsen geworden, können wir zur Kenntnis nehmen, dass wir in der schlechtesten und chaotischsten aller Zeiten leben, dass alles in Trümmern liegt, kein innerer Zusammenhang mehr da ist, dass das Gesetz von Schweinen, nicht das Gesetz des Einen die Welt regiert, dass die Hoffnung der grausamste von den vielen grausamen Scherzen ist, die zu ertragen wir geboren sind. Manchmal denke ich mir, die einzigen Worte im Neuen Testament, die wahr und echt klingen, sind die Worte: »Mein Gott, mein Gott, warum hast du mich verlassen?« Die Alten haben an vier Zeitalter geglaubt – Gold, Silber, Bronze und Eisen. Die Welt befindet sich schon seit langem im Eisenzeitalter, und wie der Dichter Donne bemerkte, »rostig ist es auch«. Was dieser neue Glaube uns zu bieten hat, ist epistemologische Gewissheit; wir spüren es in den Knochen, dass wir im Besitz der Wahrheit sind.

Es ist daher nicht der Gott der Juden, den ich verraten habe, und es ist auch nicht der alte Glaube, es sind die Juden selbst, mein eigenes Volk. Als ich mich, anfangs um mein Leben zu retten, dem Feind anschloss, mir das Kreuz um den Hals hängte, vor bemalten Idolen auf die Knie fiel, wie ein Kannibale aß und trank, was, wie man mir sagte, der wahre Leib und das wahre Blut des Juden Christus sei, betrog ich die sechs Millionen und die Millionen vor ihnen und die vielen Millionen seither. Es spielt keine Rolle, dass ich nichts davon glaubte. Das jesuitische Prinzip *reservatio mentalis* hilft da kein bisschen. Ich wusste, dass ich ein Verräter war. Und darum sehe ich immer noch das Auge von der Kette baumeln, die mein Vater vor mich hinhielt.

Die Auffassung vom Ödipuskomplex wird heutzutage, soviel ich weiß, einer Revision unterzogen, die Freuds bourgeoise Interpretation des Mythos auf den Kopf stellt. Vor vielen Jahren habe ich im *New Yorker*, in dem ich eines Nachmittags müßig im Reform-Club auf der Pall Mall blätterte, wohin man mich schmeichelhafterweise eingeladen hatte, um vor interessierten Mitgliedern über »Sir Percival Beale und die Kostbarkeiten seiner Sammlung« zu sprechen, einen wunderbaren Cartoon gesehen. Er zeigte eine wütende Frau, die einen kleinen Jungen aus dem Sprechzimmer eines Kinderpsychiaters zerrt. »Ödipus Schnödipus!«, sagte sie. »Solange er nur seine Mami lieb hat!« Wie es jetzt aussieht, wollte Ödipus gar nicht seinen Vater töten, sondern *eigentlich* seine »Mami«. Die Pointe der ganzen Tragödie ist nicht mehr die, dass er einem unbewussten Verlangen nachgab und seinen Vater umbrachte, um es mit der Mutter zu treiben; nein, sein Grauen vor Inzest ist eine Art Verschiebung; in Wirklichkeit will er bloß der unerträglichen Tatsache nicht ins Auge sehen, dass er als Kind von seiner Mutter im Stich gelassen wurde. Denn Iokaste hat es versäumt, ihm beizustehen, als sein Vater ihn auf einem Berg aussetzte, um ihn sterben zu lassen. Wir können nicht hoffen, die Bedeutung des Ödipus zu verstehen, lautet die neue Weisheit, solange wir den Helden als ödipal betrachten.

Bevor ich Israel verließ, fuhr ich mit einem Egged-Bus nach Jerusalem, und von dort nahm ich ein Taxi zum Yad Vashem – ein Denkmal und ein ewiger Name – auf dem Har Hazikaron, dem Berg des Gedenkens. Im Saal der Namen fand ich den Namen meiner Mutter. Meine Reaktion war ebenso heftig wie unerwartet. Ich krümmte mich, als hätte ich einen Schlag in die Magengrube erhalten, und fiel auf die Knie. Zwanzig Jahre waren vergangen, seit meine Mutter, zu einem Häufchen Asche verbrannt, in die Luft aufstieg und am gnadenlosen Himmel über Auschwitz tanzte. Zwanzig Jahre, und bis heute hatte ihr Sohn es versäumt, um sie zu trauern. Für mich war sie tot/nicht tot gewesen, an einem Ort zwischen dem, was der Verstand weiß und das Herz fühlt. Aber jetzt wusste ich, dass sie tot war, wusste es mit Sicherheit, und das Wissen streckte mich zu Boden. Vor ihrem Namen auf dem Boden liegend, schnappte ich nach Luft, rang nach Atem, und als ich endlich wieder atmen konnte, begann ich mit auf und ab schwingendem Oberkörper und lautem Wehklagen die Tote zu beweinen.

Später saß ich mehrere Stunden im Gedenksaal, fastete, betete, meditierte. Was mir widerfuhr, war eine Art Dissoziation, eine Selbstentfremdung. Wer oder was war ich? Ich war ein Jude, ich war ein katholischer Priester, ich war ein der Mutter beraubtes Kind. Ich war Edmond Musič und war es zugleich nicht.

Die jüdischen Märtyrer wiesen mit Skelettfingern auf mich. »Er hat uns verraten, er hat uns verlassen, er ist eins mit IHNEN.«

»Nein«, antwortete ich, »im tiefsten Inneren meiner Seele bin ich frei.«

»Dann verlass sie. Warum verlässt du sie nicht? Schließ dich uns an, komm zu uns.«

»Aber ihr seid tot. Wie kann ich mich euch anschließen?«

»Stirb.«

Vielleicht sah ich aus wie ein Verrückter. Ein Wärter kam zu der Gestalt, die da saß und sich, ganz wie ein orthodoxer Jude in der Synagoge, rhythmisch auf und ab wiegte. Er trug einen orthopädischen Schuh mit einer mindestens dreißig Zentimeter hohen Sohle. Das Stapf-Stapf, als er näher kam, rüttelte mich aus meiner Betäubung. Unter seinem linken Auge war ein hässlich entstellender Fleck, ein großes, purpurrotes Muttermal, geformt wie eine Spinne.

»Gott will nicht, dass du dich vor Kummer zerstörst«, sagte er und reichte mir ein bedrucktes Blatt. »Da. Sprich das *Kadesch* und dann geh nach Hause.«

Ich sprach das *Kadesch* und ging.

Wem hatte ich für dieses Dazwischentreten zu danken? Dem Wärter, der mir durch sein schlichtes Mitgefühl den Status eines menschlichen Wesens zurückgegeben hatte? Gewiss nicht dem Gott, an den ich nie geglaubt hatte. Jedenfalls hatte der Wärter mich ins Leben zurückgeholt wie der Engel, der Elias in der Wüste getröstet hatte.

VIERTER TEIL

Jede Tätigkeit nach einer Mahlzeit, ob körperliche Bewegung, Geschlechtsverkehr, ein Bad oder eine geistige Übung, behindert die Verdauung.

Moses Maimonides, *Abhandlung über Haemorrhiden*

Herr, errette mich von den Lügenmäulern, von den falschen Zungen.

Psalm 120,2

Ich hatte keinen Ersatz besorgt für meinen alten Morris Minor und fühlte mich daher ein bisschen ans Haus gefesselt. Nicht, dass ich großartige Ausflüge hätte unternehmen wollen; meine alten Knochen und meine armen geschwollenen Füße schmerzten schon bei mittleren Entfernungen. Das Haus des Majors war ungefähr meine Grenze. Wie die Dinge standen, hatte ich mir angewöhnt, durch die Gänge und Räume von Beale Hall zu wandern und mir die Wunder anzusehen, als sähe ich sie zum ersten Mal. Was für ein Glück ich doch mit Kiki gehabt hatte!

Den Morris Minor konnte ich abschreiben. Selbst vor dem Zusammenstoß mit der Stuart-Eiche hatte er schon lange keinen Buchwert mehr gehabt. Vorige Woche kam Tubby vorbei, angeblich, um mir zu sagen, dass die »Jungs von der Spurensicherung« nicht mehr von einem Verbrechen ausgingen, Trevor habe sich die Schuld ganz allein zuzuschreiben, weil er so halsbrecherisch schnell mit einem Auto gefahren war, dessen Bremsen, wie er wohl wusste, nicht ordentlich funktionierten, und dass Trevors Schwägerin in Wigan sich von ihren Anwälten von der Aussichtslosigkeit des Falles hatte überzeugen lassen. Tubby erinnert mich in seiner Besorgnis ein wenig an die tapfere Meerkatze der Kalahari, allem Anschein nach eine wahre Altruistin, wie sie da so kerzengerade steht und selbstlos den Himmel und die umliegende Wüste nach Bussarden und anderen Raubvögeln absucht, während ihre Kollegen ungestört nach köstlichen Skorpionen und fetten Mäusen stöbern.

Aber wie die Naturwissenschaftler inzwischen wissen, steht keine Meerkatze Wache, bevor sie sich nicht den Bauch voll geschlagen hat. Und selbst dann ist ihr Altruismus noch suspekt. Da sie als Erste die Gefahr entdeckt, ist sie auch als Erste in einem Schlupfloch verschwunden oder kaltblütig in dem Chaos untergetaucht, das ihre warnenden Schreie und Pfiffe ausgelöst haben.

Der Altruismus, wenn es ihn gibt, ist eine menschliche Erfindung. Aber wahrscheinlich gibt es ihn nicht.

Tubby war gekommen, um herauszufinden, ob sein Abenteuer mit der lüsternen Belinda auf dem Küchentisch im Haus des Majors irgendwelche Folgen haben würde und wenn ja, welche. Aber dieses Thema konnte er nicht direkt anschneiden. Die Szene spielte sich im Musikzimmer ab. Ich saß am Schreibtisch, er stand in Habtachtstellung vor mir, den Helm unter dem linken Arm, und starrte über meinen Kopf hinweg auf das wunderbare de Kuyk-Porträt des Baal Schem von Ludlow.

»Ich habe mich um eine Beförderung zum Sergeanten beworben, Herr Pfarrer.«

»Die letzte Schwäche eines edlen Geistes. Gut für dich, mein Freund.«

»Die Prüfung ist nächsten Samstag. In Kidderminster. Im Rathaus.«

»Aha.«

»Ich war nie gut bei Prüfungen, Herr Pfarrer. Das geb ich gerne zu. Aber die Prüfung ist schließlich nicht alles, oder? Es geht ja auch um meine bisherigen Leistungen bei der Polizei und meinen Ruf. Das zählt schließlich auch. Zumindest, solange keiner etwas Schlechtes von mir sagt.«

»Warum sollte jemand das tun? Sie werden das großartig machen, Tubby. Ich setze mein volles Vertrauen in Sie.«

Er atmete scharf und vernehmlich durch die Nase ein. Seine Brust dehnte sich. Der Spitzname »Tubby« – Dickerchen – passte eigentlich gar nicht zu ihm, denn dick war er sicherlich nicht. Kein überflüssiges Gramm Fleisch an ihm. Und er sah wirklich gut aus. Er hätte ein Hirte auf dem Berg Ida sein können wie Paris.

»Stehen Sie doch bitte bequem. Ich bin nicht Ihr Vorgesetzter.«

Tubby legte zuerst seinen Helm und dann seine Fäuste auf meinen Schreibtisch, wobei er mein *memento mori* zur Seite stieß. Er beugte sich zu mir vor, sein Blick lag nicht mehr auf dem de Kuyk-Porträt. Diese Meerkatze hielt nach Gefahr Ausschau. »Wegen der Sache damals am Abend beim Major, Belinda ist, also … was geschehen ist … ich meine, ich möchte nicht, dass Sie denken …«

»Wir haben einen sehr angenehmen und völlig normalen Abend miteinander verbracht, der Major und ich. Es ist nichts geschehen, was der Erwähnung wert wäre. Und was Miss Scudamour betrifft, Major Catchpole hat sie in den höchsten Tönen gelobt, und soweit ich sehe, kann er sich glücklich schätzen, dass sie sich um ihn kümmert.«

Tubby richtete sich offensichtlich erleichtert auf und tat, wovon ich bisher nur gelesen, was ich aber noch nie gesehen hatte – außer bei einem von W. C.s befreiten Gartenzwergen: Er legte einen Finger an die Nase und zwinkerte. »Dann ist ja alles gut«, sagte er grinsend.

»Wenn es gut endet. Gibt es etwas, was Sie gerne beichten möchten, Tubby, irgendeinen unverdaulichen Brocken, den Ihr Gewissen nicht so recht schlucken kann? Wenn ja, empfehle ich Ihnen, sich an Pfarrer Bastien zu wenden. Was mich betrifft, ich bin in grimmiger Laune und könnte von Ihnen verlangen, dass Sie auf Knien zu Ihrer Prüfung in Kidderminster rutschen.«

Tubby griff nach seinem Helm, winkte mir verlegen zum Abschied und wandte sich zur Tür.

Ist es möglich, dass es solche Arglosigkeit noch gibt – zu einer Zeit wie dieser, in der ein elendes, grausames und zynisches Jahrhundert zu Ende geht und ein neues, sicher erpicht darauf, sich als noch schlimmer zu erweisen, beginnt? Tja, es gibt sie – wenn wir das Wort »arglos« in seinem etymologischen Sinn von »nichts Böses wollend« verstehen. Tubby wirkt vielleicht wie ein komischer Polizist aus einer Operette von Gilbert und Sullivan, aber ich denke, auch seine Psyche hat ihre Vielschichtigkeit. Es ist nur so, dass das völlig irrelevant ist für die Dinge, die die Welt bewegen. Die Welt wird weitergehen, ohne überhaupt von ihm zu wissen. Ein Tolstoi oder, um ein oder zwei Stufen herunterzusteigen, ein Updike könnten vielleicht etwas aus ihm machen. Da sich jedoch keiner dieser Troubadoure des Alltäglichen seiner annehmen wird, ist Tubbys Existenz eigentlich, wie die der meisten von uns, überflüssig. Und hat der Überflüssige ein Innenleben? Dumme Frage. Natürlich hat er eins. Das Problem ist nur, es interessiert keinen.

Gestern, kurz vor dem Mittagessen, kam Maude ins Musikzimmer.

»Was für ein unerwartetes Vergnügen«, sagte ich.

»Alles Gute zum Geburtstag!«

»Ich hab nicht Geburtstag heute, das weißt du doch. Was hat das zu bedeuten?«

»Tun wir so als ob«, sagte sie und nahm mich bei der Hand. »Komm. Schauen wir aus dem Fenster.«

Maude ist mir in letzter Zeit aus dem Weg gegangen und hat sich hauptsächlich in dem alten Anrichteraum aufgehalten. Sogar ihre Mahlzeiten hat sie dort eingenommen. Abends kommt sie erst ins Bett, wenn sie glaubt, ich schlafe schon. Sie tut es aus Rücksicht. Ich kenne die Zeichen. Sie ist »auf Turkey«, versucht wieder einmal »trocken« zu werden, macht einen weiten Bogen um die Ginflasche. Zu solchen Zeiten leidet sie unter Krämpfen und Fieber; sie wird launenhaft, reizbar und streitsüchtig; sie ist dann imstande, ein Theater um einen Penny für eine Briefmarke zu machen. Das alles will sie mir ersparen. Aber, Meerkatze, die sie ist, will sie sich auch meine unerträglichen Gesten geduldigen Verstehens ersparen. Und falls (oder besser wenn) sie wieder rückfällig wird, erspart sie es sich damit auch, ihr Versagen offen einzugestehen.

Sie stand jetzt neben mir am Fenster, mit klarem Blick, hielt meine Hand in ihrer und gab ihre Aufregung an mich weiter. Im Vorhof stand ein funkelndes schwarzes Auto. Darum herum ein breites blaues Band, das auf dem Dach zu einer riesigen Schleife gebunden war.

»Was um alles in der Welt ist das?«

»Ein Rover 75, um genau zu sein«, sagte sie fröhlich. »Abgesehen von seinem für einen Geistlichen höchst schicklichen schwarzen Äußeren, besitzt er eine taubengraue Innenausstattung aus Leder und alles, was dazugehört. Ein Wagen fürs Millennium, und was wichtiger ist, er gehört dir.«

»Er muss ein Vermögen gekostet haben.«

»Und wenn schon? Es ist ja nicht so, als wären wir arm. Es ist noch genügend da, wo das herkam.« Sie meinte die Ersparnisse aus ihrer Schriftstellerei und aus einem Gehalt, von dem sie natürlich nie hatte leben müssen. Von der unanständigen Summe, die Aristide ihr für den gestohlenen Gedichtband gegeben hatte, sprach sie nie. »Kein Grund zur Sorge, absolut keiner.« Sie sah mich mit seltsamer Intensität an. »Ich habe alles unter Kontrolle, glaub mir. Ich pass schon auf.« Sie lachte und gab mir einen Knuff in die Rippen, der fast wehtat. »Wir wollen doch nicht die reichsten Pinkel auf dem Friedhof sein. Du hast ein Auto gebraucht. Da unten steht es.«

Ich kam mir vor – ich komme mir noch immer so vor – wie ein Kind, das mit einem Spielzeug überrascht wurde, von dem es schon lange geträumt hat. »Du meinst, er gehört wirklich mir?«

»Machen wir eine Spritztour.« Und sie ließ die Autoschlüssel in meine Hand fallen.

Mir schien, als hätte ihre Stimmung etwas Verzweifeltes, als sage sie sich innerlich ›hol's der Teufel, nach mir die Sintflut‹, so wie der Spieler, der nach schweren Verlusten die Würfel auf den Tisch wirft, sich umdreht und sich im Geist schon den endgültigen Ruin ausrechnet.

Trotzdem, was für ein Vergnügen, mit einem Auto zu fahren, das nicht quietscht und klappert, bei dem man nicht den Schalthebel festhalten muss, damit er nicht in den Leerlauf rutscht, einem Auto, das einige PS unter der Haube und alles hat, was dazugehört. Es war eine Offenbarung. Wir rauschten dahin und steuerten, wie instinktiv, auf den Long Mynd zu.

Dorthin waren wir in den ersten Jahren unserer Leidenschaft immer mit den Rädern gefahren, an den Rand des Long-Mynd-Moores, hatten die Räder abgestellt und waren über die Torfsoden gestapft, hatten auf einem prähistorischen Hügelgrab unsere Käse-Tomaten-Sandwiches verschlungen, Tee aus der Thermosflasche getrunken und uns am Blick über die windgezauste Landschaft und an der Herrlichkeit dieser so wundersam kultivierten Wildnis berauscht.

Bei einem dieser Ausflüge lief Maude mit erhobenen Armen über einen Hang voll wilder Blumen und rotem Stechginster, die Fäuste den kochenden, drohenden Wolken entgegengestreckt, und rief: »Weh mir! Weh mir! Gibt es denn keinen, der mich rettet?«

Ich lief ihr nach, fing sie in meinen Armen auf, und lachend fielen wir auf den federnden Torfboden.

»Mein Herr, ich vergehe.«

»Vor Liebe, hoffe ich.«

»Ach Gott, mir wird ganz weh.«

»Nur Geduld, gleich wird Euch wohler sein.«

Und dann liebten wir uns, während über uns die Vögel kreisten und neben uns die schneeweißen Schafe mampften und blökten.

(Beherrschte ich die Sprache damals wirklich schon so gut? Ich glaube ja. *Natürlich.* Vielleicht hatte ich einen etwas stärkeren Akzent als jetzt. Aber sogar Kiki hatte meine Beherrschung des Englischen gelobt.)

»Bist du mein Heathcliff?«, flüsterte sie mir ins Ohr.

»Ein Besserer als der, hoffe ich.«

»Ach«, sagte sie, »jede Frau braucht ihren Heathcliff.«

Die Fahrt durch den Long Mynd musste in Maude ähnliche Erinnerungen geweckt haben. Abends im Bett gab sie sich sogar Mühe, mich zu erregen. Und weil sie geduldig und geschickt war, gelang es ihr zu meinem Erstaunen und Entzücken. Aber ach, dann versuchte sie, ihr Gewicht auf mich zu wälzen, sich mit gegrätschten Beinen auf mich zu setzen, die Position zu finden, die ihr immer den größten Genuss verschafft hatte – und fiel auf die Seite, die Ärmste, und schrie vor Schmerzen auf. »Verdammte Hüfte! Verfluchter Mist! O Gott, tut das weh!«

Ich nahm sie in die Arme und streichelte sie. »Du bekommst eine neue Hüfte, mein Liebling. Bald wirst du im Palais in Ludlow die allerneuesten Tänze tanzen. Wirst sehen.

Die jungen Schnösel werden sich anstellen, um dich auf die Tanzfläche führen zu dürfen.«

»Es dauert jetzt schon achtzehn Monate, bis man die Genehmigung von der Kasse kriegt, und die Wartefristen werden immer länger«, sagte sie jammernd. »Und das Palais hat vor fünfzehn Jahren zugemacht.«

»Wer redet von der Krankenkasse? Hast du schon vergessen, was du zu mir gesagt hast? Wir geben das Geld jetzt aus. Du wirst Privatpatientin in einem Sanatorium. Da gibt es kein Warten. Wir werden uns den besten Chirurgen holen, den, der die Queen Mum wieder zusammengeflickt hat, warum nicht? Warum haben wir bloß nicht schon früher daran gedacht?«

»Ja, das machen wir, das machen wir!« Sie streckte die Hand nach mir aus, fand aber nur noch ein Häufchen Elend vor. »O Edmond, wir haben es vertan!« Und das brachte sie endgültig zum Weinen.

»Na, na. Mach dir nichts draus. Es kommt schon wieder die Gelegenheit.«

Sie schniefte. »Aber gewiss doch«, sagte sie sarkastisch.

Mir war, als hörte ich eine Tür zuschlagen. Ich hielt sie in den Armen, bis sie einschlief, ihre Schnaufer und kleinen Schnarcher kitzelten die Haare auf meinem Oberarm. Sie hatte den ganzen Tag vergessen, die sich selbst auferlegte Rolle des Dummchens zu spielen. Dank ihrer Bemühungen hatten wir wieder zu unserer alten Leichtigkeit gefunden. Haben wir das ihrer Abstinenz zu verdanken? Und wird es so bleiben? Natürlich nicht.

Erst als mein Arm mir unerträglich wehtat, ließ ich sie los.

Twombly rief heute früh an. Er sei seit etwas mehr als einer Woche in London, sagte er, und habe natürlich die meiste Zeit in der British Library zugebracht, ein paar Stunden aber auch in Kunstgalerien und im Theater. »Nur Arbeit und kein Spiel, Edmond …«

»Sehr richtig«, sagte ich.

Aber er ließ sich nicht stoppen. »Macht Jack zum Spießer.«

»Oh, das ist gut!«, sagte ich. »Wart einen Moment, das muss ich aufschreiben.«

Sein Ton änderte sich. »Wenn du schon dabei bist, kannst du dir auch gleich Folgendes notieren, Schlaumeier. Ich nehme morgen früh den Bus von der Victoria Station. Er kommt gleich nach Mittag in Ludlow an, 12 Uhr 3 oder 4 oder so. Ich hab nur einen Koffer – und meinen Laptop natürlich –, aber es wäre praktisch, wenn mich wer abholen könnte.« Er rang sich eine Spur von Höflichkeit ab. »'tschuldige, dass ich erst jetzt Bescheid sage. Na, wie sieht's aus?«

War ich nicht stolzer Besitzer eines neuen Rover? »Ich komme dich selbst holen.«

»Wunderbar. Wir könnten zusammen was essen. Ich lade dich ein.«

»Nicht nötig.«

»Ich erinnere mich da an ein Lokal am Ende der Broad Street, in der Nähe von Butter Cross. Weißt du, welches ich meine?«

»Das ›G and T‹?«

»Möglich«, sagte Twombly zweifelnd. »Wenn ich es sehe, erkenn ich es.«

»Also dann morgen um zwölf an der Busstation.«

»Ein paar Minuten auf oder ab. Ach ja, und danke, SJ.«

»Ist mir ein Vergnügen.«

Verdammt. Verdammt und zugenäht!

Das de Kuyk-Porträt an der Wand hinter meinem Schreibtisch zeigt den Pish als alten Mann mit langem Haar und weißem Bart und einem runden Pelzhut auf dem Kopf. Aber seine Wangen sind noch rosig, und seine Augen blitzen. Der Maler hat die Andeutung eines Lächelns eingefangen, das den teuflischen Charme erahnen lässt, der den Baal Schem von Ludlow zu einer so charismatischen Figur machte. Auf dem Tisch neben ihm liegt eine Shakespeare-Erstausgabe, über die ein Stück Papyrus gefaltet ist, in der rechten Hand hält er einen Kompass, und die imaginäre Verlängerung der Kompassnadel durchbohrt das auf den Papyrus gezeichnete Symbol für Unendlich, durchbohrt es genau an der Stelle, wo die Linien sich kreuzen. Seine Linke weist auf ein an der Wand befestigtes Diagramm der zehn kabbalistischen *Sefirot* im göttlichen Schöpfungsprozess, und der Zeigefinger des Pish deutet genau auf den zweiten Kreis in diesem kosmischen Baum, auf *Hochma,* die Weisheit. Der Pish sieht dem Betrachter entgegen, und das Lächeln, von dem ich sprach, wirkt ironisch.

In der Bibliothek von Beale Hall finden sich alle der von Falsch publizierten und viele seiner nicht publizierten Schriften, eine faszinierende Sammlung, zu der auch ein Notizbuch gehört, in das er eigenhändig Aufzeichnungen über seine alchemistischen Experimente gekritzelt hat. Ich erwähne das nur im Zusammenhang mit meiner wachsenden Verzweiflung der letzten Wochen, in denen der Tag von Twomblys Ankunft näher und näher rückte. Denn das fast unleserliche Gekritzel von Falsch beinhaltet auch »ein unfehlbares Rezept für die Umwandlung unedlen Metalls in Gold«, und ich habe mich darangemacht, es zu transliterieren. Ja, ich dachte wahrhaftig daran, ein bisschen Blei von den vielen Dächern von Beale Hall herunterzuholen, natürlich nicht so viel, um wirklichen

Schaden anzurichten, und Gold daraus zu machen. Mit diesem Gold würde ich das Buch zurückkaufen, das Maude vor allen diesen Jahren so töricht an Popescu verkauft hatte. Wie ich als schwacher Greis auf den Dächern herumklettern und das Blei von ihnen lösen sollte, ohne selbst Schaden zu nehmen, war ein Problem, mit dem ich mich noch nicht befasst hatte.

> Die einzig wahre und unfehlbahre Methode:
>
> Wer danach strebt, den Stein der Weisen zu finden, der reinige sich zuerst nach den sieben Arten des Leon Ebreo von Padua, der Reihenfolge nach und ohne eine auszulassen. Danach ordne er auf einem glatten und polierten Brett aus Esche die folgenden einfachen Zutaten vor sich an: ein Pfund weißen Salmiaks, der keine Spur von Schwarz aufweisen darf; das Weiße von dreizehn zwei Tage alten hart gekochten Eiern, feinst zerschnitten; sechs Skrupel Inaquit; zwei Pfund Quecksilber bester Qualität, zerrieben zu einem Puder von solcher Feinheit, dass der sanfteste Windhauch es hinwegblasen könnte; zwei Fintuks von Tarischu, nicht mehr und nicht weniger; und reinen, weißen Essig aus Girona, so viel vonnöten ist …

Und so gingen die Instruktionen weiter, über fünfzehn Seiten hinweg.

Urteilen Sie, wenn Sie wollen, über den Grad meiner Verrücktheit: Ich verfluchte meine Unwissenheit, denn ich hatte keine Ahnung von Leon Ebreo von Padua und seinen sieben Arten der Reinigung; ich war den Tränen nahe, als ich nicht dahinter kam, welche Substanzen mit »Inaquit« und »Tarischu« gemeint waren und was die Mengenangabe »Fintuk« zu bedeuten hatte. »Die einzig wahre und unfehlbare Methode« war nutzlos für mich. Und so tobte und raste ich, als wäre es andernfalls möglich gewesen, vielleicht in einem der Gartenschuppen und mit Hilfe von ein oder zwei Gärtnern und des Fachwissens von Bellamy, Ludlows führendem Apotheker, Blei in Gold zu verwandeln!

Was ich in den Zeiten zwischen den Begegnungen mit Twombly immer vergesse, ist, dass auch er alt geworden ist. Irgendwie habe ich nur den geschniegelten, glatten, schon damals zur Kahlheit neigenden jungen Mann aus unseren Studententagen in Paris in Erinnerung, einen recht sportlichen Typ, der immer wieder in aller Bescheidenheit Bemerkungen über seine Glanzleistungen in Basketball fallen ließ, wenn er von seinen High-School-Zeiten erzählte, der anscheinend sehr gebildet war und schon damals, lange bevor das Joggen eine amerikanische Krankheit wurde, im Jardin du Luxembourg lief. Was jedoch aus dem Bus in Ludlow stieg, war ein Mann so alt wie ich – nicht so dick allerdings, eher dürr, ein bisschen gebeugt vom Gewicht des Alters, kahl bis auf einen spärlichen Kranz von weißen Haaren, das Gesicht von tiefen Falten durchzogen und allem Anschein nach gepudert, die Lippen immer noch rot und affektiert verzogen. Na ja, warum sollte er auch nicht alt werden? Schließlich war der Bastard nicht der leibhaftige Teufel und nicht immun gegen die schrecklichen Verwüstungen der Zeit. Diabolisch vielleicht, aber die Last der Jahre spürte er genauso auf dem Buckel wie jeder andere. Kurz und gut, er war ein altes Klappergestell geworden, und sein Atem war schal, auch wenn er rüstiger war als ich.

»Schönes Auto«, sagte Twombly, während er sich im Rover anschnallte und schnuppernd den Lederduft einsog. »Neu?«

»Noch keine Woche alt.«

»Du Glückspilz.«

Das »G and T« gab es nicht mehr, ihm war wohl dasselbe Schicksal widerfahren wie dem Palais, und Twombly konnte das Restaurant nicht finden, das er in so guter Erinnerung hatte.

»Ist ja egal«, sagte er. »Gehen wir in was typisch Englisches. Du bist mein Gast, wie gesagt.«

»Na dann gehen wir doch in den Pub«, schlug ich vor.

»Wo es *Fish and Chips* gibt, ja. So was wird sich wohl finden lassen.«

Wir fanden das Pub »Bless my Sole« in einer Seitengasse des Marktplatzes, nur ein paar Meter vom öffentlichen Pissoir entfernt. Der Name und die Lage verhießen nichts Gutes. Und das Lokal entpuppte sich auch wirklich als eines der schlimmsten Sorte, eines von diesen Wirtshäusern, in denen der Gestank nach Gebratenem fast sichtbar in der feuchten Luft hängt. Der Fisch kam in einer bleichen, matschigen Backteighülle, die Pommes waren in Öl getränkt; der schwache Tee in den verfärbten Plastikbechern war schon mit Milch und Zucker versehen.

»*Deo gratias*«, sagte Twombly ohne eine Spur von Ironie. Er schlug das Kreuzzeichen und machte sich hungrig über sein Essen her. Ich folgte etwas zögerlicher seinem Beispiel. »Na komm, Edmond«, sagte er, »iss doch, solange es noch warm ist.« Bald war sein Teller leer, er spülte mit Tee nach und schluckte mit offenkundigem Genuss. »Isst du die nicht mehr?« Er fuhr mit der Gabel über den Tisch und spießte ein paar schlabbrige Pommes frites von meinem Teller.

»Wir werden sofort ein Bad nehmen und unsere Kleider

in die Reinigung schicken müssen, oder wir werden den Gestank nie mehr los«, sagte ich. »Das setzt sich fest.«

Twombly streckte mir seinen Unterarm hin und senkte den Blick auf seinen Ärmel, auf dem zwei kleine weiße Flecken waren. »Weißt du, was das ist?«, sagte er eifrig.

»Wohl nicht Sperma? Was immer es ist, in der Reinigung kriegen sie es sicher heraus.«

»Herauskriegen?«, schrie er fast. »Herauskriegen? Diese Jacke wird nie wieder gereinigt, nie wieder. Was du da siehst, Junge ...« Er sah sich misstrauisch um, als könnte die Sicherheitspolizei irgendwo auf Lauschposten sein, und senkte die Stimme zu einem Flüstern. »Was du da siehst, ist der Speichel des Heiligen Vaters.«

»Der Papst hat dich angespuckt?«

»Red nicht so albern daher, Edmond. Du hast doch wohl nicht vergessen, dass ich in Rom war, bevor ich nach London fuhr. Ich habe dich doch in Kenntnis gesetzt. Ich habe an einer Konferenz amerikanischer Gelehrter teilgenommen: ›Christus, das Millennium und das Klassenzimmer.‹ Seine Heiligkeit war so liebenswürdig, uns eine Audienz zu gewähren. Ach, Edmond, wenn du nur wüsstest, was es bedeutet, ihn in Fleisch und Blut zu sehen, seine Stimme zu hören! Seine Güte war wie eine Emanation, die den ganzen Raum füllte, ein Heiligenschein, der über uns allen lag. Wir fühlten uns alle gleichermaßen berührt von den mitleidigen Fingern seiner großen Seele. Und dann hat er sich dazu herabgelassen, von einem zum anderen zu gehen, obwohl er so schwach ist und ihm jede Bewegung Mühe macht, und sein Lächeln war ein Leuchten, und er hat uns im Vorbeigehen gesegnet. Für den Bruchteil einer Sekunde stand er vor mir und sagte ›*Pace*‹ – nicht nur zu mir natürlich, sondern allgemein. Und als er dieses wunderbare, wunderbare Wort ›*Pace*‹ sagte, flogen zwei winzige Tropfen Speichel von seinen Lippen auf meinen Ärmel. Und da sind sie!«

»Da hast du wirklich Glück gehabt«, sagte ich und wich ein wenig von dem Unterarm zurück, den er mir demonstrativ entgegenstreckte. Ich habe nicht viel übrig für eingetrocknete Spucke, nicht einmal, wenn sie vom Heiligen Vater ist. »Kein Wunder, dass du die Jacke nicht reinigen lassen willst.«

»Eines Tages, im nächsten Pontifikat vielleicht schon, es würde mich nicht wundern, wird dieser Mann selig gesprochen und bald darauf zum Heiligen erklärt werden. Was ich hier habe, ist eine echte Reliquie, *in potentia,* wenn auch noch nicht *in actu.* Man wird sie verehren. Ich verehre sie jetzt schon. Ist das nicht wunderbar? Ist das nicht ein Grund, sich zu freuen? Hast du keinen Appetit, Edmond?« Der speichelgeweihte Unterarm senkte sich, und die Finger griffen sich wie Klauen noch ein paar Pommes von meinem Teller. Er kaute sie nachdenklich, mit versonnenem Blick. Ich stellte mir vor, dass er schattenhaft, wie durch ein dickes Glas, lange Reihen Gläubiger sah, die aus allen vier Himmelsrichtungen herbeiströmten, begierig darauf, auf die Knie zu fallen und den Ärmel seiner schwarzen Polyesterjacke zu verehren. Die Lahmen würden ihre Krücken von sich werfen, die Blinden würden sehen; Hosiannas würden sich zum Himmel emporschwingen. Dann wischte er sich die fettigen Finger und den affektierten Mund säuberlich mit dem dünnen Streifen Papier ab, den das Lokal für diesen Zweck zur Verfügung stellte. »Na, alter Freund« – und er deutete auf die Rechnung, die die Kellnerin gerade ungefragt an unseren Tisch brachte –, »wer zahlt: Du oder ich?«

Beginnen Sie zu verstehen, was ich meine, wenn ich von Twombly rede?

Es ist nicht viel bekannt über die frühen Jahre des Baal Schem, nicht einmal sein Geburtsjahr weiß man genau, wenn auch die verfügbaren Daten auf das Jahr 1720 weisen. Genau genommen haben wir nur seine eigene Aussage darüber, dass er in Dunaharaszti geboren wurde (»Ich kam aus dem Schoß meiner Mutter in der dritten Woche der großen Kälte in Dunaharaszti, als hungrige Wölfe über den Marktplatz streunten. Es war das Unglücksjahr, das verfluchte Jahr, in dem die alte Kirche des heiligen Stefan den Flammen zum Opfer fiel und die unschuldigen Juden der böswilligen Brandstiftung bezichtigt wurden …« [*Tischgespräche*, 1768]). Abgesehen von seinem Wort, haben wir aber auch noch das seines zeitgenössischen Gegners Jacob Emden, der ihn als sabbatianischen Häretiker und Betrüger anprangerte und ihn in der kraftvollen polemischen Sprache der Zeit, in der alle Untergriffe erlaubt waren, den »Dummkopf aus Dunaharaszti« nannte. Außerdem, warum sollte Falsch in der Hinsicht lügen? Was ist denn schon ruhmvoll daran, in diesem Örtchen geboren zu sein? Es ist ja nicht gerade Paris oder Prag oder Wien. Und eine Krippe ist es auch nicht.

Er wurde früh als Zauberer und Hexenmeister bekannt und wäre ob seiner Spitzbubenstreiche in Westfalen beinahe auf dem Scheiterhaufen gelandet, entkam diesem Schicksal aber durch die Intervention des Oskar Leopold Ritter von Schweindorf, dessen Impotenz er angeblich kuriert hatte. Auf jeden Fall hatte die junge Frau des Ritters einen gesunden Jungen mit schwarzen Locken und einer kleinen Hakennase zur Welt gebracht, was einen Wirtshauspoeten aus der Gegend zu der spöttischen Bemerkung anregte: »Sein oder nicht sein? Das ist hier die Frage.« Laut Aussage des Erzbischofs und Kurfürsten von Köln brachte Falsch mit seinen abscheulichen Amuletten und Zaubertränken die jungen Frauen und Mädchen vom rechten Weg des Christentums ab und stürzte ihre unsterblichen Seelen mit diabolischer jüdischer Fleischeslust ins Verderben. Wenn man ihn daran hinderte, Falsch zu verbrennen, so sei es denn. Eines Tages würden der Ritter und seine Kumpane ihrem Gott gegenüberstehen. Aber zumindest verbannen konnte der Erzbischof den Juden, und so verbannte er ihn also. In Köln, ganz Westfalen und im Rheinland, erzählt uns Falsch in seinen *Tischgesprächen*, wurde die Nachricht von seiner Verbannung mit einem allgemeinen Aufstöhnen (vor allem seitens der Weiblichkeit) aufgenommen.

Von Köln begab er sich nach Amsterdam, wo er offenbar seine alchemistischen Experimente und seine Forschungen auf einem Gebiet, das man heute Ganzheitsmedizin nennen würde, für eine Weile sein ließ. Stattdessen vertiefte er sich in Amsterdam in die heiligen Mysterien der Kabbala, studierte beim Kotziner Rebbe Michal Itzhak ben Eli Zvi, auch bekannt als der Gaon von Kotzin. Auch seine erste Frau, Lea, die Tochter von Menassa Halevi, einem reichen Gewürzhändler mit Geschäftsverbindungen zur Neuen Welt, nahm er sich in Amsterdam. Er scheint sie wirklich geliebt zu haben, diese Lea mit den dunklen Augen und dem aufreizenden Busen. Ihr Tod und der Tod des gemeinsamen Kindes bei der Geburt stürzten ihn in eine tiefe Depression, aus der herauszufinden es, wie der Gaon ihm riet (er selbst berichtet davon in den *Tischgesprächen*), nur eine Hoffnung gab, einen Aufenthalt im Heiligen Land, am ehesten in Safed, vielleicht aber auch in Jerusalem. Der Kotziner Rebbe setzte es bei Falschs Schwiegervater durch, dass dieser dem Witwer eine Reise nach Palästina bezahlte. (Der Vollständigkeit halber sollte ich erwähnen, dass ein englischer Vorkriegsfaschist, Neville fflyte-Dacres, in einer Schrift mit dem Titel: *The International Jew and Racial Pollution: The Record in Europe* [Little England Press, 1937] unterstellte, dass

Falsch aus Amsterdam geflohen sei, weil elf arische Frauen ihm mit Vaterschaftsklagen drohten.)

Tatsächlich brach Falsch seine Pilgerfahrt in den Osten in Alexandria ab, dessen Klima und kosmopolitisches Flair ihm gefielen, und blieb dort fünf Jahre als Schüler des großen arabischen Gelehrten Abu Ali ibn Osana (»Avisana«). Bei Avisana studierte er die medizinischen Arbeiten des Moses Maimonides, des berühmten Philosophen des Mittelalters, der die jüdischen Religionsgesetze kodifiziert hat, vor allem Maimonides' auf Verlangen eines syrischen Sultans verfasste *Abhandlung über die Kohabitation.*

Unter den in der *Abhandlung* erwähnten Mitteln zur Behandlung verschiedener sexueller Störungen befand sich auch eines, das Falsch die Zuneigung Sir Percival Beales gewann, der sich im Frühjahr des Jahres 1748 auf einer seiner ersten Reisen auf der Suche nach Antiquitäten und Kuriositäten in Ägypten aufhielt. Von einem englischen Konsul in Neapel hatte Sir Percival von einem wundertätigen »Medicus« in Alexandria gehört, einem »dunkelhäutigen, weißbärtigen Heiden, der auf seidenen Kissen sitzt« – »Der kann alles kurieren, mein lieber Herr, vom Zahnfleischbluten über Syphilis und nässende Wunden bis zu geschwollenen Eiern« –, und hatte um Audienz gebeten, sobald er in der Stadt einquartiert war.

Es lässt einige Rückschlüsse auf das einnehmende Wesen von Falsch zu, dass Avisana begonnen hatte, ihn als seinen, wenn auch eigenwilligen, Lieblingsschüler, ja geradezu als einen Sohn zu betrachten, dessen religiöse Verbohrtheit und gelegentliche Sünden von seinem brillanten Geist bei weitem aufgewogen wurden. Jedenfalls wollte er seinem Schüler offenbar zu einem Geschäft verhelfen, denn er gab Sir Percival den Rat, Falsch zu konsultieren, den er als Meister der erotischen

Künste beschrieb. Der Bericht über diese Konsultation ist in Falschs eigener Handschrift in der Bibliothek von Beale Hall erhalten, zusammen mit einem Bündel anderer Unterlagen, die vielleicht Teil einer Autobiografie oder ausgewählten Sammlung von Erinnerungen werden sollten.

»Es geht nicht um Impotenz, Doktor«, sagte Sir Percival zu Falsch, »keine Rede davon, versteht Ihr? Ich krieg den Mistkerl ruck, zuck hoch, steht ohne langes Fackeln – oder sollte ich besser sagen: beim geringsten Hinternwackeln, ha, das ist gut: beim geringsten Hinternwackeln. Das Problem ist nur, er macht zu schnell schlapp, verausgabt sich in null Komma nichts, und ich verlier meinen ganzen ›perlweißen flüssigen Schatz‹, wie der Dichter sagt, bevor ich dazu komme, mein Schwert in die Scheide zu stecken. Und das Frauenzimmer liegt da und keucht. ›Ach, mein Herr, was soll denn aus mir werden? Weh mir, weh mir, warum narrt Ihr mich so?‹ Schlimme Sache das. Ganz schlimme Sache, versteht Ihr? Könnt Ihr mir helfen, Doktor?«

Dank Maimonides war die Antwort ja. Aber natürlich sagte Falsch das nicht gleich. Im Gegenteil, er machte ein ernstes Gesicht und strich sich den Bart. »Seid so gut, verehrter Herr, und zeigt mir das unbotmäßige Glied.«

»Ich soll es herausholen?«

»Jawohl, Sir.«

»Ahem.« Sir Percival öffnete die Knöpfe seiner Kniehose, klappte den Hosenlatz herunter und verhalf seinem Glied und den dazugehörigen Anhängseln zu ihrem Auftritt. »Alles ganz friedlich im Augenblick, seht Ihr.«

Falsch nahm einen Silberstab von dem niedrigen Tisch, der neben ihm stand, und hob damit Sir Percivals schlaffen Penis an, ließ ihn wieder fallen, hob ihn nochmals an und ließ ihn nochmals fallen. »Ja, verehrter Herr, ich glaube, ich kann

Euch helfen. Mein Honorar beträgt tausend Guineen. Wenn Ihr etwas gegen Euer schweres Los tun wollt, kommt in einer Woche mit der Hälfte der Summe wieder. Wenn nicht, war es für mich auf jeden Fall eine große Ehre, Euch kennen gelernt zu haben.«

Sir Percival kam in der folgenden Woche wieder.

Falsch überreichte ihm ein Fläschchen mit einer bernsteinfarbenen Flüssigkeit. »Massiert Euren unartigen Kerl damit zwei Stunden lang, bevor Ihr Euch der glücklichen Dame nähert. Dann wascht ihn in warmem Wasser. Er wird zwei Stunden bevor er seinen ›perlweißen flüssigen Schatz‹ ausstößt und zwei Stunden danach stehen bleiben.«

»Und wenn der Balsam nicht wirkt?«

»Habt keine Angst. Er wird wirken. Ihr, Sir Percival, seid Engländer und ein Ehrenmann. Daher vertraue ich Euch. Ihr wiederum müsst mir vertrauen. Neun Zehntel einer erfolgreichen Behandlung beruhen auf Vertrauen zwischen Arzt und Patient. Mein Honorar beträgt tausend Guineen, aber ich nehme heute nur die Hälfte, die ich Euch mitzubringen bat. Wenn der Balsam nicht wirkt, lasst es mich wissen, und ich gebe Euch Eure fünfhundert Guineen zurück. Anderenfalls bezahlt Ihr die noch ausständige zweite Hälfte, und ich gebe Euch noch drei Fintuks von der Arznei.«

Innerhalb einer Woche bezahlte Sir Percival den ausständigen Betrag.

Für Neugierige hier das Rezept aus des Maimonides *Abhandlung über die Kohabitation*:

1 Liter Karottenöl
1 Liter Rettichöl
250 ml Senföl
500 ml lebende safrangelbe Ameisen

1. Das Karottenöl, das Rettichöl und das Senföl in einem großen Topf mischen. Die lebenden Ameisen hinzufügen.
2. Die Mischung 7 Tage in die Sonne stellen.
3. Den Penis 2 Stunden lang mit der Mischung massieren; dann in warmem Wasser waschen.
4. Wenn nötig, wiederholen.

Es ist nicht bekannt, warum Falsch Alexandria, wo er ein recht gutes Leben genossen hatte, wieder verließ, aber er verließ es, und zwar ziemlich hastig und unter nebulösen Umständen. Er deutet etwas von Verleumdungen an, offenbar waren andere eifersüchtig auf seine Erfolge und auf das Wohlwollen, mit dem Avisana ihn überschüttet hatte. Es ist möglich, dass Sir Percival, der sich wieder einmal in Alexandria aufhielt, Falsch bei der Flucht half. In seinen Büchern aus dem Jahr 1750 findet sich ein Vermerk über eine Ausgabe, die auf andere Weise nicht zu erklären ist: »£ 250.12s.7d. *in compensationem* an den Vater des Mädchens Ayeesha.« Und neben dieser Summe steht an den Rand gekritzelt die Bemerkung: »F. ein ganz schöner Halunke.« Jedenfalls, im April 1750 – genau in dem Jahr, genau in dem Monat, als Sir Percival Alexandria verließ, um nach Athen zu reisen – taucht Falsch als mittelloser Gelehrter in Bamberg auf.

Ich habe in letzter Zeit recht viel an Solomon Falsch gedacht; genau gesagt, die ganze Zeit, seit dieser verflixte Twombly angekommen ist. Denn in den Aufzeichnungen von Falsch, der sich nicht mit Moses Maimonides und seinem speziellen Mittelchen gegen vorzeitige Ejakulation begnügte, gibt es viele Rezepte für Arzneien und Kräutertinkturen sowie Zaubersprüche und Beschwörungsformeln. Sie befinden sich jetzt im Musikzimmer, in dem kleinen Schrank hinter mir, zu dem ich allein den Schlüssel habe. Man kann zum Beispiel eine gewöhnliche Zitrone nehmen und sie nach seinem Feind benennen; und »so wie die Zitrone vertrocknet und verschrumpelt, wird dein Feind dahinwelken und dahinschwinden«. Aber das braucht Zeit. Und daher hat Falsch dem Rezept eine nützliche Verfeinerung für raschere Ergebnisse beigefügt. »Schneide die Zitrone mit einem nagelneuen Messer entzwei, das beim ersten Strahl des Neumondes gewetzt wurde, und verwünsche ihn dabei mit Ausdrücken voll des Hasses und der Verachtung. Dein Feind wird augenblicklich einen unbeschreiblichen stechenden Schmerz im Herzen verspüren, Schüttelfrost, fiebrige Kälte und Schwäche werden seinen Körper erfassen, und seine Kräfte werden schwinden.«

Auf meinem Schreibtisch befindet sich eine Zitrone, die ich heute früh beim Greenpeace Gourmet, dem Bioladen in der Pepper Lane in Ludlow, gekauft habe. Sie steckt zwischen den Zähnen meines *memento mori*; sie ist rund und saftig, giftiggelb und voller Grübchen. Davor liegt ein silberner Dolch, ein Brieföffner, ein noch unbenutztes Geschenk an »Edmond Musič, SJ, von den Kolumbusrittern, Joliet, Illinois«, die in diesem Jahr den Besuch von Twombly gesponsert haben. Sie wussten, dass ich Twombly »alle Freundlichkeiten erweisen« würde.

Noch hat die Zitrone keinen Namen.

Um Twombly gegenüber fair zu sein, muss ich sagen, dass er mir bisher aus dem Weg gegangen ist; er hat im Refektorium gegessen, im Aufenthaltsraum mit den anderen Besuchern über Banalitäten geredet, hat wie sie in seinem eigenen Zimmer geschlafen und vielleicht masturbiert – ich war ja schlau genug gewesen, den Gästen von Beale Hall alles Nötige im früheren Stallgebäude zur Verfügung zu stellen. Aber allein seine Anwesenheit hier wirft mich aus dem Gleichgewicht. Es besteht kein Zweifel daran, dass er durch sein zufälliges Treffen mit Aristide Popescu in New York eine wirkliche Gefahr für mich darstellt. Leute wie Twombly lassen nie locker. Sie beißen sich an ihren Vermutungen fest wie der Hund am Knochen, weil sie dunkel ahnen, dass sie schon mit ihrem hartnäckigen Herumkauen anderen Unannehmlichkeiten bereiten können. Sooft ich nur einen Schritt vor dem Heiligtum des Musikzimmers höre, erwarte ich ein Klopfen an der Tür. Gestern ging ich doch tatsächlich zur Tür, legte mein Ohr daran und öffnete sie dann vorsichtig. Am Ende des Korridors, links von der Bibliothekstür, stand Twombly mit dem Rücken zu mir, eine Hand in der Hosentasche, und betrachtete Lemuel O'Tooles Gemälde nackter Knaben, die in einen der Teiche in der Hampstead-Heide springen. Sie kennen es. Es schockierte 1932 die gesamte Kunstwelt, und die *Royal Academy* musste sich dem moralischen Druck bei der Jahresausstellung beugen und es von ihren Wänden entfernen. Twombly, inzwischen ein alter Mann, stand mit gebeugtem Rücken davor, und seine Schultern zuckten.

»Bringen wir es hinter uns«, sagte Maude und meinte damit das eine Dinner in Beale Hall, zu dem wir Twombly bei seinen jährlichen Besuchen einladen, um ihm wenigstens eine der Freundlichkeiten zu erweisen, mit denen die Kolumbusritter so vertrauensvoll rechnen. »Laden wir ihn für heute Abend ein. Vergiss nicht, der alte McGonagle kommt heute Nachmittag. Ob es dir gefällt oder nicht, wir werden Seine Bischöflichkeit bewirten müssen. Wennschon – dennschon. Schlagen wir beide Fliegen mit einer Klappe.«

»Du birst ja geradezu vor gnomischer Weisheit, Maude.«

Ich hatte ihr nichts von Twomblys »Entdeckung« in New York, von seinem Verdacht und seinen versteckten Anschuldigungen erzählt. Sie schien ihr Verbrechen gänzlich vergessen zu haben, ein gewaltiger Triumph des Willens. Aber natürlich hatte sie es nicht wirklich vergessen. Sie hatte ihre Schuld geschluckt, ein schlecht verdautes Mahl, aber sie musste sie mit sich herumtragen, sie konnte sie nicht ausscheiden. Was sie aus dieser Zeit in Erinnerung hatte, war der Verkauf meiner eigenen Sammlung von Erotika an die Bibliothek von Beale Hall – wenn sie auch nicht verstehen konnte, was einer erklärtermaßen katholischen Institution an dem ganzen »schändlichen Dreckszeug« gelegen sein sollte. (»Für die Forschung, Maude«, hatte ich ihr gesagt. »Forschung. Je frommer der Priester ist, desto mehr muss er über Verderbtheit und Sünde wissen. Wie sollte er sonst darüber herziehen?« – »Dann musst du der Frömmste der Frommen sein«, hatte sie mir bissig geantwortet.) Und sicher wusste sie nichts von der Gefahr, die mir durch ein Zusammentreffen von Twombly und Bischof McGonagle drohte.

»Na schön, laden wir sie ein. Und W. C. auch. Das wird ein bisschen Schwung hineinbringen, die Atmosphäre lockern, das fromme Getue ein bisschen reduzieren.« Der Major war mir eingefallen, weil mich das Wort »gnomisch« an seine Gartenzwerge erinnert hatte. In seiner Gegenwart würden sie das Thema Popescu und seinen Katalog nicht zur Sprache bringen – konnten es gar nicht.

»Bist du sicher, Edmond? Ein Atheist am Tisch des Bischofs?«

»Es ist nicht der Tisch des Bischofs, es ist meiner. Und außerdem ist der Major ein idealer Dinnergast. Er wird dafür sorgen, dass wir alle wiehern vor Lachen. Du kennst ihn ja.«

»In der Tat. Darum hab ich auch so meine Bedenken.«

»Wirst du mit uns essen? Übernimmst du den Vorsitz?«

»Nein. Ich werde das Essen servieren und dabei geziemende Demut zur Schau stellen. Dein Freund Twombly gibt mir immer das Gefühl, als wäre ich unrein. Er weicht vor mir zurück, natürlich, ich bin ja eine Frau. Vielleicht hat er zu viele Beichten gehört. Er glaubt, er versteht die Frauen, und was er versteht, gefällt ihm nicht besonders. Nein, überhaupt nicht, überhaupt nicht. Manchmal frage ich mich, ob er die Wahrheit über uns ahnt, über dich und mich; oder jedenfalls was einmal die Wahrheit war.« Hier machte sie eine Pause, bekreuzigte sich und murmelte etwas Unverständliches vor sich hin. »Niemand könnte ihn der Marienvergötterung beschuldigen«, fuhr sie fort, »so viel ist sicher. Er betet nur zur Mutter Gottes, weil die Kirche ihre Jungfernschaft bezeugt. Durch welches bestimmte Tor Christus in die Welt kam, daran denkt er wohl lieber nicht.«

»Ich bin erstaunt. Du magst ihn also nicht?«

Sie sah mich zuerst verwundert an, dann lachte sie.

»Na gut, wenn du nicht willst, dann werde ich Bastien bitten. Er wird den Vorsitz übernehmen.«

Sie rümpfte vielsagend die Nase.

»Du hast Recht. Bischof McGonagle wird den Vorsitz übernehmen. Twombly wird zu seiner Rechten sitzen, wie es sich gehört, und Bastien neben Twombly, möglichst gegen den Wind. Links vom Bischof W. C. und ich daneben.« Und dann dachte ich wieder an Solomon Falsch. »Was wirst du uns servieren? Was hältst du von einem Schafherz?«

»Was hältst du von einem Lammcurry? Schafherz! Wo krieg ich denn ein Schafherz her? Und außerdem, wie bereitet man ein Schafherz zu?«

»Man steckt Nadeln hinein. Dann bestreut man es mit

Salz und röstet es über einem langsam brennenden Feuer. Dazu sagt man Folgendes:

Dieses Schafherz soll euch sagen
Jetzt geht's Twombly an den Kragen
Was hier röstet, ist sein Herz,
Und das sag ich nicht im Scherz.

Das müsste genügen. Als Beilage Bratkartoffeln, würde ich sagen, und Blumenkohl.«

»Also dann Lammcurry«, sagte sie und sah mich höchst seltsam an. »Mach dir keine Sorgen, Edmond. Alles unter Kontrolle. Hab ich dir doch gesagt.«

Natürlich konnte ich McGonagle nicht in dem umgebauten Stallgebäude einquartieren, wo ich die geistliche *Plebs* unterbringe, Twombly unter anderen. Nein, der Bischof muss im Herrenhaus wohnen, wenn er zu Besuch kommt. Er liebt vor allem das geräumige Garsington-Zimmer mit seinen kostbaren Möbeln und dem herrlichen Blick über die Täler und betrachtet es gewissermaßen als sein Zimmer. »Lassen Sie mir das Garsington durchlüften, seien Sie doch so nett. Ich komme am Freitag an« – oder wann immer. Er ist kein besonders belesener Mann. Ich frage mich, ob es ihm wohl gefallen würde, wenn er erführe, dass sein Lieblingszimmer Garsington heißt, weil Lady Ottoline Morrell, die Muse des literarischen Salons von Garsington, und Bertie, pardon, Sir Bertram Russell, es in jenen aufregenden, herrlich heimlichen Tagen ihrer mittleren Jahre an einem Sommerwochenende hier miteinander trieben.

An diesem Abend klingelte der Major am Rosengartentor, dem nächstgelegenen Eingang, wenn man über den Fußweg von Benghazi kam. Ich nahm ihn in Empfang, hängte seinen Mantel und seine Kappe auf eine Pike in der ehemaligen Rüstungskammer und führte ihn in das kleinere Speisezimmer, das früher die Waffenkammer war. Dort standen der Bischof und Twombly vor der Anrichte, wie üblich in feierliches Schwarz gekleidet – ihre Umrisse zeichneten sich hart wie die einst so beliebten Scherenschnitte vom Hintergrund ab –, und musterten die Wein- und Schnapsflaschen, die Maude dort für uns aufgereiht hatte.

»Ach«, sagte der Major mit einem grässlich schottischen Akzent, als er sie sah, »die zwei Krähen.«

»Major Catchpole, nicht wahr?«, sagte McGonagle und lächelte ein McGonagle-Lächeln. Die Wahrheit ist, dass der Bischof eine große Ähnlichkeit mit dem verstorbenen W. C. Fields hat, dem amerikanischen Filmschauspieler, den ich in seiner Glanzrolle als Mr Micawber in Erinnerung habe, und seine Stimme ist wie die des Schauspielers tief und rau. »Was für ein Vergnügen!« Seine Nase ist rot und narbig und wie ein Erdapfel geformt.

»Gott schütze Ihro Gnaden.«

»Schmeichler. Ich bin bis jetzt nur Bischof.«

»Bischof ›sollte ich sagen, denn Gnade wird dir nicht zuteil werden‹, *Heinrich IV.*, Sie wissen ja, erster Teil.«

»Major Catchpole ist eines unserer verlorenen Schafe, Euer Exzellenz«, flötete Twombly. »Er ist vom rechten Wege abgekommen, aber wir beten, dass er wieder zur Herde zurückfinden möge.«

»Mäh, mäh!«, sagte der gute alte W. C.

Eiligst ging ich zur Anrichte und bot Getränke an. »Welches Gift bevorzugen Sie, Exzellenz? Major?«

»Für mich Seltzer«, sagte Twombly gespreizt. »Was ihr Briten Sprudelwasser nennt, stimmt's?«

»Edmond ist nicht eigentlich ein echter Brite«, sagte McGonagle. »Er ist überhaupt ein einziges Bündel von Uneigentlichkeiten«, fügte er mit einem satten Grinsen hinzu, als hielte er seinen kleinen Scherz für ein geistreiches Bonmot. »Ich nehme den Single Malt, egal, welche Marke, lieber Freund.«

»*Sheep Dip*?«

»Warum nicht?«

»Für mich einen *Black Label*«, sagte W. C., »mit einem Spritzer Wasser, Edmond.«

Die Tür ging auf, und da stand Bastien in seinen Schlappen, mit hängenden Schultern, das Haar in der üblichen Unordnung. Um seinen Hals baumelte der Korkenzieher. Sehr feierlich machte er das Kreuzzeichen über uns, dann schlurfte er herein.

»Bruder Bastien, nicht wahr?«, sagte McGonagle leutselig, als hätte er den Mann nicht schon viele Male gesehen.

»Ich glaube ja«, sagte Bastien und nickte. »Ja, ich bin sicher. Aber warum fragen Sie?« Er lächelte milde und machte wieder das Zeichen des Kreuzes.

Ich fürchte, Bastien hat sie wirklich nicht mehr alle.

Twombly wandte sich angeekelt von ihm ab. »Ich kann es kaum erwarten, Exzellenz«, sagte er, sich die Hände reibend, ein Uriah Heep, wie er bei Dickens steht, »Ihnen von meiner Begegnung mit dem Heiligen Vater zu erzählen.«

»Ach ja«, grinste der Major in sich hinein, »Hochwürden Musič hat mir die Geschichte erzählt. Umwerfend! Der Papst hat Sie angespuckt, stimmt's? Aber lassen Sie sich nicht unterbrechen.«

Twombly warf mir einen giftigen Blick zu.

Aus der Küche kam ein lautes metallisches Klappern und

Klirren, dann ein »Jesus, Maria und Josef!«. Gleich darauf erschien Maudes rotes Gesicht in der Tür, ihre Augen waren feucht. »Mir ist ein kleines Missgeschick mit den Canapés passiert. Sie werden sich mit den Erdnüssen drüben auf der Anrichte begnügen müssen. Aber das Essen ist sowieso gleich fertig. Sie können sich sogar schon setzen, wenn Sie wollen.«

Ihre letzte Abstinenzphase hatte nicht lange gedauert. Immerhin, sie hatte es versucht.

»Es ist die Hüfte, die arme Seele«, sagte Bastien bekümmert. »Lässt sie immer wieder im Stich.« Er schlurfte hinüber zur Anrichte. »Oh, was haben wir denn da, Hochwürden«, sagte er zu mir, griff nach einer Weinflasche und wiegte sie in den Armen. »Einen Castello Armani, 96. Wenn Maude uns einen Chianti Classico zum Essen serviert, muss sie eines ihrer Currygerichte gemacht haben. Wissen Sie, mein lieber Bischof, sie würde niemals einen guten französischen Wein gegen diese ethnischen Gewürze antreten lassen. Amen.«

Ich schenkte W. C. und dem Bischof ihre Getränke ein und forderte Twombly auf, sich sein Sprudelwasser selbst zu nehmen. »In dem Kübel da drüben sind Eiswürfel«, sagte ich. »*Rocks*, wie ihr Yankees sagt, stimmt's?«

»*Touché*«, sagte W. C.

McGonagle legte sich genüsslich die Hände auf seine Rundungen. »Ich muss schon sagen, diese Luft hier in Shropshire wirkt Wunder für den Appetit.«

»Sollen wir uns setzen?«, schlug ich vor. »Wir können unsere Gläser mitnehmen. Ah, gut, ich sehe, du hast die Weinflasche schon mitgenommen, Bastien.« Ich ging voran zum Tisch. »Sie übernehmen natürlich den Vorsitz, Exzellenz.« Ich wies die anderen auf ihre Plätze.

Ich hatte mir, W. C.s Beispiel folgend, einen Blended Whisky eingeschenkt. Ich hob das Glas. »Auf Glaube, Hoffnung und Liebe«, sagte ich und dachte dabei an Malocchios Gemälde in der Kuppel des großen Saals, ganz besonders an Ellen Scrim-Pritt vom Dury Lane. Wir tranken.

Unsere Vorspeise wartete schon. McGonagle beäugte die seine misstrauisch und leicht konsterniert. »Was ist denn das?«

Es war Sushi aus dem Supermarkt, das Maude wie Kraut und Rüben aus den ursprünglichen Behältern auf ein kümmerliches Bett von Feldsalat geleert hatte.

»Eine japanische Spezialität«, sagte ich. »Reis, klein geschnittener roher Fisch und so weiter, alles schön zusammengepresst – und sehr gesund angeblich. Es heißt Sushi. In dem Fingerhutgläschen da ist irgendein fernöstlicher Likör, der gut dazu passt.«

»Aber ist denn Mrs Moriarty nicht Irin?«

»*Miss* Moriarty. Ja, aus Ballymagh in Donegal.«

»*Ms* Moriarty«, sagte W. C.

»Erstaunlich, was wir heutzutage alles essen! Sushi, sagen Sie? Du liebe Güte!« Der Bischof schaltete sein Stimmregister von kultiviert auf kumpelhaft, um sich als Mann des Volkes zu erkennen zu geben. »In dem Arbeiterviertel, wo ich aufgewachsen bin, haben wir nur einfaches britisches Essen gehabt: Fisch und Chips natürlich; Wurst und Kartoffelpüree; Roastbeef und Yorkshirepudding am Sonntag, wenn wir Glück hatten, sonst geröstetes Lamm. Und es hat uns auch nicht geschadet. Wenn ich an einem rauen Wintertag von der Schule oder der Chorprobe heimgekommen bin, hab ich mich nur nach einer schönen großen Tasse Bovril-Brühe gesehnt, und wenn ich sehr brav war, gab's eine dicke Scheibe Schmalzbrot dazu. Ich habe sogar das Vaterunser ergänzt (und dafür von meinem Vater eins aufs Ohr gekriegt): ›Unser tägliches Brot mit Schmalz gib uns heute.‹ Und jetzt Sushi. Na ja. Na ja.« Er spießte ein Stück auf und hielt es sich zweifelnd vor die Nase.

»Sieht doch lecker aus, Exzellenz, oder?«, fragte W. C. und verzog die Lippen, als unterdrücke er ein Lachen. »Na los, los, essen Sie schon. Denken Sie an Katharina von Siena.«

»Hat sie gern japanisch gegessen?«, fragte McGonagle jovial und höchst erpicht darauf, das Gespräch in eine andere Richtung zu steuern.

Aber W. C. war nicht zu bremsen. »Die heilige Katharina«, sagte er, »füllte einen Becher mit dem eitrigen Schleim aus der offenen Wunde einer alten Frau und trank ihn mit Genuss aus.«

»Mein lieber Freund«, sagte McGonagle und wandte den Blick zur Zimmerdecke, als suche er dort Hilfe.

»Eine Heilige fürwahr«, sagte W. C. liebenswürdig. »Sie pflegte die alte Frau und war vor dem Gestank der Wunde zurückgewichen. Da sie jedoch eine Heilige war, wurde ihr sogleich klar, dass ihr das der Teufel eingegeben hatte, und sie fand diesen klugen Weg, seine Bosheit zu bezwingen.«

»Aha«, sagte McGonagle.

W. C. und Bastien zwinkerten einander mit unterdrücktem Lachen zu.

»Aber das ist schon lange her, das war im vierzehnten Jahrhundert, glaube ich«, sagte Twombly. »Das war ein Zeitalter der Unschuld, in dem viele fromme – ja geradezu überirdisch fromme – Taten geschahen, die man heutzutage wohl für ein wenig extravagant halten würde.«

»Und was ist dann mit Pater Picard – der nicht einmal ein Heiliger ist, bitte schön? –, das ist kaum hundert Jahre her«, sagte W. C.

»Ach ja, der«, sagte McGonagle schwach.

»Das war natürlich in Lourdes, wo sich unzählige Wunder

ereignen. Picard bat um ein Glas Wasser aus einem Becken, das schon vom verpesteten Blut und vom Schorf kranker Pilger verunreinigt war. Er trank es aus, leckte sich die Lippen und verkündete, dass es hervorragend sei – denn was sollte das Wasser der himmlischen Mutter sonst sein?« Um W. C.s Lippen zuckte es. »Und Sie wollen vor einem Stück Sushi zurückschrecken, Exzellenz? Wahre Gläubige sollten aus härterem Holz geschnitzt sein.«

Twombly räusperte sich. Seine Hände waren zum Gebet verschränkt. Er warf einen bedeutungsvollen Blick auf das Stück Sushi auf des Bischofs Gabel.

»Oh, richtig«, sagte McGonagle, legte die Gabel nieder und schob den Teller dankbar von sich. »Schießen Sie los, Bruder Twombly.«

Twombly schloss die Augen, um sich besser konzentrieren zu können – oder vielleicht, um den Inhaber des himmlischen Thrones besser sehen zu können –, und gab sich alle Mühe, jeder Silbe Bedeutung zu verleihen. »Segne uns. O Herr. Und diese Gaben. Die wir. Von deiner Güte. Nun empfangen. Durch Christus. Unsern Herrn. Amen.« Mit gesenktem Kopf öffnete er ein Auge und warf dem Bischof einen Beifall heischenden Blick zu.

»Amen«, sagte McGonagle herzhaft und nahm sich ein Brötchen aus dem Korb. »Langt zu, Freunde.«

Wir langten zu.

Durch die schwingende Küchentür kam Maude, taumelnd unter dem Gewicht eines beladenen Tabletts, das Gesicht rot von der Kochhitze, der Anstrengung und vom Gin. Vergeblich blies sie sich eine Haarsträhne aus dem Gesicht, die ihr immer wieder vor die Augen fiel. Galant sprang Bastien auf, um ihr zu helfen. (Na ja, jedenfalls wollte er sicher aufspringen. Er schaffte es allerdings nur, sich mühsam hochzurappeln und ihr halb schlurfend, halb schwankend an die Seite zu treten.) Mit vereinten Kräften beförderten sie das Tablett auf die Anrichte und verteilten dort die zugedeckten Schüsseln – Lammcurry, Reis, Linsen und verschiedene Zutaten.

»Mrs Moriarty, nicht wahr?«, sagte McGonagle aufgeräumt. (Er musste das aus irgendeinem Ratgeber für feine Manieren haben: »Sprechen Sie die Leute mit ihrem Namen an. Das zeigt Interesse und mitmenschliches Engagement.«)

»So ist es, Exzellenz. Maude Moriarty.«

»Ich hatte gehofft, Sie würden uns bei Tisch Gesellschaft leisten, Maude. Lauter alte Männer und keine weibliche Würze. Ich erinnere mich noch an unsere angeregte Diskussion über die Probleme in Nordirland vor ein paar Jahren.« Er zwinkerte charmant.

»Ja, richtig. Aber Sie wissen ja, das Personal will nicht mehr länger arbeiten, wenigstens nicht, ohne dass dafür horrende Überstunden bezahlt werden müssen. Also werde ich in der Küche gebraucht. Würde es Ihnen etwas ausmachen, den Hauptgang als Büfett zu betrachten und sich selbst zu bedienen?« Sie humpelte zum Tisch und begann die Vorspeisenteller einzusammeln. »Mögen Sie kein Sushi, Exzellenz?«

»Und wie, Maude. Gehört zu meinen Lieblingsgerichten. Aber Dr. Cronin sagt nein. ›Essen Sie mir bloß keinen rohen Fisch, altes Haus!‹ Irgendein seltenes Magenleiden, behauptet er.«

Maude ging, und wir holten uns von der Anrichte, wonach uns der Appetit stand. McGonagle begnügte sich mit Reis, nur leicht angebrannt, und Linsen.

Bastien öffnete den Castello Armani, schnupperte verächtlich am Korken und begann einzuschenken. Twombly legte die Hand über sein Weinglas. »Ich bleib bei meinem Sprudel«, sagte er prüde.

»Trinke nicht mehr nur Sprudelwasser«, sagte ich, »sondern brauch ein wenig Wein um Deines Magens willen.«

»1. Timotheus 5,23«, sagte McGonagle entzückt. »Das war meines Vaters liebster Bibelspruch. Ich hab ihn oft und oft gehört.«

»Worüber wollen wir reden?«, sagte W. C., der sich offenbar für den Abend gerüstet hatte. »Das Turiner Leichentuch? Die Vatikanhilfe für flüchtende Nazis? Die Auferstehung des Lazarus? Die Knabenliebe des Erzbischofs Turpin von Wigan?«

Hektische Röte stieg in Twomblys blasse Wangen, während er zuerst angeekelt W. C. betrachtete und dann mit gespielter Verzweiflung den Blick zur Zimmerdecke hob. »Vater vergib ihm, denn er weiß nicht, was er sagt.«

»Und welche besondere Leistung berechtigt Sie, Professor Twombly, dazu, wie Christus zu sprechen?«, sagte W. C. eisig. »In Ihrem Alter war Christus schon lange tot.«

Einen Augenblick herrschte schockiertes Schweigen.

»Diese Anekdote aus Ihrer Kindheit werde ich nie vergessen, Exzellenz«, sagte Twombly, blickte mich bedeutsam an und dann von mir zum Major, wobei er sich mit dem Zeigefinger über die Gurgel fuhr. »›Gib uns heute unser tägliches Brot und Schmalz.‹ Fabelhaft!«

McGonagle ignorierte ihn und wandte sich an W. C. »Ihre Themen sind äußerst interessant, kein Zweifel, nicht im Mindesten. Aber lassen wir heute das Fachsimpeln. Ich würde lieber über Golf reden.« Er grinste, um zu zeigen, was für ein prima Kerl er war. »Spielen Sie Golf?«

»Golf!«, sagte W. C. entzückt. »Golf! Ich habe gehört von dieser neuesten Schlacht von Culloden, dieser Schlacht mit den Elementen, und auch von dem Wunder, das Ihr Spiel begleitete. Sie sind ja ein Unsterblicher, mein lieber Bischof.

Zwei Mal vom Blitz getroffen und trotzdem weitergespielt und dann noch der beste Score in der Geschichte des Kurses. Sie brauchen einen Dichter, mein Verehrtester, ein Robbie Burns wäre das Mindeste. Ihre Taten übertreffen die von Beowulf.«

»Sie sind zu freundlich.«

»Ich habe Sie im Rundfunk gehört.«

»Ach.«

»Wer kann daran zweifeln, dass der Herr eine besondere Mission für Sie im Sinn hat?«

»So habe ich das Wunder damals verstanden. Das habe ich auch gesagt.«

»Es war also ein Wunder?«

»Meiner Ansicht nach ja.« McGonagle lächelte breit und sonnte sich in unserer Aufmerksamkeit. »Natürlich meine ich das im landläufigen Sinn.«

»Ich bin froh, dass Sie das sagen«, antwortete der Major und machte ein vergnügtes Gesicht wie ein Jagdhund, der schnüffelnd die Witterung seiner Beute aufgenommen hat. »Das wirft die ganze Frage der so genannten Wunder und der katholischen Kirche auf.«

Aber McGonagle war ein listiger Fuchs. »Sie haben mich im ›Rundfunk‹ gehört, sagen Sie. Wie wunderbar! Rundfunk. Das weckt Erinnerungen. Man hört das Wort ja kaum noch, ist Ihnen das aufgefallen? Die Jugend hat wahrscheinlich keine Ahnung, was es bedeutet. Heutzutage heißt es nur noch ›Radio‹, auch so ein amerikanischer Sieg, was?« Er wandte sich an Twombly. »Was wird denn noch übrig bleiben von unserer armen Sprache, wenn ihr Yankees erst mal damit fertig seid?«

Twombly grinste, glücklich darüber, dass er McGonagle beistehen und W. C. von der Fährte abbringen konnte, und erpicht darauf, dem Bischof Honig ums Maul zu schmieren, um ein paar Punkte zu sammeln. »Oh, das ist uns gegenüber aber unfair. Wir sind das reinste Museum da drüben. Wir haben Wörter und ganze Phrasen und alte Bedeutungen bewahrt, die hier längst verschwunden sind. Nehmen Sie zum Beispiel das Wort …« Und schon stürzte er sich auf beste Twombly-Manier in einen Vortrag.

Der arme W. C., dem der Wind aus den Segeln genommen war, ließ resigniert das Kinn auf die Brust sinken, er war in eine Flaute geraten. Während Twombly weiterredete und redete, unseres vollen Interesses so sicher, dass er uns dabei nicht einmal ansah, sondern den Blick auf Hogarths Porträt von Mistress Pettigrews Hund Bowser auf der gegenüberliegenden Wand geheftet hielt, wurde McGonagles Blick glasig. Bastien, der den Gottesdienst für weiß der Himmel welche imaginäre Gruppe von Andächtigen abhielt, machte das Zeichen des Kreuzes erst über dem Salz-, dann über dem Pfefferstreuer, dann widmete er sich aufmerksam seinem Dessertlöffel, der Butterdose und seinem Serviettenring. McGonagle holte eine schwere goldene Uhr aus seiner Westentasche, schaute, wie spät es war, und zog sie dann ostentativ auf. Bastien hob die Hand und machte das Zeichen des Kreuzes über dem Kronleuchter über unseren Köpfen. W. C.s Lippen entschlüpfte ein gedämpft prustendes Schnarchen. Und Twombly redete noch immer: »Die Präposition ›up‹ beispielsweise«, sagte er, »wenn man sie dem Verb ›knock‹ nachstellt, modifiziert den Verbinhalt …«

Aber ich habe Ihnen genug von diesem schauderhaften Mahl erzählt. Wie alles andere, ob gut oder schlecht, ging es schließlich zu Ende. Um 22 Uhr 30 kam Belinda Scudamour, um den guten alten Major abzuholen, der die Nachspeise, den Port und den Kaffee verschlafen hatte. Damit löste sich die Gesellschaft auf. Gott sei Dank. Gott sei Dank.

Bevor er sich zurückzog, erklärte McGonagle mir, er wolle am nächsten Tag früh aufstehen – um seine Sünden abzubüßen, habe er versprochen, auf einem grässlichen Kurs in der Nähe von Ross-on-Wye Golf zu spielen –, es sei ihm jedoch eine ernste Angelegenheit zu Ohren gekommen und er wäre dankbar, wenn ich ihm beim Frühstück Gesellschaft leisten könnte – »sagen wir um Punkt sechs – in meinem Zimmer«. Ob ich wohl so freundlich wäre, Mrs Moriarty von seiner frühen Abreise in Kenntnis zu setzen. Das Übliche würde genügen: Schinken, Eier, gegrillte Tomaten, Würstchen und Toast, eine Kanne Tee – sie kenne ja seine einfachen Gewohnheiten. Bruder Fred würde sich uns anschließen. Twombly, der hinter ihm stand, versuchte vergeblich, ein selbstgefälliges Grinsen zu unterdrücken.

Von diesem Frühstück und seinen unmittelbaren Nachwirkungen werde ich sogleich berichten. Zuerst aber möchte ich, wenn auch nur kurz, von der außergewöhnlichen Stimmung sprechen, die mich während des soeben beschriebenen Mahles überfiel, einer Stimmung, würde ich sagen, nicht unähnlich der unsichtbar machenden Wolke, in die die homerischen Götter bevorzugte Sterbliche hüllten, um sie so, zumindest für diesen einen Tag, vor dem wohlgezielten Pfeil zu schützen. Nicht, dass ich mich unverletzlich fühlte, das eigentlich nicht – ich bin, wie McGonagle so hinterhältig bemerkte, »ein einziges Bündel von Uneigentlichkeiten« –, aber ich hatte das Gefühl, dass es mir nichts mehr ausmachte. Ich blickte um mich und wunderte mich, wie ich da hingekommen war, wo ich war. Ich will damit aber nicht sagen, dass ich dieses ganz normale Gefühl der Entfremdung empfand, das wohl den meisten introspektiven Menschen vertraut ist. Nein, was ich empfand, war etwas ganz anderes.

Ich war der Gastgeber, und in dieser Verkleidung konnte ich alle mir zustehenden Pflichten verrichten. Aber eine Verkleidung war es trotzdem, und unter der Verkleidung genoss ich meine Unsichtbarkeit. Am liebsten wäre ich auf und davon gegangen, nicht nur fort von diesem Tisch, sondern einfach fort … nur wohin? Und so schaute ich mir der Reihe nach diese versammelten »Krähen« an – denn auch der Major war in Schwarz, vielleicht hatte ihn sein Sinn für Ironie dazu bewogen, formelle Abendkleidung anzulegen: den lieben W. C., in seinem Atheismus ein orthodoxerer Katholik als eine beliebig zusammengewürfelte Korona von Päpsten, eine Art Don Quichotte, der tapfer angriff, was kein vernünftiger Mensch noch verteidigte; den gewandten und egozentrischen McGonagle, der dick geworden war in seiner Sinekure; Twombly, den gehässiger, schäbiger Neid zernagte; den armen, übel riechenden Bastien, der ein anständiger, mitfühlender Kerl und am Rand des Schwachsinns war; ja sogar Maude, die mich lange geliebt hat und sich sogar heute noch zwischen mich und die Kugel werfen würde, da bin ich sicher. Und ich fand sie alle fremd, mir vollkommen fremd. Ich war von einer anderen Spezies. Was hatte ich mit diesen Menschen zu tun? Ich verspürte das überwältigende Verlangen, mir das Kollar vom Hals zu reißen, die Symbole meiner Apostasie zu zerstören. Da, jetzt habe ich es gesagt. Und Jude, der ich war, katholischer Priester, der ich angeblich bin, schweige ich nun bestürzt und verlegen.

Solomon Falsch, zu der Zeit noch nicht der Baal Schem von Ludlow, aß auch mit den Christen. Er behauptete, aus einer kabbalistischen Analyse des 3. Buch Mose einige Zahlen erschlossen zu haben, die – zu einem Davidsstern angeordnet – einen wunderwirkenden Segensspruch ergaben. (Wie Sie vielleicht wissen, werden im Hebräischen die Zahlen durch Buchstaben des Alphabets dargestellt.) Jedenfalls brauchte er diesen Spruch nur über einem verbotenen Essen auszusprechen – und das galt für alles, ja sogar für Schwein –, und sofort wurde es zu einer annehmbaren Kost in den Augen Gottes. Weitere Analysen dieser Art führten zu anderen nützlichen Segenssprüchen. So entdeckte er beispielsweise eine lange Zahlenreihe, die – angeordnet in der Form von König Salomons Siegel – einen Segensspruch ergab, durch den abgeschnittene Zehennägel zu einem ausreichenden Ersatz für die Vorhaut als Zeichen des Bundes zwischen dem Herrn und seinem auserwählten Volk wurden. Kein Wunder, dass er bei dem Magnetismus, den er sowieso schon ausstrahlte, auf diese Weise bald eine ganze Reihe bekehrter Christen zu seinen Jüngern zählen konnte – vielleicht mehr Bekehrte als solche, die wirklich dem Volk des Buches entstammten.

Die Triebfeder für seine zahlreichen Erneuerungen des traditionellen Judentums war, wie er seinen Jüngern verschiedentlich erklärte und auch mehr als einmal in seinen *Tischgesprächen* erläuterte, ein frommes Verlangen, »das Unheilige zu heiligen«, »das Unreine reinzuwaschen«, »den himmlischen Schöpfungsfunken bloßzulegen, der selbst sprödem Ton innewohnt«. Der Allmächtige, gelobt sei Er, hatte in seiner unendlichen Güte, seiner unbestreitbaren Weisheit den Menschen nach seinem Ebenbild erschaffen, aber gemacht hatte er ihn aus Staub, aus Lehm, aus Mist. In den sechs Tagen bevor der Allmächtige, gelobt sei Er, ruhte, wehte der göttliche Hauch durch alle Dinge und hinterließ in der gesamten Schöpfung seine Spuren. Die Erschaffene Natur wurde, dem himmlischen Willen gehorchend, zur Erschaffenden Natur, und die Arten pflanzten sich fort. In allen folgenden Generationen von Leben und Materie aber blieb der ursprüngliche himmlische Schöpfungsfunke erhalten, fürwahr, selbst im kleinsten Erdklumpen. Wie also könnte man den Namen besser heiligen als durch eine Verherrlichung des Paradoxons, als dadurch, den Funken des Guten im Herzen des Bösen, das Erlaubte im Verbotenen zu entdecken? »Du sollst nicht …« war nicht so einfach, wie es schien.

Falsch kam 1758, nach acht Jahren Bamberg, in Ludlow an. In Bamberg hatte er nochmals geheiratet, dieses Mal vermutlich wohl eher um des Geldes willen denn aus Liebe, eine Frau, die der Geschichte nur als die hässliche Sarah bekannt ist, Witwe des Reb Jakob Graetz, der Geld an den Bischof und die Fürstensöhnchen der Gegend verlieh. 1756 war Falsch abermals Witwer. Die hässliche Sarah hatte sich bei einem Purim-Fest zu Tode gefressen; von sechs Uhr abends bis kurz nach ein Uhr früh hatte sie sich ohne Pause voll gestopft, dann war sie mit dem Gesicht in eine Stachelbeertorte gefallen. Sarahs Beispiel, behauptete Falsch später, habe ihn die Vorzüge mäßigen Essens und Trinkens gelehrt und zu seiner *Abhandlung über die Verdauung* angeregt. Jedenfalls klingelte das Geld in seinen Taschen, als er mit der Postkalesche in Ludlow eintraf und sich im »Angel Inn« einquartierte. Er schickte sofort einen Boten nach Beale Hall, um Sir Percival von seiner Ankunft zu verständigen, und dann, nach einer kleinen Labung, wie er sagt, machte er sich an die Erkundung der Stadt. Und was er sah, gefiel ihm.

Am folgenden Morgen erschien Sir Percival höchstpersönlich zu Pferd, fidel und quietschvergnügt, streute leutselig kleine Münzen unter die Gassenjungen im Hof – in Summe angeblich einen ganzen Shilling – und bestand darauf, dass Falsch ins Herrenhaus übersiedle, das er als sein Heim betrachten solle, bis er, entweder in der Stadt oder irgendwo auf dem Land, eine geeignete Unterkunft gefunden habe. »Nein, kein weiteres Wort, Sir! Verdammt, Sir! Ich bestehe darauf!« Der ›Angel‹ sei schon in Ordnung, ein guter Gasthof, absolut nichts dagegen zu sagen, aber für einen so vornehmen und gelehrten Mann wie Falsch »nicht gut genug, Sir, bei weitem nicht gut genug«.

Falsch blieb ein paar Monate im Herrenhaus, bereitete für Sir Percival ein oder zwei Fintuks seiner Spezialarznei zu und errang die Zuneigung von Lady Alicia, deren Schönheit Gainsborough so wunderbar in dem Porträt eingefangen hat, das jetzt in der langen Galerie hängt – errang sie in einem Ausmaß, dass man sich fragen muss, ob sein Abgang von Beale Hall nicht Rückschlüsse auf Sir Percivals Beunruhigung zulässt. Was wir wissen, ist jedenfalls, dass Falsch im März 1759 einen Pachtvertrag für ein Haus abschloss, das am Fuß der Old Street lag, ein kleines Stück über Lanes Armenhaus und Asyl. Hier begann er diverse Mittel »Zur Verschönerung der holden Weiblichkeit« anzubieten und hängte ein Schild vors Haus, das Helena auf den Zinnen Trojas zeigte, und darunter Paris und Menelaus, die in tödlichem Kampf die Schwerter kreuzen. Maude sagt, seine Mittel waren vielleicht nicht weniger nützlich als das, wofür heutzutage im Fernsehen geworben wird, und auch wenn ich glaube, dass sie das ironisch meint, ist es vielleicht kein Fehler, Ihnen hier ein oder zwei Beispiele für das zu geben, was hochgeborene Damen aus einem Umkreis von siebzig Meilen nach Ludlow brachte.

Wie wir rote Pickel entfernen können.
Zwei Eier kräftig miteinander verschlagen, zu gleichen Teilen Zitronensaft und Quecksilbersublimat hinzufügen: in die Sonne stellen und auftragen.

Wie man das üble Odör (sic) in den Achselhöhlen bekämpft.
Weißes oder rotes Lithargyrum zerstoßen und in Essig sieden; wenn man die betreffenden Stellen damit wäscht, bleiben sie lange Zeit frisch: ein besseres Mittel gibt es nicht.

Bis zum Jahr 1760 hatte Falsch sein Angebot erweitert und kündete über eine Annonce im *Ludlow Messenger* an, dass man bei ihm »die authentische Sprache, in der Jesus seine Bergpredigt hielt« lernen könnte. Bald danach – vielleicht hatte er inzwischen ein besseres Gefühl dafür entwickelt, woran in Ludlow Bedarf bestand – machte er im *Messenger* und im *Bugle* Werbung für seinen Unterricht in der Sprache, die Adam und Eva, »das erste und perfekteste Liebespaar der Welt«, im Paradies gesprochen hatten. Bau eine bessere Mausefalle, sagen die Amerikaner, und die Welt wird sich einen Weg zu deiner Haustür schlagen. Falsch hatte zweifellos eine Marktlücke entdeckt. Er hatte gewittert, dass etwas in der Luft lag, und einen Bedarf erkannt. Er war ein Erfolg. Mehr als das, er sollte im Lauf der Zeit der Baal Schem von Ludlow werden.

Um Punkt sechs Uhr früh klopfte ich an die Tür des Garsington-Zimmers. Ich war sicher, dass Twombly nicht da sein würde. Im Korridor dingdongte eine amerikanische

Wanduhr (eine exquisite Jeremiah Wilberforce aus glänzendem Kirschholz, Boston 1841) die Stunde.

»Herein. Kommen Sie nur herein, mein lieber Freund. Einen wunderschönen Morgen wünsche ich.« Mit schwungvoller Gestik wandte sich der Bischof vom Fenster ab und begrüßte mich mit einer einladenden Handbewegung. »Ich habe gerade die Aussicht bewundert. Man kann die Burg Ludlow von hier gerade noch sehen, zumindest einen der Türme. Herrlich, wie er sich gegen den Himmel abzeichnet, ein prachtvolles Bild. Aber es sieht nach Regen aus, schwarze Wolken am Horizont. Macht nichts, macht nichts.« Er trug eine Golfhose aus Tweed, die straff seine Rundungen umspannte. Darüber einen grünlichen Zopfpullover mit Schildkrötenkragen – eigentlich sah der ganze Mann aus wie eine aufgestellte Schildkröte.

Im Zimmer roch es anheimelnd nach Frühstück, und der Geruch ließ mir sofort den Speichel im Mund zusammenlaufen, denn ich hatte noch nicht gegessen. Auf dem Tisch vor einem der Fenster befanden sich die Reste von McGonagles »Üblichem« – Maude hatte es offensichtlich geschafft, rechtzeitig aufzustehen. Auf der Anrichte standen zwei unbenutzte Tassen mit Untertassen neben einer großen silbernen Kaffeekanne. McGonagle wies mit einer großzügigen Handbewegung darauf. »Bedienen Sie sich, lieber Freund. Nur keine Förmlichkeiten.«

Ich bediente mich. McGonagle übte inzwischen mit dem zusammengefalteten Schirm seinen Golfschwung. Zisch! Zisch!

Ich schlürfte meinen Kaffee ein bisschen zu laut und unterbrach damit ein imaginäres Putten. Der Bischof sah mich mit mildem Tadel an.

»Verzeihen Sie, wenn ich Sie daran erinnere, aber Sie wollten heute frühzeitig aufbrechen, Exzellenz. Und ich glaube,

Sie hatten die Absicht, vorher ein gewisses wichtiges Thema anzusprechen. Sollten wir nicht vielleicht beginnen?« Die Förmlichkeit, mit der ich sprach, ließ meine Nervosität erkennen.

McGonagle warf einen Blick auf seine Uhr. »Wo zum Deibel ist Twombly?«, sagte er. »Geben wir ihm noch fünf Minuten.« Er holte wieder mit seinem Schirm aus, aber er schien nicht mehr recht bei der Sache. »Unter uns gesagt, seine Vorgesetzten drüben überm Teich halten ihn für eine ziemliche Nervensäge. Macht sich bei der kleinsten Kleinigkeit ins Hemd, es genügt schon, wenn ein Ministrant mal vergisst, das Ziborium zu polieren oder so was. Wenn er könnte, wie er möchte, gäb's dafür gleich fünfzig Peitschenhiebe. Wohl ein Jünger von Torquemada. Na ja, er behauptet jedenfalls, eine ernsthafte Unregelmäßigkeit in Ihrem Verantwortungsbereich entdeckt zu haben. Ist wahrscheinlich nichts dran. So ist das meistens bei solchen Typen. Aber kümmern muss ich mich trotzdem drum. Bin letztlich dafür verantwortlich. Ein Freund von Ihnen?«

»Ich kenne Fred Twombly seit unserer Studienzeit in Paris. Wir haben damals englische Literatur studiert.«

McGonagle kicherte. »Gute Antwort. Ich glaub nicht, dass er's gut mit Ihnen meint. Ich würd aufpassen an Ihrer Stelle.«

Woran McGonagle mehr gelegen war als an allem anderen, war ein friedliches Leben, ein gutes Leben, ein ruhiges Leben. Und langsam begann ich zu verstehen, dass sich dieser Charakterzug für mich als vorteilhaft erweisen konnte. Vielleicht würde ich ihn mit der Zeit sogar noch mögen, wenn auch nur ob seiner Haltung gegenüber Twombly. Natürlich bedurfte es keines großen Scharfsinns, um die Scheinheiligkeit meines alten Feindes zu durchschauen. Aber schon weisere Männer als McGonagle sind der Schmeichelei des Kriechers erlegen, weil der Kriecher, wie ja bekannt, an ihnen preist, was sie selbst für das Preiswürdigste an sich halten. Irgendetwas in McGonagle hatte Widerstand geleistet. Eine Seelenunverwandtschaft? Oder bloßer Zufall nach dem Motto von Martials Epigramm: »*Non te amo, Sabidi* … ich liebe dich nicht, Sabidius, obwohl ich nicht sagen kann, warum …« Die gute Neuigkeit jedenfalls war, dass McGonagle – sobald er einmal seinen breiten Hintern in Sicherheit wusste und keinen Verweis von oben zu befürchten hatte – überall sonst, aber nicht an Twomblys Seite stand.

Es klopfte, herein stürzte Twombly, unrasiert, das weiße Haar, so viel davon noch da war, zerzaust; der Kragen der geheiligten Jacke, auf die Seine Heiligkeit gespuckt hatte, war verdreht. Er presste eine Aktenmappe an die Brust.

»Ich bitte um Entschuldigung für die Verspätung, Exzellenz. Ich kann das gar nicht begreifen. Normalerweise bin ich die Pünktlichkeit in Person. Fragen Sie Edmond.«

McGonagle warf einen zweifelnden Blick auf seine Uhr. »Tja, also viel Zeit hab ich nicht mehr. Ich muss gleich weg. Höchst bedauerlich. Da drüben steht Kaffee, wenn Sie einen brauchen. Wenn Zeit dafür bleibt, sollte ich besser sagen.«

»Ich hab den Wecker auf fünf Uhr früh gestellt. Aber er ging eine Stunde nach, wie ich inzwischen weiß. Als ich aufwachte, zeigte er fünf vor fünf; zum Glück warf ich einen Blick auf meine Armbanduhr, und die zeigte fünf vor sechs. Ich bin gekommen, so schnell ich konnte. Ich kann mir nicht vorstellen, was da passiert ist.«

Was da passiert war, war dies: Ich hatte den Strom im alten Stallgebäude zwischen zwei und drei Uhr früh abgedreht. Nur eine zusätzliche Schutzmaßnahme. Meine Hauptschutzmaßnahme war eine Zitrone namens Fred auf dem Schreibtisch im Musikzimmer, die ich mit meinem neuen, vergangene

Nacht bei Mondschein geschliffenen Brieföffner, dem Geschenk der Kolumbusritter von Joliet, Illinois, erstochen und in Stücke gehackt hatte. Natürlich glaubte ich an Falsch, aber ich dachte, ein wenig Unterstützung könne nicht schaden.

»Ja, ja«, sagte McGonagle ungeduldig, »fangen wir endlich an.«

»Sofort, Exzellenz, sofort.« Twombly zog ein Blatt Papier aus seiner Mappe und reichte es McGonagle. Es war die Seite, die er aus Popescus Katalog gerissen und von der er mir eine Kopie voller Kreise, Unterstreichungen, Fragezeichen und Rufzeichen in leuchtend rotem Markierstift geschickt hatte. Twombly schaute mich an und grinste süffisant. »Beachten Sie die Herkunft, Exzellenz, ich habe es unterstrichen, hier, sehen Sie. ›Bibliothek. Beale Hall‹. Und dann schauen Sie, worum es sich handelt. Ein Buch mit Sonetten, höchstwahrscheinlich von William Shakespeare, und in einer völlig unbekannten Edition. Der Wert ist unschätzbar, Millionen und Abermillionen Pfund, Dollar, was Sie wollen; wenn dieses Buch hier in Beale Hall wäre, würde das der Bibliothek einen Namen machen, der es mit dem Ruf der Huntington und der Folger aufnehmen könnte.« Twombly preßte affektiert die Lippen zusammen.

»Und wenn W. S. nicht William Shakespeare ist?«

»Na ja, das würde den Wert natürlich etwas mindern. Aber es wäre immer noch eine beachtliche Summe. Es gibt kein zweites Exemplar dieser Edition. Keine andere Bibliothek der Welt besitzt eines. Kein Bibliograph hat je davon gehört. Aber ich gehe jede Wette ein, dass es Shakespeare ist.«

»Jede, Fred?«, sagte ich. »Doch nicht um deine unsterbliche Seele?«

»Man sagt halt so. Um meine unsterbliche Seele bin ich nicht besorgt.«

»Aber sollten wir darum nicht alle besorgt sein?«

»Meine Herren, meine Herren, wir sind nicht mehr im Kindergarten. Haben Sie dieses Buch jemals gesehen, Twombly?«

»Nur den Eintrag auf dieser Katalogseite.«

»Ist das denn eine Seite aus einem Katalog?«, fragte McGonagle zweifelnd.

»Lassen Sie sich von der Schrift nicht täuschen, Exzellenz. Das ist eine Marotte des Hauses, eines französischen Hauses, sehr bekannt in der Branche. Der Besitzer ist ein schwieriges Individuum, Aristide Popescu, ein wandelnder Beweis dafür, dass Abschaum immer nach oben schwimmt. Ich traue ihm alles zu, aber wenn der Beale-Hall-Shakespeare in seinem Katalog steht, dann hat er ihn wahrscheinlich auf ehrliche Weise erworben und kann auf Verlangen einen Kaufvertrag vorweisen. Popescu ist übrigens ein alter Freund von unserem Edmond. Womit ich natürlich nichts gesagt haben will, wohlgemerkt.«

»Aber Sie haben das Buch nicht wirklich gesehen, sagen Sie.«

»Nein, nicht das Buch. Wie gesagt, nur den Katalogeintrag.«

»Dann gibt es das Buch vielleicht gar nicht.«

»Oh, das gibt es sicher. Popescu hat mich nicht zum Narren gehalten.«

»Sie kennen ihn also auch?«

»Mindestens ebenso lange wie *ich* ihn kenne«, warf ich dazwischen. »Fred hat kürzlich in New York mit ihm zu Abend gegessen.«

»Freunde?«, sagte McGonagle.

»Ach wo, nein«, erwiderte Twombly indigniert. »Wir sind uns zufällig begegnet. Ich hatte ihn seit Ewigkeiten nicht gesehen, seit meiner Studienzeit in Paris nicht mehr. Und schon damals war mir klar, dass er ein *mal de type* ist, eine üble Type.«

»Danke für die Übersetzung«, bemerkte McGonagle sarkastisch.

Twombly entging der Sarkasmus. »Aber gerne. Jedenfalls fühlte er sich einsam in New York, sagte er. Und darum bat er mich, ihm beim Abendessen Gesellschaft zu leisten. Ich hielt es für meine christliche Pflicht, ihm den Wunsch zu erfüllen. Unser Herr selbst«, ergänzte er dozierend, »hat sich unter die Sünder begeben und mit ihnen gegessen.«

Das war selbst McGonagle zu viel und entlockte ihm ein höhnisches Schnauben.

»Beim Essen hat er mir das Blatt in seinem Katalog gezeigt.«

»Bruder Musič«, sagte McGonagle und schaute ungeduldig auf die Uhr, »was haben Sie zu dieser unangenehmen Geschichte zu sagen?«

»Ich weiß kaum, was ich dazu sagen soll, Exzellenz. Das Buch, sofern es das Buch gibt, taucht in keinem unserer Bibliotheksverzeichnisse und in keiner unserer Aufzeichnungen über Ankäufe oder Verkäufe auf. Es gibt keinerlei Hinweis darauf in den Privataufzeichnungen der Familie Beale. Ich habe gleich nach Erhalt von Bruder Twomblys beunruhigendem Brief eine sofortige und gründliche Nachforschung in die Wege geleitet. Natürlich waren die Aufzeichnungen über die Bibliotheksbestände vor meiner Zeit ziemlich unsystematisch und bei weitem nicht vollständig. Wir sind noch beim Aufarbeiten. Ich hoffe, noch vor meinem Tod mit der Katalogisierung der Manuskriptsammlung fertig zu werden, das letzte Bollwerk, das ich zu nehmen gedenke, dann ist meine Arbeit hier getan.

Ich bin dann nach Paris gefahren, um Aristide Popescu

aufzusuchen. Ich bin sicher, er hätte mir den Weg des Buches von Beale Hall bis in seinen Katalog belegt. Aber er war nicht da. Sein Sohn, der zugleich sein Geschäftspartner ist, sagte, er sei verreist, nach Budapest vielleicht. Der Sohn behauptete, weder über das Buch noch den Katalog etwas zu wissen.

»Das zumindest ist wahr«, sagte Twombly. »Mir hat der Sohn die gleiche Geschichte erzählt. Popescu *père* scheint verschwunden zu sein.«

»Kurz und gut«, sagte McGonagle, »es kann nichts unternommen werden, bevor dieser Ausländer, dieser … Popanzku? … wieder auftaucht. War das zu der Zeit, zu der Sie angeblich tödlich verunglückt sind, Musič? Ich kann mich so dunkel erinnern, dass es da einiges Aufsehen gab. Aber es waren nicht Sie, es war irgendein anderer armer Kerl in Ihrem Auto. Sie waren in Paris, richtig?«

»So ist es, Exzellenz. Ich war in Paris. Und jetzt bin ich wieder da, Unkraut vergeht nicht. Aber wie Sie selbst sagen, bevor ich nicht mit Popescu sprechen kann, kann ich nichts weiter unternehmen.«

»Genau. Genau. Ich verstehe vollkommen.« McGonagle gab Twombly das Katalogblatt zurück, offenkundig froh, es loszuwerden. »So ein Verzeichnis könnte jeder runtertippen, der eine alte Schreibmaschine hat. Vielleicht will Sie jemand an der Nase rumführen, Twombly.«

»Und das war's dann?«, quiekste Twombly geradezu entsetzt. »Ende der Geschichte? Fall eingestellt?« Fast schon verzweifelt fuhr er fort: »Also bitte, ich bin ja nicht einer, der da eine große Sache draus machen will, aber unser Edmond ist der stolze Besitzer eines neuen Wagens, eines Rover. Ledersitze und alle Extras. Da müssen mindestens 45 000 Pfund auf dem Preisschild gestanden haben. Das ist eine Menge Zaster für das, was ein Priester verdient, auch wenn der betreffende

Priester Rektor einer Institution ist. Gibt doch zu denken, oder?«

»Nein, keineswegs«, sagte mein Held, Bischof McGonagle, vielleicht um die eigenen, ins Trockene gebrachten Schäfchen zu verteidigen. »Die privaten Einkommensquellen unseres Rektors sind seine Sache. Und die der Steuerbehörde«, ergänzte er kichernd, vielleicht um die Stimmung ein wenig zu lockern. »Außerdem gehört der Wagen vielleicht Beale Hall.«

»Nein, der Rover gehört mir«, sagte ich. »Und übrigens war er ein Geschenk. Ich brauchte dringend einen Wagen, nachdem mein alter Morris zu Schrott gefahren worden war.«

»Ein Geschenk?«, sagte Twombly bitter. »Ein nettes Geschenk, muss ich schon sagen. Von wem denn, wenn ich fragen darf? Von Maude Moriarty vielleicht?« Seine Stimme klirrte wie Eis. Er meinte natürlich, dass ich gelogen hätte. Er hatte keine Ahnung, dass er den Nagel auf den Kopf getroffen hatte.

»Ein Geschenk meines Vaters«, platzte ich heraus, denn die Wahrheit konnte ich natürlich nicht sagen.

»Ihres Vaters?«, fragte McGonagle belustigt. »Er muss älter sein als Methusalem.«

»Nein, nein«, sagte ich, »er ist schon lange tot. Aber er hat nach dem Krieg ein bisschen Geld gemacht, sein Geschäft wieder hochgebracht. Er hat mir ein bescheidenes Erbe hinterlassen.«

»Ach, natürlich«, sagte Twombly.

»Also, ich muss jetzt los«, erklärte McGonagle. Er zog sich eine zu der Golfhose passende Jacke über und bedeckte seinen Kopf mit einer Tweedkappe. »Wie seh ich aus?«

»Wie ein Sieger«, sagte ich.

»Ihr Freund, der Major, hat einen eigenen Sinn für Humor, finden Sie nicht?«, meinte McGonagle. »Ein wirklich netter Kerl, nichts gegen ihn, aber ...«

»Major Catchpole kämpft gegen seinen Glauben, er kann das Soldatsein nicht lassen. Und er führt damit einen Kampf, den er nicht gewinnen kann. Um die Wahrheit zu sagen, ich glaube gar nicht, dass er ihn gewinnen will. Aber noch ist er nicht zur Kapitulation bereit. Er kämpft nicht gegen uns, Exzellenz, er kämpft gegen sich selbst. Wir müssen Geduld mit ihm haben.«

»Oh, müssen wir?«, sagte Twombly gehässig. »Der Feldzug geht doch eindeutig gegen die Katholiken, da macht mir keiner was vor.«

»Glaube ich nicht, Twombly«, sagte McGonagle, »aber einen Geschmack hat er, der einem glatt den Appetit verderben könnte. Na ja, *de gustibus* ...« Er grinste, dann blickte er um sich. »Wo ist mein Paraplui?«

Ich reichte ihm seinen Schirm.

»Ah, gut, gut. Halten Sie mich auf dem Laufenden, Music. Finden Sie diesen Popanzku, wenn Sie können.«

»Und das war's dann?«, sagte Twombly noch einmal, diesmal resigniert.

»Ja, das war's«, sagte McGonagle und steuerte auf die Tür zu. »Seien Sie doch so gut und lassen Sie meine Sachen runterbringen, Music. Angenehmen Aufenthalt, Bruder Twombly. Kritzel, kritzel, kritzel, eh, was?«

Und weg war er.

Ich sah meinen Vater im Jahr 1975 wieder, ganze zwölf Jahre nach unserer katastrophalen Begegnung in Tel Aviv. Ein Telegramm traf in Beale Hall ein – ja, ein Telegramm! –, adressiert an »Music, den Priester«, unterschrieben mit »Mammi«. Wie ich später erfuhr, hatte meine Stiefmutter mich gefunden, indem sie eine Karmeliternonne in einer mit Kopfsteinen gepflasterten Straße in Yaffo anhielt und nach meiner Adresse fragte. Die überraschte Nonne hatte sie zum Bibliothekar ihres Ordens geschickt. »Geh in ein Kloster« – sozusagen. Und da war ich tatsächlich in einem entsprechenden Adressbuch. Das Telegramm selbst war ein Musterbeispiel für Knappheit: »Edmond. Komm dir deinen verrückten Pappi anschauen. Komm schnell.«

Viel war geschehen, seit ich sie zum letzten Mal gesehen hatte. Die Familie hatte harte Zeiten durchgemacht. Benjamin, mein Halbbruder, war als blutjunger Rekrut im Jom Kippur-Krieg von einer Granate zerfetzt worden. Was an Hackfleisch von ihm übrig geblieben war, hatte ein Heldenbegräbnis bekommen. Daphna, meine Halbschwester, hatte sich schreiend in sein Grab geworfen. Später war sie auf der Seepromenade vor dem Hotel Dan auf den Strich gegangen (und tat es 1975 noch immer), einzig und allein ihrem Strizzi zuliebe, einem Grobian russischer Herkunft, der meiner Stiefmutter zufolge zu sieben Achtel gar nicht jüdisch war. Aber »Mammi« hatte es gerade nötig, den ersten Stein zu werfen! Das Haus Musič hätte einen Hogarth mit einer Reihe von Themen für narrative Gemälde versorgen können.

Die Musičs waren aus einem, wie ich jetzt erst begriff, recht angenehmen Viertel im Norden Tel Avivs in eine Flohbude in einem Slum nicht weit vom Busbahnhof gezogen, wo der Gestank nach faulem Gemüse und Diesel in der Luft lag. Eine ungepflegte, in einen gestreiften Morgenrock gewickelte Gestalt öffnete mir die Tür. Meine Stiefmutter. Das zerflossene Make-up in ihrem schwitzenden, bleichen Gesicht sah grotesk aus; ihr dünnes Haar war zerrauft. »Musst du grade jetzt kommen?« Hinter ihr, offensichtlich im Schlafzimmer, rückte sich ein Araber in einem billigen Straßenanzug seinen

Keffiyeh auf dem Kopf zurecht. Er betrachtete sich im Spiegel und strich seinen dünnen Bart glatt. Als er zur Tür kam, trat ich beiseite, um ihn vorbeizulassen.

»Du warst wunderbar heute, Baby«, sagte sie verzweifelt, und ihre Goldzähne blitzten. »Du warst ein richtiger Stier heute.«

Er zog verärgert die Stirn kraus. »Halt den Mund«, sagte er und drängte sich an mir vorbei.

»Morgen, Baby? Ich kann es kaum erwarten.«

»Kannst du denn nicht den Mund halten? Ich hab gesagt, du sollst den Mund halten. Oder willst du eine Tracht Prügel?« Er hob die Hand, um sein Gesicht vor mir zu verbergen, und eilte hinaus auf die von Menschen wimmelnde Straße.

Sie verzog das Gesicht zu einem zynischen, müden Lächeln. »Er ist draußen, dein Pappi, im Garten. Geh und sprich mit ihm.« Sie zeigte mir den Weg durch die dreckige Wohnung. Ein zerrissener, speckiger Vorhang flatterte vor einer Glastür, die ins Freie führte. »Ich mach uns Tee.«

Der »Garten« war ein nackter Fleck Erde, auf dem zwei magere Hühner unter dem weiß glühenden Himmel ihre hirnlosen Staccato-Bewegungen vollführten: eine Kralle hoch, Pause, Kopf nervös hin und her, Schnabel in den Boden. Eine ausgebleichte Markise auf zwei verschieden langen Holzpfosten ragte von der Hinterwand des Gebäudes ein Stück in den so genannten Garten hinein und gab ein bisschen Schatten. Darunter saß mein Vater in einem Gartenstuhl aus Aluminium und bunten, miteinander verflochtenen Plastikstreifen. Eine aufgestellte Kiste aus dem Supermarkt diente als Tisch.

»Nimm dir einen Stuhl«, rief meine Stiefmutter von drinnen. »Sie lehnen an der Wand. Nimm gleich zwei, einen für mich. Mach's dir bequem.«

Ich trug zwei Stühle in den Schatten und stellte sie um die Kiste herum. »Hallo, Vater«, sagte ich.

Wenn er überrascht war, mich zu sehen, ließ er es sich nicht anmerken. Er sah mich verschmitzt an und deutete auf die Hühner. »Tihi«, sagte er. »Tihi.«

Er war wieder so mager geworden, wie er es vor all diesen Jahren in Orléans gewesen war. Seine fleckig verschwitzten Kleider hingen an ihm; er hatte eine Rasur dringend nötig. Auf seinen in Sandalen steckenden Füßen tummelten sich ungestört die Fliegen. Sein säuerlicher Geruch drang bis zu mir. Aber er wirkte nicht krank, wenn auch verblödet. Seine Blässe hatte er nun doch verloren; seine Haut hatte dieselbe südländische Färbung wie die seiner Frau.

»Na, was hältst du von deinem Pappi?« Meine Stiefmutter kam mit einem Brotschneidebrett heraus, auf dem zwei dampfende Gläser Tee standen, daneben ein paar Scheiben Zitrone, ein kleiner Honigtopf und ein paar Zimtstangen. Sehr vorsichtig stellte sie das Brett auf der umgedrehten Kiste ab und setzte sich neben ihren Mann. »Er will keinen Tee«, erklärte sie. »Er will überhaupt nichts. Er will nur den Hühnern zuschauen.«

»Tihihi«, sagte mein Vater verschmitzt.

»Er hat von diesem Stuhl da Wunden am Arsch wie ein Kreuzworträtsel, stimmt's, Baby?« Sie begleitete ihre Worte mit einem rohen Stoß in die Rippen, der ihm die Tränen in die Augen trieb. »Er spürt nichts, er tut nichts, er sagt nichts. Er sitzt nur da und lacht die Hühner an.« Sie hob einen Stein vom Boden und warf ihn nach dem Geflügel. Ein alarmierter Ausdruck zog kurz über das Gesicht meines Vaters.

»Was ist denn passiert mit ihm?«

»Trink doch deinen Tee. Schau, so.« Sie ließ eine Zitronenscheibe ins Glas fallen, goss ein wenig Honig dazu und rührte mit einer Zimtstange um. »Da, da, trink.« Sie reichte mir das Glas, dann bereitete sie sich ihren Tee zu. »Was passiert ist mit ihm? Folgendes ist passiert: Er hat eines Tages entdeckt, dass Gott ihn verflucht hat. Und als ihm das klar geworden war, wurde ihm auch klar, dass es zwecklos wäre, überhaupt noch irgendwas zu tun. Also sitzt er da.« Sie nippte an ihrem Tee. »Siehst du den Fingerabdruck Gottes auf seiner Stirn? Nein? Er schon.«

»Aber warum glaubt er denn, dass Gott ihn verflucht hat?«

»Mal sehen. Könnte es sein, weil seine erste Frau, deine liebe Mutter, eine Lesbierin war, die es abstoßend fand, sich von ihm begrapschen zu lassen? Nein, das ist es nicht. Weil er Frau und Kind den Nazis überlassen hat? Nein, auch nicht. Weil sein erster Sohn, deine Heiligkeit, Priester geworden ist, eine Beleidigung für die zahllosen Märtyrer, die deine Kirche abgeschlachtet hat? Weil sein zweiter Sohn, mein süßer Benni, auf der Halbinsel Sinai in blutige Fetzen gerissen wurde? Weil seine Tochter, meine Daphna, für jeden die Beine spreizt, der mit einer Zehn-Pfund- oder Zwanzig-Doller-Note wedelt? Nein, nein und nein. Nichts von alledem ist der Grund dafür, dass er sich für einen Verfluchten hält.«

Es überraschte mich, was für ein gebildetes und wohlgesetztes Hebräisch sie sprach. Ich hatte sie zu meiner Schande für eine halbe Analphabetin, eine abergläubische primitive Nordafrikanerin gehalten, die kaum dem Wüstenzelt entstiegen war. Offenkundig fiel es ihr jetzt nicht schwer, meine Gegenwart ohne den Abwehrzauber eines Amuletts zum Schutz gegen den bösen Blick zu ertragen. Vielleicht hatte sie in den Jahren mit meinem Vater gelernt, dass man sich nicht so leicht schützen kann vor dem bösen Blick. Der Wind bläst, wo er will.

»Dein Pappi wusste, dass er verflucht war, als er von der Leiter fiel und sich das Bein brach.«

Mein Vater warf einen Blick von seiner Frau zu mir und nickte mit unangebrachtem Eifer.

Sie hob wieder einen Stein vom Boden auf, warf ihn gehässig nach den Hühnern und traf eines genau in den hochgereckten Anus. Gackernd sprang es in die Luft. »Volltreffer!«, sagte sie vergnügt und gab meinem unglücklichen Vater noch einen Stoß in die Rippen. »Du vergisst ja deinen Tee, Edmond«, wandte sie sich an mich, »nimmt dich die Geschichte so gefangen?«

Gehorsam trank ich einen Schluck.

»Ja, das ist jetzt fast fünf Jahre her. Er hat im Garten eine *Sukka* gebaut. Nicht hier, nicht in diesem Dreck, dort, wo wir früher gewohnt haben. Erinnerst du dich, Edmond? Du hast mit eigenen Augen gesehen, was wir dort für ein wunderbares Heim hatten. Wie dem auch sei. Er stand jedenfalls auf der Leiter und schlug da und dort Nägel ein, und hast du's nicht gesehen, fällt er runter – krach! Bum! Und sieh mal einer an, er hat sich das Bein gebrochen! Und was tut er? Schlägt sich mit dem Hammer auf den Schädel und haut sich ein Loch in die rechte Schläfe. Schau, man sieht immer noch, wo der Idiot sich das Loch geschlagen hat. Zum gebrochenen Bein dazu spritzt ihm also auch noch das Blut aus dem Schädel. ›Ich sterbe!‹, schreit er, der Held. ›Rette mich, Nurit!‹

Na ja, ein gebrochenes Bein kann man schienen. Einen blutenden Schädel kann man zusammennähen und bandagieren. Aber gegen seine Verrücktheit können sie nichts tun. Und während er im Bett liegt und darauf wartet, dass seine Wunden heilen, hat er Zeit zum Nachdenken. Verzeih, Edmond, aber der Kopf deines Vaters ist nicht zum Denken gemacht. Er denkt Folgendes: ›Ich steh auf einer Leiter, um eine *Sukka* zu bauen. Mit anderen Worten, ich verrichte eine *Mizwa,* eine gute Tat, erfülle ein Gebot. Und genau in dem Augenblick schleudert mich der Allmächtige, gelobt sei Er, zu Boden und schlägt mir ein Loch in den Kopf. Warum tut er das? Um mir zu zeigen, dass ich verflucht bin, um mir zu zeigen, dass keine gute Tat von meiner Hand vor Seinen Augen Gefallen findet.‹ Die Logik, die daraus folgt, hat eine gewisse Schönheit, nicht wahr, Baby?« – wieder ein gehässiger Stoß in die Rippen ihres Mannes. »*Warum,* folgert dieser ungarische Einstein, warum soll ich überhaupt noch irgendetwas tun? Und das ist der Grund, weshalb wir hier in diesem Scheißloch sitzen; das ist der Grund, warum er dahockt und seinen Hühnern zukichert; das ist der Grund, warum Fouad drei oder vier Mal die Woche hierher kommt.«

Sie zeigte auf meinen Tee. Ich nahm noch einen Schluck.

»Fouad ist nicht so übel. Er bezahlt die Miete. Außerdem braucht eine Frau eine gewisse Stimulation, sogar in meinem Alter. Dein Pappi war kein Samson, nicht einmal in den Tagen, als er noch gelegentliches Interesse zeigte. Es erfordert ein bisschen Arbeit, ein bisschen behutsame Aufmerksamkeit, Fouad in Fahrt zu bringen, aber wenn er ihn einmal hoch hat, dann hat er ihn hoch, und dabei bleibt es auch. Das Problem ist nur, dass er es von hinten mindestens ebenso gerne macht wie von vorn, und das kann wehtun. Ich schäme mich nicht, wie du siehst. Ich erzähl alles. Außerdem bist du Priester. Du musst viele Beichten gehört haben. Dich kann doch wohl nichts mehr schockieren. Den Nachbarn sage ich, dass Fouad kommt, um mit deinem Pappi über Geschäfte zu reden. Ob sie mir glauben? Wer weiß. Umgang mit einem Araber, das könnte einen Krawall hier geben. Die Frommen werden langsam gewalttätig. Meine Nachbarn haben schon Probleme genug damit, ihren Kindern ein Stück Brot in den Mund zu stopfen. Sie wollen keine zusätzlichen Schwierigkeiten. Besser wegschauen. Es gibt so was wie ein Freimaurertum unter den Armen.

Komisch, wenn man sich das so überlegt. Ihn hat Gott verflucht, aber schau ihn dir an: Er ist glücklich mit seinen Hühnern. Und dann schau mich an.« Hastig zog sie sich das Kleid über eine nackte weiße Brust, die aus dem Ausschnitt gerutscht war. »Er ist im Auge des Sturms, und ich werde verweht. Kennst du die Geschichte von Hiob? 'tschuldige, natürlich kennst du sie. Um Hiob auf die Probe zu stellen, tat Gott seiner Familie schreckliche Dinge an. Aber was hatte seine Familie getan, um so heimgesucht zu werden? *Sie* sollten ja nicht auf die Probe gestellt werden. Hatte Gott kein Mitgefühl mit ihnen, keine Liebe für sie, verschwendete er keinen Gedanken an die Schmerzen von Hiobs Frau, Hiobs Kindern? Na ja, wir kennen die Antwort auf diese Fragen, nicht wahr?«

Ich hatte keinen Trost für sie. Ich wollte sie nicht mit Plattitüden beleidigen, die nur dazu da sind, die Dinge zu bemänteln. Außerdem verlangte sie keinen Trost von mir; sie hielt sich für untröstlich.

»Ich weiß nicht, warum ich dich gebeten habe zu kommen. Ich bin für ihn verantwortlich, nicht du. Aber er ist dein Pappi. Ich dachte, du solltest wissen, was aus ihm geworden ist. Wie lange kann er so weitermachen? Seine Muskeln schwinden, sein Verstand ist futsch. Er wird immer dünner. Ich glaube, er will sterben.«

Ich fuhr zurück nach England über die Schweiz, wo ich veranlasste, dass Nurit Musič in Tel Aviv eine monatliche Rente überwiesen werde. Ich habe nie wieder von ihr gehört. Auch meinen Vater habe ich nie wieder gesehen. Gegen Ende des Jahres 1989 teilte meine Bank mir mit, dass die Zahlungsempfängerin verstorben sei.

FÜNFTER TEIL

Wenn ihr uns kitzelt, lachen wir nicht? Wenn ihr uns vergiftet, sterben wir nicht? Und wenn ihr uns beleidigt, sollen wir uns nicht rächen?

Der Kaufmann von Venedig, III, 1

In Religions- oder Eheangelegenheiten gebe ich nie einen Rat, denn ich will nicht, dass mir jemandes Qualen in dieser oder der nächsten Welt zur Last gelegt werden.

Lord Chesterfield, *Briefe*, 1765

Am Tag nach McGonagles Abreise machte auch Twombly, der in meiner Gegenwart zu einem wandelnden Bild der Herablassung geworden war, sich für eine Woche aus dem Staub, um höchstpersönlich und eigenhändig an den Stätten von Shakespeares Jugend zu recherchieren, und zwar nicht nur in Stratford, sondern auch in den umliegenden Orten wie Snitterfield, Shottery, Wilmcote, Aston Cantlow, Tiddington und Alveston. Er war heiß auf der Spur eines William Shakeshafte, von dem er glaubte, es könnte sich um den großen Dichter handeln, der sich wegen seines Rekusantentums dazu gezwungen gesehen hatte, seinen Namen leicht abzuändern, und der kurze Zeit unter Anhängern des alten Glaubens in Lancashire als Lehrer gewirkt hatte.

»Und warum fährst du dann nicht nach Lancashire?«, fragte ich hoffnungsvoll.

»Das werde ich sicher noch tun.« Aber noch ehe ich erleichtert seufzen konnte, ergänzte er: »Nicht dieses, aber vielleicht nächstes Jahr.«

Aha, gut. »Shakeshafte ist eine interessante Variante, das muss ich zugeben«, sagte ich. »Aber hast du dir je überlegt, dass Shakespeare, als er den Namen seines dicken Ritters von Oldcastle in Falstaff umänderte, mit seinem eigenen Namen gespielt hat – *shake-spear, fall-staff* – und damit das klägliche Eingeständnis machte, dass er wohl mit seiner eigenen Lanze gewisse Probleme hatte?«

Für einen Augenblick ging er mir auf den Leim. Er holte ein Notizbuch und einen Kugelschreiber aus der Tasche und begann zu kritzeln. Aber dann ging ihm auf, was ich da gesagt hatte. Er schluckte und steckte beides wieder weg. »Sehr komisch, SJ«, sagte er böse. »Weißt du was? Du solltest zur Bühne gehen. Wirklich. Du bist unterhaltsamer als ein Käfig voller Affen.«

»Wald«, sagte ich. »›Ein Wald von Affen‹ heißt das Zitat, das du suchst.«

Wenigstens war mir nun eine Ruhepause vergönnt, und ich konnte mich anderen dringenden Angelegenheiten zuwenden. Ich hatte daran gedacht, noch einmal nach Paris zu fahren, aber nach einem telefonischen Sondierungsgespräch wurde mir klar, dass ein Besuch dort im Augenblick nutzlos wäre. Ich hatte mit der jüngeren Madame Popescu gesprochen, die inzwischen selbst schon eine Frau mittleren Alters war, aber durch und durch Pariserin, also immer noch eine attraktive Frau. »Die arme kleine Yvette« sei vorübergehend mit der Geschäftsführung betraut, sagte sie, und aus ihrem Lachen hörte ich sogar über die Entfernung hinweg ihre Nervosität. Popescu *fils* war Popescu *père* offenbar nach Budapest gefolgt, nur um dort zu erfahren, dass der »böse, böse Schwiegervater« – »ach, wie lästig!« – von Budapest nach Moskau weitergereist sei – oder war es St. Petersburg?

»Ist alles in Ordnung, Yvette? Mir können Sie es ja sagen.«

»Aber natürlich, natürlich. Was denken Sie denn? Sie kennen doch Aristide Popescu. Er muss Wind von irgendeiner seltenen Ausgabe bekommen haben. Er steckt die Nase in die Luft – ›schnüffel-schnüffel‹ – und folgt dem Duft mit dem Eifer eines Casanova, der hinter einer neuen Eroberung her ist. Und ist mein Gaby vielleicht besser?«

Die Geschichte einer Ehe lag in dieser Andeutung.

»Dann brauche ich mir ja keine Sorgen zu machen«, sagte ich. »Wenn Aristide zurückkommt, sagen Sie ihm bitte, dass ich ihn dringend sprechen muss.«

»Sie und hundert andere.« Sie konnte ein Aufschluchzen nicht kaschieren. »Beten Sie für ihn, *père.* Beten Sie für beide.« Und sie legte auf.

Ganz offensichtlich ist Aristide in irgendwelchen Schwierigkeiten, er und sein Sohn. Na ja, er ist immer hart am Wind gesegelt. Ich habe bei einem Hilfe gesucht, der ihrer vielleicht selbst dringend bedurfte.

Ich weiß einiges mehr über »W. S.s *Dyuers and sondry Sonettes*«, als ich bisher zugegeben habe. Ich weiß zum Beispiel, wie diese »vilerley und mancherley Sonette« in die Bibliothek von Beale Hall gekommen sind. Und weil ich das weiß, muss ich mich fragen, ob sie echt oder gefälscht sind. Sir Percival erwarb das Buch von Solomon Falsch im Austausch gegen eine 1609 in Dunaharaszti gedruckte hebräische Haggada. So viel ist aus Falschs privaten Papieren ersichtlich, die ich hier in meinem Schreibtisch im Musikzimmer unter Schloss und Riegel halte. (Er hat in vielen Sprachen geschrieben, dieser Falsch: Hebräisch, Latein, Deutsch, Französisch, Italienisch, Englisch, Holländisch, Ungarisch, um nur die zu nennen, deren er sich am häufigsten bediente, und – abgesehen von den Schriften, die wirklich veröffentlicht wurden – schrieb er in einem Mischmasch, einer Mixtur, und wechselte mitten im Satz von einer dieser Sprachen zur anderen, je nachdem, in welcher er seine feinen Bedeutungsnuancen gerade am besten zum Ausdruck bringen konnte. Die Aufzeichnungen, die für das ungebetene Auge unverständlich bleiben sollten, schrieb er in Englisch, raffinierterweise aber in einem mit hebräischen Buchstaben geschriebenen Englisch. Es ist erstaunlich, wie erfolgreich dieser einfache Code sein kann. Ich habe ihn selbst immer wieder verwendet, allerdings mit einer kleinen persönlichen Verfeinerung: Während Falsch von rechts nach links schrieb, wie sich das fürs Hebräische gehört, schreibe ich meine hebräischen Buchstaben von links nach rechts.)

Das achtzehnte Jahrhundert war ein Jahrhundert der Shakespeare-Vergötterung, in mancher Hinsicht mehr als unser eigenes. Wie sehnlich wünschte sich die westliche Welt, vor allem die britische, die ja einen nationalen Besitzanspruch hat, bisher unentdeckte Shakespeare-Manuskripte zu entdecken, bisher unbekannte Shakespeare-Dokumente auszugraben, ja irgendetwas zu finden, was irgendwie mit dem Barden, seinem Leben, seiner Arbeit, seinem Genius zu tun haben könnte. Tatsächlich wurde einiges an echtem Gold aus dem Staub der Vergangenheit geschürft, ein neues Licht fiel auf einen Mann, der – inzwischen ein Gott geworden – vergeblich danach gestrebt hatte, ein Mann von Stand zu werden, jedoch eine – wenn auch nur matt – schimmernde Spur in den Gerichtshöfen des Landes hinterlassen hatte. Aber nicht genug Gold, nicht genug Licht, nicht genug, um zufrieden zu stellen, was sich rasch zu einer englischen Leidenschaft auswuchs. Hat nicht Englands größter Schauspieler, David Garrick, 1769 in Stratford das erste Shakespeare-Jubiläum eröffnet – leider fünf Jahre zu spät für eine Zweihundertjahrfeier? Er hat. Und war Sir Percival nicht auch vom nationalen Fieber befallen? Er war.

Sir Percival war ein vielseitiges Talent, der die meisten seiner Gaben selbst am liebsten unter dem Begriff »Naturphilosoph« zusammenfasste. Er war ein begeisterter Astronom, Botaniker und Mathematiker, interessierte sich aber auch für viele andere wissenschaftliche Forschungsgebiete. Sicher war er ein Amateur, aber er lebte zu einer Zeit, in der gebildete Amateure ernsthaftere Arbeit vollbrachten, als sie im Allgemeinen von den Gelehrten an den Universitäten vollbracht wurde. Er war natürlich Mitglied der *Royal Society* und leistete so manchen Beitrag zu den Sitzungsberichten dieser illustren

Institution. In seiner Korrespondenz mit Kollegen wie Cavendish, Barrington, Franklin, Euler, Linnaeus und Montesquieu tritt seine mitreißende, eklektische Neugier zu Tage; ein Großteil dieser Korrespondenz ist uns in einer von seinem Nachkommen Sir Corydon Beale, dem Erfinder des selbstreinigenden Nachttopfes, herausgegebenen und 1902 privat verlegten dreibändigen Auswahl erhalten.

Sir Percivals Katholizismus kam seiner Suche nach wissenschaftlicher Wahrheit nicht in die Quere. Boswell schreibt ihm die geistreiche Bemerkung zu: »Gebet Newton was Newtons ist und Gott etc. etc.« In seiner *Sapientia Rustici* (1783) schrieb Sir Percival selbst:

> Es ist gefährlich, die Autorität der Schriften in Diskussionen über die natürliche Welt, wie die Vernunft sie sieht, zu verwickeln; denn die Zeit, die alles ans Licht bringt, mag als offenkundig falsch erweisen, was wir die Schriften haben verfechten lassen.

Trotzdem blieb er sein ganzes langes Leben hindurch ein treuer Katholik. Man zögert, sich zu fragen, was er zu Darwin gesagt hätte.

Wie Sie bereits wissen, war Sir Percival ein großer Reisender und Sammler von Kuriositäten. Ja, Sir John Soane, der Architekt, hat sich Lord Greville gegenüber dahingehend geäußert, dass Sir Percival es war, der ihn dazu anregte, ein Sammler zu werden. Der »alte Herr« hatte ihm, als er noch ein kleiner Junge war, ein paar Scherben römischer Töpferware und eine zerbrochene, fünfzehn Zentimeter große Figur des ägyptischen Gottes Thoth geschenkt. Er sei, sagte Sir John, der »sanfteste, freundlichste und entgegenkommendste Mensch« gewesen, den man sich nur vorstellen könne.

Die Dunaharaszti Haggada ist ein Wunderwerk der Buchherstellung. Auch sie ist hier in meinem Schreibtisch eingesperrt. Sir Percival erwarb sie 1765 von dem Kloster in Vatra-Neamt, hoch oben in den wirbelnden Wolken der Karpaten. Er war auf dem Weg zum Golf von Burgas am Schwarzen Meer, weil er gehört hatte, dass es dort interessante römische Ruinen gebe, und hatte seine Reise wegen eines stürmischen, bitterkalten Windes, der seit Tagen wehte, in dem Kloster unterbrochen, um sich selbst, seinen Eseln und seinem Führer (in dieser Reihenfolge) etwas Ruhe zu gönnen und mörderischen Banditen aus dem Weg zu gehen, die sein Führer im Anmarsch auf genau den Pass entdeckt hatte, den Sir Percival überqueren musste.

Wie die Haggada ihren Weg in dieses abgelegene Kloster gefunden hatte, konnte der Abt, der sein Amt dort erst vor kurzem angetreten hatte, nicht sagen, und er wollte – wie Sir Percival in seinen täglichen Aufzeichnungen notierte – ganz offensichtlich auch nicht danach fragen, um vor seinen Untergebenen nicht als Ignorant dazustehen. Der Engländer blieb einige Tage in Vatra-Neamt, und die Haggada ließ ihn nicht los. Um die Wahrheit zu sagen, er wollte sie haben. Am Tag seiner Abreise gab er seinem Gastgeber fünf goldene *Sovereigns*, was für die damalige Zeit allenthalben eine großzügige Summe gewesen wäre, und erst recht für dieses wilde Adlernest in den Karpaten, und bat ihn, für seinen Gast, einen Sünder, zu beten. Der Abt bestand darauf, dass Sir Percival die Haggada mit sich nehme, da er so daran interessiert und sie für die Bedürfnisse des Klosters eigentlich entbehrlich sei und ohnehin niemand in Vatra-Neamt die Schrift lesen könne.

Das jedenfalls erzählte Sir Percival seinem Freund Falsch, als er ihm nach seiner Rückkehr nach England seine Neuerwerbung zeigte.

Es wäre aber auch gut möglich, dass er das Buch einfach in seiner Tasche verschwinden ließ.

Ich glaube, dass der Anblick der Dunaharaszti Haggada in Sir Percivals Bibliothek für Solomon Falsch ein Wendepunkt in seinem Leben war. Es war der Augenblick, in dem aus einer lauen Seele ein wirklich Gläubiger wurde. Denn Falsch erkannte die Haggada. Als kleines Kind hatte er sie, zitternd vor Ehrfurcht, selbst in Händen gehalten. Diese große Auszeichnung war ihm als Belohnung dafür zuteil geworden, dass er am Seder-Tisch der Meyerbeers eine intelligente Frage über die Flucht aus Ägypten gestellt hatte. An die Frage konnte er sich nicht mehr erinnern, aber er sah immer noch den stolzen Blick seines Vaters, als der alte Meyerbeer ihn, den kleinen Jungen, ans Kopfende des Tisches rief und ihn aufforderte, das Buch zu halten, die Seiten zu wenden, sich die Bilder anzusehen; und er erinnerte sich auch noch daran, wie der alte Mann ihn liebevoll in die glühenden runden Wangen gekniffen hatte.

Zu jener Zeit war die Haggada bereits über ein Jahrhundert alt. Der Patriarch Reb Reuven Meyerbeer hatte sie Anfang des siebzehnten Jahrhunderts bei Gershom Shahor, dem Prager Meister, in Auftrag gegeben. Was der kleine Falsch damals – auf der Titelseite, in der Mitte unter den Worten הגדה של פסח, Pessach Haggada – sah und was der Erwachsene wieder sah, als Sir Percival von seinen Reisen zurückkehrte, ist ein Bild der hölzernen Synagoge von Dunaharaszti und kleine Gestalten, die über den Platz darauf zugehen. Die Seite trägt überdies einen gotischen Schmuckrand mit den Gestalten von Adam und Eva, Samson mit den Toren von Gaza in den Armen und Judith, den Kopf des Holofernes umklammernd. Es ist eine der schönsten frühen gedruckten Ausgaben illustrierter Haggadot, und es gibt sie nur in dieser einen Ausgabe in Beale Hall.

Was Falsch bei ihrem Anblick empfand, können wir nur erahnen. Da saß er, wie wir annehmen dürfen, gemütlich und in aller Freundschaft mit seinem Gönner in der exquisiten ovalen Bibliothek, ein Glas Rheinwein und Sodawasser neben sich, in der Ferne schimmerten, kaum sichtbar über die reich bebauten Ländereien hinweg, die Türme der Burg Ludlow – und er muss sich plötzlich in ein längst vergessenes Milieu zurückversetzt gefühlt haben. Vielleicht dachte er an seine verlorene Unschuld, an den hartnäckigen Glauben seines Volkes, an die Wärme im Kreis der Familie, das von seiner Mutter zubereitete Essen, die geheimnisvolle, stille Heiterkeit, die ihr Gesicht ausstrahlte, während sie die Kerzen anzündete und den Sabbat willkommen hieß. Wie war diese Haggada in ein abgelegenes Kloster in den Karpaten gekommen? Welche Schlüsse ließen sich aus ihrer Wanderschaft dorthin auf das Schicksal der Familie Meyerbeer in Dunaharaszti ziehen? Dass sie jetzt wieder in seinem Leben aufgetaucht war, traf ihn tief und ließ einen Entschluss in ihm reifen. Damit dieses Buch jüdische Hände verließ, sagte er sich, war fast mit Sicherheit jüdisches Blut vergossen worden. Nun gut, er würde die Haggada retten, er würde sie den *Gojim* aus den schmutzigen Händen reißen. In einer handschriftlichen Notiz, deren Unleserlichkeit Bände über seine Leidenschaft spricht, vermerkt er, dass er die Absicht hat, dieses Buch, mit allen Mitteln, gut oder böse, für die Juden zurückzuerobern. Er betrachte das als seine »heilige Pflicht« und unterziehe sich dieser Aufgabe gerne und mit Eifer.

Was nun folgt, könnte man gut eine »fantasievolle Rekonstruktion« nennen. Aber sie steht auf der festen Grundlage schriftlicher Aufzeichnungen: Auf Falschs Notizen, auf diesem und jenem Schriftstück aus Sir Percivals Papieren.

Zunächst ging Falsch die Sache mit Tücke an. Eines Nachmittags in diesem Frühling traf er Sir Percival, der auf nicht ganz sicheren Beinen aus Peg Thumpers Freudentempel in der Pye Lane kam, und begrüßte seinen Gönner mit großer Herzlichkeit: »Na so was, Sir P.! Wie ist das werte Befinden? Und wie geht es der gnädigen Frau? Bitte überbringt ihr meine herzlichsten Empfehlungen. Was gibt es denn Neues, Verehrtester? Ich hoffe, es steht alles zum Besten« – hier stelle ich mir vor, dass Falsch einen bedeutungsvollen Blick auf die glänzend polierte Eingangstür von Peg Thumpers Etablissement warf –, »doch kein neuerliches Auftreten der alten Probleme, das will ich hoffen.«

»Nein, keineswegs, ich danke Euch. Und Ihr, wie geht es Euch?« Sir Percival schwankte ein wenig, und Falsch streckte eine hilfreiche Hand aus. »Verdammte lose Pflastersteine!«, sagte Sir Percival. »Begleitet Ihr mich? Ich hab mein Reittier im George gelassen.«

»Ich dachte, Ihr hättet es bei Meg Thumper gelassen.« Das zweifellos mit einem Zwinkern.

Sir Percival grinste. »Halunke! Mein Ross meine ich.«

»Medon, den Scheuen?« Man hätte meinen können, Falsch könnte Pferde tatsächlich auseinander halten.

»Nein, Amycus. Medon hat sich den Widerrist durchgescheuert.« Sir Percival nannte alle seine Pferde nach den berühmtesten Zentauren.

»Ach«, sagte Falsch ganz verständnisinnig, obwohl das Wort »Widerrist« bestimmt völlig neu und unverständlich für ihn war. »Lasst Euch von Euren Stallburschen ein paar Karotten zu Brei verarbeiten und Wasser durch den Brei in Medons Eimer sieben. Davon soll er trinken. Ich zweifle nicht daran, dass er sich rasch erholen wird.« Karotten konnten auf jeden Fall nicht schaden.

Sie bogen um die Ecke in die Old Street ein.

»Ihr dahin«, sagte Sir Percival, »ich hierhin.«

Falsch war noch nicht besonders gut vertraut mit dem Barden und bemerkte die Anspielung nicht. Aber er sollte bald sehr vertraut mit ihm werden. Jetzt aber sagte er: »Wollt Ihr nicht geruhen, auf eine Tasse Tee in meine bescheidene Hütte zu kommen, Sir P.? Ihr würdet mir damit eine große Ehre erweisen.«

»Ja gerne«, sagte Sir Percival. »Vielen Dank. Ich bin ohnehin noch nicht so ganz sicher auf den Beinen.« Er rülpste und fächelte sich geziert mit einem Spitzentaschentuch vor dem Mund. »Und wird Eure hübsche Haushälterin Polly ein paar von ihren köstlichen warmen *scones* für mich haben? Die mit den Rosinen. Und Stachelbeermarmelade dazu?«

»Ganz bestimmt.«

»Ach, die hübsche Polly«, sagte Sir Percival lüstern. Polly Plum war damals siebzehn. Sie hatte einen betörenden Blick, eine schmale Taille und einen schwellenden Busen.

»Sie heißt jetzt Sarah«, sagte Falsch. »Ich habe sie judaisiert, wie mein gesamtes Gefolge. Aber ihre *scones* und ihre Marmelade sind unverändert.«

»Ach.« Die Enttäuschung in Sir Percivals Ton war unverkennbar. Judaisiert, war Polly für ihn eine Art fremdartiger Nonne geworden.

Sobald Falsch Sir Percival in einem gemütlich eingerichteten Hinterzimmer mit Blick auf den Garten und Erfrischungen in bequemer Reichweite sitzen hatte, schnitt er das Thema an, von dem er jetzt besessen war, schnitt es mit der Beiläufigkeit an, die einem müßigen Gedanken zukam, der durch ein schläfriges Hirn zog und rein zufällig auf der Zungenspitze landete. »Dieses hebräische Buch, das Ihr von Eurer Reise mitgebracht habt … von wo gleich? Einem Kloster in den Karpaten?«

»Vatra-Neamt, genau gesagt. Das ist die beste Stachelbeermarmelade in der ganzen Grafschaft!« Sir Percival beförderte ein Stück *scone* mit Marmelade in den Mund und klopfte sich mit klebrigen Fingern auf den Bauch. »Besser als alles, was ich in London bekommen habe, von Beale Hall gar nicht zu reden! Was ist mit dem Buch?«

»Ich werde dafür sorgen, dass Euch Sarah – ehemals Polly – etwas davon nach Beale Hall schicken lässt. Nein, nein, ich bestehe darauf, ist mir ein Vergnügen, ein Vergnügen. Das Buch ist einer so vornehmen Bibliothek wie der Euren nicht würdig.«

»Warum denn, Menschenskind, um was geht es denn darin?«

»Es ist eine Art Kochbuch, passend und nützlich vielleicht für eine Küche, wenn Sie eine Köchin haben, die hebräisch lesen kann. Aber mein Einwand richtet sich hauptsächlich gegen seine Alltäglichkeit. Europa ist davon überflutet. Man findet es in jedem hebräischen Haushalt auf dem Kontinent.«

»Laut Kolophon ist es aus dem Jahr 1609. Außerdem ist es nicht nur alt, es ist auch ein sehr schönes Buch.«

»Ach, Sir P.«, sagte Falsch mit einem kleinen Lachen, »soweit wir das beurteilen können, wurde es vor nicht mehr als zwanzig Jahren gedruckt. Das Kolophon bleibt immer das Gleiche. Der hebräische Verleger und sein Leser sind nur daran interessiert, in welchem Jahr ein Buch zum ersten Mal gedruckt wurde. Alle weiteren Ausgaben tragen dieses erste Datum. Ich dachte, Ihr wüsstet das. Eine Eigenheit der Juden. Sie messen dem Kolophon keine große Bedeutung bei.« Und er lachte abermals. Erfundene Geschichten gingen ihm leicht von der Zunge.

»Aber das Buch sieht sehr alt *aus*. Es muss fürwahr alt sein!«

Falsch zuckte die Achseln und lächelte. »Gestattet mir doch, Euch von einer Peinlichkeit zu befreien, Sir P. In meinem Haushalt könnte es von Nutzen sein, ich unterrichte Sarah jetzt in Hebräisch. Englisch kann sie sowieso nicht lesen, man hat das arme Kind ja ohne jede Erziehung aufwachsen lassen.«

»Die Abbildungen sind sehr schön.«

»Sagen wir einen Shilling? Nein, zwei. Ich gebe Euch einen Florin für das Buch.«

Nun war es für Sir Percival an der Reihe zu lachen. Er winkte ab.

»Ihr seid hart im Handeln, Sir P. Ich biete Euch eine Guinee, das ist mein letztes Angebot.«

»Ich handle nicht, Falsch. Ich bin kein Händler, verdammt! Ihr vergesst Euch.« Sir Percivals Stimme hatte jetzt einen metallischen Klang, und es lag eine Spur von Widerwillen darin. Er erhob sich und bürstete ein paar Brösel von seiner Weste.

»Bitte behaltet doch Platz, Sir P.«, sagte Falsch beunruhigt und stand selbst auf. »Ich habe nur im Scherz gesprochen. Verzeiht mir. Schaut, da kommt Sarah mit frischem Tee, warmen *scones* – und sicher bringt sie auch noch Stachelbeermarmelade.«

Und da kam sie tatsächlich mit einem beladenen Tablett und tauschte den abgestandenen alten gegen dampfend frischen neuen Tee aus. Hübsch war sie zweifellos; Sir Percival hatte fraglos Recht. Die jüdische Sarah hatte die kecken Augen und den koketten Gang der vormals in vager Weise methodistischen Polly behalten. Sie zeigte lächelnd ihre Grübchen und machte einen Knicks vor Sir Percival.

Sir Percival setzte sich wieder. »Ehem«, sagte er.

Falsch seufzte erleichtert.

Sarah ging mit dem Tablett und ließ Sir Percival mit seiner neu erwachten Lust zurück.

»Sie ist jetzt Jüdin, sagt Ihr?«

»Jawohl, Sir.«

»Aha, aha.«

Zwar kam sie ihm jetzt wie eine Art Nonne vor, diesem Naturphilosophen – oder wie eine Art vestalische Jungfrau, denn die Klassik war ja auch sein Metier –, aber gerade das war ein Nervenkitzel und sprach eine gewisse Anlage zur sexuellen Perversität in ihm an. Weil er sie jetzt für eine verbotene Frucht hielt, begehrte er sie umso mehr. Zweifellos geisterte sie bereits durch seine Fantasien. ›Ach wär ich ihr nur bei Peg Thumper begegnet!‹ Oder so ähnlich.

Falsch, der Männer verstand, erkannte das Glitzern in den Augen seines Gönners. Ja, war da nicht sogar eine ungehörige Wölbung in Sir Percivals Hose? Es muss Falsch durch den Sinn gegangen sein, dass Sarah ein möglicher Weg zu der Dunaharaszti Haggada war. Aber er unternahm nichts in dieser Richtung. Wie wir noch sehen werden, hatte er mit Sarah andere Pläne.

»Entzückendes Mädel«, sagte Sir Percival.

»Wenn es irgendeine Möglichkeit gäbe, für sie das Kochbuch zu erwerben, ohne den edlen Herrn zu beleidigen, dem ich so tiefe Dankbarkeit schulde …« Die Unterwürfigkeit muss Falsch einige Überwindung gekostet haben.

Sie entlockte Sir Percival wahrhaftig ein Kichern. »Wozu denn, wenn es doch wertlos ist?«

»Wertlos für Euch, Sir P. Überlegt Euch: eine Mistgabel hat großen Wert für den Bauern, wenn auch keinen für Euch; ein gewöhnliches Kochbuch hat Wert für eine Köchin – für Sarah, die so köstliche Stachelbeermarmelade zubereitet. Ich erlaube mir nur zu behaupten, dass weder Mistgabel noch alltägliches Kochbuch eine Zierde für Eure Bibliothek wären.«

»Der schlaue Bube, wie mich dünkt, gelobt zu viel«, sagte Sir Percival, wie zu sich selbst, aber gerade so laut, dass Falsch es hören konnte – eine weitere verschwendete Anspielung auf den Barden.

»Ihr wollt Euch also nicht davon trennen?«

»Ganz bestimmt nicht«, sagte Sir Percival. »Mit Eurem Geschwätz habt Ihr mich nur von der Seltenheit des Buches überzeugt.« Er stand auf. »Mir scheint, ich hab meinen verflixten Spazierstock bei Peg Thumper vergessen.« Er zwinkerte. »Muss wohl leider auf dem Heimweg noch mal dort vorbei.«

Sie trennten sich durchaus freundlich. Falsch schluckte seine Enttäuschung hinunter. Er würde es noch einmal und auf anderem Weg versuchen müssen.

Ich glaube, ich kann Falschs Haltung gegenüber der Dunaharaszti Haggada, seine Entschlossenheit, sie aus ihrem christlichen Gefängnis zu befreien, wegen meiner eigenen Erfahrungen vor all diesen Jahren in Rom irgendwie verstehen. Sie erinnern sich vielleicht, dass ich vom Chefbibliothekar der vatikanischen Bibliothek dorthin bestellt worden war und man mir die Stelle eines Assistenzkustos für die Sammlung von Hebraica angeboten hatte. Angeboten, sage ich, mich dazu bestechen wollte, meine ich. Der wahre Grund war der, dass ein Schlüsselelement in Kikis Stiftung null und nichtig gemacht werden sollte; kurz und gut, man wollte mich von Beale Hall weglocken. Monsignore Marinaccio hatte sogar versucht, mich mit dem eigenen Ehrentitel zu ködern. Aber das habe ich Ihnen ja alles schon erzählt, nicht wahr? Alte Menschen neigen dazu, sich zu wiederholen, und ich bin leider alt. Entschuldigung. »Führe mich nicht in Versuchung«, hätte ich ihm ernst antworten sollen, aber das fiel mir erst ein, als es schon zu spät war. (Um die Wahrheit zu sagen, auch wenn es mir rechtzeitig eingefallen wäre, hätte ich es nicht gesagt. Ich hätte es nicht gewagt, nicht als einfacher kleiner Priester in der Zentrale des Unternehmens Kirche. Ich bin nicht aus dem Stoff, aus dem man Helden macht.)

Jedenfalls wurde mir eine Blitztour durch die große und weitgehend geheime Sammlung gewährt, sicher die reichste auf der Welt, viel reicher sogar als das, was ganz öffentlich in den Katalogen der *British Library* zu finden ist, in ihrem Museum ausgestellt wird und für wissenschaftliche Untersuchungen zur Verfügung steht. Aber nur bei besonderen Schätzen – Glanzlichtern sozusagen – konnte ich ein wenig länger verweilen: Tora-Rollen aus dem dunklen Mittelalter; das heiligste der Bücher, Buchstabe für Buchstabe andächtig vom Schreiber hingemalt; Exemplare des kompletten Talmuds aus der Zeit vor und nach der Erfindung der Buchdruckerkunst; die Erläuterungen und Kommentare jüdischer Gelehrter durch die Jahrhunderte; und was die Haggadot betrifft, ja also, die älteste davon stammte, soweit ich mich erinnere, aus dem zwölften Jahrhundert, und zwar aus Süddeutschland, und die Gesichter auf den Bildern waren absichtlich verzerrt gemalt worden, um nicht gegen das biblische Verbot von Götzenbildern zu verstoßen. Es gab Beispiele aus jedem Jahrhundert, von Manuskripten bis zu gedruckten Exemplaren, von handgemalten Bildern in leuchtenden Farben und mit Blattgold verziert bis zu wunderbaren Kupferstichen. Man hätte meinen können, das Volk des Buches hätte sein Leben einzig und allein dem Zweck gewidmet, diese Bibliothek auszustatten. (In einem bitter-ironischen Sinn hat es das wohl auch.) Aber es gab auch andere Schätze, Schätze aus Silber, Schätze aus Gold, feinst gearbeitet, Tora-Schilde und als Kreuzblumen gearbeitete Handgriffe, zierliche Zeigestöcke, Gewürzkästchen, exquisite Behälter für die drei *Matzen* auf dem Pessachtisch, ein Füllhorn von sakralen und profanen Kunstwerken. Die Sammlung umfasste, wie mir schien, ein Riesenareal. Mein Führer, ein junger französischer Priester mit roten Wangen und hellen blauen Augen, der nichts von meiner Geschichte wusste, dessen Ansichten zu der immer noch lebendigen Dreyfus-Frage aber außer Zweifel standen, erzählte mir stolz, dass es hier im Vatikan mehr an Schätzen gäbe, als alle Jidden von New York, London, Buenos Aires, ja sogar Tel Aviv je zusammenbringen könnten. »*Pas mal, hein?*«

Priester, der ich war, und Priester, der ich bleiben wollte, überkam mich eine Art Übelkeit. Es war, als wäre ich vergewaltigt worden, oder – um eine Stufe herunterzusteigen – als wäre ich nach Hause gekommen, um festzustellen, dass man mir alles geraubt hatte, was mir lieb und teuer war. Aber warum, da ich es doch alles aufgegeben hatte? Hätte ich etwas in der Art des Unternehmens Entebbe organisieren können, um die gesamte Vatikansammlung für Israel zurückzuerobern, ich hätte es getan.

Nun ja, das malte ich mir halt so aus in meiner Fantasie. Der Großteil des Besitzes – wer kann sagen wie viel? 90 Prozent? 95? 99? – waren gestohlen, gestohlen im Lauf von Jahrhunderten, und natürlich nicht, ohne dass Juden dafür hingemordet wurden. Das waren keine Sachen, wenigstens das meiste nicht, die man bei einem jüdischen Händler auf dem Markt ergattert. Im besten Fall hatte der Vatikan Geschenke von Leuten erhalten, die jüdisches Eigentum an sich genommen und Juden dafür ermordet hatten; Gaben sozusagen, die der Mutter Kirche schlicht und einfach in den Schoß gefallen waren. Im besten Fall, wie gesagt.

Ich glaube, der Unterschied, den ich, wie mir selbst erst vor kurzem bewusst wurde, zwischen mir und ihnen mache, hat seine Wurzeln in diesem Erlebnis. Letzte Woche, als Bischof McGonagle zum Essen da war, machte sich das so stark bemerkbar, dass es an eine Offenbarung grenzte, wenn nicht an eine echte Epiphanie im Joyceschen Sinn. Dieser Rundgang durch die Hebraica-Sammlung seinerzeit muss irgendein atavistisches Element in meiner Seele geweckt, ein jüdisches Gen angesprochen haben. Und was tat ich damals? Ich kaufte mir ein Birett.

(Zugegeben, nach diesen vielen Jahren erinnere ich mich nicht genau, ob mir wirklich gesagt wurde, dass ein Großteil der Sammlung gestohlen und ihre Existenz im Vatikan uneingestanden sei, oder ob ich nur aus Gerüchten meine Schlüsse zog. Nein, nein, es *wurde* mir gesagt. Es *muss* mir gesagt worden sein. Warum sonst wäre die Erinnerung an diesen Tag in allen Einzelheiten so lange Zeit hindurch so lebendig geblieben?)

Ein Ereignis bei diesem Besuch in Rom, von dem ich keinem Menschen erzählt habe – niemandem, nicht einmal Maude, und W. C. schon gar nicht –, war eine nächtliche Diskussion mit meinem alten Freund Castignac und meinem Führer durch die Hebraica-Sammlung des Vatikans, dem jungen antisemitischen Priester. Sein Name, den ich längst vergessen hatte, schoss mir vor einem Augenblick plötzlich ins Gedächtnis, brach wie eine Gasblase durch den gärenden Sumpf der Erinnerung: Dominique Pomier!

Wir waren in ein Restaurant auf der Piazza S. Maria in Trastevere gegangen, hatten gut und ausgiebig gegessen und ein wenig zu gut und ausgiebig einem starken *vino da pasto* zugesprochen. Recht unsicher auf den Beinen, hatten wir uns danach in die Via Emilia begeben, einen Katzensprung von der Villa Borghese entfernt, wo Pomiers weltenbummelnde Eltern eine Wohnung besaßen, die ihm zur Verfügung stand. Dort tischte er uns noch mehr Wein auf, *vino da bottiglia* diesmal. Wir saßen und redeten, und weil wir jung waren, redeten wir über Sex. Ja, wir waren noch jung, und das Blut pulsierte heiß in unseren Adern, und so stellten wir die negative Haltung des augustinischen Christentums gegenüber dem Sex in Frage und diskutierten über die Grausamkeit des den Priestern auferlegten Zölibats. Wir hechelten die alten, längst zu Klischees gewordenen Argumente durch, als wären wir die Ersten, die auf solche Gedanken kamen. Castignac und ich gaben unsere sexuellen Affären zu, erwähnten aber, als vollendete Gentlemen, keine Namen. Pomier seinerseits rückte mit dem Eingeständnis seiner Zugehörigkeit zu einem anderen sexuellen Club heraus, einem, in dem Sokrates, Oscar Wilde und André Gide hoch geehrte Mitglieder waren. »Aber, meine Herren, unsere Zahl ist Legion, nicht nur heute, sondern immer schon gewesen.« Castignac und ich wechselten Blicke.

»Mir jedenfalls«, sagte Pomier mit vom Wein schwerer Zunge, »sind hübsche Jungen im Stadium zwischen Asexualität und Adoleszenz am liebsten. Ich möchte Flaum, aber nicht mehr als Flaum auf der Oberlippe und um den noch unerprobten Schwanz herum. Ich möchte rosige Lippen sehen, die es nicht erwarten können, mich zu umschließen, und einen sauberen, rosigen Anus, der es kaum erwarten kann, mir Eintritt zu gewähren.«

Obwohl wir ziemlich betrunken waren, gaben wir konsternierte Laute von uns, Castignac und ich.

»Sie heißen das nicht gut?«, fragte Pomier. »Folge der Natur, sagt der Philosoph.«

»Welcher Philosoph? Das sind doch Kinder«, sagte Castignac. »Es geht nicht darum, dass es Jungs sind. Es wäre ein genauso schändlicher Missbrauch, wenn es Mädchen wären.«

»Überlegen Sie doch, welche Traumata diesen Kindern dadurch zugefügt werden können. Traumata, mit denen sie dann als Erwachsene nicht fertig werden«, sagte ich. »Es gibt keine Entschuldigung für den Missbrauch der Unschuld.«

»Unschuld!« Pomier lachte. »Denken Sie so über Ihre eigene Kindheit? Eine solche Erfahrung ist nur traumatisch, wenn die Erwachsenenwelt sie dazu macht. Denken Sie doch bitte nur an die Bräuche bei den Ureinwohnern von Sambia und den Etoro in Neu-Guinea. Dort ist es üblich, dass die Knaben zwischen sieben und zehn und weiter bis zur Pubertät ältere Männer bis zum Orgasmus wichsen und ablutschen und die Soße schlucken. Warum? Weil diese Völker glauben, dass aus einem Knaben kein Mann werden kann, wenn er keinen Samen schluckt. Ihrer Ansicht nach ist es ein analoger Vorgang zum Stillen; es ist Nahrung für das heranwachsende Kind. Es wäre ein grausames Vergehen, diesen Knaben die Gelegenheit vorzuenthalten, das Ejakulat des männlichen Erwachsenen zu schlucken.« Er zwinkerte uns zu.

»Aber wir leben nicht in Neu-Guinea«, sagte Castignac. »Möglich, dass die Einstellung der Menschen zum Sex relativ ist. Vielleicht gibt es keine absolute Richtlinie. Aber unsere Gesellschaft – von unserem Glauben rede ich gar nicht – verurteilt ein solches Verhalten, verurteilt es ohne Vorbehalt. Der Missbrauch liegt weniger in der Tat an sich als in der Wirkung, die diese Tat auf das zum Mann herangewachsene Kind hat, im psychischen Schaden.«

»Quatsch! Sie lieben es.«

»Das machen Sie sich vor, weil es Ihnen so passt«, sagte Castignac. »Aber alles, was Sie sagen, läuft eigentlich nur auf die Frage von Macht hinaus. Wer sie ausübt, wer sich ihr unterwirft.«

»Da hast du Recht«, sagte ich. »Und so gesehen, haben wir damit eine Parallele zum Vatikan vor uns. Wir möchten gerne glauben, dass geistliche Belange die Handlungsweise des Pontifikats bestimmen, aber wir haben genügend Beweise, die darauf schließen lassen, dass es vom Streben nach Macht gelenkt wird.«

»Geben Sie Acht, was Sie sagen«, warnte Pomier. »Sie begeben sich da auf gefährlichen, um nicht zu sagen häretischen Boden.«

Und so wandte unser betrunkener Diskurs sich von sexuellen Bräuchen und Missbräuchen, von den Freuden und der Vielfalt des Geschlechtslebens ab und den Konflikten zwischen dem himmlischen und dem irdischen Königreich in Rom zu. Wir müssen uns für das Nonplusultra an intellektueller Kühnheit gehalten haben.

Trotzdem, warum fällt mir jedes Mal, wenn ich jetzt an Twombly denke, diese alberne und betrunkene Debatte vor so vielen Jahren ein?

Bastien sagt mir, dass Twombly wieder da ist, seit drei Tagen ist er schon zurück. Meine Schonzeit ist vorbei. Ist es wirklich schon vierzehn Tage her, dass er sich auf die Suche nach einem katholischen Shakeshafte machte? Die Zeit vergeht so schnell, so rasend schnell. Er ist mir bisher aus dem Weg gegangen, das muss ich ihm lassen. Aber was das zu bedeuten hat, muss ich erst herausfinden. Wahrscheinlich nicht viel mehr, als dass seine Nachforschungen nichts erbracht haben und ihm das peinlich ist. Er forscht schließlich auf einem

Feld, das bereits Zentimeter um Zentimer umgegraben worden ist. Bastien berichtet auch, dass Twombly sich fast nur in seinem Zimmer aufhält, den Konfratres aus dem Weg geht, den gemeinsamen Aufenthaltsraum nur am Vormittag benutzt, wenn er leer ist, und seine Mahlzeiten allein einnimmt. Er schmollt, sagt Bastien, oder vielleicht ist er krank. Er sieht ganz gelb aus. Womöglich hat er die Gelbsucht, meint Bastien schadenfroh.

Na ja, in einer Woche wird mein alter Feind auf dem Weg zurück nach Illinois sein – nicht, dass ich ihn dann wirklich los wäre: Die *Vilerley und mancherley Sonette* sind ein Knochen, den dieser Hund nicht so leicht loslässt. Aber wenigstens besteht nicht mehr die Gefahr, dass er an jeder Ecke auf mich lauern könnte. Bevor er abreist, werde ich ihm vorschlagen, nächstes Jahr doch direkt nach Lancashire zu fahren, sosehr wir ihn auch hier vermissen würden, um keinen Augenblick auf der Jagd nach Shakeshafte zu verlieren. Immerhin, was für ein Coup, was für ein Erfolg für unsere Seite, wenn er, Twombly, einer erstaunten Welt beweisen könnte, dass Shakespeare eine Art katholischer Marrano war, ein frommer Gläubiger, der seinem Gott aber ganz verschwiegen nur im Geheimen huldigte. Ich konnte mir vorstellen, wie ich Twombly sagte, dass das Mitgefühl, das Shakespeare mit dem verachteten Shylock und dem geschmähten Othello zeigt, auf einem persönlichen Verständnis dafür beruhen könnte, was es heißt, der andere zu sein. Ja, aus seiner eigenen Erfahrung als »stiller Katholik« hätte Shakespeare sicher gewusst, was es heißt, ein stiller Jude zu sein. William Shakespeare, SJ. Oh, das war ein Argument, das man sich nicht entgehen lassen durfte.

Ich frage mich, was Aristide Popescu dazu bewogen haben mag, die *Vilerley und mancherley Sonette* überhaupt in seinen verflixten Katalog aufzunehmen – jetzt, nach fast einem halben Jahrhundert der Diskretion. Brauchte er plötzlich Geld? Konnte er vergessen haben, wen er damit in Gefahr brachte? Ich vermute am ehesten, dass keines der Bücher auf der Liste zum Verkauf bestimmt war. Sicher hat er jedes Einzelne davon auf nicht ganz astreine Weise erworben. Es ist gut möglich, dass Aristide den Katalog nur zu seinem eigenen Vergnügen angelegt hat, als Aufstellung seiner »Privatbestände«, oder vielleicht, um damit vor den neidischen Augen von Branchenkollegen und Privatsammlern, seinen alten Kunden, herumzufuchteln. Dass er Twombly den Katalog bei jenem verhängnisvollen Treffen in New York zeigte, hing vermutlich mehr mit dem reichlich fließenden, hervorragenden Pomerol zusammen als mit sonst etwas. Aristide ist auch alt geworden, genau wie Twombly und ich. Er ist vielleicht nicht mehr so auf Draht, wie er einmal war, weniger auf der Hut vor Gefahren, ein bisschen vergesslich geworden.

Falsch wartete fünf Jahre, bevor er das Thema der Dunaharaszti Haggada Sir Percival gegenüber wieder anschnitt. Gut, drei dieser Jahre hatte Sir Percival ohnehin in Indien verbracht, einen Großteil davon in der Gesellschaft Robert Clives, »verdammt feiner Kerl, kann ich nur sagen«, und zurückgekehrt war dieser Naturphilosoph, dieser Gentleman, der niedrigen Handel verachtete, mit beträchtlichen Schätzen – man könnte auch sagen Plunder, wenn man unfreundlich sein wollte –, die noch heute im Pondicherry-Zimmer in Beale Hall zu bewundern sind. Aber Falsch hatte auf jeden Fall beschlossen, fünf Jahre zu warten, denn fünf war die Zahl der Spitzen von Solomons Siegel, dem Pentagramm – wie der

Kreis eine Linie ohne Anfang und Ende. Außerdem steht die Zahl fünf auch zu sonst allerhand in Beziehung, dem fünften der sieben Himmel unter anderem, dem Himmel der Zuflucht, wo, wie man sagt, barmherzige Engel des Nachts Hosiannas singen und am Tag zu Ehren Israels schweigen. Zu Ehren Israels wollte Falsch der Dunaharaszti Haggada Zuflucht gewähren.

Die beiden Männer hatten sich verändert in den fünf Jahren. Sir Percival hatte seinen rechten Arm an einen Tiger verloren, oder wenn nicht an den Tiger, der ihn übel zugerichtet hatte, dann an Clives Arzt, »betrunken bei Nacht und blind am Tag«, der ihm ihn abgesägt hatte. Er trug seine schreckliche Verletzung mit einer gewissen Grandezza, den Rockärmel schmissig hochgenadelt, aber er gestand Falsch als seinem Arzt (was dieser historisch gesehen war), dass Lady Alice entsetzt aus dem gemeinsamen Schlafzimmer geflüchtet war, als er in einem Augenblick höchster Lust das Gleichgewicht verlor und sein Armstumpf ihr die Brust zusammenquetschte. Sie verweigerte ihm nun die ehelichen Pflichten, und er war nicht der Mann, eine Frau zu zwingen. Sie verbrachte den Großteil des Jahres in der Jermyn Street in London, in dem Haus, das ihr Vater ihr unter anderem als Mitgift vermacht hatte. Zu seinem Kummer hatte er gehört, dass der junge Lord Ullswater, der berüchtigte Schwerenöter, oft in der Jermyn Street gesehen wurde, und so manch anderer junger Stutzer auch. Ob Falsch vielleicht einen Trank hätte, der Lady Alice zur Rückkehr bewegen könnte?

Natürlich konnte Sir Percival immer noch in Peg Thumpers Etablissement Zerstreuung finden, aber da er noch keinen Nachkommen hatte, fürchtete er, Beale Hall könnte an seinen Bruder gehen, den verhassten Humphrey und seine ignorante Brut. Sir Percival versuchte seinen ganzen klassischen Stoizismus aufzubringen, aber es half nichts. Die Freude war aus seinem Leben gewichen. »Bedrückt« war das Wort, das ihn jetzt am besten beschrieb.

Solomon Falsch seinerseits hatte sich nie besser gefühlt. Er war vor fünf Jahren an einer Wegscheide angelangt und hatte seine herkulische Wahl getroffen. Er bedauerte seine kleinen Gaunereien der Vergangenheit nicht und entschuldigte sich nicht dafür. Er ging ganz einfach seinen neuen Weg mit immer kräftigeren Schritten und ständig wachsender Freude. Den Teil seines Unternehmens, dessen Pendant man heutzutage in den Drogerie- und Kosmetikabteilungen der Supermärkte und beim Apotheker findet, ließ er still entschlafen, mischte allerdings immer noch harmlose Tränke für ein paar alte Kundinnen, adlige Witwen hauptsächlich, jedenfalls für solche, die es immer noch juckte. Aber er suchte sich keine neuen und verlangte kein Honorar von denen, die er immer noch versorgte; er warb nicht mehr für seine »Spezialarzeneien« in den Zeitungen von Ludlow, und an Markttagen gab es keinen Stand mehr auf dem Burgplatz.

Seine Schule war eine echte Bet Hamidrasch geworden, ein Zentrum für religiöse Studien. Die Männer, die er dereinst – unter Berufung auf seine (sagen wir einmal) unorthodoxe numerologische Methode – »judaisiert« hatte, indem er ihnen die Zehennägel schnitt, belehrte er keines Besseren, denn er war der Meinung, eine derart herzlose Aufklärung wäre die größere Sünde gewesen, eine Grausamkeit, die dem Herrn, gelobt sei Er, mehr missfallen hätte als der ursprüngliche Irrtum. Wenn ein Mann sich für einen Juden hält, argumentierte er, welchem Sanhedrin steht dann das Recht zu, ihm zu sagen, dass er keiner sei? Was für Falschs modifizierte rituelle Beschneidung galt, galt auch für seine numerologische Lockerung der Speisegesetze. In der Beziehung konnte er nicht mehr tun, als sein eigenes Leben zu ändern und zu hoffen, mit seinem Beispiel Einfluss auf seine frühesten englischen Jünger zu nehmen. Es sei zwar möglich, die Gesetze zu umgehen, sagte er ihnen, aber als strenggläubiger Jude halte man sich strikt daran. Bekehrungen gab es jetzt allerdings nicht mehr viele. Und selbst zu seiner Glanzzeit hatte er weitaus mehr Frauen als Männer bekehrt.

Und damit kommen wir zu Sarah, der ehemaligen Polly Plum. Schon zu der Zeit, als Falsch zum ersten Mal versuchte, Sir Percival die Dunaharaszti Haggada zu entreißen, hatte er daran gedacht, das Mädchen, das offensichtlich eine lebhafte Intelligenz besaß, zur Haushälterin zu erheben. Außer Sarah gehörten zu seinem Haushalt damals Abraham, ehemals Arthur Bum, der sich um den Garten kümmerte, alle schweren Arbeiten im Haus verrichtete und – gewaschen, gekämmt und sauber gekleidet – auch als etwas schwerfälliger Lakai herhalten konnte, und Leah, ehemals Bess Truman, die Feuer machte, Wasser schleppte, die Böden wischte und alle anderen einfachen Dienste verrichtete, die von ihr verlangt wurden. Was Sarah betraf, die hübsche, rundliche Sarah, der die Jugend förmlich aus den Poren strömte, so hatte er gedacht, sie könnte doch als Haushälterin auch sein Bett teilen. Warum nicht? Und nur wenige Zeit nach seinem fehlgeschlagenen Versuch mit Sir Percival, aber kurz bevor er die Wegscheide erreichte, erhob Falsch sie zu ihrer neuen Position und ließ sich von ihr zu neuen Gipfeln der Lust erheben.

Nachdem er seinen Weg gewählt hatte, begann Falsch damit, die 613 Gebote, die ihm und seinen Mitbrüdern auferlegt waren, zu überdenken. Er anerkannte die von einem Weisen des dritten Jahrhunderts vorgenommene einfache Unterteilung in 365 Verbote, entsprechend der Anzahl der Sonnentage im Jahr, und 248 Pflichten, entsprechend der von den Alten geschätzten Anzahl der »Glieder« des menschlichen Körpers. Er sah den Wert der traditionellen einfachen Unterteilung in Gebote und Verbote; er bewunderte die komplexere Zuordnung der Prinzipien zu den Zehn Geboten des Dekalogs; und er schätzte die Versuche des Maimonides und seiner Schule, der Klassifizierung der Prinzipien mit aristotelischer Logik beizukommen. Worauf Falsch aber hinauswollte, war eine neue Klassifizierung, eine, die die Prinzipien mit der modernen Welt in Einklang brächte und gewisse Tatsachen und unglückselige Begebenheiten berücksichtigte. Wie zum Beispiel sollte der Jude dafür sorgen, dass der Tempel zu allen Zeiten bewacht sei, wo doch der Tempel im Jahre 70 christlicher Zeitrechnung neuerlich zerstört worden war? Und wie sollte der Levite darin seine speziellen Pflichten verrichten? Wie sollte ein vom Aussatz Geheilter in einem Tempel ein Opfer bringen, den es nicht mehr gab? Und das sind nur die Widersprüchlichkeiten, die den Tempel betreffen. Es gibt eine ganze Reihe mehr davon in den 613 Geboten.

Besondere Aufmerksamkeit widmete Falsch bei der Neuordnung der Gebote nach seiner eigenen, durch glänzende Originalität bestechenden Klassifizierung – die übrigens nie gedruckt wurde, von der es aber ein Manuskript in Beale Hall gibt und die im späten achtzehnten und Anfang des neunzehnten Jahrhunderts immerhin Anlass zu lebhaften Debatten gab – dem Gebot, das nach der Tradition die Nummer 218 trägt: Wer eine Jungfrau schändet, muss sie heiraten und darf sich nie von ihr scheiden lassen. Sarah, vormals Polly Plum, passte genau in diese Rubrik. Die Wahrheit ist, dass Falsch ihr nur zu gerne seine Hand zur Ehe anbot und dass Sarah den Antrag mit verschämtem Entzücken annahm.

Ich sehe ihn im Geist an seinem Hochzeitstag, ganz in Weiß gekleidet: weißer Mantel, weiße Seidenpantalons, weiße

Seidenstrümpfe und weiße Glacélederschuhe, einen Hut aus weißem Hermelin auf dem Kopf. Ich sehe ihn, die Hand seiner Braut haltend, unter dem Hochzeitsbaldachin in seinem Garten stehen. Auch sie ist ganz in Weiß gekleidet: weißes, mit Perlen besticktes Spitzenkleid, weiße Brokatschuhe, die unter den Röcken hervorgucken, um die Stirn ein weißer Blumenkranz, das üppige Haar von Perlen durchflochten. Sie wird rot vor Freude und senkt bescheiden den Blick. »Siehe!«, sagt Falsch. »Siehe, du bist mir nach dem Gesetz Mose und nach dem Gesetz Israels angetraut.« Er spricht die Worte triumphierend, erst auf Hebräisch, dann auf Englisch. »Steh auf, meine Freundin, meine Schöne, und komm zu mir«, fährt Falsch fort. »Denn siehe, der Winter ist vergangen, der Regen ist vorbei und dahin, die Blumen sind aufgegangen im Lande, und die Vögel beginnen zu singen.« Sarah kann ihr fröhliches Lachen nicht unterdrücken; ihre Augen blitzen feurig. Wäre sie eine Sportlerin unserer Zeit, die gerade die Goldmedaille gewonnen hat, würde sie vor Begeisterung über ihren Sieg die Faust in die Luft stoßen. »Ja«, würde sie ausrufen, »ja!« Wie die Dinge liegen, schlingt sie ihrem Gatten einfach einen Arm um den Hals, denn er ist nicht größer als sie, und drückt ihm einen schmachtenden Kuss auf die Lippen. »Wie schön und wie lieblich bist du, du Liebe voller Wonne«, sagt Falsch, als sie ihn wieder freigibt. Die Hochzeitsgäste applaudieren und lachen und schreien »*Masel Tow!* Möge euch für immer das Glück lachen!«. Die Maiensonne scheint hell auf die Versammlung herunter.

In Wirklichkeit habe ich keine Ahnung, ob es an Falschs Hochzeitstag regnete oder die Sonne schien (oder beides), und auch keine Ahnung, ob die Zeremonie überhaupt im Freien stattfand. Ich weiß auch nicht, ob er das Hohelied zitierte und ob Sarah ihn kühn unter dem Baldachin küsste. Das ist alles dichterische Freiheit, sozusagen. Aber das Bild fängt, glaube ich, ganz gut die Stimmung des festlichen Anlasses ein, die Freude, die Braut und Bräutigam sicher empfunden haben. Jedenfalls erlauben seine offenherzigen Worte in der Einleitung zu seiner (unveröffentlichten) *Abhandlung über die Ehe* diesen Rückschluss.

Was sie trugen, weiß ich allerdings mit Sicherheit. Falsch bestellte seinen Anzug von einem jüdischen Schneider in Londons Petticoat Lane. Und aus seinen Büchern geht hervor, dass er ihn £5.7s.8¾d kostete. Seine Stiefel kamen von Nicholas Smart, Ludlows bestem Schuhmacher, und kosteten £2.18s.¼d, der nach seinen eigenen Entwürfen angefertigte Hut kam von James Jamieson aus Edinburgh, »Hutmacher des Hofes von Schleswig-Holstein«, und kostete £4.19s.11½d. Er hatte wirklich keine Kosten gescheut. Sarahs Kleid, ihre Schuhe und die ins Haar geflochtenen Perlen gehörten Lady Alice, die sie ihr in Abwesenheit von Sir Percival gnädig für diesen Zweck geliehen – ja geradezu aufgedrängt hatte, ist man versucht zu sagen. »Es ist mir ein Vergnügen, liebe kleine Sarah, wirklich ein Vergnügen. Nein, nein, enttäuschen Sie mich nicht.« Ich glaube, dass Lady Alice sehr daran gelegen war, Falsch im sicheren Hafen der Ehe zu sehen. Nur dann konnte sie nach den seltsamen gesellschaftlichen Bräuchen ihrer Klasse und ihrer Zeit darauf hoffen, in allen Ehren eine Liaison mit ihm einzugehen. Und daher war ihre Ladyschaft, wie Falsch in seinen Aufzeichnungen berichtet, auch persönlich bei der Hochzeit anwesend.

Ich weiß auch, dass es einen Hochzeitsbaldachin gab, der an den vier Ecken von vier der männlichen Konvertiten des Bräutigams hochgehalten wurde, die jeder £2s.6d. für ihre Mühe bekamen. Ich weiß, dass sich unter den Hochzeitsgästen außer Lady Alice noch Lord Parfitt befand, ein entfernter

Cousin, aber in Sir Percivals Abwesenheit ein häufiger Besucher in Beale Hall; weiterhin Sir Jos Turnbull, der Falsch versichert hatte, er würde Jude werden, wenn Pitt der Ältere Lordsiegelbewahrer bleiben sollte; die Studenten der Bet Hamidrasch, die ihm um den Bart strichen und sich das festliche Mahl schmecken ließen; Abraham und Leah, der Rest seines Haushalts; und Wunder über Wunder, drei echte Gelehrte, bleich und bärtig, einer aus London und zwei aus Amsterdam.

In den Jahren, während Sir Percival mit Clive in Indien herumzog, begann die Bet Hamidrasch zu florieren. Die Studenten kamen nicht nur aus Gemeinden in vielen Teilen Großbritanniens, sondern nach und nach auch vom Kontinent. Falsch begann seine Bibelkommentare zu veröffentlichen; Gelehrte suchten seinen Rat in vielen Fragen von religiösem Belang; wie er den Gordischen Knoten zur Lösung zahlreicher Probleme des Talmud durchschlug, errang in weiten Kreisen der jüdischen Welt ernsthafte Aufmerksamkeit, wurde aber auch von einigen verdammt; sein Versuch, starre Tradition mit dem offenen Ethos der Aufklärung zu versöhnen, erregte Aufsehen und gewann ihm Freunde und Feinde. Das Leben ist eine Wonne, hätte er damals vielleicht gesagt. Einige seiner ergebensten Studenten nannten ihn bereits, zumindest unter sich, den Pish.

Es war eher der Pish als Solomon Falsch, der Sir Percival, den er fünf Jahre nicht gesehen hatte, nun, volle zwölf Monate nach der Rückkehr des Baronets aus Indien, aufsuchte. Sir Percival war sich keiner Veränderung an seinem alten Bekannten bewusst, außer vielleicht an seiner Kleidung, die recht schlicht und dezent geworden war, um nicht zu sagen langweilig; sie hatte eine gewisse Ähnlichkeit mit dem Gewand, das die Geistlichen der aufrührerischen protestantischen Sekten gerne trugen, die so beliebt, so gefährlich beliebt waren bei den unteren Schichten.

Natürlich wusste er, dass Falsch geheiratet hatte; Lady Alice hatte ihm einen amüsanten Brief geschrieben, in dem sie die ungewöhnlichen Riten, denen beizuwohnen sie und ihr Verwandter Lord Parfitt und sein Freund Sir Jos Turnbull das Privileg hatten, in allen Einzelheiten schilderte. »Wärest du doch nur zugegen gewesen, mein lieber Gemahl, ich hege keinen Zweifel, du hättest vierzehn Tage *sanz intervallum* gelacht und dich noch ein Jahr hintnach an der Geschichte *verlustieret.*« Der Brief hatte Sir Percival leider nicht sehr amüsiert, denn er war gekommen, als dieser bei lebendigem Leib, mit einer Flasche Brandy im Bauch und einer Kugel zwischen den zusammengebissenen Zähnen, den schon erwähnten Verlust eines Körperglieds erlitt, das ein Fleischhauer von Arzt, der betrunkener war als er, ihm ungeschickt absägte.

Leser von Maudes Romanen werden im Folgenden vielleicht ganze Passagen und viel gestohlenen und adaptierten Dialog aus ihrem Bestseller *Der Getreue Gehörnte* erkennen. Ich entschuldige mich nicht für den Diebstahl, auch wenn ich ihn zugebe. Ich bin davon überzeugt, dass sie einen Großteil ihres Materials unserem Bettgeflüster verdankte, den Dingen, die ich ihr in den frühen Morgenstunden über meine Recherchen erzählte. Zweifellos ist die Situation des fiktiven Sir Digby Savile jener des echten Sir Percival Beale sehr ähnlich. Sir Digby, der arme Kerl, hatte eine schreckliche Unterleibsverwundung, die ihm von einem französischen Musketengeschoss zugefügt worden war, als er unter General Wolfe bei der Eroberung von Quebec diente. Die genaue Beschaffenheit der Verwundung verschweigt Maude aus guten Gründen verschämt. Jedenfalls funktionierte offenbar noch alles bei Sir Digby. Aber obwohl seine »Männlichkeit« bei seiner Rückkehr aus Kanada ganz verheilt war, muss der Anblick so grauenhaft gewesen sein, dass seine Frau, Lady Charlotte, zuerst aus dem Schlafzimmer und dann aus Beltraven, dem altehrwürdigen Sitz von Sir Digbys Ahnen, geflohen war. In London wurde Lady Charlotte bald der gefeierte Star der Saison, aber der Skandal folgte hart auf den Spuren des Ruhmes. In Beltraven schlug sich Sir Digby auf die Brust und trauerte. Und in diesem seelischen Tiefstand erhielt er einen Besuch von seinem alten, freundlichen Privatlehrer, Ebenezer Stump, einem Mann, der zwar keinerlei Erfahrung hatte, von guten Ratschlägen aber überquoll. Ich glaube nicht, dass ich der Wahrheit sehr schade, wenn ich bei Maudes blumig erzählter, aber treffend erfundener Geschichte Anleihe nehme, um die kläglich wenigen Fakten, die mir zur Verfügung stehen, ein wenig auszuschmücken.

Wer kann daran zweifeln, dass Sir Percival auf den vom Schicksal begünstigten Falsch neidisch war? Er hatte in den vergangenen Jahren oft an Sarah gedacht, die in seiner Vorstellung Polly Plum geblieben war. Er hatte sie im Geist ausgezogen und dabei mit der ihm noch verbliebenen Hand sein rundes, unwilliges Glied gestreichelt, ein Exemplar von Clelands *Fanny Hill* geöffnet neben sich. Das Mädchen konnte ja nicht viel über achtzehn sein! Er sah ihr Gesicht, die von leichter Röte übergossenen lieblichen Züge; er sah ihre reifen Brüste, schön rund und fleischig, aber trotzdem so fest, dass sie sich selber trugen und künstliche Stützen mit Verachtung straften; er sah die rosigen Brustwarzen, die in verschiedene Richtungen wiesen; sein Blick glitt tiefer und folgte der berückenden Kontur des Bauches bis zu der kaum sichtbaren Furche, die sich schamhaft nach hinten zurückzuziehen und zwischen zwei runden, fleischigen Schenkeln Zuflucht zu suchen schien – und diese Furche, oder dieser Spalt, war überwuchert von dicken, gelockten Haaren, ein schwarzer Zobel, wie es bestimmt keinen dichteren gab auf der Welt.

Aber noch ehe er sozusagen in seine Fata Morgana eindringen konnte, kam er mit einem Seufzer, und sein halb aufgerichteter Schwanz verspritzte eine dünne Schleimsuppe auf seinen Bauch. Warum sollte der Jude sie haben, wenn er, ein Baronet, nicht einmal seine eigene Frau haben konnte?

Trotzdem zog Sir Percival, wie die meisten vernünftigen Menschen, eine klare Trennlinie zwischen seinem Fantasieleben und dem Leben, das er wirklich lebte. Die Fantasie wurde am besten von Peg Thumper und ihresgleichen bedient. Aber das Leben, das er lebte, war ihm sauer geworden durch den Ekel seiner Frau und ihre Abreise in die Stadt.

Es hatte Sir Percival ein wenig verletzt, dass Falsch ihn nach seiner Rückkehr nicht gleich aufgesucht hatte. War das die Art, wie Juden ihre Dankbarkeit zeigten? Natürlich war es unter seiner Würde, den Juden seinerseits aufzusuchen. Was man in Ägypten vielleicht tun konnte, war in England nicht angebracht. Falsch musste zu ihm kommen. Und das tat er auch, nach einem Interim von fünf Jahren.

»Wie schön, Euch zu sehen, mein lieber Freund! Und wie geht es Benedikt, dem Ehemann?« Wiederum eine verschwendete Anspielung Sir Percivals.

»Es hat mir wirklich Leid getan, von Eurem Unglück zu hören.« Der Pish nickte in Richtung von Sir Percivals sauber hochgenadeltem Ärmel.

»Trotzdem habt Ihr bis heute gebraucht, um mir das zu sagen. Nein, nein, kein Wort. Ich verstehe vollkommen. Ein frisch verheirateter Mann, vor allem, wenn er mit einem solchen Leckerbissen verheiratet ist wie unserer wohlgerundeten Polly – eh, verzeihen Sie, ich meine Sarah –, weiß natürlich intuitiv, wo seine Interessen liegen. Ist doch so? Was?« Sir Percival zwinkerte und deutete auf die bestimmte Stelle zwischen den Beinen.

Der Pish zuckte zusammen.

Das war der Augenblick, in dem der Naturphilosoph dem Mann, den er als seinen Arzt betrachtete, die unglückliche Geschichte seines Ehekummers erzählte und ihn um einen Trank bat, der bewirken könne, dass Lady Alice ihren Ekel vor seiner Verletzung überwinde, den Schwerenötern und Windhunden, die jetzt ihr ständiger Umgang waren, entsage und flugs in sein Bett zurückkehre. Von derber Manierlosigkeit im Handumdrehen zu verzweifeltem Selbstmitleid: daran ließ sich Sir Percivals Elend ermessen, der hin und her gerissen war zwischen echter Zuneigung zu seiner Frau und immer schlimmerer Sorge um seine Männlichkeit, wobei die Eigenliebe oft über die Liebe siegte. Seine Gedanken waren nicht mehr kühl und klar genug für die wissenschaftliche Arbeit der Royal Society; seine Gedanken waren heiß und verworren, und sie platzten wie stinkende, ölige Blasen auf dem aufgewühlten Meer der Erotik. Eine Träne rollte über seine Wange.

Es wäre dem Falsch von einst ein Leichtes gewesen, die offenkundige Verletzlichkeit seines Gönners auszunutzen, ein Leichtes, seine Bücher mit den alten Rezepten zu konsultieren, ein Leichtes, aus Wurzeln und Kräutern einen harmlosen Trank zusammenzubrauen und ihn Sir Percival im Austausch für die Dunaharaszti Haggada anzubieten. Aber der Pish war nicht mehr bereit, Arzneien zu liefern, zu deren Wirksamkeit er kein Vertrauen hatte.

»Es gibt Kräutermixturen und Zauberformeln und Amulette«, sagte er. »Es gibt Sprüche, die man unter der Mondsichel aufsagen und Geister, die man heulend der Unterwelt entreißen kann. Von allen diesen Dingen berichten die Alten, wie viele der Bücher in Eurer ausgezeichneten Bibliothek bezeugen. Aber wir zählen uns zur modernen Welt, Sir P., und wir wissen, auf welcher Seite wir im Wettbewerb zwischen den Alten und den Modernen stehen. Seid Ihr denn nicht ein strahlendes Licht, ein leuchtendes Gestirn, das mit den Wahrheiten der Naturphilosophie auf eine abergläubische Welt herabscheint? Seid Ihr denn nicht ein geehrtes Mitglied der Royal Society? Das seid Ihr doch. Wie Sir Francis Bacon, den wir als unseren großen Gründervater betrachten können, gestehen wir den Alten alle Ehre zu. Sie waren Riesen, sagte er, und wir sind nur Zwerge. Aber wenn wir Zwerge uns die Mühe geben, uns auf die Schultern dieser Riesen zu stellen, werden wir weiter sehen als sie.

Außerdem hat der Großteil dieser heidnischen Rezepte die Eroberung des Mannes durch die Frau zum Ziel. Was erzählt uns denn die Sage von Circe anderes als das? Was erfahren wir aus Omphales Eroberung des Herkules anderes als das? Oder, um von den heidnischen Mythen einen Schritt in die Geschichte zu tun, was will der Herr, gelobt sei Er, uns wohl durch das Schicksal Samsons in den Händen Delilahs zu verstehen geben? Und ist seine Blendung nicht gewissermaßen ein Zeichen und Symbol für seine Blindheit? Nein, Sir P., wir als Moderne müssen eine offenkundige Wahrheit zur Kenntnis nehmen: Die Frauen verfügen über einen natürlichen Zauber, der die Kraft jedes Zaubermittels überbietet, das sie bei einem betrügerischen Apotheker kaufen könnten. Aber wir Männer, was für einen natürlichen Zauber besitzen wir schon?«

»Dann gibt es also keine Hoffnung für mich?« Sir Percival zog ein Schnäuztuch aus seiner Brusttasche, tupfte sich die Augen ab und schnäuzte sich.

»Aber, mein Bester, habt Ihr Euren eigenen Glauben vergessen? Verzeiht, es steht mir nicht an, Euch an Eure Dreiheit der Tugenden, Glaube, Hoffnung und Liebe, zu erinnern, von denen, nach Eurem und nach meinem Glauben, die Liebe die größte ist. Ohne Hoffnung zu sein heißt allerdings ohne Rettung zu sein.«

Sir Percival lächelte trotz seines Kummers. »Da sehen wir es wieder: Der Teufel kann sich auf die Schrift berufen.«

Die Zeit rückte rasch näher, in der solche Anspielungen auf den Barden an den Pish nicht mehr verschwendet sein sollten. Aber noch war es nicht so weit. »Ihr haltet mich doch wohl nicht für den Teufel, hoffe ich. Was könnte ich anderes bezwecken wollen als Euer Bestes?«

»Nur für einen kleinen Teufel, nicht für *den* Teufel.« Sir Percival lachte glucksend. »Falsch, Falsch, was wisst Ihr schon von wahrer Religion? Wir Christen sind dazu verpflichtet, an unsere Rettung zu glauben, ja. Dafür hat unser Herr am Kreuz gelitten. Denkt daran, der Verlust der Hoffnung war Fausts Verdammnis.« Sir Percival dachte an Christopher Marlowes Stück, das der Pish noch nicht kannte; der Pish wiederum kannte die Legende des Dr. Faust aus seinen Jahren in Deutschland. »Ein Kind kann hoffen«, fuhr Sir Percival fort, »ohne Hilfe über den Mond zu springen. Wenn es dann als alter Mann diese Hoffnung verliert, wird es dafür nicht verdammt werden. Glaube und Vernunft stehen nicht immer im Widerstreit. Es ist vielleicht nicht unvernünftig und ganz gewiss nicht verdammenswert, wenn ich die Hoffnung auf Lady Alices Rückkehr verliere. Ihr seid meine Hoffnung gewesen, Falsch, und Ihr sagt, es gibt keine Hilfe.«

Peinlich berührt musste der Pish zusehen, wie der Baronet in sein schmutziges Schnäuztuch flennte.

»Aber, aber, Sir, ermannt Euch! Hoffnung gibt es, lieber Sir P., doch sie liegt nicht in der Magie, weder der schwarzen noch der weißen. Wenn Ihr Euch Euer Recht nicht durch rohe Gewalt verschaffen und damit einen Skandal auslösen wollt, liegen zwei mögliche Wege vor Euch. Ihr könnt versuchen, Lady Alice zurückzuerobern, indem Ihr sie eifersüchtig macht, indem Ihr, sagen wir, in die Stadt fahrt und Euch mit ein oder zwei Mätressen in den Vauxhall Gardens zeigt, oder in einer Loge im Drury Lane. Gebt Ihr zu verstehen, dass es Euch überhaupt nicht bekümmert, sie nicht mehr an Eurer Seite zu haben, ja dass Ihr das Leben ohne sie sogar noch mehr genießt. Oder Ihr könnt sie von neuem umwerben, ihr schmeicheln, sie mit *billets-doux* bombardieren, sie mit der ganzen Leidenschaft verfolgen, die Euch zu Gebote steht. Die Gelübde, die Euch zu Mann und Frau gemacht haben, waren heilig; erinnert sie daran, aber sanft. Von den beiden Wegen ist der zweite weiser und ratsamer. Aber rafft Euch auf, mein lieber Sir P., tut etwas.«

»Meiner Treu, Sir, das mache ich!« Sir Percivals Augen waren rot gerändert, aber er brachte ein breites Grinsen zu Stande, ein Grinsen, das so breit war, dass man sehen konnte, wie schlimm die Kugel, auf die er gebissen hatte, seine Eck- und Backenzähne zugerichtet hatte. »Wer nicht wagt, der nicht gewinnt etc. etc.« Er sprang von seinem Stuhl auf, stopfte das unansehnliche feuchte Taschentuch zurück in seine Tasche und zog ein Schiebefenster hoch. »Oh, ich werde sie zurückerobern, meine liebste Alice. Ach, ich fühle es hier, hier tief drinnen in meinem Herzen.« Abermals zog er das Schiebefenster hoch. »Wo ist der verdammte Kerl? Ich würde ihm die Eier ausreißen, wenn er welche hätte. Chunter! Chunter!«

»Hier bin ich, Sir, zu Ihren Diensten.« Der Mann war auf leisen Füßen eingetreten. Er trug eine Perücke und hatte Rouge auf den Wangen. Er verneigte sich vor Sir Percival, und die Verneigung war so tief, dass sie schon an eine Unverschämtheit grenzte. (Im *Getreuen Gehörnten* spielt Bellows, der finstere Lakai, die Rolle von Chunter.)

»Ah, da bist du ja. Gut, gut. Pack meine Koffer, Chunter. Wir fahren nach London.«

»Sehr wohl, Sir. Darf ich fragen, wie lange wir bleiben?«

»Was geht dich das an, Mann?«

»Nur um zu wissen, wie viel ich packen soll, Sir.« Chunters Lächeln war beinahe schon süffisant.

»Hmm. Wie lange, denkt Ihr, dass ich bleiben werde?«

»Unmöglich, das zu sagen. Aber ich denke, Ihr solltet für einen längeren Aufenthalt packen. Sollte er glücklicherweise nur kurz dauern, nun, was ausgepackt ist, kann schnell wieder eingepackt werden.«

»Pack alles ein, Dummkopf, pack alles ein.«

Chunter verneigte sich und zog sich zurück.

»Ihr habt mir Hoffnung gegeben, Falsch. Bei Gott, Sir, Ihr habt mir Hoffnung gegeben. Wie kann ich Euch das je lohnen?« Sir Percival lachte laut im Überschwang der Freude.

»Lady Alices Rückkehr wäre Lohn genug, wenn Lohn hier überhaupt zur Debatte stünde. Aber ich gestehe, Sir P., dass ich heute herkam, um nochmals meinen Wunsch nach diesem Buch vorzubringen, das Ihr von Eurer abenteuerlichen Reise in die Karpaten mitgebracht habt.«

Wie durch Zauberhand erstarrte Sir Percival zu Stein. »Euresgleichen gibt wohl nie auf, was?«

Der Pish überging die Beleidigung. Er konnte ohnehin nichts dagegen tun. »Ich gestehe, dass ich nicht weiß, ob dieses Buch auf dem Markt großen oder geringen Wert hat. Sein Wert für mich aber ist unermesslich. Ihr seid ein Baronet, Sir P., und das Feilschen widerstrebt Euch. Ich verstehe Eure noble Abneigung, glaubt mir. Gut denn, ich schlage vor, Ihr sagt mir, was Ihr im Austausch für das Buch akzeptieren würdet. Wenn ich es für Euch beschaffen kann, sind wir beide zufrieden gestellt. Überlegt, Sir P., denkt darüber nach.«

Sir Percival hatte keine Lust nachzudenken. Im Augenblick wollte er nichts anderes als diesen habgierigen Juden loswerden. Sollte das der Lohn dafür sein, dass er dem elenden Kerl unzählige Male seine Gunst und sein Wohlwollen erwiesen hatte? Andererseits war Falsch zweifellos schlau und hatte seinen Wert eindeutig bewiesen, vor allem in Alexandria. Und er war beharrlich, wie sich gerade an diesem Fall wieder zeigte. Seine Leute hatten immer schon auf der ganzen Welt ihre Netze ausgeworfen und jeden Fisch an Land gezogen, nach dem ihnen der Sinn stand. Warum sollte er ihm eigentlich nicht eine Aufgabe stellen, ihn etwas beschaffen lassen, das den Verlust jedes anderen Buches tausendfach aufwiegen würde, und schon gar eines Buches, das er ohnehin nicht lesen konnte, das er nur so nebenbei erworben hatte, über das er zufällig gestolpert war wie ein Landstreicher über eine Münze auf dem Pflaster.

»Also gut, Falsch. Ich bin bereit, es gegen ein neu entdecktes Werk des Barden auszutauschen, gegen etwas, dessen Echtheit beglaubigt ist: ein Manuskript in seiner Handschrift, mit seiner Signatur; ein bisher unbekanntes Stück; vielleicht die Ausgabe eines Werkes, das sonst in keiner Bibliothek zu finden ist. Treibt mir so etwas auf, und das so genannte Kochbuch gehört Euch.«

»Das werde ich«, sagte der Pish sofort. »An welchen Barden denkt Ihr?«

»An welchen Barden?« Sir Percival lachte verächtlich. »Ihr habt wenig Hoffnung auf Erfolg, wenn Ihr eine solche Frage stellen müsst. An *den* Barden, Menschenskind. Das göttliche Genie, das England kühn gegen jeden griechischen oder römischen Meister antreten lassen kann. William Shakespeare, den Schwan von Avon. Je von ihm gehört, Falsch?«

Der Pish war ein vielseitig gebildeter Mann und in seiner

rebellischen Jugend ein großer Verehrer der klassischen Literatur gewesen. Mit griechischen oder lateinischen Zitaten hätte er Sir Percival leicht an die Wand spielen können, und wahrscheinlich so manchen Oxforder Universitätsdozenten. Offen gestanden, zweifelte er an dem, was sein Gönner ihm da im Brustton der Überzeugung versicherte. Natürlich hatte er von Shakespeare gehört, zum ersten Mal in Deutschland, wo er sehr bewundert wurde. Und er hätte taub sein müssen, hätte er in den Jahren, seit er in England lebte, zu einer Zeit, in der die Shakespeare-Vergötterung der Engländer immer größere Ausmaße annahm, nichts von ihm gehört. Er hatte sogar eine mittelmäßige Aufführung von *Julius Caesar* im Theater in der Mill Street gesehen, weil er als frisch Vermählter seiner jungen Ehefrau, die er bald der Liebe zu derart niedrigen und belanglosen Unterhaltungen würde entwöhnen müssen, eine Freude machen wollte. (Es ist merkwürdig, dass Falsch, selbst ein offenkundig vollendeter Schauspieler, so wenig Interesse am Theater hatte.) Aber Sarah hatte ihn gebeten, mit ihr hinzugehen, denn sie wollte unbedingt Mrs Wharton in der Doppelrolle der Calpurnia und der Portia sehen, die die große Schauspielerin zu donnerndem Applaus zwei Jahre vorher zum ersten Mal in London gespielt hatte. In seinen Notizen merkt Falsch an, dass das Stück »ein paar gute Zeilen« hat, dass sie aber »schlecht gesprochen« wurden und die Schauspieler sich »in Posen gefielen, die den Statuen auf dem Forum Romanum besser anstünden als normalen Menschen«. Zu Mrs Wharton bemerkt er: »Ich würde ein Dutzend ihresgleichen für meine Sarah geben.« Und fügt dann missgelaunt hinzu: »Das Stück war zu lang. Es hat uns aufgehalten und uns das Abendessen verdorben, denn wir kamen erst um halb zwölf nach Hause.« Immerhin dankte ihm Sarah für seine Nachgiebigkeit auf eine Weise, die ihnen beiden gefiel.

»Ich werde mir für meine Nachforschungen ein Grundwissen aneignen müssen, Sir P. Darf ich in Eurer Abwesenheit die Bibliothek in Beale Hall benutzen?«

»Ich werde die Bediensteten entsprechend anweisen. Beginnt mit Dr. Johnson, lasst Euch von ihm leiten. Wohnt hier im Haus, wenn Ihr wollt, Ihr und Sarah. Ich werde Bescheid sagen. Oh, und Falsch, was ich noch sagen wollte: Geht in Zukunft etwas großzügiger mit Euren Silben um. Ich werde überall Sir Percival genannt und nicht Sir P.«

»Wie Ihr wünscht, Sir. Verzeiht bitte, dass ich mir diese unentschuldbare Freiheit herausgenommen habe.« Er lächelte süßlich. Die Zurechtweisung des Baronets traf ihn nicht, hielt er doch die Dunaharaszti Haggada schon so gut wie in den Händen.

Und so nahm ein Studium seinen Anfang, das dem Pish neben seinen religiösen Texten für den Rest seines Lebens Freude bereiten sollte.

Major Catchpole, mein lieber alter W. C., ist tot, und ich muss um ihn weinen. Er war alt und gebrechlich, und es ging ihm nicht sehr gut in letzter Zeit, aber er hätte nicht sterben müssen, noch nicht. Fred Twombly war es, der ihn getötet hat. Der liebste, der anständigste aller Freunde ist nicht mehr, und fort nach Joliet schlich sich der Schuft, durch dessen Schuld dies einst so große Herz zerbrach. »Der Major ist an einen besseren Ort gegangen«, sagt Maude, wie man in so einem Fall halt sagt. Aber das Klischee tröstet sie und soll auch mich trösten.

Wie viele Tragödien entstand auch diese aus einer Komödie – einer Komödie der Irrungen, genau gesagt –, die so manchen Aspekt aufweist, der W. C. entzückt und ihm neue Munition für seinen Krieg gegen die Kirche geliefert hätte. Er hatte sich ein bisschen schwach gefühlt, ein bisschen wacklig in den Knien, und hatte seine geliebte Wanderung durch den Tetley-Wald mit seiner »Weggefährtin«, alias Belinda Scudamour, abgelehnt, ja sogar unser wöchentliches Schachspiel abgesagt. »Mir ist nicht danach«, hatte er gesagt, »bin nicht so ganz auf dem Posten.« Belinda ließ Dr. Twitcher kommen. Der Arzt diagnostizierte eine harmlose Krankheit, die in der Gegend umging, und empfahl Bettruhe, Aspirin und viel Flüssigkeit. Er hatte auch eine leichte Vergrößerung der Lymphdrüsen festgestellt. Um sicherzugehen, gab er beim Apotheker in der Tower Street ein Rezept für ein Breitbandantibiotikum ab.

Bettruhe war genau das, was W. C. in seinem geschwächten Zustand brauchte. Aber da er sich immer noch für einen vitalen Burschen hielt, machte ihn das quengelig. Belinda tat, was sie konnte, um ihn zu zerstreuen. Weil sie wusste, dass ihre herrlichen Brüste ein erfreulicher Anblick für ihn waren, öffnete sie ein paar Knöpfe an ihrer Bluse und neigte sich, wie um seine Kissen zurechtzurücken, oft über ihn, und ihr Parfum stieg ihm in die Nase; weil sie wusste, dass er ihr, wenn es irgendwie ging, gerne heimlich unter die Röcke schaute, trug sie ihre kürzesten Röcke, schlug die Beine übereinander und entflocht sie wieder, wenn sie in schicklichem Abstand an seinem Bett saß und ihm aus dem rabiaten *Independent* oder dem trotzigen *Guardian* vorlas. Sie ist ein gutes Mädchen. Es lag an seiner Schwäche, nicht an ihrem Mangel an Reizen, dass seine Aufmerksamkeit nachgelassen hatte.

Womit konnte sie ihn sonst noch zerstreuen? In der Lade unter der Treppe fand sie eine große Schachtel mit Fotos, die, wie sich herausstellte, seiner Frau Imogen gehört hatten, und ihm zusammen mit der silbernen Tischglocke und ein, zwei anderen Kleinigkeiten geblieben waren, als sie mit ihrem pseudoiberischen Liebhaber durchgebrannt war. Die meisten davon interessierten ihn überhaupt nicht, nur eine Serie von Fotos, die mit einem dünnen Gummiband zusammengehalten waren, das bei der ersten Berührung riss: Es waren Fotos vom Marais in Paris, aufgenommen in den dreißiger Jahren. Imogen hatte, wie der Major wusste, gegen Ende dieses Jahrzehnts ihre Sommerferien in Frankreich verbracht, um ihr Französisch zu vervollkommnen. Aber die Fotografien hatten etwas Künstlerisches – es waren keineswegs Schnappschüsse –, und er bezweifelte, dass Imogen sie mit ihrer Brownie-Boxkamera gemacht hatte. Sie waren die Arbeit eines guten Fotojournalisten, der vielleicht einen akademischen Grad in Anthropologie oder Soziologie hatte; sie zeigten Juden und jüdisches Leben, mit Einfühlungsvermögen, aber auch mit Witz und einem typisch gallischen Blick. Sie interessierten W. C. nur, weil er dachte, dass unter den gänzlich ahnungslosen und daher gänzlich unbefangenen und ungezwungenen Juden meine Eltern sein könnten. Und auf einem der Fotos war ein rundlicher kleiner Junge, von dem er meinte, der könnte sogar ich sein. Er äußerte sich Belinda gegenüber dahingehend und ergänzte: »Pfarrer Musič muss die Bilder sehen.«

Als der Lieferjunge des Apothekers mit dem Medikament eintraf, ließ W. C. ihn in sein Zimmer kommen. »Wie heißt du, junger Mann?«

»Brian«, war die aggressive Antwort. Er kratzte an einem Pickel auf seinem Kinn. »Brian Throstle.«

»Gut, Brian Throstle«, sagte W. C. würdevoll, »wie würde es dir gefallen, ein Pfund zu verdienen?«

»Einen Lappen? Das darf nicht wahr sein! Das haut mich um, das haut mich glatt um.«

»Warum rufen wir denn nicht einfach in Beale Hall an?«, fragte Belinda, die in der Schlafzimmertür stand. »Wozu brauchen wir einen Boten?«

»Na gut, fünf Pfund. Mein letztes Angebot.«

»Kein Problem«, sagte Brian sarkastisch. »Und wen soll ich dafür umbringen?« Er zwinkerte Belinda zu, die ihm verstohlen den Finger zeigte.

»Kennst du Beale Hall?«, fragte W. C.

»Mann!«, sagte Brian beleidigt.

»Guter Junge. Geh dorthin und bitte Pfarrer Musič, nach Benghazi zu kommen, wenn er einen Moment erübrigen kann. Sag ihm, Major Catchpole möchte ihm etwas Interessantes zeigen. Wirst du das schaffen, Brian?«

»Mann!«

Was Brian wirklich sagte, als er nach Beale Hall kam, war, dass der alte Opa in Benghazi krank im Bett läge und einen Priester verlangt hätte.

Pech oder Schicksal hatten es gewollt, dass Maude und ich nach London gefahren waren, sie, um einen Osteopathen in der Harley Street aufzusuchen, einen Mr Adrian Sprott-Wemys, und ich, um herumzusitzen und auf sie zu warten. Und so richtete Brian seine Botschaft einem älteren Priester aus, der gerade aus dem Torbogen im alten Stallgebäude trat. Dieser Priester war Fred Twombly.

Twombly besteht darauf, dass er zuerst nach mir gesucht habe, bevor er die Sache selbst in die Hand nahm. »Es war keine Zeit zu verlieren, das musst du doch einsehen, Edmond.« Aber er muss sich beim Vater, beim Sohn, beim Heiligen Geist und der Gemeinschaft aller Heiligen für diese Gelegenheit bedankt haben. Oh, die Macht und die Herrlichkeit! Er würde eine seiner priesterlichen Funktionen ausüben können! Oh, die Freude, die reine, lodernde Freude. Ihm als Akademiker kurz vor der Pension bot sich nur noch selten die Gelegenheit, ein Sakrament zu spenden. Aber die Letzte Ölung, das beste und wichtigste aller Sakramente, das dem Sterbenden eine letzte Gelegenheit gibt, mit dem Himmel ins Reine zu kommen!

Er lief in sein Zimmer, griff nach seiner Tasche mit allem Nötigen, einer Art priesterlichen Erste-Hilfe-Ausrüstung, und eilte nach Benghazi. Belinda war hinter dem Haus auf einer Leiter, um die Rosen zu schneiden, die aufs Dach kletterten; sie bemerkte sein Kommen nicht. Sie hatte den Vordereingang offen gelassen, um das Erdgeschoss zu lüften, wo es immer noch nach dem stark mit Curry gewürzten Essen vom indischen Take-away roch, das Tubby letzten Abend nach Dienstschluss mitgebracht hatte. Durchs Schlafzimmerfenster sah sie, dass der Major eingenickt war und dass seine Lippen zuckten, als belustige ihn etwas. Twombly, mittlerweile schon im Haus, blieb nur kurz vor der Garderobe im Flur stehen, um sich dem Zweck entsprechend auszustaffieren und einen wohlgefälligen Blick auf sein Spiegelbild zu werfen. Dann stieg er würdevoll die Treppe hoch, vor sich das Kreuz hertragend, in der anderen Hand Buch und Salbölbehälter im Reisenecessaireformat. Als er das Krankenzimmer betrat, psalmodierte er bereits lateinisch. Belinda, die ihn durchs Fenster sah, schrie überrascht auf.

Der Schrei weckte W. C., er sah einen Priester, der sich mit dem Kreuz in der erhobenen Hand über ihn beugte und den verhassten Hokuspokus rezitierte. Er wurde puterrot vor Zorn. »Wie können Sie es wagen! Hinaus! Hinaus!« Er stemmte sich aus dem Bett hoch und wies mit zitternder Hand auf die Tür. »Hinaus!«

»Aber Sie haben um einen Priester geschickt …«

»Sind Sie verrückt?«, schrie W. C. »Machen Sie, dass Sie

aus meinem Haus kommen, Sie … Sie Schwachkopf, Sie … Sie Wichser, Sie … Sie …« Plötzlich blieb ihm die Luft weg, der schwache Körper zuckte, sein Gesicht schien einzufallen, er rollte blicklos die Augen, dann plumpste er zurück auf die Kissen und blieb reglos liegen.

Belinda war ins Schlafzimmer geeilt, so rasch sie konnte, und wurde an der Türschwelle Zeugin von W. C.s massivem Schlaganfall. »Oh, was haben Sie getan?«, jammerte sie. Sie eilte zum Bett und tastete nach einem Lebenszeichen. »Er ist tot. Sie haben ihn umgebracht.«

Twomblys Gesicht war aschgrau vor Angst. Er schien, sagte Belinda, in sich selbst hineinzuschrumpfen wie die böse Hexe im Märchen. Was hatte er denn eigentlich getan? Er versuchte sich zu verteidigen. »Moment mal, junge Frau, Moment mal. Sie sprechen mit einem Priester. Man hat nach mir geschickt. Der Mann hat gewusst, dass er im Sterben liegt.«

»Der Major lag nicht mehr im Sterben als einer von uns«, schluchzte Belinda. »Der Arzt war heute früh bei ihm. Er hatte die Grippe, das ist alles. Und er hat ganz bestimmt nicht nach Ihnen geschickt. Er hat Sie einen ›dämlichen Salbader‹ genannt.« Allein W. C. zu zitieren, schien Belinda ein wenig aufzurichten. »Er hat gesagt, dass Sie ein ›aufgeblasener Arschkriecher‹ sind.«

In Twomblys Wangen kam eine leichte Röte. »Der Junge aus der Apotheke sagte, dass der Major nach einem Priester verlangt hat. Wollen Sie anrufen, um sich zu überzeugen?«

»Der Major wollte Pfarrer Musič sehen, aber als Freund, nicht als Priester. Er wollte ihm etwas zeigen.«

»Ich bin ja kein Hellseher. Ich denke nicht daran, mich hier von Ihnen beleidigen zu lassen. Sie sind wohl nicht katholisch, nehme ich an.«

»Nicht mehr, nein, bin ich nicht.« Ihr fielen noch ein paar

Schmähungen des Majors ein. »Er hat gesagt, Sie sind ein ›scheinheiliger Schleimscheißer‹ und ein ›vertrotteltes Arschloch‹.«

»Er war Katholik, wenn auch ein vom rechten Glauben abgekommener. Ich muss für seine Seele beten. Er hätte das gewollt.« Twombly hob den Behälter mit dem geweihten Öl hoch. »Und ich kann ihm immer noch die Sterbesakramente geben. Es kann nicht schaden. Das Öl wurde von Bischof Farley in Joliet geweiht, bevor ich nach England fuhr, und sicherheitshalber bat ich Bischof McGonagle vorige Woche, als er Beale Hall besuchte, es noch einmal zu weihen.«

»Haben Sie denn noch immer nicht begriffen, was er wirklich wollte? Er wollte, dass Sie dieses Haus verlassen. Sie haben es doch selbst gehört.« Nun begannen die Tränen ernstlich zu fließen. »Warum erweisen Sie ihm nicht diesen Respekt? Gehen Sie doch. Bitte.«

»Sie sollten den Arzt anrufen, anstatt mit einem geistlichen Würdenträger über seine heilige Pflicht zu debattieren.« Twombly machte auf dem Absatz kehrt und bemühte sich um einen möglichst würdevollen Abgang. Aber er ließ dabei sein Kreuz fallen, und als er es aufheben wollte, fiel ihm auch noch sein Buch hinunter. Jeglicher Würde beraubt, machte er sich auf schwachen Beinen davon. Das Wort »Arschloch« folgte ihm die Treppe hinunter.

Wie schon gesagt, sie ist ein gutes Mädchen, die Belinda.

In den *Geschichten über den Baal Scheem von Ludlow* findet sich auch eine Erzählung über den Besuch des gelehrten Rabbi Isaak Spiegelmann, Gaon von Cricklewood, beim Pish. Der Pish hieß seinen Gast willkommen, bewirtete ihn überreichlich, und sie saßen bis in die Nacht hinein beisammen und redeten. Aber etwa eine Stunde nachdem sie sich zurückgezogen hatten, wurde der Pish von einem Stöhnen geweckt, das aus dem Zimmer des Gaon kam. Er riss die Tür auf und eilte hinein.

Und da, am Kopfende des Bettes, auf dem der Rabbi Spiegelmann lag, stand der Tod. »Was für eine Unverschämtheit!«, schrie der Pish. »Wie kannst du es wagen. Was suchst denn *du* hier? Wer hat denn *dich* eingeladen? Dieser Mann ist ein Gast meines Hauses! Er steht unter meinem Schutz! Was für eine Unverfrorenheit!« Bei dieser strengen Rüge faltete der Engel des Todes die schwarzen Flügel über dem Kopf zusammen und lief davon. Dann legte der Pish seine Rechte auf die Stirn des Rabbi und, siehe da, er war geheilt. Für alle Fälle aber blieb der Pish bis zum Tagesanbruch am Bett des Rabbi, damit der Todesengel es sich nur ja nicht einfallen lasse zurückzukommen, Gott behüte.

Später erklärte der Pish, dass er normalerweise dem Engel des Todes, der ja nur sein rechtmäßiges Amt verrichte, nicht ins Handwerk pfusche. »Schließlich hat er seine Aufgabe, und ich habe meine. Vielleicht habe ich ein wenig übereilt gehandelt, weil ich so überrascht war, dem Engel des Todes von Angesicht zu Angesicht gegenüberzustehen, ohne vorher das geringste Anzeichen für seine Gegenwart bemerkt zu haben. Und so bin ich dazwischengetreten und habe aus meinem Schmerz heraus gesprochen.« *Die Worte der Weisen sind wie Stacheln* (Prediger 12,11).

Was mich quält, ist die Frage, ob W. C. – wäre Twombly nicht ungebeten, unerwünscht und als Vorbote des Todes verkleidet bei ihm hereingeplatzt und hätte ihn damit nicht zu Tode erschreckt; hätte er die ihm zugeteilte Zeitspanne, die sich ohnehin dem Ende zuneigte, ausleben können; hätte er, kurz gesagt, irgendeine Vorahnung gehabt, dass nun wirklich das Ende naht? – Was mich also quält, ist die Frage, ob er dann, wenn er gewusst hätte, dass er auf dem Totenbett liegt, nach der Letzten Ölung verlangt und seinen Frieden mit der Kirche gemacht hätte, deren grundlegende Wahrheiten er so lange durch seine Attacken auf ihre ungeheuerlichen Absurditäten und peinlichen Heucheleien zu beweisen versucht hat (so wenigstens schien es mir). Wenn ja, dann hat ihm die Kirche in der Gestalt von Twombly diesen Tod versagt, der wohl eigentlich ganz nach den Wünschen der Kirche gewesen wäre. Den Tod als reuiger, mit der Kirche ausgesöhnter Sünder, gebührend getrimmt für das Ewige Heil.

Ich wünschte, er lebte noch; er fehlt mir. Welchen Spaß es ihm gemacht hätte, die Geschichte seiner letzten Begegnung mit Twombly auszufeilen und ihr den letzten Schliff zu geben! »Und noch etwas«, höre ich ihn sagen, »warum hat der verdammte Trottel seine Totenpomade ein zweites Mal weihen lassen? War seit seiner Abreise von Amerika schon ein Teil der ursprünglichen Weihe verdunstet? Hat er einfach nachgetankt? Oder war er auf eine Art Doppelbräu aus, eine ›noch nie da gewesene, sensationell verbesserte amerikanische Spezialmarke‹, ein Konzentrat?« Nein, ein lebender W. C. hätte den Tod in der Hitze eines solchen Gefechts willkommen geheißen, er hätte sein Schwert der Wahrheit geschwungen, ein Held bis zum Schluss, nicht ein gefangener Soldat, der um Gnade fleht und sich fragt, warum er überhaupt gekämpft hat. Und dafür bin ich dankbar.

SECHSTER TEIL

Jede noch so kleine Viper hat ihr Gift.

Thomas Fuller, *Gnomologia*, 1732

Wenn Philipp (II. von Spanien) auch nur eine einzige Tugend besaß, ist sie den gewissenhaften Nachforschungen des Verfassers dieser Zeilen entgangen. Wenn es – was wahrscheinlich ist – Laster gibt, denen er nicht frönte, dann nur deshalb, weil es der menschlichen Natur nicht gestattet ist, Vollkommenheit zu erreichen, nicht einmal im Bösen.

John Lothrop Motley, *Geschichte der Vereinigten Niederlande*, 1868

Der Mistkerl Twombly kehrte nicht, wie versprochen, nach Joliet, Illinois, zurück, sondern fuhr zuerst nach Paris und von dort nach St. Petersburg, und das alles nur, um mich zur Strecke zu bringen. Und wer bezahlte wohl für diese teure Laune? Nicht die Kolumbusritter, die mehr als das ihre für ihn getan hatten; nicht sein lumpiges College, ganz gewiss nicht. Auch nicht die Kirche (da bin ich *fast* sicher). Wer also? Twombly muss seine eigenen bescheidenen Reserven angezapft haben. Die armseligen Groschen, die er sich als geiziger Betbruder erspart und wahrscheinlich auf ein Postsparkonto gelegt hatte; den Erlös aus dem Verkauf der Habseligkeiten seiner Mutter, des Anteils jedenfalls, der unter sieben gierigen Geschwistern auf ihn entfiel; so irgendwas. Jedenfalls ist sein Unterfangen ein Luxus, der nur seine hartnäckige Besessenheit beweist.

In Paris erfuhr er, dass Popescu dabei erwischt worden war, wie er versuchte, nationale Kunstschätze aus Russland hinauszuschmuggeln, und jetzt in einem Gefängnis in St. Petersburg saß. Der Sohn hatte sich aufgemacht, den Vater zu befreien, und war selbst als möglicher Komplize verhaftet worden.

Twombly platzte in Popescus Büro wie der Großinquisitor. Er fand Mme. Popescu die Jüngere vor, in deren Händen vorübergehend die Leitung der Geschäfte lag. Er ließ einen Hagel von Fragen auf sie niederprasseln und brachte es zu Wege, dass die arme Frau im Handumdrehen in Tränen aufgelöst war. »*Du calme, madame, du calme. Soyez tranquille, je vous en prie*«, sagte er in seinem scheußlichen Französisch. Er goss ihr ein Glas Wasser aus dem Krug ein, der auf dem Schreibtisch stand, und wartete ungeduldig darauf, dass ihr Schluchzen ein Ende nähme. »Fangen wir noch einmal ganz von vorne an.«

Ihr Mann habe sie eindringlich dazu ermahnt, keinem Menschen auch nur ein Wort von der Misere seines Vaters zu erzählen, sagte sie. Der Ruf des Unternehmens, der gute Name seines Vaters dürften nicht gefährdet werden. Es müsste ihm auf diskrete Weise geholfen werden, von Freunden in der Regierung und in diplomatischen Kreisen. Inzwischen sei der Sohn aufgebrochen, um den Vater zu beruhigen, so gut er konnte. »Und was dabei Schreckliches herausgekommen ist, das wissen Sie ja, *père.*«

Mme. Popescu war außer sich vor Angst. Sie bekreuzigte sich vor Twombly, fiel auf die Knie und bat ihn, mit ihr gemeinsam zum heiligen Johannes, dem Schutzpatron der Buchhändler, um Fürsprache zu beten. Twombly ließ sie nicht gleich wieder aufstehen, als sie das Gebet beendet hatten. »Ich möchte Ihre Bücher einsehen, Madame. Ich suche einen ganz bestimmten Kaufvertrag.«

»Aber mein Mann hat mich angewiesen, die Bücher während seiner Abwesenheit verschlossen zu halten. Was er sagt, ist mir heilig. Ich kann nicht gegen seinen Wunsch handeln.«

»Wenn Sie es nicht tun, kann alles nur noch schlimmer für ihn werden«, drohte ihr Twombly. »Ich bin ein Mann Gottes und kümmere mich nur um Gottes Angelegenheiten.«

»Trotzdem, *père.*«

»Na schön. Dann muss ich Sie bitten, mir eine sehr seltene Ausgabe englischer Dichtung zu zeigen, über deren Eigentümer es Unklarheiten gibt.«

Mme. Popescu streckte die Hand aus, und Twombly half ihr auf die Beine. Sie lächelte, ging zu ihrem Schreibtisch und griff zum Telefon. »Claire? Sagen Sie bitte M. Boucheron, er möchte einen Augenblick zu mir kommen.«

Twombly war noch auf den Knien und hielt das Gesicht mit einem scheinheiligen Grinsen über die neuerlich zum Gebet verschränkten Hände geneigt.

Ein diskretes Klopfen, und die Tür ging auf. M. Boucheron erwies sich als der Portier, von mächtiger Statur, ein pensionierter Ringkämpfer, der fast aus seiner gänsekackegrünen Uniform mit den goldenen Knöpfen und goldenen Tressen platzte. »Madame?«

»M. Boucheron, Seine Hochwürden möchte gehen. Bitte begleiten Sie ihn hinunter und zeigen Sie ihm, wenn nötig, den Weg zu seinem Hotel.«

Twombly starrte sie mit nackter Feindseligkeit an. Aber das stärkte ihr nur das Rückgrat.

M. Boucheron packte Twombly, der immer noch kniete, bei den Ellbogen und hob ihn hoch. Noch ehe Twomblys Füße den Boden berühren konnten, hatte der Portier ihn draußen. »*Au revoir, père*«, sagte Mme. Popescu zuckersüß und schloss die Tür.

»Na wennschon«, erklärte mir Twombly ein oder zwei Tage später aus Paris. »Ist mir auch egal. Jetzt hab ich wenigstens einen guten Grund, nach St. Petersburg zu fahren. Ich wollte immer schon auf den Spuren Raskolnikows durch die Stadt wandern. Schauen wir mal, ob ein paar Monate in einem russischen Gefängnis Popescu weich geklopft haben.«

»Ich bin sicher, du wirst tun, was du kannst, um ihm zu helfen.«

Twombly lachte leise. »Könnte sein. Aber mach dir keine Sorgen, Edmond, was immer geschieht, ich werde diesem Shakespeare-Geheimnis auf den Grund kommen. Wart's ab.«

Zuerst dachte ich in meiner Panik daran, Twombly nach St. Petersburg zu folgen, ihm vielleicht sogar zuvorzukommen und … ja, was dann? Da lag der Hund begraben. Ich hatte keinen Plan, keine Andeutung eines Plans, außer dass ich seinen durchkreuzen musste. Aber wie? Sollte ich ihn bei dem, was vom KGB noch übrig war, als Spion denunzieren? Dazu brauchte ich mich nicht weiter zu bewegen als bis zum Telefon. Ein diskreter anonymer Hinweis an die russische Botschaft in London sollte genügen. Zumindest, wenn das stimmte, was man in Spionagegeschichten aus der Zeit des Kalten Krieges lesen konnte. Die Wahrheit aber ist, dass ich nicht mehr genügend Mumm für solche Machenschaften habe. Der ein oder andere Zauberspruch, die ein oder andere Zaubermixtur, das ja, dazu bin ich bereit, und durch meine Lektüre der Schriften des Falsch glaube ich auch so halb und halb daran. Aber das ist auch schon so ziemlich alles, was ich heutzutage an zielgerichteter Gemeinheit über mich bringe.

Außerdem war ich in letzter Zeit sehr mit Maude beschäftigt, ihrer Einlieferung ins Krankenhaus und ihrer beunruhigenden Rückkehr zum Glauben. Seit dem Besuch des Bischofs machte sich ein Wiederaufleben katholischer Frömmigkeit an ihr bemerkbar, aber ich ignorierte die Anzeichen oder versuchte Erklärungen dafür zu finden. Nicht etwa, dass McGonagle diese Veränderung bewirkt hätte, das sei ausdrücklich betont! Sein Besuch bildete lediglich einen *terminus a quo* für meine Beobachtungen. Aber es war an jenem Abend, nachdem McGonagle und Twombly sich verabschiedet hatten, an jenem Abend, an dem ich ein so starkes Gefühl der Entfremdung vom Katholizismus und allen seinen Anhängern empfand, den hundertfünfzigprozentigen genauso wie den halbherzigen, dass Bastien und ich Maude auf dem Küchenboden fanden; sie lag auf dem Rücken und schnarchte, in der Hand eine leere Flasche Gin, eine zweite leere Flasche ruhte lasziv in ihrem Schoß. Sie hatte sich im Schlaf voll gekotzt. Sie war Ekel erregend. Bastien säuberte sie. Er kniete sich neben sie, nahm ihren Kopf in den Arm, wischte sie mit sauberen Tüchern ab und murmelte tröstende Laute, wenn sie stöhnte. Er war gut in solchen Dingen. Und obwohl uns beide das Alter schon ziemlich geschwächt hatte, schafften wir es gemeinsam, ihre massige Gestalt auf die Beine zu bringen. Und da stellten wir fest, dass sie auch die Kontrolle über ihre Blase verloren hatte. Über das Gemisch aus Erbrochenem und Urin auf den Steinplatten des Küchenbodens schlitternd, schleiften wir sie zu der Couch in der zum Büro umfunktionierten Anrichtekammer. Die Treppe hätten wir nie geschafft. Bastien deckte sie sanft mit einem Mantel zu, den er im Schrank fand, und wir überließen sie ihrem Gestank und Geschnarche.

Maude und ich haben nie über ihren schrecklichen Rausch in jener Nacht gesprochen; unser diskretes Schweigen über ihre Schande ist ein weiterer Ziegel in der Wand zwischen uns. Aber sie hat seither keinen Schluck getrunken. Ich glaube, sie hat ein Gelübde abgelegt – ein ernstes, meine ich, ein katholisches – auf ihren alten Knien, vor einer der Heiligenstatuen in der Kapelle, ungeachtet der Schmerzen in ihrer Hüfte (oder diese vielleicht sogar willkommen heißend). Wie sie es geschafft hat, am Morgen nach ihrer Orgie rechtzeitig aufzustehen und McGonagle sein »komplettes englisches Frühstück« zu servieren, ist ein Wunder (und vielleicht ein Wunder, das ihrem Gelübde postwendend folgte, und damit eine Bestätigung des alten Glaubens).

Die noch frische Erinnerung an W. C., der als Sterbender einem Priester Schmähungen an den Kopf warf, hat vielleicht lange schlummernde oder willentlich unterdrückte Schrecken der Hölle in ihr wach werden lassen. Und ich frage mich langsam, ob sie in letzter Zeit zu saufen begonnen hatte, um ihre Schuldgefühle zu ertränken, ihre Angst abzutöten, oder ob umgekehrt ihre Schuldgefühle sie in einer Art »heiligen« Selbstzerstörungssucht zur Flasche getrieben haben, und sie versuchte, auf diese krankhafte Weise Erlösung für ihre Seele zu erwirken. Aber es gibt auch andere Anzeichen für ihren wiedererwachten Glauben. Sie geht jetzt regelmäßig zur Morgenmesse in die Kapelle – na ja, nicht genau *jetzt*, *jetzt* ist sie im Krankenhaus, wie ich gleich erklären werde. (Auch über die Messe reden wir nicht; soviel ich weiß, ist sie auch zur Beichte gegangen – nicht bei Bastien, in dem sie einen meiner Verbündeten sehen würde und somit einen, der sich über alles Heilige lustig macht, sondern bei einem der zu Besuch weilenden gelehrten Geistlichen, die nach einem von Bastien aufgestellten Dienstplan die Andachten halten. Noch zwei Ziegel in der Wand.) Und in ihrem Büro ist ein Triptychon aufgetaucht, das eher wie ein Kosmetikspiegel aussieht: in der Mitte Christus mit der Dornenkrone, grämlich seine Wunden zur Schau stellend, die durchbohrte rechte Hand segnend erhoben; links Maria und rechts Josef, beide auf den Knien, beide mit einem Heiligenschein, beide mit zum Gebet gefalteten Händen, beide den Blick in stummer Bewunderung auf den Strahlenkranz um »ihres« Sohnes Kopf gerichtet. Vor dem Triptychon stehen drei Votivkerzen. Bis jetzt hat sie sie, glaube ich, noch nicht angezündet. Aber dass so ein scheußliches Ding, so ein billiger Schund wie dieses grässliche Triptychon überhaupt den Weg in eines der großen Häuser Englands gefunden hat – noch dazu in eines, das mit Kunstwerken und erlesenen sakralen Schätzen voll gestopft ist –, legt die Vermutung nahe, dass Maude es schon recht weit gebracht hat in Richtung Kitsch und Ramsch römisch-katholischer Prägung.

Natürlich hat Maude trotz des Lebens, das sie aus freiem

Entschluss mit mir führte, in gewisser Weise die Kirche nie verlassen. Sie hat die Glaubwürdigkeit ihrer Lehren nie wirklich in Frage gestellt. Ihrer Ansicht nach standen wir beide auf sehr unsicherem Grund, und es war unvermeidlich, dass er sich unter unseren Füßen öffnen und uns verschlingen würde. Wir waren verloren, o ja, kein Zweifel; wir hatten unseren von Gott gegebenen freien Willen ausgeübt und für die Sünde optiert. Sie hatte Liebe und Gefühl und Vergnügen gegen die nie angezweifelten Wahrheiten ihres Glaubens abgewogen und festgestellt, dass sie in ihrer moralischen Schwäche den ersteren größeres Gewicht beimaß. Aber sie hatte nie den Anspruch der Kirche geleugnet, der vertrauenswürdige Lehrer einer unwandelbaren Doktrin zu sein. Meine Blasphemien betrachtete sie bloß als das alberne Geschwätz eines frechen Jungen. Aber dann wurde sie alt, und die Liebe, das Gefühl und die Lust ließen im gleichen Maß nach, in dem ihr Körper zunahm, ihr Fleisch schwabbelig wurde und die Inkontinenz drohte. Und sie litt unter ihrer schmerzenden Hüfte und schämte sich ihrer Trunksucht. Und dann musste sie unters Messer, und der Höllenschlund gähnte vor ihr.

»Du bist schrecklich hinter deiner Zeit zurück«, sagte ich zu ihr. »Du bist immer noch bei Dante und Hieronymus Bosch. Das ist nicht das, was Rom uns jetzt verkündet. Ganz und gar nicht. Die Hölle ist kein *Ort* mehr, kein wirklicher *locus* endloser körperlicher Strafen. Die Wespen werden dich nicht in alle Ewigkeit stechen. Du wirst nicht im Eis frieren oder im Feuer brennen. Das sind alles Metaphern, reine Dichtung. Das würde dir Seine Heiligkeit höchstpersönlich sagen; du brauchst dich nicht auf mich zu verlassen. Die Hölle ist ein Seinszustand. Was die Verdammten heutzutage erleiden müssen, ist der Verlust Gottes, die völlige Entfremdung von allem, was gut und voll der Liebe ist.«

»Metaphern, soso? Reine Dichtung, soso?«, sagte sie verächtlich. »Das ist krasser Protestantismus, was du da ausspuckst. Ein Evangelischer wird vielleicht mit Gewissensbissen bestraft; ein Katholik wird von echten Nägeln durchbohrt.«

»Na schön, und warum sollte die Seele in der Hölle einen barmherzigen Gott nicht um Vergebung bitten?«

»Dazu ist es zu spät, du alter Narr. Wenn du verdammt bist, verweigert Gott dir die Fähigkeit, zu ihm zu beten.«

»Das hieße ja dann, dass es Gottes Schuld ist. Die Kirche sagt aber etwas anderes. Der Sünder ist es, der sich dafür entschieden hat, Gottes Gnade zurückzuweisen. Gott ist nicht strafend; die Verdammten selbst wählen sich ihre Strafe, das ist die ultimative Ausübung des freien Willens.«

»Du bist schlimmer, als W. C. es je war. Ich hör dir nicht mehr zu.«

»Warum, glaubst du, ist man vom *Dies Irae* abgekommen? Wann hast du es zuletzt bei einer Beerdigung gehört? Es ist aus der Liturgie verschwunden, nicht weil es grausam ist, sondern weil es peinlich ist, sich an dermaßen psychopathischen Einzelheiten über die Qualen der Verdammten zu ergötzen.«

Aber die Bemühungen des Vatikans, die Kirche ins zwanzigste Jahrhundert zu bringen, während dieses schon davonschlüpfte, waren an Maude verschwendet. Für sie verloren die Gebete und Gesänge und das ganze Ritual mit dem Ersatz des Lateinischen durch die Landessprache an Authentizität. Ihrer Meinung nach gab es nichts zu deuteln an der katholischen Lehre, nicht einmal von jenen, die in den höchsten Dikasterien saßen. Auf keinen Fall durfte etwas aufgegeben werden. Sie wusste, was wahre Religion war und was nicht. Man brauchte sie nicht zu praktizieren, um das zu wissen. Sie ruhte in den Buchstaben des alten Gesetzes, nicht in der Verschwommenheit, Zögerlichkeit und Unklarheit des Zweiten Vatikanums.

Ihre Bereitschaft, sich mit *mir* um *unseretwillen* abzufinden, schwand rasch dahin. Die von romantischer und sexueller Leidenschaft genährte Liebe, die dereinst hell gelodert hatte, war längst abgekühlt, die Flammen verloschen, was übrig blieb, war der sich nach und nach verhärtende Bodensatz einer gereizten Vertrautheit. Sollte sie dafür in alle Ewigkeit verdammt sein, für die armseligen Überreste einer Liebe, die wir beide hinter uns gelassen hatten? So oder ähnlich muss sie, stelle ich mir vor, gedacht haben.

Ja, aber war denn Christus nicht auch für sie gestorben? Es war nicht zu spät. Sie würde jetzt nicht die größte aller Sünden begehen, die Sünde der Verzweiflung. Nein, auch in dieser letzten Minute hatte ihre Kirche ihr noch Rettung zu bieten. Sie bereute, sie würde Buße tun, sie würde gerettet werden.

Momentan ist sie im Krankenhaus, um von ihrer Hüftoperation zu genesen. Sogar in diesem Zusammenhang hat sich ihre Rückkehr in den Schoß der Gemeinde geoffenbart. Sie sei ganz darauf eingestellt, in ein Privatsanatorium zu gehen, hatte sie Mr Sprott-Wemys, ihrem Chirurgen in der Harley Street, gesagt – Geld spiele in ihrem Fall Gott sei Dank keine Rolle –, aber sie sei sicher, in einem katholischen Sanatorium würde sie sich wohler fühlen.

Nichts leichter als das, versicherte ihr Mr Sprott-Wemys. Er würde sie ins St. Cosmas & St. Damian ganz in der Nähe von Leominster einweisen – »herrliche Aussicht, ein Park, der sich bis hinunter zum Lugg erstreckt, ein nobles, ehrwürdiges Gebäude, meine liebe Miss Moriarty« –, ja, die beiden Heiligen hätten sich wirklich verdient gemacht um seine Patienten, erst vor kurzem um Sir Patrick Spens aus Dunfermline, den Nachfahren einer katholischen Familie, deren Wurzeln bis in die Zeit vor der Eroberung zurückreichten. Vielleicht hatte Miss Moriarty von ihm gehört? Was ihn selbst anlange, so sei er ein ergebener Anhänger der Anglikanischen Kirche, aber einer, der in diesem edlen Baum auf einem Zweig so hoch oben sitze, dass er nur einen Hauch davon entfernt sei, den Bischof von Rom als Primas von England anzuerkennen. Seine liebe Mutter und seine liebe Schwester seien beide Angehörige eines Anglikanischen Ordens, des Ordens der Schwestern von Margery Kempe; ihr Kloster sei wunderschön, in der Nähe von Diss, gelegen. Sie würden – wenn sie ihm die scherzhafte Bemerkung gestatte – für seinen guten Glauben und seine Ehrlichkeit bürgen. Jedenfalls könne er sich aus den genannten Gründen gewiss das Urteil erlauben, dass die spirituelle Dimension von überragender Bedeutung für die körperliche und (wenn er so sagen dürfe) seelische Gesundung sei.

Aristide Popescu befindet sich in einem Gefängnis in St. Petersburg, weil sein Reisebüro in Paris es versäumt hat, ein russisches Ausreisevisum für ihn zu besorgen. So ein kleiner Fehler und so schwerwiegende Folgen! Weil er kein Ausreisevisum hatte, wurde er darin gehindert, an Bord seines Flugzeugs zu gehen. Aristide, alt, gebeugt, aber immer noch voller Energie, wütete gegen alles Russische; er schrie und stieß die Fäuste in die Luft; er stampfte mit dem Fuß auf; er erklärte dem gelassenen, verständnislosen Beamten hinter dem Schalter, wohin er sich St. Petersburg mitsamt seinen Türmen und dem Winterpalast schieben könnte. Jedenfalls machte er so ein Spektakel, dass zwei Sicherheitsbeamte geholt wurden. Sie nahmen ihm den Pass weg, führten ihn ab »wie einen Schwerverbrecher«, so Twombly schadenfroh, brachten ihn in ein fensterloses Untersuchungszimmer und befahlen ihm, sich zu beruhigen. Sie gaben ihm ein schmutziges Glas mit lauwarmem, trübem Wasser und eine Miniaturflasche Wodka und sperrten ihn ein. Einer von ihnen hielt vor der Tür Wache, während der andere zum Kommandanten ging, um Bericht zu erstatten. Der Kommandant schaute sich den Pass an. »Franzose«, sagte er. »Viel auf Reisen. Lassen wir ihn doch ein oder zwei Stunden unsere Gastfreundschaft genießen. Inzwischen schaut euch sein Gepäck an. Man kann nie wissen.«

Zwischen einem Kaschmirpullover und einem Morgenmantel aus schwerer Seide fand man ein sorgsam in Wellpappe gehülltes Paket. Unter der Wellpappe befand sich eine in Luftpolsterfolie gewickelte dunkelgrüne Ledermappe. Die nur leicht vom Alter abgewetzte Mappe war reich mit Blattgold verziert: in der Mitte ein fürstliches Wappen, darunter der Name de Kaimowski, rundherum eine Bordüre aus Sternchen. In der Mappe ruhte ein Manuskript von *Boris Godunow* von Puschkins eigener Hand. Unter der Titelseite befand sich ein Brief vom 7. Juni 1824, mit dem die Arbeit Natalja Waginowa gewidmet wurde, einer Schauspielerin, die nur in die Geschichte eingegangen ist, weil Puschkin kurze Zeit wahnsinnig in sie verliebt war. Die Rückseite jedes einzelnen Blattes in der Kasette trug einen offiziellen Stempel: die Umrisse eines dreimastigen Segelschiffs, umrandet von den Worten »Leningrad: Gewerkschaftsbibliothek.« Aristide hatte offenbar auf ein paar ernste Fragen zu antworten.

Baron Leopold de Kaimowski, ein Freund Disraelis und der französischen Rothschilds, war ein fantastisch reicher jüdischer Industrieller und Bibliophiler. Sein Titel und das vorangestellte »de« wurden ihm von der französischen Regierung zum Dank dafür verliehen, dass er zehn Jahre nach dem deutsch-französischen Krieg auf eigene Verantwortung die

Kosten für das unterschrieb, was man heute eine »Machbarkeitsstudie« nennen würde, deren Zielsetzung es war, eine undurchdringliche Verteidigungslinie zwischen Frankreich und Deutschland zu errichten. Zurück in seiner Geburtsstadt St. Petersburg, baute er das de Kaimowski-Haus, ein prachtvolles Gebäude, fast ein Palast, auf der Angliskaja nabereshnaja, dem Englischen Quai. Es diente einzig und allein dem Zweck, seine Bibliothek zu beherbergen, die er bald dem Staat zu schenken versprach. Aber die Ereignisse überholten ihn. 1919, zwei Jahre nachdem die Revolutionäre den Winterpalast gestürmt hatten, stahl sich der Staat sein Erbe. Das de Kaimowski-Haus wurde von einer Schwadron der Roten Reiterarmee besetzt, deren Mitglieder ihre Pferde im Erdgeschoss einquartierten und alle Frauen vergewaltigten, die sie in den ersten und zweiten Stock locken konnten. Die Lüster benutzten sie zum Zielschießen. Es erforderte die persönliche Intervention des Genossen Lenin, um das Haus und die Sammlung 1920 vor der totalen Zerstörung zu retten. Er ließ die Mitglieder der Schwadron verhaften und in die Wälder außerhalb von Wsewoloshsk treiben, wo sie in einer Linie aufgestellt und erschossen wurden. Das de Kaimowski-Haus wurde zur Gewerkschaftsbibliothek.

Der Kustos der Sammlung ist ein gewisser Nikita Kriwtschun. Der Posten ist nicht schlecht, denn es geht eine elegante Dienstwohnung im Parterre damit einher, das, was man in England eine Maisonette nennt, in diesem Fall eine ziemlich große, die auch Zugang zu einem schönen neoklassizistischen Garten bietet. (Vielleicht sind Sie jetzt versucht, ihn sich, oberflächlich gesehen, als einen Edmond Musič *in piccolo* vorzustellen.) Er war Kustos vor dem Zusammenbruch der Sowjetunion und ist auch unter dem neuen Regime Kustos geblieben. Seine Tage könnten jedoch gezählt sein.

Wie so mancher Manager eines staatlichen Unternehmens unter den Sowjets, dachte sich Nikita Kriwtschun, dass das, was er vorher für das Volk verwaltet hatte, durch den plötzlichen Umschwung zum Kapitalismus nun ihm gehöre und er darüber nach Belieben verfügen und privaten Nutzen daraus ziehen könne. Zum Glück für die »Kleine« St. Petersburger Bibliothek seltener Bücher und Manuskripte (die ehemalige Gewerkschaftsbibliothek), hatte er seinem Missverständnis erst vor kurzem Taten folgen lassen, und es waren nur ein paar Stücke verkauft worden. Auf jeden Fall bestritt Kriwtschun energisch, auch nur eine Briefklammer verkauft zu haben. Was die Angelegenheit komplizierte, war die Tatsache, dass Aristide Popescu bei seiner Verhaftung im Besitz eines Kaufvertrags für die Puschkin-Handschrift war, der offenkundig die Unterschrift des Kustos trug. »Lügen! Fälschung! Da stecken die Jidden dahinter«, kreischte Kriwtschun.

Twombly rief mich aus St. Petersburg an. »Will mich nur mal melden«, sagte er.

»Wie hält sich Aristide? Hast du ihn schon gesehen?«

Er überging meine Frage. »Wie gehabt«, meinte er höhnisch. »Kaufverträge für Sachen, die nicht gekauft und nicht verkauft werden dürften. Popescu bringt seinen Arsch gern in Sicherheit. Könnte allerdings sein, dass er sich diesmal in die Scheiße gesetzt hat und selber der Verarschte ist.« Die ganze Zeit, während Twombly an dieser ordinären Metapher bastelte, hatte er eine Heiterkeit unterdrückt, die jetzt in einem meckernden Lachen zum Ausbruch kam.

Es gibt politische Komplikationen und Randprobleme. Kriwtschun hat einen älteren Bruder, Dmitri, der schon seit langem stellvertretender Kulturminister ist. Dmitri Kriwtschun ist es wie seinem Bruder gelungen, die Kluft zwischen Kommunismus und Kapitalismus zu überwinden. Außerdem ist ihm das Ohr des Präsidenten geneigt, mit dem er häufig säuft. Macht und Einfluss dieses stellvertretenden Ministers sind unverhältnismäßig groß. Er kennt viele Geheimnisse und hat einen ganzen Schrank voller Schuldscheine. Aber er hat auch mächtige Feinde. Es gibt Gerüchte über geheime Bankkonten in der Schweiz, über auf der Isle of Man gewaschenes Geld. Auch er schiebt die Schuld den Jidden zu und behauptet, dass sie nur Angst hätten, ihn persönlich zu attackieren, und daher mit ihrem Aids-verseuchten Geifer über seinen unschuldigen, weltfremden Bruder herfielen, einen Bibliophilen, der sein Leben der Bewahrung des nationalen Erbes geweiht habe.

Aristide wird, scheint es, im Gefängnis festgehalten, weil gewisse Politiker seine unter Eid gemachte Aussage gegen Nikita verwenden wollen, um damit Dmitri Kriwtschun zu schwächen. Sollte erst einmal erwiesen sein, dass Nikita korrupt ist, dann wären auch Fragen über Dmitris finanzielle Transaktionen im Ausland erlaubt. Andererseits müssen dieselben Politiker sich gut überlegen, wie Dmitri Kriwtschun zurückschlagen könnte. Das Ergebnis ist eine Art politisches Patt.

Der arme Aristide erlebt dieses Patt als eine Dantesche Vorhölle. Dem Tatbestand nach ist er schuldig: als angesehener europäischer Antiquar, der mit seltenen Büchern und Manuskripten handelt, als ein Mann mit einem halben Jahrhundert Erfahrung kann er nicht behaupten, die Gesetzeslage in Bezug auf Staatsschätze nicht gekannt zu haben. Er musste gewusst haben, dass er gegen das Gesetz verstieß, als er das Puschkin-Manuskript kaufte und mit dem kostbaren Text im Gepäck das Land zu verlassen versuchte. Und selbst wenn er die Gesetze nicht gekannt hätte, wäre sein Nichtwissen keine Entschuldigung. Trotzdem würden die Behörden ihn vielleicht mit einer saftigen Geldstrafe und einer Verwarnung ziehen lassen, wenn er sich kooperativ zeigte. (Natürlich wird er sich kooperativ zeigen; er kann es gar nicht erwarten, sich kooperativ zu zeigen.) Das Problem sind die Anti-Kriwtschun-Kräfte, die noch nicht ganz sicher sind, ob sie ohne Gefahr zum Angriff übergehen können. Und Aristide schmachtet derweil im Gefängnis.

»Und? Hat Gabriel etwas erreicht bei den Behörden?«

»Popescu *fils*? Ein Leichtgewicht. Völlig nutzlos, glaub mir.«

Gabriel Popescu wird als Geisel festgehalten, als Druckmittel, um seinen Vater zur Kooperation zu »ermutigen«. Er darf die Stadt nicht verlassen, und ein Aufpasser folgt ihm auf Schritt und Tritt. Seine Kommunikation mit der Außenwelt wird überwacht und, wenn nötig, zensiert. Er darf seinen Vater und die Anwälte seines Vaters besuchen; er darf überall hin, wo jeder beliebige Tourist hindürfte. Und das Beste von allem, er bewohnt eine Suite im Astoria, einem Weltklassehotel. »Nicht wie das Rus, was das Beste ist, was *ich* mir leisten kann«, sagte Twombly bitter. »Wäre ich ein Laie mit den kleinlichen Hassgefühlen des Laien, würde ich meinen Feinden wünschen, dass man sie im Rus einquartiert.« Das Schwert, das über dem Sohn hängt, ist ein weiteres Mittel, den Vater weich zu klopfen.

Es wurde mir untersagt, Maude zu besuchen. Ihre Hüftoperation liegt jetzt drei Wochen zurück, seit vier Wochen ist sie im Krankenhaus. Ich bin fast jeden Tag ins St. Cosmas & St. Damian gefahren, um sie zu besuchen, keine Kleinigkeit, und als sie operiert wurde, verbrachte ich drei unbequeme Nächte in einem Bed and Breakfast in Leominster. Und jetzt wird mir der Besuch untersagt!

Sie behalten sie viel länger im Krankenhaus, als Hüftoperierte normalerweise dort bleiben müssen. Der Grund ist eine merkwürdige Wundblase, die sich auf der Innenseite ihres Oberschenkels gebildet hat, eine Blase, die nicht weggehen will. Sie zeigte sie mir bei meinem, wie sich erweisen sollte, letzten Besuch. »Mach die Tür zu, Edmond«, sagte sie, »und komm her und schau dir das an.« Geziert zog sie ihr Nachthemd hoch und verbarg dabei sorgsam den intimsten aller ihrer Reize, den sie mir früher so gerne vorgeführt hat. Die Blase war grässlich anzusehen, fast dreiundzwanzig Zentimeter lang und sieben wulstige Zentimeter dick, und zeigte wie ein Pfeil auf ihre Möse; sie war leichenweiß, weißer als der weiße Schenkel, auf dem sie saß.

Ich war betroffen. Um meinen Ekel zu kaschieren, versuchte ich einen kleinen Scherz. »Pass auf«, sagte ich. »Sie scheint zu wissen, wohin sie will.«

Sie sah mich voller Hass und Verachtung an. Rasch bedeckte sie sich wieder. »Du kannst die Tür wieder aufmachen.«

»Es war doch nur ein Scherz.«

»Die Tür, Edmond.«

»Die Besuche regen die Patientin auf«, flötete Mr Sprott-Wemys übers Telefon seiner Praxis in London. »Und Ruhe ist so wichtig für die Genesung. Wir Wissenschaftler geben gerne zu, dass Ruhe die beste Medizin der Welt ist, wissen Sie. Wir tun, was wir können: Schmerzmittel (wenn nötig), Physiotherapie, schmackhaftes Essen, eine angenehme Umgebung, liebevolles Personal, Blumen und Obst in allen Zimmern und so weiter, aber am Ende ist es doch der innere Frieden, der am besten heilt, die innere Ruhe, damit kann viel mehr erreicht werden als mit Pillen – die Voraussetzung dafür ist natürlich das Vorhandensein der, wie ich gern sage, spirituellen Dimension. Ich bin sicher, Sie verstehen, Herr Pfarrer.«

»Nein, ich verstehe nicht. Ich verstehe kein Wort. Miss Moriarty und ich sind seit fast fünfzig Jahren Kollegen in Beale Hall; wir sind mehr als Kollegen, wir sind seit langem Freunde. Ich denke, es wäre besser, wenn Sie sich zuerst mit Ihrer Patientin beraten würden, bevor sie mir nichts, dir nichts und in völliger Unkenntnis der Lage etwas anordnen. Wenn ich nicht mehr komme, werden Sie bald bemerken, wie sehr sie sich aufregen kann. Und wo Sie die spirituelle Dimension schon so schätzen: Muss ich Sie daran erinnern, dass ich Priester bin?«

»Es schmerzt mich, Ihnen zu sagen«, antwortete Mr Sprott-Wemys und genoss es ganz offenkundig, »dass die Bitte in erster Linie von Miss Moriarty selbst kommt und erst in zweiter Linie von mir.« Dann versuchte er es mit einem scherzhaften »Wir sind ja Männer unter uns«-Ton. »Wir haben doch in unseren verschiedenen beruflichen Funktionen beide schon mit unverheirateten Frauen eines gewissen Alters zu tun gehabt, Herr Pfarrer, die sich seltsame Gedanken in den Kopf setzen, es handelt sich da in gewisser Weise um eine durch sexuelle Frustrationen ausgelöste mentale Vergiftung, die das Hirn verwirrt.«

»Wollen Sie sagen, dass das bei Miss Moriarty der Fall ist?«, sagte ich kalt.

»Keineswegs, keineswegs, Herr Pfarrer!« Mr Sprott-Wemys trat rasch den Rückzug an. »Du lieber Gott, nein. Aber ich denke doch, dass wir jetzt, in der Zeit ihrer Prüfung, ein bisschen Nachsicht mit ihren kleinen Launen haben sollten, meinen Sie nicht? Sie werden sie in höchstens drei Wochen zurückhaben, so gut wie neu. Die Hüfte heilt sehr gut;

sie kommt gut voran mit ihren therapeutischen Übungen; und wir kümmern uns um diese Blase. Ihre seelische Gesundheit ist es, auf die wir uns jetzt konzentrieren müssen. Sie können ja in der Klinik anrufen und sich täglich einen Bericht über ihre Fortschritte geben lassen. Nur rufen Sie bitte die Patientin selbst nicht an. Respektieren Sie ihren Wunsch. Der kluge Arzt muss einsehen, dass manchmal die Patienten selbst wissen, was am besten für sie ist. Ich denke, Sie werden das auch in Ihrem Amt schon festgestellt haben.«

»Nicht in *meinem* Amt, nein«, sagte ich, aber er hatte schon aufgelegt.

Ich hätte die Schriftzeichen an der Wand lesen können, die Graffiti, die auf so vieles weisen, was uns trennt. Die katholischen Insiderwitze, die ich immer gemacht habe und die ihr früher gefallen oder sie nur leicht schockiert haben, ärgern sie jetzt. Sie hat keine Geduld mehr für meinen Zynismus und findet mich sarkastisch, wenn ich mich selbst bloß für ironisch halte. Sie hat gesagt, sie will für mich zum heiligen Judas Thaddäus beten – dem Nothelfer in verzweifelten Situationen und aussichtslosen Fällen. Früher einmal wäre so ein Versprechen ein liebevoller kleiner Scherz zwischen uns gewesen; jetzt fürchte ich, dass sie es ernst meint. Und ich weiß, dass ich sie bei meinem letzten Besuch schrecklich aufgeregt habe. Nicht nur mit der dummen Bemerkung, die der Anblick der grässlichen Blase mir ungewollt auf die Lippen brachte. Nein, in meinem unüberlegten Bemühen, sie aufzuheitern, erzählte ich noch einen Witz; einen Witz, den ich vor Jahren zum ersten Mal in einem Bus gehört hatte, einen Witz über die unsinnige Doktrin von der päpstlichen Unfehlbarkeit; ich hoffte, damit ein Lächeln auf ihre Lippen zu bringen, denn sie sah mehr als nur ein bisschen geknickt aus.

Aber natürlich war ihr Zimmer in der Klinik der Heiligen

nicht der richtige Ort für so einen Witz, das hätte mir klar sein müssen. An der Wand über ihrem Kopf hängt die gebrochene Gestalt Christi am Kreuz, und sie kann ihn in dem Spiegel auf der Wand gegenüber sehen. Auf ihrem Nachtkästchen liegt ein Messbuch und etwas, das wie ein fächerförmig ausgebreitetes Blatt Spielkarten aussieht, sich bei näherem Hinsehen aber als eine Auswahl von Gebeten für verschiedene Gelegenheiten entpuppt. Nonnen flitzen mit Pillen, Thermometern, Zeitschriften oder Teekannen und Keksen aus und ein, und es fehlt nicht viel, dass sie einen Knicks machen, wenn sie meines Kollars ansichtig werden. Durchs Fenster sieht man sanft gewellte, wohlgepflegte Rasenflächen und eine Nachbildung von Michelangelos Pietà im Stil Jacob Epsteins. Kurz und gut, sie liegt in den sanften Kissen des Katholizismus. Und über diese glatte Oberfläche ließ ich ungeschickt meinen Stein tanzen.

»Du wirst doch nicht vergessen haben, Edmond, dass ein Papst, wenn er in Dingen des Glaubens und der Moral lehrt, vom Heiligen Geist vor Irrtümern bewahrt wird.«

»Du verlangst also von mir, über die alten und schon eingestandenen Irrtümer der Kirche hinwegzusehen«, sagte ich, und vielleicht war wirklich eine Spur Sarkasmus in meiner Stimme. Schließlich weiß sie ganz genau, wo ich in solchen Dingen stehe. »Wahrscheinlich ist es das Beste, solche von Unfehlbaren begangenen Fehlbarkeiten zu vergessen, als da sind: die Folter zur Bekämpfung der Häresie, die peinliche Rechtfertigung der Sklaverei, die grauenhaften Lehren über die Juden und das Judentum, die Doktrin ›Es gibt keine Rettung außerhalb der Kirche‹, das Verbot, Geld gegen Zinsen zu verleihen, die Weigerung, zu glauben, dass die Erde sich um die Sonne dreht – soll ich weitermachen?«

»Du bist ein böser, abscheulicher Mensch«, sagte sie. »Du

hast den Faden dort aufgenommen, wo dein Freund, der Major, ihn fallen ließ. Mit jedem Wort, das du sagst, durchbohrst du von neuem den gequälten Leib unseres Herrn. Und du wirst dafür genau wie der Major in der Hölle braten. Ich hör dir nicht mehr zu.« Sie meinte es ernst. Es waren Tränen in ihren Augen.

»Es tut mir Leid, Maude. Ich hatte nicht die Absicht, dich zu kränken, um nichts in der Welt.«

Sie griff unter ihr Kopfkissen und holte einen Rosenkranz hervor. »Ich bin müde, Edmond. Ich glaube, ich werde schlafen. Geh jetzt.« Stumm begann sie ihr »Gegrüßet seist du, Maria« vor sich hin zu beten.

Natürlich bin ich gegangen.

Es ist Twombly gelungen, Aristide zu sehen. Popescu *fils* und die Anwälte seines Vaters konnten die Behörden dazu überreden, dem »geistlichen Lebensbegleiter« des Gefangenen beschränkte Besuchsrechte einzuräumen. Aristide ist im Kresty, einem düsteren Gebäude aus dunkelroten Backsteinen am östlichen Stadtrand von St. Petersburg. Es wurde um die Jahrhundertwende erbaut, um den endlosen Strom der Feinde des Zaren zu beherbergen, schlüpfte mit Leichtigkeit in die Rolle einer Haftanstalt für politische Dissidenten im Heldenzeitalter von Stalins Säuberungen und blieb für den Rest des kommunistischen Regimes eine Zwischenstation auf dem Weg zum Gulag. Wachtürme, schwer bewaffnete Wächter und bissige Hunde haben nicht dazu beigetragen, seinen Anblick in der neuen Ära angenehmer zu machen. Praktischerweise befindet sich das KGB-Gebäude mit seinen vier Kellergeschossen Folterzellen in der Nähe.

»Die gute Nachricht ist der Blick vom Gefängnis aus«, sagte Twombly in einem R-Gespräch aus St. Petersburg. Er »wollte sich wieder mal melden«. »›Kresty‹ ist das russische Wort für Kreuze, hast du das gewusst, Edmond? Vielleicht hat es was mit der Form des Gebäudes zu tun? Es hat die Form eines Kreuzes. Aber jetzt kommt die Ironie der Geschichte: gleich gegenüber dem Gefängnis, am anderen Ufer der Newa, steht dieses schöne Kloster, das Smolny. Wenn Popescu sein Bett unter den kleinen Schlitz seines Fensters schiebt und sich auf die Zehenspitzen stellt, kann er es sehen. Die Kuppel der Kathedrale ist einfach fantastisch, Edmond! Und die vier Nebenkuppeln! Die goldenen Kugeln drauf! Mann! Wenn ich dein Freund Popescu wäre, würde ich die ganze Zeit nur aus dem Fenster schauen. Ich hab dem Anwalt, der mich ins Gefängnis begleitete, gesagt: ›Ihr habt also freiwillige Gefangene auf der einen Seite des Flusses und unfreiwillige auf der anderen.‹ Ich dachte an Wordsworth, ›Nonnen verzagen nicht‹, verstehst du, Edmond? Jedenfalls hat dieser Anwalt mir erzählt, dass die meisten ›Nonnen‹ geschiedene Frauen und gar nicht freiwillig im Smolny sind! Russisch-Orthodoxe vermutlich.«

Das Kresty-Gefängnis ist also nach Twomblys schadenfrohem Bericht eine viel erschreckendere und entmutigendere Hölle als alles, was Dante sich für sein Inferno ausgedacht hat – erschreckender vielleicht, weil sie wirklich ist, fühlbar, sichtbar, nicht eine Metapher oder ein Symbol für irgendetwas, jedenfalls nicht ein bloß imaginärer Ort, an den ein Dichter seine Feinde verbannt, um alte Rechnungen mit ihnen zu begleichen. Eine Zelle im Kresty ist nicht größer als sechzehn Quadratmeter, und der Gefangene muss sie mit vierzig Insassen und zahllosen Kakerlaken teilen. Die Häftlinge müssen in Schichten schlafen, weil es nicht genügend Betten für alle gibt. Homosexualität ist an der Tagesordnung; ein Schrei in der Nacht kann genauso von einem Verrückten kommen wie vom Opfer einer Vergewaltigung. Der Gestank dreht selbst den stärksten Magen um. Und tagtäglich sieht man Gruppen von Frauen vor den Gefängnismauern; Gattinen, Mütter, Schwestern, Freundinnen, die endlose Stunden warten, in der Hoffnung, vielleicht einen Blick auf den Menschen zu erhaschen, den sie lieben, ein Gesicht im Fenster.

Natürlich ist Aristides Fall nicht ganz so verzweifelt wie der eines gewöhnlichen Häftlings im Kresty. Immerhin *ist* er kein gewöhnlicher Häftling, jedenfalls noch nicht. Er sitzt nur in Untersuchungshaft, ist noch kein Strafgefangener: ein lebenswichtiger, nicht bloß ein semantischer Unterschied. Sein Fall ist noch nicht eröffnet. Dass er überhaupt im Kresty ist, könnte ebenso gut darauf zurückzuführen sein, dass in irgendeinem Amt Mist gebaut wurde, wie auf die Intrigen von Dmitri Kriwtschuns politischen Feinden. Popescus Anwälte bemühen sich auch darum, ihn, zumindest bis zu seiner Verhandlung, an einen anderen Ort, in etwas gesündere Umgebung, verlegen zu lassen. »Für die Reichen gelten andere Regeln als für uns gewöhnliche Sterbliche«, sagte Twombly so bitter und mit solcher Überzeugung, dass man hätte meinen können, er habe es am eigenen Leib erfahren.

Aristide hat eine Zelle für sich allein, vier mal vier Meter, und seinem Sohn wurde gestattet, das durchgelegene Feldbett mit einer neuen Matratze und sauberem Bettzeug zu versehen. Drei Mal am Tag werden Aristide Mahlzeiten aus dem »Moulin Rouge« gebracht, St. Petersburgs nobelstem neuem Restaurant. Neben dem Bett verfügt die Zelle noch über einen kleinen Tisch, einen dreibeinigen Hocker, einen Kübel sowie einen Krug und eine Schüssel aus verbeultem rostigem Blech auf einem nackten Holzbrett in der Ecke. Eine schwache Lampe hinter einem Gitter in der Decke brennt Tag und Nacht. Jeden Morgen wischt ein Kalfakter die Zelle auf und leert den Kübel. Die Behörden haben ihn auch noch mit anderen Privilegien gesegnet – mit zwei Büchern zum Beispiel, das eine davon eine spanische Ausgabe von Dickens' *Bleak House,* das andere ein Führer durch Paris in russischer Sprache. Und er darf Besuche empfangen: seine Anwälte, seinen Sohn und nun auch seinen »geistlichen Lebensbegleiter«. Zugegeben, er ist in seiner Zelle eingesperrt und darf nur vierzig Minuten am Tag hinaus, in denen er allein in einem der engen Höfe im Kreis gehen muss und sich dabei vor den knurrenden Hunden fürchtet, die an ihren Leinen zerren, während ihre witzigen Herrchen so tun, als könnten sie sie nicht mehr halten. Zugegeben, seine Zelle ist genau wie alle anderen voller Kakerlaken. Zugegeben, der Gestank in seiner Zelle ist, wenn auch etwas weniger schlimm als in den anderen, schlimm genug, dass seine Besucher grün im Gesicht werden. »Aber im Vergleich zu den anderen«, sagte Twombly fröhlich, »lebt der Kerl in einem Luxusappartement. Im Ernst.«

Aristide ist weit entfernt von seinem einst so selbstsicheren und gepflegten Auftreten. In den zwei Monaten seiner Haft – zwei Monate an diesem grauenhaften Ort! – hat er sich, wie Twombly es bösartig formuliert, »gehen lassen«. Seine früher elegante Kleidung hängt schlaff an seinem geschrumpften Körper. Er ist alt geworden, oder genauer gesagt, sein Alter hat ihn plötzlich eingeholt. Er ist unfrisiert, seine Fingernägel sind splittrig und schwarz gerändert. Seine Haut hat einen feuchten, gelblichen Schimmer; die Angst strömt ihm aus allen Poren. Sein Blick ist unruhig; er flitzt von einer Ecke zur anderen, als könne jeden Augenblick aus jeder beliebigen Richtung Gefahr kommen.

Als Twombly in Aristides Zelle eingelassen wurde, stand

dieser nicht auf, um ihn zu begrüßen. Er blieb, wo er war, mit übergeschlagenen Beinen auf dem Boden sitzend, mit dem Rücken gegen die Wand gelehnt. »Bist du gekommen, um mich zu retten, Fred?«, kicherte er. Sein Blick wanderte ruhelos durch den Raum.

»Ich bin gekommen, um mit dir zu beten«, sagte Twombly pompös wie immer. Er ging zu Aristide und kniete sich vor ihn hin. »Komm«, sagte er. Er nahm Aristide am Ellbogen und half ihm auf die Knie.

Aristide nahm das Kreuz in die Hand, das von Twomblys Hals baumelte, und streichelte es, als wäre es Aladins Wunderlampe. Nervös schaute er sich um und flüsterte: »Hast du Neuigkeiten für mich?«

»Neuigkeiten. Na ja, ich bringe dir die Grüße deiner Schwiegertochter aus der Rue du Faubourg St-Honoré und deines Sohnes Gabriel aus dem Hotel Astoria.«

»Ich bitte dich, ich flehe dich an, spiel nicht mit mir, Fred. Gut, es stimmt, wir haben uns nicht viel aus einander gemacht, als wir jung waren, als wir Studenten waren; gut, aber das ist eine Geschichte aus dem Jahre Schnee, hoffe ich doch. Ich bin in einer verzweifelten Lage. Du kannst dir nicht vorstellen, wie das ist, hier eingesperrt zu sein, was ich leide. Hast du die Skulptur drüben auf dem anderen Ufer gesehen? Schau sie dir an. Dann wirst du vielleicht besser verstehen. Also, bitte sag mir, was gibt es für Neuigkeiten aus Paris. Hat sich die Regierung schon eingeschaltet? Das Konsulat hier? Diese russischen Anwälte, die sie mir da verschafft haben, sind schlimmer als nutzlos. Wahrscheinlich arbeiten sie für meine Feinde. Sie müssten mich längst draußen haben. Berühr meine Wange – siehst du, sie ist nass. Berühr sie nur. Und was tut eigentlich mein Sohn die ganze Zeit? Hat er mich vergessen? Er ist seit zwei Tagen nicht da gewesen, seit zwei ganzen Tagen! Nun mach schon, um Himmels willen, lass mich nicht so lange zappeln. Was hast du für Neuigkeiten für mich?«

Seine Stimme hatte sich vom Flüstern zu einem erstickten Schrei erhoben. Plötzlich knallte der Metalldeckel vor dem Fenstergitter in seiner Zellentür auf, und das Gesicht eines Gefängniswärters tauchte auf. Es war ein junges Gesicht, zart gerötet vom Schmelz der Jugend, ein Gesicht, das noch nicht Bekanntschaft mit dem Rasierapparat gemacht hatte. Der Junge blickte sie streng an; er hatte »hinreißende Augen von einem klaren, slawischen Blau«, schwärmte Twombly in seinem Bericht.

Aristide erhob die Stimme zu einer Lautstärke, die das überstieg, was für seinen Besucher angenehm war. Sie knieten beide noch, und Aristide bellte Twombly förmlich ins Gesicht. »Ja, Hochwürden, ich werde sehr gut behandelt. Ich habe keine Klagen. Wie könnte ich? Das Personal erweist mir jeden Gefallen.« Dabei blinzelte er heftig und zuckte mit dem Kopf, um Twomblys Aufmerksamkeit auf den Gefängniswärter zu lenken.

(»Ich will es dir nicht verheimlichen, Edmond«, vertraute Twombly mir an, »sein Atem stinkt entsetzlich. Wie eine Kloake! Ich musste mich sehr beherrschen, um mich nicht wegzudrehen und mir meinen Ekel nicht anmerken zu lassen.«)

Der Deckel über dem Gitter krachte zu.

»Ich habe keine andere Botschaft als die Frohe Botschaft, das Evangelium. Ich bin den ganzen weiten Weg gekommen, um dir geistlichen Trost zu spenden, um mit dir zu beten, um dir dabei zu helfen, die Kraft zu finden, die du brauchen wirst, um diese Zeit der Prüfung zu überstehen.«

Aristide hob seinen rastlosen Blick zur Decke. »Fred«, krächzte er, »ich werde verrückt!« Aber dann fiel er wütend über Twombly her. »Du Teufel! Du bist nicht gekommen, um mir zu helfen, sondern um mich zu quälen!« Er packte Twomblys Kreuz, zerrte so heftig daran, dass die Kette riss, und schleuderte es auf den Boden. Und dann begann er zu lachen; er klatschte in die Hände und brüllte vor Lachen. Die Tränen liefen ihm übers Gesicht. Er schlug sich auf die Brust, er riss an seinen Haaren, er lachte und lachte.

Twombly hob sein Kreuz auf und küsste es. So schnell er mit seinen schmerzenden Gelenken konnte, rappelte er sich hoch und steuerte nervös auf die Zellentür zu. »Ich komme wieder«, sagte er und klopfte gegen das Gitter, um den Wärter herbeizurufen. »Lass dir ein, zwei Tage Zeit, um dich zu beruhigen. Vergiss nicht, die größte Sünde ist die Verzweiflung. Ich werde für dich beten, das verspreche ich.«

Die Antwort war weiteres verrücktes Gelächter.

»Ich werde ihn ein bisschen schmoren lassen, Edmond, und dann … knöpf ich ihn mir wieder vor«, sagte Twombly fröhlich. »Jetzt hab ich ihn bei den Eiern, und das ist eine wahre Tatsache, wie meine Studenten sagen.« Twombly rief mich direkt nach seinem schrecklichen Besuch im Gefängnis an, wieder ein R-Gespräch natürlich. »Wollte dich nur auf dem Laufenden halten.«

»Ich traue meinen Ohren nicht! ›Bei den Eiern?‹ Ist das der Fred Twombly, der ein geweihter Priester in der einen wahren Kirche ist, demütiger Diener eines mitfühlenden Erlösers, Inhaber der Macht und lebender Beweis für die Herrlichkeit, oder bist du ein Betrüger, ein Diener Satans? Kann es sein, dass Hochwürden Fred Twombly triumphiert, weil er unseren alten Freund in der Hand hat und ihm, wenn er will, die Hoden zerquetschen kann? Ist das die Macht? Und worin liegt dann die Herrlichkeit?«

»Das sagt man doch nur so«, brummte Twombly beleidigt. »Nichts als Worte. Luft.«

»Wie die Bergpredigt?«

»Ach, hör doch auf, Edmond! Christus geht es weniger um das, was wir sagen, als um das, was in unseren Herzen geschrieben steht.«

»Ist das nicht Sophisterei, Fred?«

»Ein Prinzip, das im Lauf der Jahrhunderte viele von uns über Zeiten der Prüfung hinweggerettet hat.«

»Richtig. Aber solche Haarspaltereien sind das Privileg des Angeklagten, nicht das seiner Richter.«

Twombly versuchte gar nicht, seine Gereiztheit zu verbergen. »Wir wissen beide, dass Popescu ein Schwindler ist. Du magst ja darüber hinwegsehen, aber wissen tust du es. Ich bin der Erste, der Caesar die Verbrechen überlässt, die gegen ihn begangen wurden, aber in Sachen, die Christus angehen, bin ich sein Advokat. Dieser bisher unbekannte Shakespeare gehört der Bibliothek von Beale Hall. Popescu hat ihn, und es darf nicht sein, dass er damit Profit macht. Darum geht's.«

Es hatte keinen Sinn, mit ihm zu diskutieren. »Hast du die Skulptur auf der anderen Seite des Flusses gesehen?«

»Was für eine Skulptur?«

»Die, von der Aristide gesagt hat, du sollst sie dir anschauen.«

»Ach, *das*«, meinte Twombly ungeduldig. »Jaja, hab ich. Das ist irgendein abstrakter Mist, von einem Juden, wie zu erwarten, einem Verrückten, der eine Weile in Stalins Gulag gewesen ist. Tschomski? Tschimpski? Nein, Tschemjakin. Es ist nichts weiter als ein vergittertes Gefängnisfenster, und durch das Fenster sieht man hinüber zum Kresty am anderen Flussufer. Ach ja, und auf jeder Seite des vergitterten Fensters ist eine Sphinx; und die Gesichter der beiden Sphingen sind einander zugewandt; und die dem Kresty zugekehrten Seiten sind Totenschädel. Das ist alles, abgesehen von ein paar Tafeln mit Zitaten über Demokratie, Toleranz und Frieden von Sacharow, Achmatowa und so weiter. So richtig schön düster und makaber das Ganze.«

»Vielleicht ist die Bildhauerei nicht ganz dein Fall«, meinte ich sarkastisch. »Aristide hat es offenbar was gesagt. Er hat sich wohl gedacht, es wird dir auch was sagen. Wahrscheinlich nehmen wir im Westen unsere Freiheit als zu selbstverständlich hin.«

»Jetzt mach mal einen Punkt. Ich kann sehen, ob etwas ein Kunstwerk ist oder nicht. Mein Führer hat mir gesagt, der Typ lebt jetzt in New York. Wo er hingehört. Noch so eine jüdische Erfolgsstory.«

Wozu das Ganze? »Was planst du jetzt als Nächstes?«

Twombly meinte, die totale Kapitulation aus meiner Frage herauszuhören. Ich war es ja, hinter dem er her war, nicht der arme Aristide, der ihm nur Mittel zum Zweck war. »Na ja, ich werde ihn vor die Wahl stellen. Entweder, er sagt seiner Schwiegertochter, dass sie mir eine Kopie des Kaufvertrags und eine Fotokopie des in Frage stehenden Buches geben soll, und dann sorge ich dafür, dass der Vatikan sich für ihn stark macht oder vielleicht sogar der Heilige Vater sich einschaltet, oder ich lasse die russischen Behörden wissen, dass Popescu in Großbritannien ein ähnliches Verbrechen begangen hat und wer weiß wie viele sonst noch anderswo.«

»Aber *du* hast doch keinen Einfluss beim Vatikan?«, sagte ich, erstaunt über seine Unverschämtheit.

»Richtig. Nicht den geringsten. Aber das weiß Popescu nicht. Er wird sich an jeden Strohhalm klammern.«

»Hast du kein Gewissen? Willst du sogar den Namen Seiner Heiligkeit missbrauchen, um deine Lügen zu untermauern? Aristide ist in schrecklicher Not, Mensch. Und da willst du dich auch noch hinhocken und deine Notdurft über ihm verrichten?«

»Erspar mir deine moralischen Ansichten, SJ. Ganz zu schweigen von deinen geschmacklosen Metaphern. Es geht nur darum, dass katholisches Eigentum in die Kirche zurückkehrt. Sorgen wir erst einmal dafür. Dann können wir uns Diskussionen darüber gönnen, was richtig ist und was nicht.«

»Aber was ist, wenn er nicht darauf eingeht? Du würdest ihn doch wohl nicht bei seinen Peinigern denunzieren? Er ist schon ohne deine Einmischung in genügend großen Schwierigkeiten. Du wirst doch sein Leid nicht noch schlimmer machen!«

»Ach, werde ich nicht?«, sagte Twombly mit seinem meckernden Lachen. »Na ja, na ja, vielleicht werde ich wirklich nicht. Aber das weiß Popescu nicht. Ich hab dir ja gesagt, Edmond, ich komme diesem Shakespeare-Geheimnis noch auf den Grund, und so oder so schaff ich das auch.«

Dieses »Shakespeare-Geheimnis« und Twomblys Entschlossenheit, es zu enträtseln, wurden jedoch durch ein trauriges, wenn auch nicht ganz unerwartetes Ereignis in Beale Hall bald ziemlich aus meinem Kopf verdrängt. Es schmerzt mich über alle Maßen, berichten zu müssen, dass Bastien, mein treuer Esel, mein ältester Freund, jetzt total übergeschnappt ist. Natürlich hat er immer gesponnen – aber er war eben nur ein harmloser Spinner, der liebe Bastien.

Eine unserer Reinigungsdamen mit dem so treffenden Namen Mrs Mopp, hatte in der Absicht, ihren Pflichten des Abstaubens und Polierens nachzukommen, den großen Saal betreten, als sie etwas bemerkte, was sie zuerst für ein neues Kunstwerk hielt: eine lebensgroße Skulptur Christi, allerdings nicht ans Kreuz genagelt, sondern an die Wandvertäfelung unter dem Knigge-Porträt von Kardinal Taittinger. Als sie näher trat, fielen ihr ein paar Merkwürdigkeiten daran auf, Merkwürdigkeiten, von denen sie meinte, dass sie wohl eine moderne symbolische Bedeutung hätten und in der Absicht des Künstlers lägen, auch wenn sie ihr natürlich unverständlich blieben. Der Kopf Christi zum Beispiel, der auf seiner rechten Schulter ruhte, war nicht von einer Dornenkrone umwunden, sondern von einem Kranz aus zusammengewickelten, verschieden gefärbten Telefonkabeln. Die Hände am Ende der ausgestreckten Arme waren nicht von grausamen Nägeln durchbohrt, sondern die beiden Daumen drückten je eine violette Pflaume gegen die Handflächen. Um die Lenden Christi war ein Geschirrtuch gewunden, ein knalliges Souvenir aus dem Tower von London. Ein Korkenzieher hing an einer gewöhnlichen Schnur um seinen Hals. Das Seltsamste aber war, wie sie jetzt sehen konnte, der Leib Christi, denn es war nicht der Körper eines im kraftvollen (und perfekten) Alter von Dreiunddreißig zu Tode Gefolterten, sondern der eines mehr als doppelt so alten, ein schon ziemlich hinfälliger Körper. Und dann bemerkte sie noch, dass von der Skulptur ein, wie sie sich später ausdrückte, »grauslicher Mief« ausging.

Mrs Mopp stand einen Augenblick da und betrachtete das Kunstwerk, den Federwisch aktionsbereit, als Christus ein Auge öffnete, sie anschaute und dann ostentativ zwinkerte. Mrs Mopp schnappte nach Luft. Aber es kam noch Schlimmeres. Christus stieß sich von der Wand ab und hob ihr die Arme entgegen, als wolle er sie umhalsen. Jetzt fand die arme Frau ihre Stimme wieder und schrie; kreischend rannte sie durch die Zimmer und Gänge, durch die früheren Dienstbotenunterkünfte, durch die Küche, die Spülküche und schließlich durch den Lieferanteneingang ins Freie, wo sie auf einer Bank neben der Tür zusammensank.

Inzwischen hatte Christus, oder besser gesagt Bastien, die Mücke gemacht. Er stürzte durch die kleine Tür im großen Tor, hoppelte jammernd über den mit Kies bestreuten Vorhof – au! au! – und steuerte dann, immer langsamer und wackliger auf den Beinen, auf Trafalgar Hill und die Siegessäule zu. Kurz vor dem Sockel fiel er auf die Knie, rollte sich zur Seite und blieb keuchend liegen. ›Hier wurdest du erjagt, o edler Hirsch, hier fielest du.‹ Eine Stunde später wurde er von einem der Gärtner gefunden, der sofort PC Whiting verständigte, welch Letzteren er von seinem zweiten Frühstück wegholte. (Ja, es war immer noch *PC* Whiting. Tubby war bei seiner Prüfung durchgefallen und dachte daran, der Polizeitruppe den Rücken zu kehren.) Es erwies sich als unmöglich, den wie ein Fötus zusammengekrümmten Bastien zu entkrümmen. Sie wickelten ihn, so gut es ging, in Tubbys Regenmantel und rollten ihn in einer Schubkarre zurück zum Haus.

Ich war den ganzen Tag in Ludlow gewesen – zu keinem bestimmten Zweck, bloß um mir die Zeit zu vertreiben und wohl auch, um den unzähligen lästigen Pflichten aus dem Weg zu gehen, die in Maudes Abwesenheit auf meine Schultern fielen – und sah Bastien erst am Abend, lange nachdem der Arzt wieder gegangen war, den Tubby klugerweise hatte kommen lassen. Er hatte auch Belinda Scudamour, seine »ganz private Krankenschwester«, wie er sie mit einem Augenzwinkern nannte, gerufen, und sie hatte bis zu meiner Rückkehr gewartet. Rein körperlich sei Bastien in Anbetracht seines Alters ganz gut beisammen, hatte der Arzt zu Belinda gesagt. Gut, er habe ein schiefes Nasenbein, aber das sei auch schon alles. »Was er braucht«, berichtete Belinda und imitierte dabei den leicht blasierten Ton des Arztes, »ist das, was wir einen ›Seelenklempner‹ nennen, Sie wissen, was ich meine?« Er hatte seine Telefonnummer hinterlassen, für den Fall, dass Pfarrer Musič mit ihm Rücksprache halten wolle. »Ich an Ihrer Stelle würde ihn mal in die Wanne stecken«, hatte der Doktor zum Schluss gesagt. »Und sein Zimmer lüften. Er riecht ein bisschen überreif.«

Bastiens Zimmer in dem umgebauten Stallgebäude war spartanisch, eine Mönchszelle, wie sie im Bilderbuch steht. An der Wand über seinem Bett hing ein einfaches Kreuz, ansonsten gab es in dem Raum noch eine Feldkiste, einen harten Holzstuhl und eine kleine Truhe, auf der das gerahmte Foto einer lächelnden Frau stand, seiner Schwester Joséphine; sie hatte ein Tragjoch auf den Schultern, von dem Milcheimer hingen. Das Fenster stand offen; auf dem Fensterbrett stand ein Fläschchen parfümiertes Deospray, das sicher Belinda dort hingestellt hatte. Es roch angenehm nach Heidekraut.

Bastien hatte auf mein Klopfen nicht geantwortet. Als ich ins Zimmer trat, lag er auf dem Bett und wandte sich von mir ab. Ich setzte mich zu ihm und tätschelte seine Hüfte.

»Wie geht's, alter Freund?«

Er griff blind hinter sich und packte mich mit überraschender Kraft am Handgelenk. »Oh, Edmond, ich schäme mich so.«

»Na, na.«

»Wer war die Frau, die ich so erschreckt habe?«

»Eine der Reinigungsdamen, Mrs Mopp. Ich habe mit ihr gesprochen. Sie versteht es.«

»Was kann sie schon verstehen? Oh, was habe ich getan, Edmond? Sie werden mich in eine Anstalt stecken. Mrs Mopp, sagst du. Kenne ich Mrs Mopp? Welche ist das? Die Dicke, die beim Putzen immer den Hut aufhat? Keine Frau ist sicher.

Was werde ich als Nächstes anstellen? Es ist einfach so über mich gekommen, Edmond. Ich konnte nicht anders.«

»Übertreib nicht, altes Haus. Du hast nur durchgespielt, was vielen von uns, vor allem uns Priestern, von frühester Jugend an eingetrichtert worden ist: ›Wie muss es für ihn gewesen sein?‹ – ›Denk an die Qualen, an die Schmerzen, während die Nägel sich in sein Fleisch bohrten, während sein eigenes Gewicht an seinen Wunden zerrte.‹ Du weißt schon. Es war einfach nur Pech, dass jemand dein ... Experiment ... gestört hat.«

»Denkst du das wirklich?«

»Ich habe keinen Zweifel daran.«

»Ich erinnere mich an nichts dergleichen. Ich dachte bloß, es wäre ein Mordsspaß, mich als ER zu verkleiden.« Er lachte so heftig, dass er zu husten begann. »Nicht *ver*kleiden, *ent*kleiden. Na ja, ob *ver-* oder *ent-*, jedenfalls war es ein Aufputz, für den ich ordentlich runtergeputzt gehöre.« Er kratzte sich in dem wilden Wust seiner Haare auf dem Kissen am Schädel. »Und meine Haut hat so gejuckt. Ich konnte meine Kleider keinen Augenblick länger am Leib ertragen. Dabei tragen Männer gar keine Kleider, nur Priester und Frauen, Männer nicht. Arme Mrs Mopp.«

»Du warst ein bisschen überlastet in letzter Zeit, denke ich, weil Maude nicht da ist.«

»Ein Segen, dass sie nicht da ist! Ich meine, nicht dass es ein Segen wäre, dass sie im Krankenhaus ist. Aber es ist ein Segen, dass sie nicht Zeugin meiner Schande wurde. Ich darf gar nicht daran denken. Versprich mir, dass du ihr nichts davon erzählst, Edmond, versprich es mir.«

»Wenn du willst, aber ja, ich verspreche es. Obwohl ich bei Maude keinen Grund sehe. Sie kennt dich so lange, wie sie mich kennt.«

Zum ersten Mal, seit ich in sein Zimmer gekommen war, drehte er sich zu mir um. Er drückte mein Handgelenk noch fester. Ich saß schon zu lange ganz verdreht neben ihm. Der Rücken tat mir weh, und die Hand, die er umklammerte, begann schmerzhaft zu kribbeln.

»Lass nicht zu, dass sie mich in eine Anstalt stecken, Edmond; liefer mich nicht an die Kirche aus, ich will nicht das Schicksal des armen Castignac teilen!« Seine Augen waren rot gerändert; seine Wangen feucht. »Schick mich zu Jojo, meiner Schwester.« Er ließ meine Hand los und deutete auf das Foto. Ich stand auf. »Jojo soll kommen und mich holen.«

Ich gab ihm mein Wort.

Er wandte sich wieder ab und stieß einen bebenden Seufzer aus. »Ich bin müde. Ich glaub, ich werde jetzt schlafen.«

»Gute Nacht, guter Bastien.«

Sein Weinen antwortete mir.

Es wäre verzeihlich, wenn Sie aus dem oben wiedergegebenen Gespräch den Schluss zögen, dass der arme Bastien (im Großen und Ganzen) bei Verstand war. Er hatte durchgemacht, was man eine vorübergehende geistige Verwirrung nennen könnte, ein momentanes Versagen des mentalen Getriebes. Aber jetzt war alles wieder in Ordnung. Immerhin verstand er ganz genau, was er getan hatte. Die im Nachhinein empfundene Scham war vollkommen angebracht. Und seine Angst, in irgendeine katholische Institution für unheilbar Geistesgestörte gesteckt zu werden, war durchaus vernünftig: es wäre der Kirche sicher nicht angenehm gewesen, wenn Gerüchte über die Art seiner Verrücktheit die Runde gemacht hätten. Aber ich habe ein wichtiges Element unterschlagen, die Ausdrücke, mit denen seine Äußerungen gespickt waren. Er interpunktierte fast jeden seiner Sätze mit einer Trias von Wörtern wie ›Pissen, Scheißen, Ficken‹, ›Möse, Schwanz, Arsch‹ und ›Schwuchtel, Schlampe, Sodomit‹ und so weiter. Ganz nebenhin gesagt, milde und bedeutungslos, wie ein anderer vielleicht ›sozusagen, gewissermaßen‹ in seine Sätze einflechten würde – bloße Füllwörter, rhetorische Ornamente.

Wenn Sie ihn gehört hätten, wären Sie nicht der Meinung gewesen, dass er bei Verstand ist.

Der Barde erwies sich als schwer fassbar. Es schien unmöglich, an echte, einem begierigen Publikum bis dato unbekannte Shakespeare-Arbeiten heranzukommen. Der Pish wusste inzwischen genügend über die Schwierigkeit seines Vorhabens, um sich selbst lustig zu machen über die großspurigen Versicherungen, die er Sir Percival einmal gegeben hatte. Er hatte sein Netz im Lauf der Jahre weit gespannt. Er korrespondierte mit Agenten, Buchhändlern und Antiquaren auf der ganzen Welt. Hie und da bekam er Wind von etwas Vielversprechendem, aber seine Hoffnungen wurden jedes Mal enttäuscht. Die »Funde« entpuppten sich als fauler Zauber, als plumpe Fälschungen, die höchstens die Ahnungslosesten unter den Anbetern des Barden überzeugt hätten, solche, die geradezu darum bettelten, hinters Licht geführt zu werden. Oder wenn nicht als Fälschungen, dann als nutzlos.

So schrieb ihm zum Beispiel ein gewisser Ambrosio de Aguilar, ein Neuer Christ portugiesischer Herkunft, aus Recife in Pernambuco, Brasilien, und bot ihm eine Ausgabe der Stücke des Aristophanes mit einem von Fra Danielo Donatelli »gesäuberten und für die Heilige Kirche akzeptablen« griechischen Text an, eine Einzelausgabe, die 1563 exklusiv für die Bibliothek seiner Vorfahren, »Gott habe sie selig«, gedruckt worden sei. Vielleicht meinte de Aguilar, dass ein Schauspiel eben ein Schauspiel sei, egal von wem; was er anbot, war jedenfalls sicher eine Rarität.

Der Pish kaufte die Ausgabe sogar, in der Absicht, sie einer Sammlung bibliographischer Raritäten hinzuzufügen, die er anzulegen begonnen hatte. Wenn alles andere fehlschlug, wäre Sir Percival, so hoffte er, vielleicht bereit, die Dunaharaszti Haggada gegen andere attraktive Ergänzungen seiner Bibliothek in Beale Hall einzutauschen. Aber als das Buch nach vielen Monaten eintraf, war es kein Buch mehr. Die Hitze und Feuchtigkeit von Recife, im Verein mit dem unstillbaren Appetit seiner Insekten, hatten das Werk in einen matschigen Klumpen verwandelt. Es gab keine Seiten zum Umwenden.

In all der Zeit war der Pish ein ziemlicher Shakespeare-Experte geworden. Anfangs hatte er dem Studium der Stücke und Gedichte eine Stunde am Tag gewidmet. Eine Stunde erschien ihm jedoch bald zu wenig, und so ließ er sich binnen kurzem das Doppelte für sein profanes Studium frei und gab noch jede Extraminute hinzu, die er von seinen anderen Verpflichtungen abzweigen konnte – vom Beten und allen übrigen religiösen Verrichtungen, von der Pflicht gegenüber seinen Studenten, von der Auslegung der Tora und des Talmud, von seiner umfangreichen Korrespondenz und den vielen anderen Schriften, die er verfasste, und natürlich von seiner geliebten Sarah, die immer noch schön, blühend und immer noch auftrumpfend verwegen im Ehebett war.

Und er las nicht nur gründlich, seine Lektüre war auch umfassend. Er las bei Dr. Johnson und anderen Größen über Shakespeares Leben und Werke nach. Er las so viel er konnte über Englands Geschichte in der Regierungszeit der ersten Elisabeth und des ersten Jakob. Er las andere Dichter und

Dramatiker dieses Goldenen Zeitalters: Sidney, Spenser, Marlowe, Jonson, Donne. Und im Lauf der Zeit begann er sich seine eigenen Gedanken über die Stücke und Gedichte zu machen, über ihre Aussage und Bedeutung, über die psychologische Vielschichtigkeit, die sie bloßlegten. Es schien ihm, dass ein Genius mit so tiefem Verständnis für die menschliche Natur und so offenkundigem Mitgefühl für seine Mitmenschen Jude sein musste, nichts anderes als Jude sein *konnte.* Und so verbrachte der Pish viele, wie er selbst sagte, »fruchtlose Stunden« damit, in den Werken des Barden Beweise für das zu finden, wovon er im Innersten zutiefst überzeugt war. Das Studium des Barden und die Freude an seinen Werken wurde zu seiner heimlichen zweiten Berufung, seinem »Nebengeschäft«, und der Barde selbst lieferte dem Pish eine Entschuldigung dafür: »'s ist einem Menschen nicht zu verargen, dass er in seinem Geschäft arbeitet.«

Aber seine ganzen Bemühungen, an irgendetwas Shakespearisches heranzukommen, von dem die Welt im Großen und Ganzen nichts wusste, schienen zum Scheitern verdammt. Die Jahre vergingen, sein Bart wurde weiß, die mollige Sarah wurde dick und geschwätzig, und immer noch waren seine hingebungsvollen Nachforschungen nicht belohnt worden – abgesehen natürlich von dem reinen Vergnügen und der intellektuellen Befriedigung, die ihm sein »Nebengeschäft« verschaffte. Als er schließlich zum ersten Mal den Band mit dem Titel: *Vilerley und mancherley Sonette* in Händen hielt, musste er die Hoffnung längst aufgegeben haben. Es war zweifellos ein Wunder. Es sei denn …

Es sei denn, das Buch ist, wie ich argwöhne, eine Fälschung, ein Falsifikat, eine Travestie aus der Feder des Pish, zu der er sich in seiner Verzweiflung hat hinreißen lassen, um die Dunaharaszti Haggada für die Juden zurückzugewinnen. Immerhin waren sie inzwischen beide alt, er und Sir Percival. Jeder von ihnen konnte sterben, bevor die Haggada losgekauft worden war. Der Gedanke an diese Möglichkeit muss immer heftiger am Pish genagt haben. Ich selber habe die *Vilerley und mancherley Sonette* von Beale Hall nie gesehen. Die Zeit zwischen ihrer Entdeckung durch Aristide und ihrer Veräußerung durch Maude war zu kurz gewesen. Aber mein Verdacht ist, glaube ich, wohl begründet. Erstens habe ich unter den verschiedenen Schriftstücken des Pish das Fragment eines scheinbar vom Barden verfassten Stückes gefunden, das jedoch in des Pish vertrauter hebräischer Schrift verfasst ist. Hier der Text:

Aus:
Die bedauerliche Tragödie des Prinzen Esau;
oder
Wie es wirklich war
von
William Shakespeare

Zweite Szene. Isaak auf dem Totenbett. Mittag.

Isaak: Wer ist's, der steht vor meiner Zimmertür?
Kommt näher, sprecht, damit ich euch erkenn.
Denn wisst, dies Augenpaar, des leuchtend Blick
Den Engel hat geschaut, der einst gewehrt
Des Vaters Hand, die mit gezücktem Beil
Gerichtet auf mein Herz – erlosch. Sprecht laut,
Denn Eure Stimme sag mir, wer ihr seid,
Doch Greise hören schlecht. Das ist mein Los.
Jakob: Ich bin's, dein Sohn.
Isaak: Doch welcher meiner Söhne?
Jakob: Dein Esau, lieber Vater, spricht zu dir,

Dein erstgebor'ner Sohn. Sieh nur, ich bring
Auf deinen Wunsch ein gut geschmortes Wild.
Die Kraft, die dir das Alter schnöd geraubt
Geb sein Genuss zurück dir. Komm und iss,
sagt Esau dir.
Isaak: So setz dich zu mir.
Jakob: Vergiss den Segen nicht, den du versprachst.
Isaak: Nein, Esau, nein, jedoch zuerst sag an
Wie hast du nur so schnell zuweg gebracht,
Was ich dich hieß?
Jakob: Der Herr, dein Gott, beschert's.
Schnell war's gejagt und schneller noch erlegt.
Rasch eilte ich sodann zu meinem Zelt
und kochte dir ein Gulasch wie du's magst.
Isaak: Gott geb, dass es so war. Ich fürchte Arges.
Tritt näher, lass dich fühlen, Sohn, komm her,
Lass spüren, ob in Wahrheit du mein Sohn.
Er geht zu ihm.
Der Stimme Klang ist der von Jakobs Stimm',
Doch Esaus Hände sind wie diese rau.
Der Welle gleich, die auf dem höchsten Punkt,
Verharrt, ob wohl ans Ufer sie denn schlüg',
So zögere auch ich, doch ich versuch's.
Komm näher, guter Sohn, und küsse mich,
dass dein Gewand ich riechen kann und so
erkenne, ob's mein Esau ist.
Jakob: Ich bin's.
Er küsst ihn.
Isaak: Ah, der Geruch ist mir gar wohl vertraut
s' ist Esaus. Nah dem Tode und fast blind,
Kann ich doch sehn mit meiner feinen Nas'.

Vielleicht war dieses auf einem Thema des Alten Testaments beruhende Fragment eines »Shakespeare«-Stückes ein närrischer Versuch des Pish, zu beweisen, dass sein neuer Held Jude gewesen war; vielleicht gab er den Versuch auf, weil er sich der Aufgabe nicht gewachsen fühlte. Wie auch immer, er versuchte sich bald an elisabethanischen Sonetten, und mit dieser Form der lyrischen Dichtung hatte er sein Genre gefunden. Es sind eine Reihe von Sonetten in seinen Schriften erhalten, zusammengefasst unter dem Titel *An Serena,* was wohl eine poetisierte Form des Namens Sarah sein dürfte. Ein Beispiel dürfte genügen, um zu zeigen, wie geschickt (oder, wenn Sie wollen, ungeschickt) er sich dabei anstellte:

Ob hold mein Lieb mir lächelt oder grollt,
Die Stirne runzelt, aufstampft mit dem Fuß,
Mit Küssen mich erquicket oder schmollt,
Mir Leid bereitet, Ärger und Verdruss –
Was sie auch tut, sie ist so zauberhaft,
Dass meiner Mannheit Selbst sich regt in mir,
Denn Frauenantlitz gibt dem Manne Kraft,
Von andren Reizen ganz zu schweigen hier.
Das Philosophentum hol' mir die Pest,
Es nützt doch kein Verstand, um zu versteh'n,
Warum ich sterb' in ihrem würz'gen Nest,
Um sterbend neuem Leben zu ersteh'n.
So kommt's, dass nach dem Tode ich mich sehn',
In Liebesflammen brennend möcht' vergeh'n.

Ich möchte diesen Beweis noch durch eine Bemerkung ergänzen, die der Pish in einem ganz anderen Zusammenhang in seinen *Tischgesprächen* macht. Er spricht von englischen Familiennamen, die er oft komisch findet, und erwähnt als Beispiel einen gewissen Guido Honeybone, einen Buchdrucker, den er gut kannte und der eine Druckerei in Bristol besaß. Die Honeybones waren schon seit Generationen Buchdrucker. »Honeybone – Honigknochen –, was kann das nur bedeuten? Eine Frage, die ich meiner lieben Frau lieber nicht stellen möchte!« Aber er führt die Geschichte noch weiter aus und erzählt, dass der Mann, der gegenwärtig den Namen führt, einmal eine bemerkenswerte Entdeckung machte. Guido Honeybone ließ eines Tages aus unerklärten Gründen eine Wand im Keller des Familienhauses durchbrechen und entdeckte eine etwa zwei mal zwei Meter große Nische, in der sich eine Druckerpresse, ein kompletter Schriftsatz und ein ganzer Packen Folioblätter befanden, »alle bestens erhalten, und alle aus der Zeit der guten Königin Bess«. Womöglich war der elisabethanische Honeybone in die religiösen Kontroversen der damaligen Zeit verwickelt gewesen, ein protestantischer Sektierer vielleicht, der der Meinung war, dass Bischof Jewell und der Rest viel zu wenig getan hatten, um die englische Kirche von ihren römisch-katholischen Schandflecken zu säubern. Vielleicht hatte er seine Druckerpresse eingemauert, um nicht von den Behörden erwischt zu werden.

Und mein letztes Beweisstück ist ein ungeklärter und anders nicht erklärbarer Posten in den Büchern des Pish: »An G. Honeybone, Bristol, £51.10s.0d.« Das war keine lächerliche Summe zu Honeybones Zeiten. Womit hatte er sie sich wohl verdient?

Ich bin überzeugt, dass diese Hinweise Sie zu der gleichen einfachen Schlussfolgerung geführt haben wie mich. Kein anderer als der Pish ist der Urheber des Bandes *Vilerley und mancherley Sonette.* Aber auch wenn das so ist, hat das Buch immer noch Wert. Es ist ein einmaliges Exemplar einer Fälschung aus dem achtzehnten Jahrhundert. Und es ist eine Fälschung aus der Feder des Baal Schem von Ludlow, keines Geringeren. Es ist ein Band mit Gedichten, die vielleicht ihre Qualitäten haben. Es ist ein schönes Beispiel für die präromantische Shakespeare-Verehrung. Und so weiter. Aber es ist kein ganz so schwerer Brocken, wie Twombly glaubt.

Soll ich jetzt mit der Sprache herausrücken, bevor der elende Kerl Aristide wieder im Kresty besucht? Damit würde ich zugeben, dass ich weiß, dass es ein solches Buch gibt und dass es aus Beale Hall kommt. Und damit könnte ich Maude in die Geschichte hineinziehen. Sie würde sicher alles zugeben, um mich zu retten, aber was das für sie für Konsequenzen haben könnte, daran darf ich gar nicht denken. Ich stehe also vor einer unmöglichen Wahl, einem Loyalitätskonflikt. Aristide oder Maude? Aristide ist in der Höhle des Löwen. Er braucht mich mehr. Aber Maude ist Maude. Und sehen Sie, daher gibt es nur eine mögliche Antwort auf das Dilemma. Ich muss Aristide opfern, um die Frau zu schützen, mit der ich ein halbes Jahrhundert das Bett geteilt habe.

Und doch, spiegelt mein Gewissen mir da einen falschen Konflikt von Loyalitäten vor? Würde ich den Höllenhund Twombly von seiner momentanen Beute ablenken und ihm mich selbst in den gierigen Rachen werfen – und damit fast mit Sicherheit Maude in die Sache hineinziehen –, würde das Aristide wirklich helfen? Helfen würde ich ihm, wenn ich könnte. Aber er ist wie Laokoon in der Umschlingung monströser politischer Schlangen gefangen, unter die Räder von Problemen geraten, die sein zweifelloses Verbrechen weit übersteigen und irrelevant dafür sind. Wenn also Rettung für ihn kommt, dann wird sie das Ergebnis eines Tauziehens zwischen nationalen wie auch internationalen Kräften sein. So gesehen wäre es eine wahrlich sinnlose Geste, Twombly gegenüber ein »Geständnis« abzulegen.

So also ist das, diese Frau wünscht offenbar, nicht länger das Bett mit mir zu teilen. Zwei Tage vor dem Tag, an dem ich Maude in meinem immer noch neuen und wunderbar bequemen Rover von der Klinik der Heiligen heimzuholen hoffte, bekam ich einen Anruf von Angie Mackletwist, die mir sagte, dass Ms Moriarty vorläufig beschlossen habe, zu ihr zu ziehen. Ja, eigentlich sei sie schon bei ihr.

»Wozu um alles in der Welt?«

»Sie wird jemanden brauchen, der sich um sie kümmert, Herr Pfarrer. Eine weibliche Hand, die die weiblichen Bedürfnisse kennt ... muss ich noch mehr sagen?«

»Eine ganze Menge mehr! Ich habe eine Privatschwester engagiert, die ihr, solange es nötig ist, rund um die Uhr zur Verfügung stehen wird. Was immer gebraucht wird, *ich* werde dafür sorgen. Beale Hall, meine ich. Ms Moriarty ist eine hoch geschätzte Angestellte.« Ich hörte, wie Angie tief Luft holte, und änderte rasch den Ton. »Es ist zu freundlich von Ihnen, wirklich zu freundlich. Aber Sie haben ein Geschäft zu führen, liebe Frau. Das wäre zu viel von Ihnen verlangt. Doch allein dass Sie es wollen, sichert Ihnen einen Platz im Himmel, dessen können Sie gewiss sein. Ich komme jetzt vorbei und hol sie ab, ja?«

»Und das städtische Krankenhaus ist auch gleich um die Ecke. Da gibt es genügend Physiotherapeuten, genügend Ärzte, eine Notaufnahme, geschulte Krankenschwestern, um ihr den Verband zu wechseln, Sie wissen ja, Herr Pfarrer, ihr Fuß – ihr Bein, meine ich. Was könnte praktischer sein, frage ich Sie?«

»Aber –«

»Nicht nötig, nicht nötig. Es ist mir ein Vergnügen, das versichere ich Ihnen. Wir haben schon immer gern ein bisschen miteinander geschwatzt, Ms Moriarty und ich. Und denken Sie nur an die Treppen in Beale Hall! Alfie, mein Neffe, hat eine Campingliege hergebracht, die er immer für seine Schwiegermutter aufstellt, wenn sie zu kommen geruht, sie lebt ja in Poole, wissen Sie. Sehr bequem – die Liege, meine ich. Er hat sie in das vordere Zimmer gestellt, und den Fernseher aus der Küche hat er auch dorthin gebracht, sie hat hier allen Komfort. Es wird gut für sie gesorgt, machen Sie sich keine Gedanken.«

»Ich möchte bitte gerne ein Wort mit Ms Moriarty selbst sprechen.«

»Ach, die Arme, sie ruht sich aus, Herr Pfarrer. Ist wohl ein kleines Trauma gewesen – ist das richtig? Trauma? –, die Aufregung, die Fahrt im Rettungswagen und das alles.«

»Ich möchte trotzdem gerne kurz mit ihr sprechen, wenn Sie so freundlich wären.«

»Versuchen Sie es morgen. Da ist sie sicher schon wieder ein bisschen zu Kräften gekommen.« Und das Biest legte auf.

Anstatt Maude am nächsten Tag wieder anzurufen, ging ich gleich hin, ausgerüstet mit einem Riesenstrauß Blumen für die Rekonvaleszentin und einer kleinen Dose gemischter Lakritzbonbons für Angie Mackletwist. Angie wohnt in der Martyr's Lane, einen Katzensprung nicht nur vom Ludlow-Krankenhaus, sondern auch, und das ist vielleicht wichtiger, von der katholischen Kirche zum Heiligen Kreuz. Die Martyr's Lane ist eine eintönige Straße, in der Reihenhäuschen mit Kieselputz die elenden Bruchbuden ersetzt haben, in denen die Leute dort bis kurz nach dem Krieg noch wohnten. Der Parkscheinautomat blinkte »Besetzt«, und so musste ich mir zwei Straßen weiter einen Platz suchen. Es hatte zu regnen begonnen auf der Fahrt von Beale Hall in die Stadt, ein feiner, durchdringender Regen, mehr wie Nebel, und ich war völlig durchnässt, weil ich nicht so viel Hirn gehabt hatte, mir einen Schirm ins Auto zu legen. In meinen Turnschuhen platschte ich durch die Pfützen, meine armen Fußballen waren ganz wund gerieben.

Neben Angies Eingangstür, geschützt vorm Regen durch ein Vordach, befand sich ein Weihwasserbecken mit einem Bild des Heiligen Herzens, das eine elektrische Lampe von innen rot beleuchtete. Mein eigenes Herz sank. Das würde ein schwieriger Kampf werden.

Trotzdem läutete ich. Ein Priester mit der Statur eines mageren Unterstufengymnasiasten und einem Gesicht, das wie ein verhutzelter Holzapfel aussah, kam an die Tür. »Sie werden Bruder Musič sein«, sagte er. »Kommen Sie doch herein ins Trockene.« Er schüttelte mir die Hand und zog mich über die Schwelle. Er war erstaunlich stark. »Phipps ist mein Name, Philip Phipps, zu Ihren Diensten. Alias ›der alte Pip-Pip‹ für die ungezogenen Jungen und Mädchen des Kirchenchors vom Heiligen Kreuz, Gott segne sie.« Er lächelte, wobei seine Augen in den zahlreichen Falten seines Gesichts verschwanden und gelbe, speichelnasse Zähne sichtbar wurden.

»Ich bin gekommen, um Ms Moriarty zu sehen.«

»*Natürlich.* Ich auch. Geben Sie mir doch Ihren nassen Mantel. Ich hänge ihn da auf den Haken.«

Es war nicht so leicht, den Mantel auszuziehen. Wir standen in einem winzigen Vorzimmer, in dem kaum Platz genug war für uns beide. Vor mir führte eine Treppe hinauf in den ersten Stock; daneben befand sich ein kurzer, finsterer Gang, wahrscheinlich zur Küche im hinteren Teil des Hauses. Ich legte die Blumen und die Dose mit den Süßigkeiten auf die Treppe und ließ mir von dem kleinen Kerl aus dem Mantel helfen. Auf einem schmalen Regal unter dem Rauchglasspiegel stand eine Plastikfigur der Muttergottes auf einem Sockel mit der Inschrift »Souvenir aus Lourdes«; in einem Drahtgestell befand sich eine aufgestellte Untertasse, auf der in lebhaften Farben das Märtyrertum des heiligen Sebastian dargestellt war; daneben eine gerahmte, kolorierte Fotografie Pius XII., ein dünnes Lächeln auf den Lippen. An die gegenüberliegende Wand war ein Miniaturhirschkopf aus Messing geschraubt, ungefähr so groß wie eine geballte Faust, aus dem einige Haken ragten; auf einen davon hängte Pip-Pip soeben, auf die Zehenspitzen aufgerichtet, meinen Mantel.

»Das hier wird wohl das vordere Zimmer sein«, sagte ich und steuerte auf die Tür neben dem Spiegel zu.

Er hielt mich am Arm fest. »Wir können jetzt nicht hinein. Mein Besuch ist auch unterbrochen worden.« Er warf einen Blick auf seine Uhr. »Ich fürchte, ich muss gleich gehen. Im Dienste Christi hat man beständig zu tun.« Er stellte sich auf die Zehenspitzen, legte die Hand an den Mund und flüsterte mir ins Ohr: »Die Schwester aus dem Krankenhaus ist gerade bei ihr. Den Verband wechseln. Die Wunde heilt nicht, sagen sie. Die Ärzte stehen vor einem Rätsel. Es ist wie eine Art Stigma. Ich sage Ihnen was: Das könnte mehr in unseren Zuständigkeitsbereich fallen als in ihren.« Er zwinkerte mir übertrieben zu; seine gelben Zähne waren voller Speichelbläschen. Seine Atem roch ein bisschen nach Eucharistie und ein bisschen nach dem Öl, mit dem ich seinerzeit die Ketten meines Fahrrads geschmiert hatte.

Wir standen unangenehm nahe nebeneinander, sein Blick war erwartungsvoll zu mir erhoben. Ich war versucht, ihm den Kopf zu tätscheln.

»Seltsam, dass wir uns nie begegnet sind«, sagte er. »Ich bin im Lauf der Jahre oft oben gewesen in Beale Hall. Sie sind wohl ein bisschen ein Einsiedler, ganz in Hochgeistiges vertieft. Aber ich habe Sie einmal im Rahmen der Cardinal-

Newman-Vortragsreihe gehört. Sie haben damals diesen Amerikaner vorgestellt, Trimble, hieß er so? Oder Trembly? So irgendwie. Das ist aber schon viele Jahre her. Er sprach über G. K. Chesterton, glaube ich. Nein, Gott verzeih mir, das ist eine Lüge. Er sprach über Hilaire Belloc. Ja, jetzt erinnere ich mich wieder. Sein Vortrag hieß: ›Belloc, ein verkannter Apostel der Toleranz.‹ Sehr interessant.«

»Ich gehe nie zu den Vorträgen.«

»Aha, sonst hätte ich Sie wohl öfter gesehen. Oben in Beale Hall musste ich mich mit dem anderen Franzosen begnügen, Ihrem Stellvertreter, Bruder Bastien. Netter Kerl, Salz der Erde. Aber unter uns gesagt« – er spielte mit einem Zeigefinger an seinem linken Ohr –, »ich bin nicht sicher, ob er noch ganz richtig ist im Oberstübchen.«

»Bruder Bastien ist vor zwei Wochen in Pension gegangen. Der guten Seele ist alles ein bisschen zu viel geworden. Er ist heim nach Frankreich. Jetzt lebt er friedlich auf dem kleinen Bauernhof seiner Schwester und trinkt den unverpantschten Wein aus dem eigenen Keller.«

»Dann gibt es eine freie Stelle in Beale Hall?«, erkundigte er sich eifrig. »Wenn das so ist, darf ich Sie bitten, an mich zu denken? Ich bin genau der Richtige für so etwas.«

»Im Augenblick geht alles ein bisschen drunter und drüber, wo doch Bruder Bastien nicht mehr da ist und Ms Moriarty noch im Krankenstand. Aber andererseits gibt mir das auch die Gelegenheit, meine Gedanken zu konzentrieren. Ich überdenke ein bisschen die Organisation, ich möchte versuchen, Beale Hall fürs neue Millennium zu rüsten, wenn es auch schon recht spät dafür ist. Aber ich werde an Sie denken, keine Sorge. Sie sind in der Heiligenkreuzkirche?«

»Um meine Sünden abzubüßen.« Er lachte prustend und spuckend in sich hinein. »Ein alter Scherz«, erklärte er. »Wo wären wir, wenn wir nicht ein bisschen was zum Lachen hätten, hab ich Recht?«

»In den Evangelien können wir oft lesen, dass Jesus weinte; nirgendwo steht geschrieben, dass er lachte«, sagte ich streng.

Er schaute mich entsetzt an.

Jetzt tätschelte ich ihm tatsächlich den Kopf. »Na, na«, sagte ich. »Ist doch nur ein anderer alter Scherz.«

»Ach so«, sagte er erleichtert. »Und noch dazu ein guter. Aber es gibt einem doch zu denken. Wahr ist es ja schließlich. Er hat wirklich nie gelacht.«

»Kein einziges Mal. ›Trauern ist besser als Lachen‹, belehrt uns der Prediger Salomo. Sagen Sie, wer schmeißt denn jetzt den Laden beim Heiligen Kreuz? Doch nicht Bruder Manning?«

»Du meine Güte, nein! Das war lang vor *meiner* Zeit. Er dürfte inzwischen wohl tot sein, Gott schenke seiner Seele Frieden. Nach ihm kam Bruder McBrien und dieser schändliche Skandal in der Sakristei, möge er im Himmel Vergebung finden. Und der jetzige Pfarrer ist der junge Bruder Pinfold. Er kam aus einer Pfarre im East End von London zu uns und ist ein ›cooler Typ‹, um es in seinem eigenen Jargon zu sagen. Er will, dass alle ihn Kevin nennen, oder besser noch Kev. Ein bisschen schwierig für manche von den guten frommen alten Leutchen, die in der Kirche abstauben, polieren und die Blumen arrangieren. Er trägt am liebsten Jeans und T-Shirts.« Gespannt auf meine Reaktion, sah er mich an. Ich nickte bloß, woraus er nichts schließen konnte. »Und warum auch nicht? Die Jünger haben ja auch keine maßgeschneiderten Kutten getragen, wenn ich so sagen darf. Ehrlich gesagt, hat er Wunder vollbracht, unser Kev. Ich war ja immer schon auf der sozialen Seite, aber bisher hat sich hier nicht viel getan in dem Bereich, war eher ein totes Gewässer. Die Regierung hat nun mal die ganzen Programme, die Gelder und das Personal für die Sozialhilfe. Ich konnte kaum mehr tun, als zu den Leuten gehen, die ans Haus gefesselt sind, zu den Alten und Gebrechlichen. Ich hab denen den Glauben gebracht, die ihn ohnehin schon besaßen. Aber Kev hat mich mitten in den Strom gestoßen, dort, wo er am reißendsten ist und es viele Felsen gibt. Ich bin jetzt als Suchthelfer aktiv. Nicht nur das, ich bin ›proaktiv‹. Ich sitze nicht nur da und warte, dass die Leute zu mir kommen. Ich geh zu ihnen. Deshalb bin ich übrigens auch hier. Man hat mir gesagt, dass Ms Moriarty ein kleines Problemchen hat.«

»Quatsch«, sagte ich loyal. »Sie trinkt ab und zu einen Schluck, nur aus Gründen der Geselligkeit, genau wie Sie und ich.«

Er sah mich listig an. »Sie wissen also, dass ich von Alkoholmissbrauch rede?«

Der kleine Mistkerl! »Wer hat Ihnen diesen Unsinn erzählt?«

»Miss Mackletwist, Gott segne sie, hat sich Sorgen um ihre Freundin gemacht, und es Kev gesagt. Und Kev hat es mir gesagt. Und da bin ich.« Er schaute wieder auf die Uhr. »Ich hab in fünf Minuten ein Seminar drüben in der Kreuzkirche – hauptsächlich Teenager, und die gehen wieder, wenn ich nicht rechtzeitig da bin. Bitte entschuldigen Sie mich bei Ms Moriarty und versichern Sie ihr, dass ich wiederkomme, sobald ich kann.« Er nahm meine Hand und schüttelte sie lebhaft. »Es hat mich sehr gefreut, Sie doch noch kennen zu lernen, Bruder Musič. Bitte vergessen Sie nicht mein Interesse an der Stelle in Beale Hall. Aber Sie haben mir ja Ihr Wort gegeben. Das genügt.« Er schob sich in dem engen Raum an mir vorbei, öffnete die Tür, und – puff! – weg war er.

Zögernd stand ich einen Augenblick da und überlegte, ob

ich vielleicht lieber ein andermal wiederkommen sollte, als die Tür zum Vorderzimmer aufging und eine Krankenschwester im frisch gestärkten Kittel erschien und fröhlich über die Schulter ins Zimmer zurück hineinrief: »Also dann in drei Tagen, Herzchen. Und machen's schön brav Ihre Übungen, damit Sie nicht zu schwabbelig werden. Der Herr behüte Sie.« Sie drehte sich um und sah mich da herumstehen. »Wo ist denn der kleine Herr, der zu meiner Patientin wollte, der kleine Pfarrer?«

»Er musste gehen. Ich bin Pfarrer Musič, ich vertrete ihn.«

»Sehen Sie zu, dass sie ein bisschen Bewegung kriegt. Und wenn sie Tee will, dann soll sie ihn *selber* machen. Sie muss sich bewegen. Aber das Tablett tragen *Sie*. Sie wird noch ein wenig ihren Stock brauchen, verstehn Sie? Können Sie sich das alles merken, Herr Pfarrer?«

Wir waren gleich groß, die Schwester und ich. Ich musste aus dem Haus hinaus, damit sie auf schickliche Weise an mir vorbeikonnte.

Es war kein Überraschungsbesuch mehr. Maude hatte mich mit der Schwester reden hören. »Bist du das, Edmond?«

»Ja, das bin ich, meine Liebe.« Ich nahm die Geschenke von der Treppe, wo ich sie hingelegt hatte, und trat ins Zimmer. »Ein paar Blumen, um dich aufzumuntern, Maude, und ein paar Süßigkeiten für Angie – oder für dich, wenn sie dir lieber sind. Nein, steh nicht auf.«

Sie hatte ziemlich viel abgenommen, seit ich sie das letzte Mal gesehen hatte; sie war fast schlank. Sie trug einen neuen, bodenlangen Bademantel, ordentlich in der Mitte gegürtet. Ihr dünner gewordenes Haar war zurückgekämmt und mit einem Samtband am Hinterkopf zusammengehalten. Es war leicht, die Züge der jungen Maude wiederzuerkennen. Sie setzte sich in den Stuhl, der offensichtlich für sie ans Fenster gerückt worden war, damit sie den Leuten beim Promenieren zuschauen konnte, sofern man in der Martyr's Lane überhaupt von Promenierenden reden konnte.

»Du siehst einfach umwerfend aus«, sagte ich.

Sie schaute hinaus in den trüben Nieselregen hinter den Scheiben.

»Du hättest nicht kommen sollen, Edmond.«

»Soll ich dir die Blumen in eine Vase stellen?«

»Ach, mach, was du willst«, sagte sie gereizt. »Leg sie in den Ausguss. Angie wird sich drum kümmern.« Und als ich mich von ihr abwandte: »Angie mag übrigens keine Lakritze – und ich auch nicht, wie du wissen solltest.«

In der Küche warf ich die Blumen und die Süßigkeiten in den Abfalleimer.

Eine Weile saßen wir in nicht gerade freundlichem Schweigen da. Sie schaute noch immer aus dem Fenster, ich saß auf einem kleinen Sessel, der passend zum Sofa gegenüber mit pflaumenfarbenem Plüsch bezogen war, und blickte mich um. Das Zimmer war klein, drei mal drei Meter vielleicht, und mit viel Krimskrams eingerichtet. Die Wände und die Zimmerdecke hatten einen Rauputz, der aber mit einer cremefarbenen Lasur übermalt war. In der Wand gegenüber dem Fenster war eine Tür mit Milchglasscheiben, die wahrscheinlich ins Esszimmer führte. In jeder der beiden Ecken links und rechts von der Tür stand ein in exaktem Winkel ausgerichteter, mit rosa Velours tapezierter Armsessel. Mir gegenüber befand sich ein kleiner Kamin mit elektrischem Feuer. Auf dem Kaminsims standen Glasfiguren, in einer ordentlichen Linie nach Größe angeordnet, die größte, ein zu fünfzehn Zentimetern aufgebäumtes Pferd, in der Mitte. Über dem Kaminsims hing ein aus zweifarbigen Segmenten zusammengesetzter Spiegel, der wie ein offener Fächer geformt war. Neben mir stand ein auf Hochglanz poliertes Schränkchen, auf dem – mit gehäkelten Zierdeckchen passender Größe darunter – folgende Dinge arrangiert waren: eine Lampe mit röhrenförmigem Glasfuß und kleinem, gefranstem Schirm, eine leere Karaffe aus geschliffenem Glas und das gerahmte Foto einer Nonne, die ihre Arme wie zum Segen über eine Gruppe verbissen dreinblickender Mädchen in Sportkleidung erhoben hatte, von denen einige Hockeyschläger hielten. In dem fächerförmigen Spiegel sah ich, dass auf der Wand hinter mir ein gerahmter Druck von Versaces Bild »Christus verjagt die Geldwechsler aus dem Tempel« hing. Von der Campingliege und dem Fernseher, die Angies Neffe Alfie hätte ins Zimmer stellen sollen, war nichts zu sehen.

Ich habe dieses erbärmliche Zimmer deshalb so genau beschrieben, um die tiefe Kluft zwischen ihm und der prächtigen Umgebung deutlich zu machen, in der Maude den Großteil ihres Lebens zugebracht hat. Abgesehen von den prunkvollen, halb öffentlichen Räumlichkeiten Beale Halls, wo sich auf Schritt und Tritt eine Überfülle von Kunstreichtum und Kunstsinnigkeit vor dem Auge des Besuchers entfaltet – selbst der Raum, den sie ihr »Büro« nennt, die ehemalige Anrichtekammer, ist ein Kleinod im Vergleich, geräumig, holzvertäfelt, mit einem schönen Blick auf den kleineren der Rosengärten aus einem der Fenster. Gar nicht zu reden von dem Schlafzimmer, das wir so viele Jahre geteilt haben, dem Mrs-Curricle-Zimmer, benannt nach der Shakespeare-Darstellerin, die eine Geliebte Georgs des Vierten war. Ja sogar die Küche, auf deren Steinplatten Maude einmal ohnmächtig lag, ist hübscher als dieses Zimmer hier. Es schmerzte mich, sie hier zu sehen.

Ich schaute verstohlen zu ihr hinüber und sah ihr Gesicht im Profil. Sie runzelte die Stirn, verzog den Mund, sie trommelte mit den Fingern auf die Stuhllehne, ganz in eine Auseinandersetzung vertieft, die in ihrem Kopf vor sich ging. Vielleicht eine Auseinandersetzung mit mir. Ganz offensichtlich hatte sie die Tatsache meiner körperlichen Anwesenheit aus ihrem Kopf verdrängt.

»Komm mit mir heim, Maude«, sagte ich.

»Wo ist Pfarrer Phipps?« Sie sagte es scharf, als hielte ich den Mann von ihr fern. Aber sie wandte nicht den Kopf, um mich anzusehen.

»Er lässt sich entschuldigen. Er musste gehen. Aber er hat versprochen wieder zu kommen, sobald er kann.« Ich versuchte einen lockeren Ton, in der Hoffnung, ihre Stimmung aufzuhellen. »Ein komischer kleiner Typ, anständiger Kerl zweifellos. Fromm und gottesfürchtig. Aber abgesehen davon, dass er keinen Bart hat, erinnert er mich an einen der Gartenzwerge des lieben alten W. C. Was willst du denn mit den Brüdern vom Heiligen Kreuz, Maude? Die haben dir doch nur Sachen zu bieten, die du nicht ausstehen kannst. Nach allem, was ich gehört habe, sind die heutigen Dogmen des Vatikans finsteres Mittelalter im Vergleich dazu. Heavy Metal, Reggae, Rap, die scheußlichsten Auswüchse der zeitgenössischen Popmusik, sind der Soundtrack, zu dem sie mit Volldampf zu Christus unterwegs sind. Kommenden Sonntag wird die Frühmesse von einer neuen Gruppe aus London gestaltet, ›Pontius Pilatus und seine kreuznagelnden Fünf‹.« Schön, zugegeben, ich ging ein wenig freizügig um mit der Wahrheit, um die Stimmung zu lockern, aber ich glaube doch, dass ich ein vernünftiges Gebäude errichtet hatte auf der Grundlage von Pip-Pips Hinweisen. Natürlich hatte ich die falsche Richtung eingeschlagen; ich erreichte damit nur, dass alles noch schlimmer wurde für mich.

»›Der Boss‹, wie manche seiner Pfarrkinder ihn nennen,

will, dass man ihn Kev nennt, und vielleicht ist das auch ganz richtig. Er selber nennt Jesus sicher ›Josh‹. Wir leben schließlich in einer High-Tech-Welt, und es steht der Kirche an, benutzerfreundlich zu sein. Aber du brauchst keinen Kev und keinen Pip-Pip, Maude, du hast mich.«

»Dich!« Sie stieß ein bitteres Lachen aus. »Du bist das Problem, nicht das Heilmittel.«

»Angie hat mir gesagt, sie hätte eine Liege und einen Fernseher für dich ins Zimmer gestellt.«

»Da haben wir's, Edmond. Das ist typisch für dich. Du wechselst einfach das Thema. Nur um keinen Preis über etwas wirklich Wichtiges reden.« Jetzt hatte sie sich zu mir umgewandt. Eine Träne lief ihr über die Wange.

»Wann kommst du zurück nach Beale Hall, meine Liebste? Wann kommst du zurück zu *mir*, meine ich? Na, ist das wichtig genug?«

»Ich bin Alkoholikerin. Du weißt das, auch wenn du mich mit deinem verletzenden Anstand nie damit konfrontiert hast. Aber vielleicht war es gar nicht dein Anstand, sondern nur dein übliches, egoistisches Streben nach einem friedlichen Leben. Du bist doch groß darin, die Dinge laufen zu lassen, das wirst du mir doch wenigstens zugeben. ›Neun Zehntel des Glücks bestehen darin, Problemen aus dem Weg zu gehen‹, das hast du doch mehr als ein Mal gesagt. Früher hab ich geglaubt, du machst nur einen Scherz, willst dich von deiner geistreichen Seite zeigen. Jedenfalls, jetzt bin ich eine Alkoholikerin auf dem Weg der *Genesung* – so hoffe ich jedenfalls. Pfarrer Pipps hat einigen Erfolg aufzuweisen mit Leuten wie mir. Angie hat uns in Verbindung gebracht. Er leitet drüben in der Kreuzkirche etwas, was er ›Seminar‹ nennt.«

»Wer weicht jetzt einer Frage aus? Warum kann Phipps dich nicht in Beale Hall besuchen? Oder wenn du am Seminar teilnehmen musst, wenn das zur Therapie gehört, warum kann ich dich nicht dafür nach Ludlow fahren?«

»Du lieber Gott, für einen klugen Kerl kannst du verdammt dämlich sein! Unser Zusammenleben ist es doch, was mich so weit gebracht hat. Was kann eine Frau Schlimmeres tun, als für einen Priester die Beine breit machen? Jeden Tag, seit wir uns das erste Mal begegnet sind, ist der Berg von Schuldgefühlen, die mein Gewissen mir aufgelastet hat, ein Stück gewachsen. Warum glaubst du denn wohl, hab ich mich in Gin ertränkt? Aber Gin hat die Schuldgefühle nicht weggewaschen. Ich stecke bis zum Hals drin, Edmond; ich werd noch dran ersticken.«

»Aber wir tun es doch schon seit Jahren nicht mehr. Ich bin nicht mal sicher, ob ich es noch kann. Und dann war da ja auch deine Hüfte. Du hast keinen Grund für Schuldgefühle. Schau, ich zieh in ein anderes Zimmer. Oder wenn du willst, lassen wir ein Bett in dein Büro bringen. Warum nicht? Dann brauchst du keine Treppen zu steigen und bist zugleich sicher vor meiner niederträchtigen, bestialischen Lust.«

»Ich soll aber Treppen steigen. Deshalb hat Alfie auch seine Campingliege wieder mitgenommen. Mr Sprott-Wemys hat mir das eindringlich ans Herz gelegt. Ich muss mich bewegen, soviel ich kann, immer ein bisschen mehr tun, als ich eigentlich möchte. Ich schlaf oben im zweiten Schlafzimmer.«

»Noch ein guter Grund, nach Beale Hall zurückzukommen. Wir haben Treppen noch und noch.«

»Du hörst mir nicht zu, was? Du hörst mir nie zu, Edmond. Und du hast es nie getan. Ich komm nicht zurück nach Beale Hall, nie wieder. Versuch das zu verstehen. Ich bin fertig mit der ganzen Geschichte. Ich bin fertig mit dir.« Und sie begann zu schluchzen. Aber als ich aufstand und hinüberging, um sie zu trösten, wich sie zurück und hielt mich mit einer

Handbewegung von sich fern, als könnte meine Berührung sie schänden.

Ich wartete, bis sie zu schluchzen aufhörte. »Soll ich dir was bringen, ein Glas Wasser, eine Tasse Tee?«

Sie machte eine ungeduldige Bewegung. Sie wollte nichts von mir.

»Was ist mit deiner Arbeit in Beale Hall? Was ist mit deinem ganzen Zeug?«

»Ich trete in den Ruhestand. Betrachte dich hiermit als rechtzeitig informiert in deiner Eigenschaft als Rektor. Lass meine Sachen von irgendwem zusammenpacken. Angies Alfie wird sie für mich holen.« Die Worte klangen wie geprobt, und vielleicht waren sie das auch.

»Aber wie bist du so plötzlich zu diesem Entschluss gekommen?«

»Es ist nichts Plötzliches daran, es hat sich schon seit Jahren entwickelt. Nicht, dass du es bemerkt hättest, du hast ja nie etwas anderes in mir gesehen als eine bequeme Erweiterung deiner selbst. Der Unterschied jetzt ist nur der, dass ich der Heiligen Maria Muttergottes einen heiligen Schwur geleistet habe, ein Gelübde. Ich habe geschworen, wenn ich die Operation gut überstehe, werde ich mein Leben ändern, ich werde aufhören mit dem Trinken, ich werde versuchen, auf eine gottgefälligere Weise zu leben.«

»Du hast also einen Handel mit dem Himmel abgeschlossen«, sagte ich sarkastisch.

»So war das nicht, du elender Kerl du, du Haderlump, der sich über alles Heilige lustig macht. Wenn ich daran denke, wie ich dich einmal bewundert habe, wie ich an deinen gotteslästerlichen Lippen gehangen habe, könnte ich kotzen! Ich habe nicht darum gebetet, am Leben zu bleiben. Ich habe lange genug gelebt. Ich habe nur geschworen, dass ich mir in der

Zeit, die mir noch bleibt, alle Mühe geben würde, die Schande, die ich Tag für Tag auf mich geladen habe, zu vermindern. Ich habe um Vergebung gebetet.«

Ich machte eine Handbewegung in den Raum hinein. »Und hier also will die reuige Sünderin um Gnade flehen? Wenn es ein härenes Hemd ist, was du willst, hast du gut gewählt.«

»Was gefällt dir denn hier nicht, du elender Snob? Unter deiner Würde, was? Na ja, wenn man aus einer so noblen Umgebung kommt – dieses herrliche, luftige Appartement über dem Laden im eleganten Marais, wo Milord großartig neben der geliebten Herzogin, seiner Mutter, schlief –, dann muss der Anblick hier natürlich schmerzhaft sein für die Augen. Aber das hier, und vor allem dieses Zimmer, erinnert mich an das Heim, in dem ich aufwuchs, nur dass Angie eine bessere Hausfrau ist als meine arme selige Mutter es war, Gott schenke ihrer Seele die ewige Ruhe. Ich werde hier bleiben, wenn Angie mich behält, zumindest so lange, bis meine Blase geheilt ist.«

»Ach ja, deine geheimnisvolle postoperative Blase.« Blindwütig redete ich drauflos. »Pip-Pip glaubt, es könnte sich dabei um ein Wunder handeln, eine Stigmatisierung, wie sie manchmal bei Menschen vorkommt, die später Heilige werden. Natürlich weiß das Unschuldslamm nicht genau, wo die Blase sitzt, dass sie genau am weißen Fleisch der Innenseite des Oberschenkels sitzt, nur wenige Zentimeter vom Allerheiligsten entfernt, und dass sie gar nicht wie eine der Wunden Christi aussieht, sondern eher wie sein angeschwollener Schwanz in einem übergestülpten Kondom.«

Aber jetzt war ich zu weit gegangen in meiner Verzweiflung. Ich wusste es schon, während ich die schrecklichen Worte sagte. Wie konnte ich so grob, so gefühllos sein?

In ihrem Gesicht stand ein Ausdruck äußersten Entsetzens, als hätte sie den Teufel leibhaftig vor sich. Sie kniff die Augen fest zusammen, hob mir beide Hände mit den Handflächen voraus entgegen, wie um mich abzuwehren. »Geh!« Sie erstickte fast an dem Wort.

»Maude, es tut mir Leid, ich wollte nicht –«

»Geh!«, schrie sie.

»Verzeih mir, Maude, ich –«

»Geh«, flüsterte sie, »bitte geh.«

Natürlich ging ich. Und während ich ging, hörte ich die arme irregeleitete Seele Worte der Buße vor sich hin stammeln: »O mein Gott ... ich bin zutiefst betrübt, dass ich dich gekränkt habe ... und ich verabscheue alle meine Sünden ... weil ... ich den Verlust des Himmels fürchte ... und die Qualen der Hölle, vor allem aber, weil ... sie dich kränken, mein Gott ...«

Wenn die Leiden kommen, so kommen sie wie einzelne Späher nicht, nein, in Geschwadern.« Der Pish wählte sich diese Worte zum Motto für sein (unveröffentlichtes) Werk: *Der Konflikt Zwischen Glauben & Vernunft Gelöst.* Es sind natürlich die Worte von Hamlets Onkel, dem Brudermörder; aber wie der Pish selbst an anderer Stelle vermerkt, hat »der Barde, dieser Großmeister der Ironie, seine tiefsten Äußerungen oft Schurken und Narren in den Mund gelegt«.

Ich hatte nichts von Twombly gehört, seit er mir gesagt hatte, er würde den armen Aristide eine Weile in seiner Angst »schmoren« lassen und dann noch einmal ins Kresty gehen. Twombly hatte so überzeugt von seinem Triumph geklungen, dass es mich langsam beunruhigte, nichts von ihm zu hören.

Nachdem ich sein Schweigen eine Woche ertragen hatte, rief ich im Hotel Rus in St. Petersburg an, nur um zu erfahren, dass »der Heilige Vater« vor ein paar Tagen ein wenig plötzlich abgereist sei. Also rief ich im Astoria an. Der Portier stimmte seinen Tonfall auf den Inhalt seiner Mitteilung ab. M. Gabriel Popescu sei an diesem Morgen abgereist. Er sei zu einer höchst traurigen Reise aufgebrochen, er begleite den Leichnam seines lieben Vaters zurück in das gemeinsame Heimatland Frankreich. *Aber was war geschehen?* Das zu sagen, sei er leider nicht ermächtigt.

Danach rief ich Mme. Popescu die Jüngere an. Sie sagte mir, sie sei außer sich vor Kummer. Ah, was für eine Katastrophe! Ah, was für ein grausamer Schicksalsschlag! Sie würde für seine Seele beten; sie hoffte, ich würde dasselbe tun, das Gebet eines Priesters hätte vielleicht mehr Gewicht in so einem Fall.

»Aber was denn für ein Fall? Was ist geschehen, Madame?«

»Selbstmord. Ah, wie furchtbar, wie grauenhaft, zu wissen, dass er bereits die unvorstellbaren Qualen der Hölle leidet!«

»Wie ist das möglich?«

»Ein klassischer Fall, *père,* wie Sie wissen müssen: Verzweiflung. Er war ein alter Mann, seit langem schon an das gute Leben und den Luxus gewöhnt, die er seinem Geschäftssinn zu verdanken hatte. Was für ein Sturz, mitten aus dem Luxus in eine stinkende russische Gefängniszelle! Er muss darüber den Verstand verloren haben, der arme Mensch.«

Aristide war es offenbar irgendwie gelungen, sein eisernes Feldbett der Länge nach gegen eine Wand seiner Zelle zu lehnen. Mit der Kraft der Verzweiflung hatte der geschwächte alte Mann es dann auch noch geschafft, hinaufzuklettern, hatte schwankend einen Augenblick da oben gestanden, hatte die Hände in die Hosentaschen gesteckt und sich dann, Kopf voraus, rücklings auf den Steinboden fallen lassen. Die Entfernung war nicht groß, aber es hatte genügt.

»Die Ironie dabei ist, dass hier in Paris inzwischen längst mächtige Kräfte mobilisiert waren. Der Präsident der Republik war bereit, für meinen Schwiegervater zu intervenieren. Gaby hatte den amerikanischen Priester, diesen schrecklichen Kerl, genau an diesem Tag gebeten, die viel versprechende Neuigkeit im Gefängnis zu überbringen. Er selbst konnte nicht gehen, er war in Marathon-Telefonsitzungen mit den Behörden in Frankreich. Eine solche Neuigkeit, noch dazu von einem Priester überbracht – auch wenn es dieser Amerikaner war –, müsste doch eigentlich genügt haben, um Papas gequälten Geist zu beruhigen, möchte man meinen. Sie haben sicher gemeinsam gebetet, er und der Priester. Aber dieser Monat grausamer Gefangenschaft muss ihn in den Wahnsinn getrieben haben. Eine Stunde nachdem sein Besucher gegangen war, war Papa tot.« Sie schluchzte eine Weile ins Telefon, dann putzte sie sich die Nase. »Und jetzt, *père,* dreht er sich in alle Ewigkeit auf einem Spieß in der Hölle!«

»Beruhigen Sie sich, mein Kind. Wenn er wahnsinnig war, wie Sie sagen – und wer kann daran zweifeln? –, wird er für sein Tun nicht zur Verantwortung gezogen werden, weder in dieser Welt noch in der nächsten.«

»Oh, ist das wahr, *père*?«

»Aber ja, mein Wort drauf. Wir werden für seine Seele beten, den Himmel um Gnade bitten. Er wird am Ende noch mit den Engeln singen.«

»Der arme Gaby wird aufgeschmissen sein ohne seinen Vater. Er hat ihn angebetet.«

»Gaby wird Kraft bei Ihnen finden.«

»Ah.«

»Und in seinem Glauben.«

»Ja, *père.*«

»Und wie geht es der Witwe? Ich hoffe, sie wird damit fertig.«

Die Zungenfertigkeit, die ich mir während meiner Amtszeit als junger Priester in der Pfarre in Kensington für solche Gelegenheiten angeeignet hatte, kam mir jetzt zugute. Man tröstet die Hinterbliebenen, indem man durchblicken lässt, der geliebte Mensch sei jetzt an einem weit besseren Ort, und sie mit sanftem Nachdruck darauf hinweist, dass es reiner Egoismus wäre, etwas anderes zu wünschen. Der Priester steht abseits von gewöhnlichem menschlichem Leid, ja er braucht nicht einmal echtes Mitgefühl, denn er weiß um die höheren Zusammenhänge. Die Klischees gehen einem wie geschmiert von der Zunge; es ist alles gut. Und die Wahrheit ist: Allein damit, dass ich die Klischees ausspreche, entziehe ich mich auf bequeme Weise jeglichem Mitgefühl.

»Die Witwe? Ach ja, die Witwe.« Sie lachte bitter. »Ich denke, sie wird ganz gut damit fertig. Sie ist bei ihren steinreichen Freunden in Buenos Aires. Sie wollte nicht einmal zurückkommen, als sie erfuhr, dass ihr Mann in einem russischen Gefängnis schmachtet. Und sie kommt auch nicht zur Beerdigung. ›Nächsten Monat, wenn ich wie geplant nach Paris zurückkomme, sobald die Saison hier zu Ende ist, wird noch genügend Zeit zum Trauern sein. Für Aristide macht das doch auch keinen Unterschied mehr.‹ Meine charmante Schwiegermutter hat ein eiskaltes Herz und überhaupt keine Seele.«

»Richten Sie nicht«, sagte ich salbungsvoll. »Überlassen Sie sie dem Himmel.« Aber ehrlich gesagt: was für ein Luder!

Andererseits, was sollte es für Aristide noch ausmachen? Sie hat schon Recht, das Luder. Seine Geschichte ist wie eine mittelalterliche Klage über die Unbeständigkeit des Glücks und die Gewissheit des Todes. Er ist eine Figur in einem *danse macabre.* Wie wir alle. Was spielte es jetzt für eine Rolle, dass er in dieser Welt die Erfolgsleiter hochgeklettert war oder dass er, juristisch gesehen, manchmal fünf gerade sein ließ? Und was wissen wir wirklich über Mme. Popescu die Ältere und über die Ehe der beiden, über ihre privaten Übereinkünfte, Abmachungen oder Kompromisse, über seine oder ihre Untreue, was wissen wir darüber, ob die glühende Leidenschaft ihrer jungen Liebe sich langsam abkühlte und schließlich ganz erkaltete im täglichen Zusammenleben in diesem zugigen Haus der Zeit, ob seine oder ihre Liebe vor verschlossener Tür stand? Wir wissen nur, dass er den Freitod gewählt hat. Damit hat er uns allen den Herrn gezeigt. Er selbst könnte von sich sagen: Als die Russen mir das Ausreisevisum verweigerten, habe ich mir selbst eines ausgestellt. Ich sehe ihn zwinkern und sein zynisches Lächeln lächeln.

Irgendwie ist es ein Trost, sich vorzustellen, dass er den Augenblick seines Todes selbst gewählt hat. Aber er ist wie jeder Trost, der den Hinterbliebenen bleibt, genauso leer wie die unendliche Leere, in die alle Toten taumeln, diese durch nichts erhellte und durch nichts zu erhellende Schwärze, die völlige Abwesenheit jeglichen Fühlens, jeglichen Denkens, die gänzliche Auslöschung, ein Zustand, über den nachzudenken schrecklicher ist als die mittelalterliche Vorstellung von einer Hölle, in der unerträgliche Qualen wenigstens ein Garant dafür sind, dass man noch etwas empfindet. Des göttlichen Dante *Commedia* hat geradezu etwas Tröstliches, weil sie aus einem unfassbaren Nichts einen Ort mit einem Namen macht.

Wie frei ist der Selbstmörder in seiner Entscheidung? Welche körperlichen Qualen treiben ihn dazu? Welche psychischen Dämonen? Welche Träume von Ruhm und Ehre, von heroischer Selbstaufopferung? Welche Illusionen von Märtyrertum und einem Leben nach dem Tod? Welche Einsamkeit, welche Ängste, welche Verzweiflung? Und wer mag ihm ins Ohr geflüstert haben? Twombly kehrte ins Kresty zurück, um einem Mann die Daumenschrauben anzulegen, der schon am Ende seiner Kräfte war. Ich bin sicher, dass er nichts von der viel versprechenden Neuigkeit gesagt hat, die Gabriel Popescu seinem Vater auszurichten bat. Twombly hatte getan, was er mir angekündigt hatte. Er gab Aristide, ganz ohne Garantie, die Zusicherung, dass der Vatikan sich einschalten würde, wenn er nur zur Kooperation bereit wäre, und er drohte dem Undankbaren die schrecklichsten Folgen an, sollte er dazu nicht bereit sein. Vielleicht ließ er dem verzweifelten Mann bis zum folgenden Morgen Zeit, um eine Entscheidung zu treffen; wahrscheinlich hat er noch ein scheinheiliges Gebet über dem kauernden Wrack gesprochen und ihm dringend dazu geraten, sein Gewissen zu erforschen.

Es könnte sein, dass Aristide sich aus romantischem Ehrgefühl, aus altmodischer Galanterie geweigert hat, Maude zu verraten, die in seiner Erinnerung noch die junge Schönheit war, die er dazu verführt hatte, ihm ein wertvolles Stück zu verkaufen, das zu verkaufen gar nicht in ihrer Macht stand, und eine Unterschrift zu fälschen, um den Kauf untadelig zu machen; es könnte auch sein, dass er sich aus Loyalität mir gegenüber, aus alter Freundschaft geweigert hat; es könnte sein, dass er Twombly aus den alten Tagen sehr gut in Erinnerung hatte und ihn verachtete. Und es könnte sein, dass ihm, alt, körperlich und psychisch geschwächt, wie er war, die neuen Komplikationen, die Twombly ihm auflud, einfach zu viel geworden waren. Wie auch immer, seiner freien Entscheidung fehlt es ein wenig an … Freiheit. Twombly besuchte Aristide, und danach brachte Aristide sich um. *Post hoc ergo propter hoc* ist manchmal ein vernünftiges Argument.

In gewisser Weise hat Twombly ein Eigentor geschossen. Jetzt, da Aristide tot ist, wie viel Hoffnung bleibt ihm noch, an die *Vilerley und mancherley Sonette* heranzukommen? Welche Gefahr ist er noch für Maude und mich?

Was kann ich über Aristide sagen? Ich kannte ihn, als wir beide jung waren. Die Wahrheit ist, ich habe ihn immer gemocht, trotz seiner Schlitzohrigkeit. Vielleicht sogar deshalb. Es gibt bessere Arten zu sterben.

N*osce te ipsum*, reden die Alten uns ins Gewissen, erkenne dich selbst. »Doch hat er sich von jeher nur obenhin gekannt«, sagt Regan von ihrem Vater Lear. Ist es möglich, dass ich nicht nur Maude, sondern auch mich selbst so wenig gekannt habe? Wir haben einander geliebt und in engster Vertrautheit miteinander gelebt, und trotzdem sind wir Fremde füreinander geblieben. Wir wussten alles voneinander, und doch wussten wir nichts. Selbst unfähig zu glauben, war ich nicht imstande gewesen, die Tiefe ihres religiösen Sehnens zu ermessen. Ihre Verstimmung war mir nicht entgangen, aber ich war mir nicht bewusst gewesen, wie tief sie war und dass ich selbst die Ursache dafür bin. Warum hatte sie mir nichts gesagt? Warum hatte ich sie nicht gefragt? Ich bin ein närrischer alter Mann, der immer noch zärtlich an ihr hängt. Sie fehlt mir mehr, als ich sagen kann.

Als ich das erste Mal anrief, um mich zu entschuldigen, kam Angie Mackletwist ans Telefon und legte auf, sobald sie meine Stimme erkannte. Beim zweiten Mal sagte sie mir, dass

Ms Moriarty nicht mit mir zu sprechen wünsche. »Und das wird auch Zeit«, ergänzte sie. »Was für eine Schande Sie über diese arme Frau gebracht haben. Und trotzdem – es ist kaum zu glauben –, sie will kein Wort gegen Sie hören. Sie sagt nichts, sie beklagt sich nicht. Aber jeder, der auch nur irgendwie mit Beale Hall zu tun hatte, hat gewusst, was da gespielt wurde, dazu war keine Zigeunerin mit Kristallkugel nötig. Sie hätten es ebenso gut überall anschlagen können.«

Aber wie verworfen ich wirklich war, das hätte sie, Angie Mackletwist, sich nicht einmal im Traum vorstellen können. Dass ein Priester – ein Mann, der dem Gottessohn gegenüber mit dem heiligsten aller Schwüre dem Fleisch entsagt hat, ein Mann, der nicht nur die Macht besaß, sondern auch die Herrlichkeit, die Möglichkeit, den Hilflosen beizustehen, die Sündigen von ihren Sünden zu reinigen, ein Mann, der das besondere Privileg hatte, die heiligen Sakramente zu spenden –, dass solch ein Mann die Tugend einer unschuldigen jungen Frau befleckt, sie ihr Leben lang seinen abscheulichen Gelüsten hörig gemacht und sie durch Missbrauch der Autorität seines Amtes in ein geistiges Ödland verbannt habe – das setze wohl unserem Herrn und Gott abermals die Dornenkrone auf die Stirn, hämmere abermals die grausamen Nägel in seine zarten Hände und Füße, verspotte und verhöhne den am bitteren Kreuz Hängenden von neuem. (Ich paraphrasiere natürlich.)

»Wenn es nach mir gegangen wäre«, sagte Angie, »hätte ich alles Pfarrer Kev erzählt, ich hätte ihm gesagt, was für ein elendiges Dreckschwein Sie sind, und Pfarrer Kev hätte sich bestimmt *stante pede* an die Strippe gehängt und es dem Bischof berichtet. Aber ich habe Ms Moriarty versprochen, Ihnen nicht zu schaden. ›Wir sind alle Sünder, ich nicht weniger als er‹, hat sie gesagt. ›Überlass ihn dem Himmel und seinem Gewissen.‹ Na schön. Aber ich hab auch ein Gewissen. Dank Ihnen ist sie Alkoholikerin; dank Ihnen weiß sie nicht mehr ein noch aus. Aber eins sag ich Ihnen: So sicher wie ich an meine eigene Rettung glaube, so sicher melde ich Sie der Polizei, wenn Sie sie noch einmal belästigen.«

»Ich werde nicht mehr anrufen, ich verspreche es. Sagen Sie ihr nur, dass Aristide Popescu tot ist. Selbstmord. Oder nein, nein, sagen Sie ihr nichts davon. Es würde sie nur aufregen. Sagen Sie ihr nur, wenn sie Gift für mich hat, werde ich es trinken. Mit Freuden. Ja, sagen Sie ihr bitte nur das, Ms Mackletwist.«

SIEBENTER TEIL

Zweifelt irgendjemand daran, dass vom Geist vieler Menschen – befreite man ihn von törichten Überzeugungen, eitlen Hoffnungen, falschen Werturteilen, allerlei Einbildungen und dergleichen – nur ein armseliges verschrumpeltes Etwas voller Trübsinn und Unlust übrig bliebe, das sich selbst zuwider ist?

Sir Francis Bacon, *Von der Wahrheit*, Essays, 1597–1625

In Dingen dieser Welt rettet nicht der Glaube den Menschen, sondern sein Fehlen.

Benjamin Franklin, *Der Almanach des Armen Richard*, 1754

Ich bekomme meine Neuigkeiten über Maude in letzter Zeit von Bruder Pip-Pip, vormals Kreuzkirche, jetzt Beale Hall. Dass er mir um den Bart gegangen ist, hat sich reich gelohnt für ihn. Es wurde ihm rasch klar, dass er meine einzige verlässliche Quelle ist und den Hahn nach Belieben auf- und zudrehen kann. Wie eine Frau, deren Ziel die Ehe und deren einziger Trumpf die eine oder andere kleine Gunst ist, die sie gewährt, enthüllte Pip-Pip sozusagen da ein Stückchen Busen, erlaubte, wiederum sozusagen, dort einer gierigen Hand, den runden Schenkel unter dem seidigen Rock ein bisschen zu streicheln, und sparte sich die endgültige Hingabe bis zur Hochzeitsnacht. Sobald er, dank meiner Bemühungen, sicher in Beale Hall installiert war, hielt er mit keiner Neuigkeit mehr hinter dem Berg.

»Sie ist in New York«, berichtete er, »bei Verwandten in Queens. Dowd heißen sie. Anständige Leute, gute Katholiken, nach allem, was sie sagt. Sie schreibt mir ab und zu, wissen Sie, nur damit ich weiß, wie sie zurechtkommt.«

»Ach ja, die Dowds. Sicher Säufer alle miteinander. Würde mich nicht wundern. Sie hat sie im Lauf der Jahre hin und wieder erwähnt. Große Anhänger der IRA und der Waffenschieber. Sie haben ein Pub am – wie hieß es gleich? Am Kissena Boulevard? Ja, das war's, glaube ich, Kissena Boulevard. ›Zur Grünen Harfe‹ heißt es. Sie wohnen in der Etage darüber.« Ich warf ihm einen forschenden Blick zu. »Vielleicht nicht gerade der beste Ort für eine Alkoholikerin auf dem Weg der Besserung. Ich hoffe, Sie raten ihr, mit aller gebotenen Eile hierher zurückzukommen.«

Pip-Pip hatte die Frechheit zu lachen. Wir waren in Benghazi, das mein Alterssitz werden sollte; ich war noch beim Umgestalten. Der liebe alte W. C. hatte es mir in seinem Testament vermacht, wissen Sie. Ich werde noch darüber berichten. Jedenfalls drückte ich dem Haus schon vor der offiziellen Verkündigung meines Ruhestands nach und nach meinen Stempel auf. Und was ich damit sagen will, werde ich auch gleich erklären. Der Raum jedenfalls, in dem wir bei dem erwähnten Gespräch saßen, war noch eindeutig das Wohnzimmer des Majors. Pip-Pip hatte auf einen Sprung vorbeigeschaut, wie er sagte, um mir ein bisschen zu helfen. Jetzt goss er sich seinen zweiten Brandy ein, hielt die Karaffe über mein Glas, zog fragend eine Augenbraue hoch und lachte oder, besser gesagt, prustete leise in sich hinein.

»Ich finde das nicht zum Lachen, mein Lieber.«

»Die haben das Pub doch schon längst verkauft, und die ältere Generation hat sich den romantischen Traum von so manchem Amerikaner irischer Herkunft erfüllt: Sie sind in die ›alte Heimat‹ zurückgekehrt. Aber die ›Grüne Harfe‹ hat dazu beigetragen, aus der jetzigen Generation zu machen, was sie ist: Anwälte mit Büro in der Wall Street, Vermögensverwalter, auch ein paar Priester und Nonnen darunter, und in den letzten Jahren haben sie sogar den Sänger einer Rockgruppe hervorgebracht. Maude lebt bei ihrem Cousin Patrick Dowd und seiner Frau. Seine Gemeinde Queens hat ihn in den Stadtrat gewählt. Maude war sogar schon mit dem Bürgermeister, ein guter Katholik wie sie, beim Dinner. Sie brauchen sich also, denke ich, keine Sorgen zu machen, dass sie unter schlechtem Einfluss steht.«

»Gut, gut«, sagte ich.

»Ja, das ist es. Ich habe mich mit Pfarrer McKeon von der zuständigen Pfarre in Verbindung gesetzt.« Er wirkte leicht verlegen. »Na ja, bei meinen vielen Jahren Sozialarbeit hab ich es mir angewöhnt, die Dinge im Auge zu behalten, wichtige Informationen weiterzugeben und so. Es könnte ja nicht schaden, dachte ich mir, wenn Pfarrer McKeon über Maudes besonderes Problem Bescheid wüsste. Er hat mir gesagt, er ist noch selten einer so frommen Dame begegnet.«

Ich grunzte. Für einen kleinen Kerl vertrug er eine ganze Menge. Ich bemerkte, dass er den Blick schon wieder auf die Karaffe richtete. Der Brandy war von erster Güte, aus dem schwindenden Vorrat des Majors. »Na schön«, sagte ich und stand auf, »Zeit, dass wir zurück nach Beale Hall gehen. Wir müssen immer noch das Geheimnis von Bastiens System der Aktenablage enträtseln, und mit der Buchhaltung sind wir auch im Rückstand. Wir werden vielleicht ein oder zwei Aushilfskräfte engagieren müssen.«

Ob Sie es glauben oder nicht, er schenkte sich noch einen doppelten Brandy ein und goss ihn auf einen Schluck hinunter! »Sehr richtig, Hochwürden«, sagte er fröhlich, »also gehen wir.«

Maude ist jetzt seit drei Monaten in Amerika. Es tröpfeln immer noch Nachrichten herein, die meisten davon kirchlicher Art. Ich weiß inzwischen mehr, als mir lieb ist, über Pfarrer McKeons Güte, über die Damen der Salve Regina Society, einer wohltätigen Organisation, die Maude freundlicherweise zum Ehrenmitglied gemacht hat, über die Neo-Rokoko-Pracht von St. Sebastian und die liebenswerte Schlichtheit seiner Judaskapelle. Als ich Pip-Pip so nebenbei fragte, ob Maude je ihre Freunde in Beale Hall erwähne, sagte er: »Aber ja, natürlich. Sie vergisst nie, herzliche Grüße an alle in Ludlow und Umgebung zu schicken.«

Nicht viel, das werden Sie zugeben. Aber gestern kam er plötzlich ganz aufgeregt angelaufen. Maude hatte ihrem letzten Brief an ihn einen versiegelten Brief für mich beigelegt.

»Sie hat sich für eine Bibelrunde in der Pfarre St. Sebastian eingeschrieben«, berichtete er eifrig. »Diejenigen, die Latein können, arbeiten sich durch die Schriften der frühen Kirche.« Er wich mir nicht von der Seite; offensichtlich rechnete er damit, dass ich den Inhalt des Briefes mit ihm teilen würde. Aber ich wartete, bis er mit langem Gesicht gegangen war, erst dann schlitzte ich den Brief mit meinem Dolch von den Kolumbusrittern auf. Er enthielt eine Kopie des vollständigen lateinischen Textes der *Predigt über die Sündige Frau,* dieses wahrlich ansprechende Werk des Ephraim von Syrien – sicher einer der Texte, den ihre Bibelrunde sich vorgenommen hatte –, und dazu ihre eigene Übersetzung. Auf den oberen Rand der ersten Seite hatte Maude gekritzelt: »E.M., z.I., M.M.« Hier ein kurzer Auszug, der sehr schön die besondere Qualität des Ganzen wiedergibt:

> Sie legte ihr Herz in Ketten und Tränen des Schmerzes, denn es hatte gesündigt. Und sie begann innerlich zu weinen: Was frommt mir diese Unzucht? Was frommt diese Wollust? ... Unverfroren habe ich Händler ihres Hab und Guts beraubt, und doch wurde meine Gier nicht befriedigt ... Warum habe ich nicht einen Mann für mich gewonnen, der mich der Wollust entwöhnt hätte? Denn ein Mann ist von Gott, viele aber sind des Satans.

Maude hatte gewisse Passagen in dem Text mit einem orangen Markierstift unterstrichen, um mir die Großartigkeit der Gedanken des Ephraim von Syrien noch eindrücklicher vor Augen zu führen. Vieles in dem obigen Auszug war auf diese Weise hervorgehoben. »Was frommt mir diese Unzucht?«, »... habe ich ... ihres Hab und Guts beraubt« und »viele aber sind des Satans«. Dieser letzte Satz bezog sich offenkundig auf mich. Es hat keinen Sinn, jetzt darauf herumzureiten, dass Maude den lateinischen Text falsch interpretiert hat. Ja, die kleine Schülerin von damals, die den Donegal-Preis fürs Übersetzen aus dem Lateinischen gewonnen hatte, hat sich geirrt. Sie deutet die Worte von Ephraims reuiger Frau als eine relativ harmlose Klage: »Viele Männer haben (in sexueller Hinsicht) Böses im Sinn; sie sind Gesandte Satans«, und Edmond Musič, sagt der orangefarbene Markierstift, ist einer von diesen. In Wirklichkeit aber meint die Frau, so übersetze ich den Text: Hätte sie nur *einem* Mann gehört und wäre der Bund mit ihm gar von Mutter Kirche sanktioniert gewesen, so hätte sie auch Gottes Segen fürs Bumsen gehabt. Als Hure aber hat sie vielen Männern gehört, und die können ihr nur von Satan geschickt worden sein, denn sie haben nicht nur ihre gierige Börse gefüllt, sondern auch ihre Gier in so manch anderer Hinsicht gestillt. Kurz und gut, Gott runzelt die Stirn über nicht sanktionierten Sex. (Das »habe ich … ihres Hab und Guts beraubt« trifft natürlich den Nagel auf den Kopf.)

Und dieses klägliche frühkirchliche Palaver – Ephraim der Syrier, ich bitte Sie! – ist das Einzige, was Maude mir nach so langem selbstauferlegtem Schweigen mitzuteilen hat. Sie ist eine alte Frau; es ist nicht ungalant und auch kein Verstoß gegen die Höflichkeit mehr, das zu sagen. Aber ich fürchte, sie ist nicht klüger geworden mit den Jahren. Sie beschimpft einen alten Mann dafür, dass er sie vor einem halben Jahrhundert, als sie beide noch jung waren und das Feuer in ihre Lenden loderte, vom rechten Weg abgebracht hat. Indem sie mir die Schuld gibt, verrät sie ihr eigenes Geschlecht, denn sie schließt sich damit unausgesprochen der von der frühen Kirche vertretenen Ansicht an, dass die Frau ein von ihren vaginalen Gelüsten getriebenes Geschöpf sei, wenn auch eines, das durch den von der Kirche sanktionierten ehelichen Beischlaf vor der ewigen Verdammnis gerettet werden kann. Was für uns beide einmal Liebe war, darüber hat Maude kein Wort zu sagen.

Natürlich schrieb ich ihr zurück. Jetzt, wo sie mir diese Predigt geschickt hatte, konnte ich mir das ja erlauben. Aber ich nahm nicht Stellung zu der »sündigen Frau«. Ich verzichtete darauf, sie auf den Fehler in ihrer lateinischen Übersetzung und die Implikationen seiner Korrektur hinzuweisen. Dass es dann nämlich bedeuten würde, dass sie viele Männer gehabt hatte in ihrem Leben. Meines Wissens war ich ihr erster, wie der Moiréseidenbezug der Chaiselongue im Musikzimmer in Beale Hall an diesem wunderbaren ersten Tag bezeugte. Wie sie zögernd ihre zarte Hand nach der ungebührlichen Schwellung in meinen priesterlichen Hosen ausstreckte, das ist eine Erinnerung, die ich immer noch sehr schätze. In den Jahren danach hätte ich ohne Zögern bei meinem Leben geschworen, dass sie mir sexuell treu war. Ich schrieb ihr, so fröhlich wie möglich, vom Leben in Beale Hall, dass ich kurz davor stünde, in den Ruhestand zu treten, von Benghazi, meinem unerwarteten Erbe; von Bastien, der seine alten Tage wohlverdientermaßen auf friedlichen Weidegründen verbringe; von Pip-Pip, der zwar tüchtiger sei als Bastien, aber kein so lieber Freund. Ich fragte sie, ob sie noch an ihren Memoiren schreibe und ob ihr die Muse immer noch romantische Geschichten ins Ohr flüstere. Und ich bat sie, zu mir zurückzukehren, weil mein Leben ohne sie leer sei und ich in die Leere starre, wo nichts, nichts, überhaupt nichts sei.

Tage, eine Woche, zwei Wochen, inzwischen schon ein Monat sind vergangen, und ich habe keine Antwort erhalten.

Unsere Situation ist nicht nur voller Ironie, sondern geradezu paradox – das Paradoxe ist ja von allem Anfang an eine Haupthandelsware des Christentums gewesen. *Ich,* ein Kirchenmann, habe meine Liebe an die Kirche verloren. Maude ist Sklavin einer Frömmigkeit geworden, die sich in ihrer Jugend nie bemerkbar machte. Sie ist besessen – nicht vom Heiligen Geist, sondern von dem, was sie für den Heiligen Geist hält. Natürlich ist sie immer gläubig gewesen, und als Gläubige hat sie natürlich auch wissentlich gesündigt. Aber in der Hinsicht unterscheidet sie sich schließlich kaum von den meisten gebildeten Katholiken der westlichen Welt. Und *sie* kommen verdammt gut zurecht damit. Nein, Maude ist mit einer Art katholischem Fundamentalismus geschlagen – sie ist nicht erfüllt vom Geist des barmherzigen Juden Jesus, sondern von dem des kompromisslosen *goj* Savonarola.

Und damit kommen wir zum größten aller Paradoxa. Maude steht im Banne Marias, aber welcher Maria? Die Evangelien bieten uns eine Überfülle an Frauen an, die diesen »großen alten Namen« tragen. Steht Maude im Banne Marias, der Muttergottes, oder im Banne Maria Magdalenas, der rätselhaften Maria? Wie viele Marias gab es überhaupt? Eine Sünderin namens Maria kommt zu Jesus und salbt ihm die Füße. Eine Maria ist die Schwester von Martha und Lazarus. Einer anderen Maria werden sieben Teufel – sieben! – ausgetrieben. Eine Maria steht zu Füßen des Kreuzes. Der auferstandene Christus grüßt eine Maria im Garten Gethsemane. Die orthodoxe Kirche hat eine extravagante Trias von Marias: die Sünderin, die Schwester der Martha und des Lazarus und Maria Magdalena. Wir in Rom sind in der Hinsicht unerwartet sparsam und haben sie auf eine reduziert. Sogar der Name Maria Magdalena ist problematisch. Er könnte bedeuten, dass sie aus Magdala war oder dass sie lockiges Haar hatte, in jenen unschuldigen Tagen das sichere Erkennungszeichen für eine Ehebrecherin – oder, wenn wir ganz unbekümmert umspringen mit der Etymologie, dass sie Jungfrau war, Maria, das Mägdelein. Von welcher dieser Marias ist Maude besessen? Ich glaube, es spielt kaum eine Rolle; nur dass sie besessen ist, spielt eine. Und weil sie besessen ist, braucht sie einen Exorzisten.

Aber für eine Frau, die auf diese Weise besessen ist, gibt es keinen geeigneten Exorzisten unter den Priestern. Schließlich wird sie von einem Geist beherrscht, den die Kirche aus vollem Herzen gutheißt. Ist dann die einzige Alternative der Teufel? Müssen wir uns an Satan wenden, die Mächte der Hölle anrufen, um einen derart lähmenden Geist, einen Geist, der so zerstörerisch ist für das menschliche Glück, auszutreiben? Wenn ja, dann muss es der Satan Hiobs sein, der alte, geehrte Widersacher, die Macht, die noch nicht zur dämonischen Personifikation des späteren, verwässerten Judaismus und des seit jeher wässrigen Christentums heruntergekommen ist.

Der Pish hat einmal einen Exorzismus vorgenommen, wie aus seinen privaten Schriftstücken hervorgeht. Er nahm ihn auf Geheiß Sir Percival Beales vor, der alle Hoffnung auf die Rückkehr seiner Frau aufgegeben und sich ausgedacht hatte, sie sei von einem bösen Geist besessen. Die Scham hielt Sir Percival davon ab, sich seinem eigenen Beichtvater anzuvertrauen, da Exorzismen nicht im Rahmen der Beichte vorgenommen wurden und die Sache daher kein Geheimnis bleiben würde. Zwar war es keineswegs ein Geheimnis, wie die Lady Alice sich in London aufführte, aber in dieser kultivierten und gebildeten Gesellschaftsschicht hatten Ehebrecher und gehörnte Ehemänner ihren eigenen Ehrbegriff, und zumindest in Shropshire konnte ein Mann, ohne deshalb Spott auf sich zu ziehen, die Fiktion aufrechterhalten, dass seine

Frau aus gesundheitlichen Gründen in London weilte. Ein Exorzismus nach römisch-katholischem Ritus aber hätte einen Skandal derartigen Ausmaßes heraufbeschworen, dass man, ungeachtet Sir Percivals Reichtum, in den Straßen von Ludlow Spottlieder darüber gesungen hätte.

Der Baronet war dem Rat des Pish gefolgt. Er war nach London gefahren und hatte dort versucht, seiner Dame erneut den Hof zu machen, hatte ihr so manches leidenschaftliche *billet-doux* geschickt, so manche jungfräuliche Rose, so manches Gedicht aus der Feder eines gedungenen Gelegenheitsdichters, hatte unter ihrem Fenster so manches Liebeslied von einem Sänger zu Gehör bringen lassen, der sich selbst auf der Laute begleitete. Und alles vergeblich. Dann hatte Sir Percival den zweiten Weg zum Herzen der Dame eingeschlagen, den der Pish ihm empfohlen hatte. Er war in der Umarmung von zwei vollbusigen Dirnen in seiner Loge im Drury Lane erschienen; er hatte, als Paris verkleidet, den berüchtigten Ball der Libertins besucht, den die verrufene Lucretia, Herzogin von Pinner, jedes Jahr gab. Und man hatte ihn im Schlepptau eines äußerst zuvorkommenden, für seinen ausschweifenden Lebenswandel bekannten Herrn durch die rote Tür des verrufenen »Debauchers' Club« in der Conduit Street schwanken sehen. Auch das vergeblich. Alles, was Sir Percival sich eingehandelt hatte, war ein beängstigender Fall von Syphilis. Er kam zu dem Schluss, dass Lady Alice besessen sein müsse, befahl dem ekelhaften Chunter, seine Koffer zu packen, und kehrte nach Beale Hall zurück.

Der Pish gehörte zur auserwählten Gruppe der Baalei Schem und hatte daher die Befähigung, einen bösen Geist auszutreiben; einen »Dybuk«, wie er das bestimmt genannt hätte. Lady Alice war von einem »Dybuk« besessen.

»Geht, mein Lieber«, sagte Sir Percival. »Befreit sie.«

Der Pish verabschiedete sich also mit einem Kuss von Sarah, nahm die Postkutsche nach London und stieg im Crown in der Furbelow Street ab. »Fischpastete, Herr Wirt«, sagte er, »und Gemüse der Saison. Eine in Herbstbier geschmorte Brasse mit Whitechapel-Sahne-Sauce. Danach *Plum duff*. Weißen Rheinwein und Sodawasser.«

Lady Alice war entzückt, ihn zu sehen. Sie hatte von Anfang an ein laszives Auge auf Sir Percivals »süßen kleinen Juden« geworfen, schon seit seinen ersten Tagen in Ludlow, aber die Umstände hatten ihr die Erfüllung verwehrt, nach der sie sich so heftig sehnte. Es hieß, dass Juden einen riesigen, unerbittlichen Rammbock aus Teufelshorn hätten und Säcke, die schwer herabhängen wie Lederbeutel voller Gold. Es hieß, dass ihre mehrfachen Eruptionen wie Vulkanausbrüche seien und den durstigen Lustkanal einer Dame wieder und wieder mit der glühenden Lava der Liebe füllten. Mein Gott, allein der *Gedanke* an den Juden hatte Lady Alice in den Tagen, als sie und ihr Mann noch ein Bett teilten und er sich sein Glied mit der Tinktur des Maimonides salbte, so aufgeregt, dass sie von ihm die bescheidene Befriedigung einforderte, die er ihr verschaffen konnte, und sie, als ihr Mann im Ausland weilte und keine andere Hilfe nahe war, dazu getrieben, sich mit flinken Fingern selbst die minderwertige Befriedigung zu verschaffen, die ihr Ruhe schenkte, auch wenn sie sich dafür schämte. Und – gütiger Himmel! – jetzt sagte Lucy, ihre Zofe, dass ein jüdischer Herr aus Ludlow unten warte! Das konnte nur er sein!

»Ach ja, das ist Sir Percivals Arzt. Ein außerordentlich gelehrter Mann. Es wird wohl am besten sein, wenn ich mein Nachtgewand anlege. Er kommt, um mich von meinen … eh, Schweißausbrüchen zu kurieren.«

»Was denn für Schweißausbrüche, gnädige Frau?«

»Schweißausbrüche, von denen du nichts weißt, Lucy. Ach Kind, plapper nicht so viel! Bring mich in mein Boudoir und hilf mir in mein Negligé, das aus irischer Spitze, das Lord Kilkenny mir freundlicherweise aus der Konkursmasse seines gepfändeten Gutes geschickt hat; und dann lass den jüdischen Doktor zu mir kommen.«

Um es kurz zu machen, die Beschwörungen des Pish waren erfolgreich, denn Lady Alice kehrte nach Beale Hall zurück, aber seine Aufzeichnungen über das, was in dem Londoner Boudoir der Lady geschah, sind mager. Er identifizierte den Geist, von dem Lady Alice besessen war, als Lilith, Adams erste Frau, die zur selben Zeit wie Adam aus Lehm geschaffen worden war und sich gegen die ihr aufgezwungene Ungleichheit auflehnte; sie disputierte mit Adam über die Art ihres Geschlechtsverkehrs, denn sie wollte lieber oben liegen. Lilith war ein Dämon, der nicht leicht auszutreiben war. Sie lachte über Zaubersprüche auf der Grundlage kabbalistischer Numerologie; selbst ein mächtiger Dämon, spottete sie über die Anrufung geringerer Mächte. Durch Handanlegen wurde sie anscheinend gefügiger, aber sie weigerte sich, ihr erobertes Territorium – Lady Alice, die sich unter dem Zusammenprall widerstreitender Armeen wand – aufzugeben.

Als dem Pish jedoch klar wurde, dass Lilith ihr Zelt *in utero* aufgeschlagen und dort ihr Banner entfaltet hatte, wurde ihm, sosehr er es bedauerte, auch klar, dass er den Dämon nur mit physischer Gewalt dazu bringen konnte, seinen Sitz zu räumen. »Verzeiht, meine Gnädigste«, sagte er und drängte seinen Rammbock gegen das Fallgatter. Als er nach wiederholten Angriffen an Boden gewann, schwang der Pish seine Flagge und bot die Gesamtheit seiner Streitkräfte auf: »Noch einmal stürmt, noch einmal, liebe Freunde!« Und siehe, der Sieg war sein. Mit einem Schmerzensschrei und dem knatternden Gefurze eines chinesischen Drachen ergriff Lilith schleunigst die Flucht durch die Hintertür. Und die Lady kehrte schleunigst nach Ludlow zurück.

Maude hat mir eine zweite Mitteilung gewährt, diesmal stand sogar mein Name auf dem Kuvert. Kurz und gut, der Brief kam direkt an mich. Vielleicht ein Schritt vorwärts. Die Botschaft allerdings war mit der letzten identisch: »E.M., z.I., M.M.« Diesmal jedoch war sie auf den oberen Rand eines Artikels gekritzelt, den sie aus dem »Cambridge Telegraph« ausgeschnitten hatte. Der Artikel war wesentlich interessanter für mich als jede Predigt des Ephraim von Syrien. Die Überschrift verkündete: »Geistlicher i. R. zeigt Blößen!« Der Untertitel engte die Schlagzeile ein: »Älterer Priester, von Reue in den Wahnsinn getrieben, tut im Adamskostüm Buße.« Der Unter-untertitel enthüllte noch mehr: »Selbstgeißelung auf den Stufen eines Hospizes.« Na, haben Sie es erraten? Ja, es war Bruder Fred Twombly, ehemals Professor am Holyrood College, Joliet, Illinois, der endgültig durchgedreht war.

Allem Anschein hatte Twombly auf den Knien den Weg vom eisernen Eingangstor über die kurze Zufahrt von der Howells Street bis zu den Eingangsstufen zum Hospiz der Schwestern von den Fünf Wunden zurückgelegt. Er war zu dem Zeitpunkt voll bekleidet und trug eine steife Aktentasche bei sich, die ihm als Krücke für sein beschwerliches Vorwärtskommen diente. Auf der obersten Stufe angelangt, holte er eine kurze Peitsche aus der Aktentasche, deren viele Riemen am Ende mit Metallstiften versehen waren. Dann begann er sich auszuziehen, faltete seine Kleidungsstücke zusammen und legte sie neben die Aktentasche auf die Stufen. Nur die von altmodischen Sockenhaltern am Verrutschen gehinderten schwarzen Socken behielt er an. Er kniete sich wieder hin, ergriff die Peitsche und begann, anfangs ziemlich heftig, auf Schultern und Rücken einzuschlagen, bis sie bluteten. Dann geriet er ins Taumeln, stürzte nach vorn und konnte sich, nach Luft ringend und vor Schmerzen keuchend, gerade noch auf einen Arm abstützen. Bis zu dem Zeitpunkt hatte ihn nur ein Mensch beobachtet: Gavro Pavelić, ein erst kürzlich aus Kroatien Eingewanderter, der das Laub im Park des Hospizes auf einen Haufen zusammenrechte. Pavelić war entzückt über das, was er sah, bekreuzigte sich viele Male und fiel selber auf die Knie. Später erklärte er Reportern mit Hilfe eines Dolmetschers, dass dies der erste Akt echter Frömmigkeit gewesen sei, den er seit seiner Ankunft in Amerika gesehen habe.

Etwas an Farce hatte Fred Twombly schon immer umgeben. Wie es der Zufall wollte, begleitete Schwester Beatrice Joseph, die Mutter Oberin der Schwestern von den Fünf Wunden, gerade eine Besucherin, eine wichtige Wohltäterin des Hospizes, zur Tür, die sie schwungvoll öffnete, ihre beliebte, hochdramatische »Der liebe Gott sei mit Ihnen«-Abschiedsformel auf den Lippen. Den beiden bot sich das Bild eines blutüberströmten, nackten, dürren alten Mannes mit hässlichen, purpurrot verfärbten, beunruhigend baumelnden Genitalien, der verzweifelt auf die Beine zu kommen versuchte. Er fuchtelte mit seiner Peitsche in ihre Richtung. Ein solches Verhalten wäre bei besonderen kirchlichen Anlässen in, sagen wir, Montepulciano oder La Coruña vielleicht angebracht gewesen, so viel war der Mutter Oberin klar, aber in Cambridge? Niemals! Die vornehme Besucherin kreischte ganz zu Recht; Schwester Beatrice Joseph knallte eiligst die Tür zu, eilte zum Telefon in der Halle und rief die Polizei.

Die Polizei erschien in der Person von Officer O'Toole und Officer Mahmood. Es stellte sich heraus, dass der Verrückte ein Priester von außerhalb der Stadt und nur für sich selbst eine Bedrohung war. Er händigte ihnen seine Peitsche widerspruchslos aus und setzte sich still auf die Stufen, vor Kälte zitternd und fast ohnmächtig. Ein freundlicher O'Toole schickte Mahmood zum Polizeiwagen, um eine Decke zu holen. Mahmood murrte, aber er tat wie geheißen. Er wollte Twombly auf die Polizeistation mitnehmen und seine Personalien aufnehmen. »So ein Kerl sollte kastriert werden«, soll er gesagt haben. (Wie Tubby mir später unter wortreichen Entschuldigungen dafür, dass er solche Worte vor einem Geistlichen in den Mund nahm, versicherte, hatte Officer Mahmood wahrscheinlich gesagt, dass man dem »verdammten Saftsack die Eier ausreißen sollte«. Tubby ist ein großer Fan des amerikanischen Fernsehens und liebt vor allem Großstadtkrimis.) O'Toole, guter Katholik, der er war, vertrat eine andere Meinung und redete ein Wörtchen mit der Mutter Oberin, die ihm schließlich darin beipflichtete, dass man diese Leiche vielleicht lieber im Keller lassen sollte. Twombly willigte freundlich ein, sich den Schwestern von den Fünf Wunden zur Untersuchung, Diagnose und möglichen Behandlung zu überlassen.

Ich will gerne zugeben, dass Twomblys Misere mich ein bisschen in Feiertagsstimmung versetzte; das ist doch nur menschlich. Aber warum hatte Maude mir den Zeitungsausschnitt geschickt? Zum Teil sicher, weil uns eine jahrzehntelange Abneigung gegen den Mann verband. Aber eine solche Gemeinsamkeit in der Vergangenheit zuzugeben heißt auch, eine ähnliche Gemeinsamkeit im Jetzt durchblicken zu lassen. War das ein beabsichtigtes Eingeständnis, wenn auch nur ein indirektes? Ich gestattete mir diese Hoffnung. Sie hätte sich schließlich nicht die Mühe zu geben brauchen. Sie hätte mir dieses garantierte Vergnügen mit Leichtigkeit vorenthalten können.

Einen Augenblick fragte ich mich, ob Twombly sich vielleicht Vorwürfe machte wegen der Rolle, die er bei W. C.s plötzlichem Schlaganfall und bei Aristide Popescus Selbstmord gespielt hatte. Natürlich kann man nie wissen, was eine andere Seele bewegt, aber ich kam doch zu der Überzeugung, dass Twombly sich für diese beiden Todesfälle schon vor langem von jeder Schuld freigesprochen hatte.

Ich ließ Pip-Pip kommen und erkundigte mich, ob vielleicht gerade ein amerikanischer Gelehrter zu Besuch weilte. Ja, sagte er mir, was für ein glücklicher Zufall, ein Bruder Peter Agnelli sei da – von der Fakultät des Cardinal Spellman College, Providence, Rhode Island. Bei einem Glas Puligny-Montrachet, 1963 erwähnte ich Bruder Agnelli gegenüber, dass Beale Hall einige Forschungsstipendien zu vergeben habe und dass er sicher für eines in Frage käme, vor allem, wenn er eine Empfehlung des Rektors vorweisen könne; und so nebenbei flocht ich ein, dass er vielleicht seine Kontakte in Neu England dazu verwenden könnte, für mich die Wahrheit über einen gewissen Amtsbruder Fred Twombly herauszufinden, der früher ein häufiger Besucher in Beale Hall gewesen und seit kurzem Patient im Hospiz der Schwestern zu den Fünf Wunden sei.

Schon nach einer Woche konnte Agnelli mir über Twombly Bericht erstatten. »Ein peinlicher Fall«, wie er sagte. Gegen die Diözese, in der Twombly gelehrt hatte, waren Klagen von sieben seiner früheren Studenten eingebracht worden, alle männlich, inzwischen verheiratet und mittleren Alters, die ihm sexuellen Missbrauch vorwarfen, der bleibende Schäden für die Entwicklung ihres Lebens hinterlassen habe. Wie aus der

Klageschrift hervorging, waren auch noch weitere frühere Studenten betroffen, die jedoch nicht namentlich genannt werden wollten. Den damaligen Studenten waren gute Noten im Austausch gegen Sex in Aussicht gestellt worden. Er hatte ihnen eigentlich nichts *getan*, gaben sie bereitwillig zu. Der jeweils Betroffene musste sich bloß nackt ausziehen, dann hatte er Ravels »Boléro« auf seinem Plattenspieler aufgelegt – »ja, so ein sentimentaler Typ war er«, sagte Agnelli – und verlangt, dass der junge Mann zu dieser Begleitmusik sein Glied streichle. Und dazu holte er sich einen runter. Das war's.

»Komisch, wenn man sich das überlegt«, meinte Agnelli. Eine Jüdin, die er in New York einmal bei irgendeiner »Lesung oder so was« kennen gelernt hatte, eine Frau von immensem psychologischem Einfühlungsvermögen, habe ihm mit bestürzender Sachlichkeit erklärt, dass »jeder *irgend*etwas tut«. Und dann hatte sie ihn angeschaut und ironisch gelächelt. Jedenfalls behaupteten Twomblys Exstudenten, dass das Erlebnis ihr späteres Sexualleben sehr beeinträchtigt habe und sie unter häufigen Perioden der Impotenz litten. Die Frauen, soviel Agnelli gehört hatte, waren dabei, eine separate Klage einzubringen.

Twombly hatte alles abgestritten, aber das war zu erwarten. Jedenfalls kam seine Pensionierung recht plötzlich, und zweifellos hatte der Rektor des Holyrood College ihn dazu gedrängt. Aber war er wirklich unter dem Druck der Anschuldigungen zusammengebrochen, oder hatte er beschlossen, sich mit List allen weiteren öffentlichen Untersuchungen zu entziehen? Wie dem auch sei, jetzt ist er zusammen mit Castignac, meinem alten Freund und seinem alten Feind, eingesperrt.

Ich beginne über mein Ende nachzudenken. In meinem Alter und meiner Verfassung ist das ein vernünftiges und nicht unbedingt morbides Unterfangen. Das Grab gähnt mich hungrig an. Warum sich etwas anderes vormachen? Der einst ferne Horizont rückt näher. Ich stehe am Rand des Abgrunds, weder mutig noch ängstlich, sondern gleichgültig – nur einer Sache gewiss, dass der Tod, ein »notwendiges Ende«, wie der vom Pish so geliebte Barde es so überzeugend sagt, »kommen wird, wann er kommt«. Mein Bekanntenkreis wird immer kleiner, eine Begleiterscheinung des Alters. Die Menschen, die ich am besten kannte, die ich geliebt oder gehasst habe, sind von mir gegangen, durch Tod, Verzweiflung, Geistesgestörtheit oder Entfernung meinem Blick entzogen.

Was mich zu diesen teleonomischen Ausführungen getrieben hat, ist, so vermute ich, die Neuigkeit, die Pip-Pip mir zugetragen hat: Maude, meine Maude, steht kurz vor der Hochzeit mit einem gewissen Tim O'Flaherty, seit vielen Jahren Witwer, Vater, Großvater, Urgroßvater, ehemaliger Bezirksstaatsanwalt in der Stadtgemeinde Queens, emeritierter Präsident der *Loyal Sons of the Emerald Order of Erin* und eine Säule der Pfarrgemeinde von St. Sebastian. Sie wollte sogar von Pip-Pip wissen, ob sie den Mann, der guten Glaubens die Ehe mit ihr zu schließen gedachte, nicht davon in Kenntnis setzen sollte, dass sie Alkoholikerin gewesen war.

Na ja, na ja.

»Ist das nicht wundervoll in ihrem Alter?«, wollte Pip-Pip wissen. »Dürfen wir da nicht sagen, dass sich der Geist in ihnen geregt hat?«

»Irgendetwas hat sich vielleicht in ihnen geregt«, sagte ich und ließ mir nicht mehr als höfliches Interesse anmerken.

Wir saßen wieder in Benghazi. Ich bin jetzt offiziell im Ruhestand und Pip-Pip schmeißt den Laden drüben in Beale

Hall. Im Augenblick ist er bloß kommissarischer Rektor, aber solange er in dieser eher anspruchslosen Position – oder sagen wir, dieser Position, die sicher anspruchslos sein wird, sobald er ein kompetentes Personal engagiert hat – nichts verpfuscht, kann man wohl sagen, dass er seine Sinekure gefunden hat. Gut für ihn. Ich trage ihm nichts nach. Ich doch nicht.

Pip-Pip hielt es für besser, nicht zu lange beim Thema Maude zu verweilen. »Soll ich Ihnen nachschenken?«, fragte er und hob mir die Karaffe entgegen. Ich schüttelte den Kopf, deutete auf mein noch volles Glas, und er versorgte sich selbst. Aber keine Sorge, das war nicht W. C.s kostbarer Brandy; für Pip-Pips Besuche halte ich jetzt stets eine Karaffe mit *Tescos* Hausmarke bereit. »Soll das Haus seinen Namen Benghazi behalten?«, wollte er wissen.

»Ja, warum denn nicht?«

Belinda Scudamour und ich waren die Einzigen, die der Major in seinem Testament bedacht hatte. Der Brief des Anwalts hatte uns beide überrascht. Belinda hatte sämtliche Anlagen und Bankkonten meines alten Freundes geerbt, das gesamte unmittelbar und mittelbar verfügbare Vermögen, das sich im Lauf der Jahre angesammelt hatte, eine recht hübsche Summe; ich hatte das Haus geerbt – und das zu einem äußerst günstigen Zeitpunkt meines Lebens, einem Augenblick, in dem ich nicht gerne geblieben wäre, wo ich war, und doch nicht gewusst hätte, wohin ich gehen sollte. Ohne Maude und Bastien war Beale Hall ein Mausoleum geworden, durch dessen Fluchten das Echo meiner Verluste hallte.

»Na ja«, sagte Pip-Pip, »Benghazi ist ein Wort, das für Major Catchpole eine besondere Bedeutung hatte. Er war schließlich im Nordafrikafeldzug. Aber was kann es Ihnen schon bedeuten?«

»Es bedeutet für mich den Major, meinen Freund.« Was

denkt sich Pip-Pip denn, wie ich das Haus nennen soll? Le Marais? Das hätte zweifellos eine Bedeutung für mich. Oder Vel d'Hiv?

Na, na, nehmen Sie das nicht ernst. Ich will nicht übertreiben. Pip-Pip meint es nicht böse.

Bischof McGonagle hatte mir mit einem Schreiben im Namen des Vorstands für lebenslange treue Dienste gedankt und mir angeboten, ein Abschiedsdinner zu geben, »eine Gala mit allem Drum und Dran, mein Teuerster, sagen Sie ja«. (Natürlich hatte ich nein gesagt.) Er bekundete seine Freude darüber, dass ich in der Nachbarschaft bleiben würde, sozusagen innerhalb seines Wirkungskreises. Er erinnere sich sehr gut an meinen verstorbenen Freund, einen sehr, sehr netten Mann mit vernünftigen katholischen Überzeugungen, was immer er auch geäußert haben mochte, wenn ihm gerade der Schalk im Nacken saß – das beweise schon die Tatsache, dass er mir das Haus geschenkt hatte, der gute, gute Mann hatte sicher vermutet, dass sein Geschenk auf diese Weise letzten Endes seinen Weg zurück in den Schoß der Kirche finden würde. Und jedenfalls sollte ich Beale Hall immer noch als mein »Reich« betrachten. Es würde immer einen Platz am Tisch für mich geben. »Bedienen Sie sich unser, mein Teuerster, bedienen Sie sich unser. Sie werden sehen, dass wir nicht undankbar sind.«

Ich sah zu, wie Pip-Pip seinen Brandy schlürfte. Ich schwöre, er sieht trotz seines verschrumpelten Gesichts nicht älter als vierzehn aus. Ich weiß, dass er achtundvierzig ist. Trotzdem war ich versucht, ihm zu sagen, dass zu viel Alkohol das Wachstum beeinträchtigen kann. »Sie glauben also, dass sie diesen O'Flaherty heiraten wird?«

»Ja, ich glaube schon.«

Über seinen Kopf hinweg betrachtete ich das de Kuyk-

Porträt des Baal Schem von Ludlow an der Wand über dem Kaminsims. Wie schon angedeutet, habe ich ein paar Dinge aus Beale Hall mit hergebracht; ich habe McGonagles »bedienen Sie sich unser« einfach ein bisschen frei interpretiert. Zum Beispiel das de Kuyk-Porträt; den illuminierten Fluch; alle Schriften des Pish, die handgeschriebenen und die gedruckten; den Großteil der Hebraica und sonst noch ein paar Kleinigkeiten dieser Art. An meiner Eingangstür habe ich sogar die, wie ich annehme, ehemalige *Mesusa* des Baal Schem angebracht, eine sentimentale Geste. Na ja, ich weiß, dass ich kein Katholik bin. Bin ich vielleicht ein Jude *par défaut*?

Was soll ich tun?

Ja, ich habe die Dunaharaszti Haggada immer noch bei mir. Sie werden sich erinnern, ich hatte sie immer in meinem Schreibtisch im Musikzimmer eingesperrt. Wie hätte ich sie in Beale Hall lassen können? Unmöglich. Wie hätte ich irgendetwas, was der Pish berührt hatte, in dieser Hochburg der Plünderer zurücklassen können? Und ich benutze das Wort »Plünderer« nicht gedankenlos. Sie werden sich vielleicht gewundert haben, wie das in Anbetracht des geplanten Austausches der Haggada gegen die *Vilerley und mancherley Sonette* zwischen Sir Percival und dem Pish zugegangen war, dass sich diese einmaligen Bücher *alle beide* in der Bibliothek von Beale Hall befanden.

(Nebenbei muss ich Ihnen sagen, dass der Shakespeare-Band, ob nun echt oder – wie ich vermute – gefälscht, vom Erdboden verschwunden ist – so schließe ich wenigstens aus dem Schreiben, das ich von Popescu dem Jüngeren als Antwort auf meine Anfrage erhielt. Er behauptete, er könnte keinerlei Hinweis auf ein solches Werk finden, weder das Buch selbst noch irgendeinen Kaufvertrag, überhaupt nichts. Seit dem tragischen Tod seines Vaters in den Händen russischer Barbaren hätten sich in Raritätensammlerkreisen hässliche Gerüchte breit gemacht, die nicht nur die Integrität des Unternehmens in Zweifel zögen, sondern auch ungerechtfertigte Schatten auf das Andenken seines lieben Vaters würfen. Er sei davon überzeugt, dass ich bei diesen üblen Nachreden nicht mitmachen wolle; als ein Mann, der sein Leben der allerheiligsten Wahrheit gewidmet hätte, würde ich doch sicher meine Seele nicht durch das Ausstreuen von Lügen beflecken wollen. In diesem Sinne entbiete er mir den Ausdruck seiner vorzüglichsten Hochachtung.)

Lady Alice starb 1783 an einem Krebstumor in der linken Brust, oder besser gesagt unmittelbar an dem durch die Entfernung der Brust ausgelösten Schock. Die Operation wurde in ihrem Boudoir in Beale Hall durchgeführt. Bevor sie sich unters Messer legte, meinte sie zu Sir Percival mit tapferer Ironie, dass sie und er sich bald als neugezüchtete Wunderwesen für irgendeine Show in London anbieten könnten, vielleicht bei Tom Tiddler in Covent Garden, er mit nur einem Arm und sie »mit nur einer Titte«. Sir Percival hatte sich bei der Royal Society nach dem geschicktesten und mit den modernsten Methoden arbeitenden Chirurgen erkundigt und seinen Mann in Mr Lemuel Sprott, BA, MA, Cantab.; MD, FRCPS; FRS; außerdem Chorleiter der englischen Hofkapelle gefunden. Bei seiner Fleischhauerei assistierte ihm ein Mr Andrew Fielding, BA, King's College, New York, ein Loyalist, der zu seiner Ehre aus seinem Geburtsland geflohen war, als einige seiner Landsleute die Waffen gegen ihren König erhoben. Der grässliche Chunter hielt Lady Alices Beine fest;

die Zofe Lucy und Mrs Dorcas, die Köchin, umklammerten je einen Arm. Ebenfalls anwesend waren Sir Percy, Hochwürden Hugh Fairchield vom Heiligen Kreuz und der Pish, die letzten drei auf Lady Alices ausdrücklichen Wunsch.

Im Lauf des Geschehens flüchtete Sir Percival aus dem Zimmer; Fairchild verlor die Kontrolle über Blase und Anus und fiel inmitten seiner eigenen Ausscheidungen in Ohnmacht. (Der erste und zweite Gärtner wurden geholt, um ihn wegzutragen.) Die Mediziner, die Hausbediensteten und der Jude blieben am Lager der Kranken. Die Schreie der armen Frau waren, wie es hieß, bis Ludlow zu hören. Endlich verlor sie das Bewusstsein und kam nie wieder zu sich. Gegen drei Uhr früh tat Lady Alice, eine Hand in der ihrer vor Erschöpfung eingeschlafenen Zofe Lucy, den letzten Atemzug, und der Pish allein stand betend daneben.

Sir Percival überlebte seine Lady um vierzehn Jahre. In dieser Zeit veröffentlichte er seine bescheidenen *Ephemere hominis miserrimi* (1787) und sein monumentales dreibändiges Werk *Geschichte der walisischen Marken* (1789–1792), und er ging täglich und bei jedem Wetter nach dem Mahl zu dem Mausoleum, das er zur Beherbergung ihrer Überreste hatte errichten lassen, einem Gebäude, das sich grimmig über dem unteren See erhebt. Er fand ein gewaltsames Ende. Bei einem Ausritt scheute sein Pferd Eurytion plötzlich vor einer Vipernatter auf dem Weg, bäumte sich auf und katapultierte Sir Percival aus dem Sattel. Um Haaresbreite wäre er das erste Opfer der Stuart-Eiche geworden; doch stattdessen sauste er, Kopf voran, in einen namenlosen Nussbaum; den Arm und die Hand, die den Schwung hätten bremsen können, hatte er ja, wie wir wissen, Jahre zuvor in Indien gelassen.

Der Pish seinerseits war am Weihnachtsabend des Jahres davor, 1796, verstorben. Sir Percival hatte die Witwe getröstet, so gut er es vermochte, und ihr versichert, dass es ihr an nichts fehlen würde, solange er am Leben war. Der einzige Bericht über den Tod des Pish ist uns in den leider nur höchst unzuverlässigen *Geschichten über den Baal Schem von Ludlow* erhalten, einer Sammlung, die mit der Leichtgläubigkeit des Lesers spekuliert. Ein namenloser Erzähler berichtet uns, er habe »dies alles vom Rabbi Harvey Fried von der heiligen Gemeinde von Ilkley gehört, der im Heiligen Land verstorben ist«.

Der Pish war von seinen Jüngern und so manchem, von der Einsicht des Alters durchdrungenen Weisen umgeben. Er sagte ihnen, dass er sich müde fühle. »Bald werde ich bei Gott sein, gelobt sei Er.«

> In der Nacht kam ein Dienstbote in das Schlafzimmer des Pish und hörte ihn sagen: »Ich erkläre mich zu einem Wettkampf bereit. Es ist nicht nötig, dass du mir Schmerzen bereitest.«
>
> »Mit wem sprecht Ihr, Herr?«, fragte der Diener.
>
> Und der Pish sagte: »Sieh dort, sieh dort. Siehst du den Todesengel nicht? Einmal ist er vor Angst vor mir davongelaufen, den Kopf vor Scham zwischen den Flügeln verborgen; nun schwillt ihm vor Freude die Brust. Wer als Erster von uns einen Irrtum begeht, hat verloren.« Und er befahl seinem Diener, ein großes Glas Gerstenwasser zu bringen, denn er fühle sich schwach. Aber der Diener brachte nur ein kleines Glas Gerstenwasser, und der Pish sagte: »*Der Mensch hat keine Macht am Tag seines Todes*; nicht einmal mein Diener will mir gehorchen.«
>
> Da jubilierte der Todesengel und triumphierte: »Du hast als Erster einen Irrtum begangen, denn beim Prediger Salomo heißt es: ›Der Mensch hat keine Macht *über* den *Tag* seines Todes und nicht *am Tag*.‹«

Im selben Augenblick blieb die Uhr in der Ecke stehen. Der Diener hielt dem Pish eine Feder unter die Nase und stellte fest, dass sein Herr gestorben war.

Wir wissen, dass Sir Humphrey Beale, Sir Percivals jüngerer Bruder, seine Nachfolge in Beale Hall antrat. Sir Humphrey hatte nichts für die Juden übrig; um die Wahrheit zu sagen, er verachtete sie. Er ist der Verfasser des elenden Pamphlets *Perfidiae Iudaicae* (1802), das zu dem Kilburn-Aufruhr des Jahres 1803 geführt hat. Es stellte sich heraus, dass das Haus des Pish in der Old Street, in dem er seine Bet Hamidrasch geführt hatte, das Steingebäude Wange an Wange mit dem Lane's Asylum, wo man sich der Bedürftigen und der Missetäter annahm, Eigentum des Gutes war. Sir Humphrey wusste, was zu tun war. Eine Woche nach seiner Ankunft in Shropshire waren die Jünger über ganz England und dessen Grenzen hinaus verstreut, die Jüdin Sarah und ihre jüdischen Dienstboten auf die Straße gesetzt und das Haus mitsamt Inhalt dem Gut wieder »einverleibt«. So kam es, dass die große Sammlung von Pishiana einschließlich der Dunaharaszti Haggada in Beale Hall landete.

Ich halte die Haggada mit zitternden Händen. Wenn man ihr hohes Alter und die stürmischen Reisen bedenkt, die sie hinter sich hat, ist sie immer noch in hervorragendem Zustand. Mich überwältigt ein Gefühl, das ich nicht beim Namen nennen kann. Ich betrachte wieder die Illustration auf der Mitte der Titelseite, die kleinen Gestalten, die über den Platz von Dunaharaszti zur hölzernen Synagoge eilen. Unter ihnen befinden sich meine Vorfahren; in meiner anachronistischen Fantasie vielleicht sogar meine jungen Eltern, noch nicht verheiratet; könnte diese winzige Gestalt nicht der zukünftige Baal Schem von Ludlow selbst sein, hier noch ein kleiner Junge, noch kein Bar-Mizwa? Ich wende die Seiten. Hier sind die Bilder der vier Söhne, des klugen, des bösen, des einfältigen und dessen, der nicht einmal weiß, dass es Fragen zu stellen gibt. Der böse Sohn ist glatt rasiert, er knirscht mit den Zähnen, und auf dem Kopf trägt er einen Hut, der wie eine Mitra aussieht. Ich wende weitere Seiten. Hier sind die Plagen abgebildet, die Gott der Herr über Pharao und die Götzen verehrenden Ägypter brachte. Über die Seite ziehen sich in einem Bogen von den Fröschen zu den Blattern und weiter zu den Heuschrecken kleine schmutzigbraune Flecken. Wein oder Blut? Wenn man die Geschichte meines Volkes bedenkt, könnte es das eine oder das andere sein, oder beides.

»*Meines* Volkes«, habe ich geschrieben. Aber mein in welchem Sinn?

Ach was; soll es stehen bleiben.

Ich habe mich ohne viele Umstände in Benghazi eingelebt. Sie denken vielleicht, dass sich der Wechsel von der Herrlichkeit Beale Halls zur Schlichtheit des Cottage nach nahezu einem halben Jahrhundert als … was? … schwierig? … erweisen könnte. Keine Spur. Sie denken vielleicht, dass sich nach nahezu einem halben Jahrhundert mit Maude das Leben allein als … was? … unerträglich? … erweisen könnte. Wiederum keine Spur. Glauben Sie mir. Ich genieße meinen Ruhestand.

Allerdings komme ich langsam zu der Ansicht, dass Pip-Pip Recht hatte und Benghazi nicht der richtige Name für mein Heim ist, auch nicht aus Anhänglichkeit gegenüber dem Major. Ich spiele jetzt in Gedanken mit dem Namen Dunaharaszti.

Belinda und Tubby haben mich gestern Abend besucht. Sie

wandern nach Kanada aus – nach London, Ontario, um genau zu sein – und wollten sich verabschieden. Tubby hat eine Stelle im Rang eines Sergeanten in Aussicht und Belinda einen Posten im geriatrischen Krankenhaus Queen Mary. Ich wünschte ihnen alles Gute.

»Aber was ist, wenn Ihnen Kanada nicht gefällt, Belinda?«

»Nun, Amerika ist ja gleich südlich der Grenze, und außerdem können wir jederzeit zurückkommen.«

Sie können sich das Experiment leisten. Durch das Geschenk des Majors braucht Belinda eigentlich überhaupt nicht mehr zu arbeiten. Und Tubby ist sowieso nur ihr total vernarrtes Anhängsel.

»Wenn ihr nach Amerika geht, könnt ihr Maude besuchen«, sagte ich bitter. Nein, ich habe es nicht wirklich gesagt. Aber gedacht habe ich es.

Vielleicht sollte *ich* nach Amerika gehen? Warum nicht? Das könnte sie vielleicht umstimmen, ich könnte sie zurückgewinnen. Nicht ganz so leicht wahrscheinlich wie Sir Walter Scotts »junger Lochinvar aus dem Westen« sein Mädchen, aber irgendwie würde der »alte Lochinvar aus dem Osten« es schon schaffen …

Vielleicht übertreibe ich meine Zufriedenheit.

Neulich war ein Päckchen für mich bei der Post. Es war nach Beale Hall adressiert gewesen. Pip-Pip war so freundlich, mit dem Rad herüberzukommen, um es mir zu bringen.

»Es ist von Maude«, sagte er eifrig und wich mir nicht von der Seite. »Schauen Sie, da steht ihr Absender. Und hier ist ein Zollaufkleber mit dem Vermerk ›Drucksache‹. Ein

Buch, würde ich sagen. Ich möchte nur wissen, *was* für eines ... Vielleicht einer von ihren Romanen.«

»Hmm«, sagte ich und warf das Päckchen lässig in meine Postablage, aber mein Herz klopfte. »Ich werd mir das Vergnügen für später aufsparen.« Ich wies auf das Chaos von Papieren auf meinem Schreibtisch. »Ich ordne meine Korrespondenz, eine Arbeit, die ich schon seit Jahren vor mir herschiebe. Aber jetzt habe ich keine Entschuldigung mehr.«

Er versuchte seine Enttäuschung zu verbergen. »Also, ich geh dann wieder. Will Sie nicht stören.« Und nach einer kleinen Pause: »Ich wäre Ihnen dankbar für die Marken, wenn Sie keine Verwendung dafür haben. Ich habe einen Neffen, der Briefmarken sammelt.«

Ich durchschaute seine List sofort: Wenn ich die Marken herunterriss, wäre das Päckchen natürlich offen. »Ich werde dafür sorgen, dass Sie sie bekommen, keine Angst.«

Natürlich riss ich das Päckchen sofort auf, als ich ihn durchs Fenster ein Bein über den Sattel seines Fahrrads schwingen sah. Ich versuche noch immer, mit dem Inhalt des Päckchens klarzukommen.

Es war ein Buch, ja, und ein Brief war auch dabei. Das Buch waren die *Vilerley und mancherley Sonette*; die Titelseite trug den Stempel »Bibliothek Beale Hall«. In dem Brief versuchte Maude die Sache zu erklären.

Sie hatte das Buch von Aristide zurückgekauft, als sie vor Monaten Twomblys Brief darüber las. Sie hatte ihn zufällig eines Abends auf meinem Schreibtisch im Musikzimmer liegen sehen, während sie auf meine Rückkehr von Benghazi wartete. Sie entschuldigte sich dafür, dass sie einen für mich bestimmten Brief gelesen hatte, aber sie hatte den Inhalt erfasst, noch ehe sie den Blick abwenden konnte. Jedenfalls hatte sie sich sofort mit Aristide in Verbindung gesetzt, zum Glück gerade noch, bevor er in Osteuropa verschwand. Sie hatte ihm gezahlt, was er ihr gezahlt hatte, und dazu den Vorschuss für ihren neuesten Roman, »*Geh ins Kloster!*«, der wieder ein Bestseller in seinem Genre zu werden versprach. Aristide hatte hart verhandelt. Später hatte er ihr eingestanden, dass er schon seit längerem seine Zweifel an der Echtheit des Buches gehabt hätte. Aber ihre ursprüngliche Vereinbarung habe ihm die Hände gebunden, und schließlich sei er ein »Ehrenmann«. Kurz und gut, er war nicht dazu in der Lage gewesen, einschlägige Fachleute zu befragen. Am Ende war er damit zufrieden gewesen, einen »vernünftigen Gewinn« aus seiner Investition zu ziehen.

Maude hatte mir das Buch zu meiner Pensionierung schenken wollen, und ich hätte damit tun können, was ich wollte. Wären vorher irgendwelche Fragen laut geworden, die einem von uns beiden hätten bedrohlich werden können, nun ja, dann hätte sie es ja jederzeit vorlegen können. Ihr war nie der Gedanke gekommen, dass der Idiot Twombly eine wirkliche Gefahr darstellen könnte, und jetzt, wo er selbst den Beweis für seine Unzurechnungsfähigkeit erbracht hatte, würde natürlich kein Mensch seinen wirren Reden irgendeine Bedeutung beimessen. Na schön, Pip-Pip hatte ihr also geschrieben, dass ich in Pension gegangen war. Es freute sie, dass ich die Kandidatur des guten Mannes als Ersatz für mich unterstützt hatte. Es sei an der Zeit, dass ich mein Pensionierungsgeschenk bekäme, und hier sei es.

Was ihre Apologie nicht erklärt, ist allerdings, warum Twombly immer noch eine Bedrohung für Aristide darstellte, wenn Aristide doch reinen Tisch gemacht hatte. Es widerstrebt mir, Twombly von jeder Schuld an Aristides Selbstmord freizusprechen. Und Aristide kann ich nicht mehr fragen. Twombly übrigens auch nicht. Was Aristides Sohn und Erben,

Gabriel Popescu, angeht, so hat er behauptet, von der ganzen Sache nichts zu wissen (und vielleicht sagt er sogar die Wahrheit).

Von alldem abgesehen, hatte Maudes Brief etwas schrecklich Endgültiges. Sie hatte an Amerika Geschmack gefunden wie ein Kind an einem Süßwarenladen und gedachte zu bleiben. Ein großartiges Land für die Iren, einfach großartig. Außerdem hätte sie einen sehr netten Herrn kennen gelernt, einen guten Katholiken, der sie um ihre Hand gebeten hätte. Sie müsste lügen, wenn sie sagen wollte, dass es sie nicht verlocke. Sie bestreite nicht, dass sie und ich durchaus »Spaß« miteinander gehabt hätten, wie man so sagt; weniger prosaisch ausgedrückt, wir hätten die herrliche Harmonie der Sphären gehört oder uns das in unserer jugendlichen Verworfenheit und Leidenschaft wenigstens eingebildet, weil wir für himmlisch gehalten hätten, was, wie sie jetzt wüsste, teuflisch gewesen sei. Sie hoffe, ich werde sie jetzt um der alten Glückseligkeit willen in Ruhe lassen und nicht länger mit Briefen belästigen, die ihr das Herz schwer machten und sie zu Tränen des Kummers, des Mitleids und, ja, des Zorns trieben. »Lass es sein, Edmond, lass es sein.« Sie sei sicher, dass ich ihr alles Glück wünsche, und wünsche mir dasselbe.

Ich werde also wohl doch nicht nach Amerika fahren. Der alte Lochinvar ist nicht erwünscht.

Um ein Wort zu benutzen, das ich von Pip-Pip gelernt habe, als wir uns zum ersten Mal begegneten, ich habe kein »proaktives« Leben geführt. Ganz im Gegenteil. Und genau an jenem Tag, jenem feuchten Tag, an dem der Himmel sich ausweinte und meine Füße wund gerieben waren in meinen klitschnassen Turnschuhen, hatte Maude mir – in Angie Mackletwists Wohnzimmer, ihrem »Salon«, wie sie es, glaube ich, nannte – gesagt, dass ich ganz groß darin sei, den Dingen ihren Lauf zu lassen, ja, ganz groß. Und sie hatte mich zitiert: »Neun Zehntel des Glücks bestehen darin, allem Unangenehmen aus dem Weg zu gehen.« Sie hätte hinzufügen können: »Im Zweifelsfall lass es bleiben«, auch so ein alter abgedroschener Lieblingsspruch von mir.

Es ist ja wahr, ich bin furchtsam, zögernd, nicht im Geringsten selbstbewusst. Ganz gewiss bin ich nicht aus dem Stoff, aus dem Helden gemacht sind. Na ja, wie viele sind das schon? Aber ich betreibe die Mäßigung bis zum Übermaß. Solange Maude mich für geistreich hielt, wurden meine Antriebsschwäche und Energielosigkeit entschuldigt. Ich spielte eine Rolle, nahm eine Pose ein. Vielleicht tat ich das auch. Nun, recht bald jedenfalls durchschaute sie mich – undurchsichtig bin ich ja auch nicht gerade. Außerdem, wenn ich wirklich eine Rolle spielte, so wurde diese Rolle bald zu meiner Wirklichkeit. Statt proaktiv war mein Modus eher reaktiv oder – für gewöhnlich – inaktiv. Wie anders wäre es zu erklären, dass ich Angehöriger einer Kirche blieb, an deren Glauben ich nicht glaubte und von deren Gemeinheiten und üblen Machenschaften, besonders gegenüber meinen früheren Glaubensbrüdern und -schwestern, die blutenden Seiten der Geschichte, wie ich wohl weiß, Zeugnis ablegen. Aber jetzt, in meinem Ruhestand, habe ich diese Heuchelei, ihre und meine, hinter mir gelassen. Es ist alles in Beale Hall geblieben, was mit meinen Jahren in der, wie ich wohl sagen darf, Wüste zu tun hat, von Glocke, Buch und Kerze bis zu meinem vergilbten Kollar. Möge es in den Besitz meines Nachfolgers übergehen oder auf der Müllhalde landen. Aber warum habe ich so lange gebraucht bis dahin?

Trägheit, zum Teil. Mangelnde Bereitschaft, ein relativ ruhiges Boot zum Schaukeln zu bringen. Die Verlockung des Vertrauten. Meine Anziehungskraft, zuerst auf Kiki, dann auf Maude, eine perverse Anziehungskraft, die vermutlich damit zusammenhing, dass ich Geistlicher war, die Verlockung des Tabus. Die Bequemlichkeit des Lebens in Beale Hall und alle damit verbundenen Vergünstigungen. Das Verfließen der Zeit. Die Tatsache, dass andere bestimmen, wer wir sind. Und so weiter und so weiter.

Aber Freud, der in Verruf geratene jüdische Arzt, würde vielleicht auf meine frühen Jahre verweisen, die Jahre, in denen ich neben meiner Mutter lag, eindringlich dazu ermahnt, mich nur ja nicht zu rühren, ganz still zu sein. Ganz bestimmt habe ich da den großen Vorteil der Reglosigkeit kennen gelernt. Und wenn ich also im späteren Leben nicht agierte, verdiente ich mir damit nur das Wohlwollen meiner Mutter. »Edmond ist so ein braver Junge!« Vielleicht. Wahrscheinlicher ist, dass ich es meinem elenden Vater gleichgetan habe, dem von Gott Verfluchten. Gewiss hätte ich mein Leben ebenso gut auf einem Gartenstuhl aus Aluminium und Plastik zubringen und dem hirnlosen Scharren der Hühner zuschauen können.

Ich habe in den letzten Wochen Zeit genug gehabt, mir die *Vilerley und mancherley Sonette* genau anzusehen. Mein Verdacht (und wie ich von Maude erfahren habe, auch der von Aristide) war durchaus begründet. Das Buch ist eine Fälschung aus dem achtzehnten Jahrhundert. Mehr noch, ich kann beweisen, dass sein Verfasser der Pish ist und dass er darin (absichtlich?) gewisse Hinweise auf seine Identität hinterlassen hat. Es gibt eine Reihe von (absichtlichen?) Anachronismen, die erkennen lassen, dass es sich um eine Sammlung aus dem achtzehnten Jahrhundert handelt. Hier zum Beispiel das zweite Quartett aus dem Sonett LXII:

Mein Schatz, weh mir, liebt einen and'ren Mann.
In ihrer Kammer hat sie ihn geküsst –
So wie der Modegott diktieren kann
Quadrille ist jetzt en vogue, vorbei mit Whist!

Wie jeder Schuljunge einmal wusste, war das Kartenspiel Quadrille beim Anbruch des siebzehnten Jahrhunderts völlig unbekannt und lief dem beliebten Whist (und L'hombre) erst am Ende des achtzehnten Jahrhunderts den Rang ab.

An anderen Stellen wieder wird der Leser (mit Absicht?) deutlich darauf hingewiesen, dass der Verfasser des Sonetts ein Jude ist. Nehmen wir das Sonett LXXVI als Beispiel. Der Liebhaber beklagt sich auf echt Petrarkische Manier darüber, dass seine Geliebte aus Unsinnigkeiten und Widersprüchen zusammengesetzt sei. Hier das abschließende Verspaar:

Als mische man mit Barchent feinste Seid'.
Ess' Fleisch und Milch bei einer Mahlzeit beid'.

Dieser Liebhaber, man beachte, ernährt sich koscher!

Das letzte Sonett identifiziert (absichtlich) die Dame selbst. Ihr Name ist wirklich nur höchst dürftig verhüllt. Es gibt 105 Sonette, aber das Letzte trägt nicht, wie zu erwarten die Nummer CV, sondern DV – nicht 105, sondern 505. Hier das erste Quartett:

Dreihundert Küsse für die Schönste hier,
Dazu zweihundert noch als Liebespfand,

Dazu noch fünf, und schon enthüllt sich dir,
Das Rätsel, wie die Liebste mein genannt.

Dreihundert? Zweihundert? Fünf? Die Summe dieser Zahlen ist natürlich 505, oder DV, die unerwartete Nummer dieses letzten Sonetts. Unser kabbalistischer Pish, dürfen wir wohl annehmen, hat gerne mit Zahlen gespielt. Nach der hebräischen Numerologie ist 5 = ה, 200 = ר und 300 = ש. ה + ר + ש = שרה; und שרה ist Sarah, mit hebräischen Buchstaben geschrieben. Das Sonett ist also ein echtes Liebesgedicht, eine Hymne des Pish an seine Frau.

Die *Vilerley und mancherley Sonette* gehören eindeutig zu den Pishiana. Was wird aus den Pishiana werden, wenn ich nicht mehr bin, den Büchern, den Manuskripten, den hingekritzelten Aufzeichnungen? Vielleicht vermache ich sie alle dem Tabakman-Museum in Tel Aviv, dem Museum, dem ich vor vielen Jahren die Talmude von Beale Hall als Leihgabe angeboten habe. Es wäre nur eine kleine Wiedergutmachung, aber allein der Gedanke daran birgt eine gewisse Ironie, die mir ein Lächeln auf die Lippen lockt.

Ach, hätte ich nur die Gabe zu dichten! Maude – mein Kleinod, süßer Tod, Morgenrot, Abendbrot, Idiot, schwere Not – ach mein Gott! Ein guter Name zum Reimen ist das gerade nicht, Maude! Aber heutzutage braucht man ja keine Reime. Nein, aber die Begabung braucht man! Ich bin kein Pish und schon gar kein Byron.

Was bin ich? Ein Mann, dessen Eltern Ungarn waren, der in Frankreich geboren wurde, aber den Großteil seines Lebens in England verbracht hat. Ich bin genau das, was der neo-anglikanische und neo-royalistische Dichter T. S. Eliot naserümpfend verurteilt hat: der entwurzelte Jude. »Wohnort Chicago, Semite, geboren in Wien.« Im Gegensatz zu dem tief verwurzelten großen Mann natürlich: Wohnort London, (Anti-)Semit, geboren in St. Louis.

Ich bin kein Katholik. Kann ich ein Jude sein? Was ich bin, ist ein Mann am Ende seines Lebens, der »trotz allem und allem« ein Mann ist.

Ich habe ein sehr bequemes Bett hier in meinem Haus, hier in Dunaharaszti. (Der Briefträger sagt, er kann den neuen Namen nicht aussprechen. Er habe schon genug Schwierigkeiten damit gehabt, den alten zu lernen, sagt er. Warum konnten die Leute sich denn nicht anständige Namen aussuchen? Nehmen Sie mir's bitte um Himmels willen nicht übel! »Wie zum Beispiel?« – »Na ja, ›Dunroamin‹ zum Beispiel ist sehr beliebt.) Aber bequem oder nicht, ich habe eine Weile gebraucht, um mich an die Veränderungen zu gewöhnen. Die Decken zum Beispiel sind viel niedriger, als ich es von Beale Hall gewohnt bin, wo sogar der Dachboden sechs Meter hoch ist. Das Schlafzimmer hier ist viel kleiner; die Wände drücken herein. Außerdem grenzt das Haus an den Tetley-Wald, und durchs geöffnete Fenster dringen die Geräusche nachtaktiver Tiere zu mir herein: Es raschelt und rauscht, es wispert und pispert, es kreischt und krächzt, es trillert und pfeift, es quakt und quiekt, kurz, alles, nur keine Stille. Nach einem halben Jahrhundert dauert es eine Weile, bis man sich auch nur an die belanglosesten Kleinigkeiten gewöhnt hat.

Das Einschlafen ist für mich so gut wie nie ein Problem gewesen. Ich nahm meine Schlafhaltung ein, schloss die Augen, und weg war ich. Jetzt aber trete ich zuerst in einen schläfrigen Dämmerzustand von einer Art Keatschen Beschaffenheit ein, den man weder Schlafen noch Wachsein nennen kann, einen traumähnlichen Zustand, in dem das Bewusstsein, so kommt es mir vor, die Bilder des Unbewussten formt, oder in dem vielleicht die Bilder des Unbewussten sich dem Bewusstsein mitteilen. Ich mag das eigentlich und versuche den Dämmerzustand auszudehnen. Letzte Nacht, als ich so dalag und mich dahintreiben ließ, bemerkte ich, dass Maude ins Zimmer getreten war. Sie meinte, ich schlafe, und bewegte sich ganz leise, um mich nicht zu stören. Ich schnarchte absichtlich ein bisschen und beobachtete sie durch zusammengekniffene Lider. Amerika hat ihr gut getan. Sie schien Jahre und Pfunde verloren zu haben, und ihre Bewegungen waren lebhaft wie schon seit vielen Jahren nicht. Ich sah zu, wie sie sich auszog, sorgfältig ihre Kleider zusammenlegte und dabei »Das Spinnrad« vor sich hin summte, ein altes irisches Lied, das sie immer gern gesungen hat, wenn sie zufrieden war. Können Sie sich meine Freude vorstellen, meine grenzenlose Glückseligkeit! Mir traten Tränen in die Augen. Ich lag ganz still da, während sie neben mich ins Bett kroch, erstickte mein Schluchzen, denn ich wollte ihr die Überraschung nicht verderben. Aber ich konnte mich nicht lange beherrschen. »Maude«, sagte ich, »Maude, du bist zu mir zurückgekommen!« Aber es war gar nicht Maude. »Sei still, Edmond, kein Wort mehr. Gib Ruhe.« Es war natürlich meine Mutter.

DANKSAGUNG

Mit Freuden komme ich der Verpflichtung nach, Dr. Gideon Meyer aus London, mit dem ich seit vielen Jahren befreundet bin, für seinen großen Beitrag zu diesem Roman zu danken. Was ich über Tel Aviv in den sechziger Jahren des zwanzigsten Jahrhunderts und über das heutige St. Petersburg weiß, verdanke ich fast ausschließlich ihm. Er hat meine lästigen Fragen stets gut gelaunt beantwortet, und wenn er (im Falle von St. Petersburg) gelegentlich selbst im Zweifel war, fuhr er hin, sah sich um und stellte denen, die Bescheid wussten, gezielte Fragen.

Sollten sich Irrtümer in mein Buch eingeschlichen haben, trifft ihn natürlich nicht die geringste Schuld. Sollte es mir gelungen sein, die Atmosphäre dieser beiden Städte einzufangen, gebührt ihm allein dafür das Lob.